KB111000

삶으로 다시 떠오르기

삶으로 다시 떠오르기

에크하르트 톨레 · 류시화 옮김   연금술사

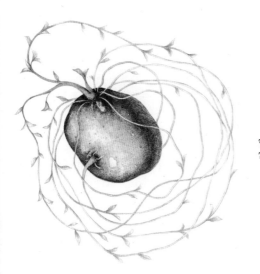

차례

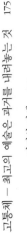

6

지금, 삶으로 다시 떠오르기

에크하르트 톨레의 대표작 중 하나인 이 책의 원제는 『새로운 지구*A New Earth*』이다. 2008년 조화로운삶 출판사에서 『NOW』라는 제목으로 번역 출간했으나 곧 절판했다가 이번에 제목을 바꿔 다시 만들게 되었다. 절판의 이유는 무엇보다 번역의 문제에 있었다. 당시에는 최선을 다한다고 했지만, 막상 책을 내놓고 보니 마음에 들지 않았다. 진지한 내용에 난해함까지 겹쳐 어려운 책이 되었다는 평가를 나 스스로 내리지 않을 수 없었다. 한두 군데의 문장을 손보는 것으로 해결될 일이 아니었다. 다행히 출판사 측에서 내 뜻을 받아들여 책을 절판시킬 수 있었다. 금방 다시 번역해 재출간하는 것이 나의 계획이었다.

삶은 계획대로만 되지 않는다. 수개월에 걸친 재번역조차 부족함이 느껴져, 또다시 일본어 번역본을 참고해 윤문을 거쳤다. 그러나 그렇게 하다 보니 원문에서 멀어진 것 같아 다시 처음부터 원서와 대조하며 수정해야만 했다. 도중에 여행과 다른 원고 작업이 겹쳐 5년의 세월이 흘렀다. 책을 내기로 한 출판사도 그 사이에 두 군데나 바뀌었다.

다시 마음에 걸린 것은 책의 제목이었다. 원제를 그대로 채택하면 일이 쉽지만, '새로운 지구', 혹은 '새로운 땅'이라는 제목은 이 책의 주제를 우리말로 전달하기에는 부족했다. 그래서 또다시 반 년 넘게 제목에 대해 숙고와 토론을 거쳐 마침내 현재의 제목에 이르렀다. '삶으로 다시 떠오르기'. 에고와 생각에 파묻혀 삶으로부터 멀어진 자신을 다시, 지금 이 순간의 삶으로 데려오는 일이 주제이기 때문이다.

'에고에 바탕을 둔 삶'과 그러한 삶들이 모인 세상에서 우리는 살고 있다. 에고에 지배당하고 한편으로는 에고와 싸우면서 우리는 살아간다. 톨레는 '에고를 알아차리라'고 말한다. 알아차리는 순간 에고는 힘을 잃고 소멸하기 때문이다. 그 알아차림이 영적인 깨어남이다. 이 책을 집필 중일 때 책의 주제를 묻는 질문에 톨레는 대답하곤 했다. "나는 언제나 한 가지에 대해서만 쓰고 말한다." 그 한 가지는 무엇인가? "영적인 깨어남이다." 책을 통해 영적 깨어남이 가능하려면 '깨어날 준비'가 필요하다. 즉, 수용하는 자세, 진리를 받아들이는 열린 마음이 필요하다. 또한 책의 내용이 축적된 지식으로부터 나온 정보 제공이 아니라 깨어난 의식으로부터 나온 것이어야 한다. 그때 글은 살아 있는 힘을 갖는다. 그러한 글은 읽어 나가는 중에 생각 이전의 '깨달음'에 도달할 수 있다. 책을 읽는 것이 곧 깨달음의 도구가 되는 것이다.

20세기의 대표적 영적 교사 크리슈나무르티에 비견되는 에크하르트 톨레Eckhart Tolle의 본명은 울리히 톨레이다. 1948년 독일 뤼넨에서 태어난 그는 유년 시절을 매우 불행하게 보냈다. 부모의 불화와 이혼으로 집안은 적대적인 분위기에 젖어 있었고, 이는 학교생활에까지 영향을 미쳐 아웃사이더로 지냈다. 톨레는 2차 세계대전의 폭격으로 부서진 건물 안에서 종종 혼자 시간을 보내곤 했는데, 그곳에서 느껴지는 고통의 에너지로 인해 깊고 어두운 심연으로 빠져들곤 했다.

열세 살 때 톨레는 스페인으로 건너가 아버지와 함께 생활하기 시작했다. 아들이 학교에 다니기를 고집하지 않았던 아버지 덕분에 문학, 천문학, 언어 등 관심 분야를 집에서 공부할 수 있었고, 열아홉 살에는 영국으로 건너가 런던의 외국어학교에서 독일어와 스페인어를 가르치며 생계를 해결했다. 그러나 어린 시절의 어두운 그림자는 사춘기를 거쳐 성년에 이르기까지 더욱 깊어져 갔다. 그것은 심각한 우울증과 불안감, 두려움 같은 고통을 안겨 주었다. 톨레는 이 문제를 풀기 위해 철학, 심리학, 문학 등 방대한 영역의 자료를 접했다. 런던 대학을 수석으로 졸업하고 케임브리지 대학원에 장학생으로 입학해 연구원으로 활동하던 그는 독일의 중세 철학자이자 신비가인 마이스터 에크하르트에게 깊은 감명을 받았다. 이때 자신의 이름을 울리히에서 에크하르트로 바꾸었다.

사춘기 시절부터 지속된 오랜 우울증과 심리적 방황으로 종종 자살 충동까지 느끼던 톨레는 스물아홉 살 생일이 지난 어느 날 밤 중요한 '내적 변화'를 경험했다. "한밤중에 일어나 더 이상 견딜 수 없을 정도의 우울증으로 괴로웠다."고 톨레는 고백한다. 삶에 깊은 회의와 공허를 느낌과 동시에 너무 고통스러운 나머지 "더 이상 나 자신과 함께 살 수 없어."라고 외치는 스스로를 발견했다. 그리고 그 순간, "나 자신과 살 수 없는 그 '나'는 누구인가? 나라는 존재가 둘이란 말인가?" 하는 의문에 휩싸였다. 그리고 "그렇다면 둘 중 하나는 진짜이고 다른 하나는 가짜"임을 깨달았다. 곧이어 그런 생각들조차 정지시키는 진공과도 같은 에너지 속으로 빨려 들어가는 변화를 경험했다.

얼마쯤 지났을까, 눈을 떴을 때 그는 그저 평화로웠다. 커튼 사이로 부서지는 투명한 햇살과 아침을 알리는 이름 모를 새들의 지저귐. 시간이 정지한 듯했고, 모든 질문은 사라졌다. 평화로움만이 지금 이 순간 속에 존재하고 있었다. '나'가 사라지고, 오직 현재의 순간에 대한 감각, 혹은 단지 관찰하고 지켜보는 존재만이 있었다. 이튿날 아침, 런던 거리를 거닐며 톨레는 모든 것이 기적처럼 여겨지고, 깊은 평화가 밀려왔다. 교통 체증조차도 평화롭게 느껴졌다. 이 느낌이 계속되어, 그 이후 어떤 상황에서도 마음 밑바닥의 강한 평화를 느낄 수 있었다.

절망의 나락에서 깨달음의 밝은 순간으로 갑자기 이동하는 이 아름다운 경험이 있은 후, 톨레는 대학원을 중퇴하고 자신에게 찾아온 변화를 이해하고자 많은 시간을 런던의 러셀 광장이나 햄스테드 히스 공원의 벤치, 불교 사원 등에 머물며 세상을 지켜보았다. 또한 마음에 대한 책을 읽고 영적 스승들을 만나면서 수년간 내면 여행을 계속해 나갔다. 노숙자처럼 지내는 그를 가족들이 무책임하며 정신이 나갔다고 여길 정도로, 이 무렵 그는 완전히 내적 탐구에 몰두해 있었다.

얼마의 시간이 흐른 뒤, 톨레는 우연과 어떤 필연이 만나 케임브리지 대학생들을 비롯해 여러 계층의 사람들과 소규모의 대화를 시작하게 되었다. 그리고 그에게 감화를 받은 이들이 거듭 가르침을 청하면서 영적 상담자이자 강연자로 미국, 캐나다, 유럽 등지를 여행하게 되었으며, 후에는 캐나다 밴쿠버에 정착했다.

톨레의 첫 번째 저서 『지금 이 순간을 살아라*The Power of Now*』는 생각과 감정을 자신이라고 여기는 인간의 근본적인 착각을 다룬 명저이다. 이름과 성별을 자기와 동일시하고 국적과 직업과 소유를 자신이라고 여기는 이 오류에서 생겨난 '자신에 대한 허구의 이미지'가 '에고'이다. 그리고 이 에고가 모든 문제의 원인이다. 다시 말해, 에고는 '나는 누구인가'에 대한 정신적 이미지이며, 그 정신적 이미지는 그 개인이 살아온 배경에 따라 결정된다.

모든 인간은 끊임없이 머릿속 '목소리'를 들으며, 그 목소리는 자기 의지와 상관없이 자동적으로 반복되는 생각의 흐름이다. 이 목소리가 명령하고, 판단하고, 비교하고, 불평하고, 좋아하고, 싫어하고, 과거를 떠올리고, 미래를 상상한다. 그러나 그것이 인간 존재의 전부가 아니라고 톨레는 말한다. 그 생각의 흐름 배후에는 그 생각들에 물들지 않는, 그 생각들이 일어났다가 사라지는 무한한 공간이 있다. 그것을 톨레는 '순수 존재' 혹은 '순수한 있음Being'이라 부른다. 우리는 지금 이 순간, 그 순수한 있음과 의식적으로 연결될 수 있다. 그리고 이 연결이 에고로부터의 자유이며, 평화이고, 고요이다. 톨레는 그것을 '있음의 기쁨'이라고 부른다.

『지금 이 순간을 살아라』는 1997년 나마스테 출판사에서 3천 부가량 인쇄되었다. 처음에는 본인이 직접 서점 가판대에 책을 진열하고 밴쿠버의 작은 서점들에 몇 권씩 가져다주어야 할 정도였다. 그러나 입소문을 타고 알려지면서 2000년 오프라 윈프리가 자신의 잡지에 이 책을 소개했다. 책은 곧 〈뉴욕타임스〉 베스트셀러 목록에 올랐고, 출간된 지 4년 후에는 베스트셀러 1위에 올라 미국에서만 3백만 부가 판매되었으며, 전 세계 33개국의 언어로 번역되었다.

2005년, 톨레는 한층 깊어진 통찰력을 담은 『삶으로 다시 떠오르기A New Earth』를 출간했다. 모든 고통과 불행의 원인인 '자기 자신'이라는 감옥에서 걸어 나와 '나는 누구인지' 깨닫고, 진정한

'삶으로 다시 떠오르는' 것이 책의 주제이다. 일화와 철학적 내용을 통해, 에고에 대한 집착이 마음에 기능장애를 일으켜 분노, 질투, 불행으로 이어지는 과정을 분명하게 이해시켜 준다. 그리고 고통체(오랫동안 축적된 고통스러운 감정의 집적체)로부터 벗어나 현재의 순간에 사는 자유와 기쁨에 이르는 방법을 제시한다. 대부분의 사람들은 자신의 생각과 감정 속에 갇힌 채 삶 전체를 보낸다. 우리 모두는 감옥 속으로 태어난다. 이 감옥은 꿈꾸는 것과 같은 상태이다. 머릿속을 지배하는 생각과 감정들, 조건 지어진 그것들이 삶의 진정한 실체를 보는 것을 방해하는 감옥이다. 그러나 "당신의 생각은 당신 자신이 아니다."라고 톨레는 단언한다.

에고라는 것은 모든 상황에서 '나'를 말하고 싶어 하는 우리 안의 존재이다. 게다가 에고는 그 자체로는 존재하지 못한다. 무엇인가에 자신을 동일화하지 않으면 안 된다. 그 '무엇인가'는 앞서 말한 것들 외에도 지위나 명예, 신앙, 고급 브랜드의 상품, 외모 등등이다. 그러나 그것들은 결국 자기 자신이 아니기 때문에 무엇과 동일화되든 에고는 결코 만족할 수 없다. 그래서 계속 동일화될 외부의 대상을 찾아다닌다.

이 문제를 해결하기 위해 어떻게 하면 좋은가? 에고가 아니라, 그 깊은 곳에 있는 진정한 자기 자신에 눈을 뜨는 일이다. 나의 생각, 감정, 감각, 경험은 내가 아니다. 그저 존재함의 기쁨이 곧 나이다. "자기 자신과 타인에 대해 규정짓는 것을 중단하라. 그래도 당신은 죽지 않는다. 오히려 살아 있음을 경험하게 될 것이다."라고 톨레는 말한다.

자신의 에고를 자각하기 원하는 사람, 어느 곳에 살든 무엇을 하든 누구와 함께 있든 언제나 현재의 순간에 살고 행복하기를 원하는 사람을 위한 책이 『삶으로 다시 떠오르기』이다. 이 책은 종교나 사상이 아니다. 이 책을 읽는 것이 깨어남 그 자체이다. 우리 안에 있는 '어둠'(톨레는 그것을 '에고'라고 표현하고 있지만)이 대체 어떤 것인지, 그것이 어떻게 기능하는지 자세히 설명하고 있지만, 동시에 이 책은 '깨달음을 얻게 하는 희망적인 책'이라는 평가를 받는다. 그 '어둠'의 정체를 알아차렸을 때 우리의 의식이 바뀌기 때문이다.

이 책 역시 1년 넘게 묻혀 있다가 오프라 윈프리 북클럽에 선정되었으며, 윈프리가 톨레와 함께 인터넷 동영상을 통해 10주에 걸쳐 독자들과 온라인 독서 토론을 진행했다. 유례없는 이 실시간 토론은 전 세계 천백만 명의 시청자가 참여했으며, 책은 22주 동안 〈뉴욕타임스〉 베스트셀러 1위에 올랐다. 미국에서만 580만 부를 인쇄했으며 38개국에 번역된 이 책으로 톨레는 '가장 영향력 있는 명상 서적 저자'로 선정될 정도로 큰 반향을 불러일으켰다. 허구의 '나'를 자신이라고 믿는 마음이 개인과 사회를 불행에 이르게 한다는 통찰이 독자들의 마음을 사로잡은 것이다.

그러나 〈텔레그라프〉 지와의 인터뷰에서 톨레는 자신이 인도의 아쉬람 같은 명상센터를 만들지는 않을 것임을 분명히 하면서, 자연스럽게 그런 모임이 만들어질 수는 있지만 그런 조직을 위해 활동할 의사가 없음을, 그리고 조직이 스스로를 움직이는 오류에 빠지지 않도록 조심할 필요가 있음을 강조했다.

톨레는 세계 각지에 강연 여행을 다니며 영어는 물론 때로는 독일어, 스페인어로 고통과 불행에서 벗어나 '지금 이 순간, 삶으로 다시 떠오르는 기쁨'을 발견할 수 있도록 영감을 준다. 그의 책과 가르침은 많은 신학자와 다양한 계층의 사람들로부터 비난과 찬사를 동시에 받고 있지만, 톨레는 자신이 오랜 세월 전해 내려온 모든 종교와 영적 교사들의 핵심적인 가르침을 반복하는 데 불과할 뿐이라고 스스로 말한다. 어떤 이들은 톨레가 크리슈나무르티의 가르침을 좀 더 쉽게 전하고 있다고 평한다. 톨레 자신도 크리슈나무르티뿐만 아니라 라마나 마하리쉬, 노자, 루미, 하피즈, 랄프 왈도 에머슨, 돈 미겔 루이스 등의 영적 스승들과 선불교, 수피즘, 하시디즘, 티베트 불교, 힌두교, 성경, 바가바드 기타 등 여러 영적 가르침의 영향을 받았음을 인정한다.

에고는 소유와 존재를 동등하게 여긴다. "나는 소유한다, 그러므로 나는 존재한다." 더 많이 소유할수록 우리는 더 많이 존재한다고 믿는다. 에고는 비교를 먹고 산다. 다른 사람에게 어떻게 보이는가가 자신이 스스로를 어떻게 보는가를 결정한다. 그러나 외부의 대상들 속에서 자신을 찾는 것은 언제나 실패로 끝난다. 에고의 만족은 수명이 짧고, 우리는 더 많은 것을 찾고 계속해서 사고 소비한다. 또한 에고의 가장 큰 병은 삶의 의미와 목적을 과거나 미래에서 찾고 현재의 순간을 무시하는 것이다. 남루하기 그지없는, 이 에고를 내려놓는 데 몇 생이 더 필요한가.

톨레는 자신이 내적 변화의 순간에 가졌던 의문, 즉 본래의 '나'가 아닌 또 다른 '나'는 에고이며, 그것을 나로 동일시하는 것이 고통의 원인임을 지적한다. 이 에고는 본래 존재하는 것이라기보다는 인간의 머릿속에 있는, 혹은 기억과 생각의 범주 안에 있는 일종의 '착각'이다. 그러므로 이 에고를 알아차리는 순간, 그것과 동일화된 자신을 깨닫는 순간, 진정한 깨어남이 시작된다. 이 깨어남이 인간 진화의 다음 단계라고 톨레는 말한다.

에고에 바탕을 둔 마음 상태를 자기 자신으로 잘못 알고 동일화되는 것은 한 개인과 집단을 불행에 이르게 하는 근본 원인이다. 그것은 세상을 갈등과 폭력의 위기상황에 이르게 하며, 인류의 생존조차 위협하는 위험한 광기로까지 몰아간다. 우리는 자신의 의식 상태를 스스로 결정할 수 있으며, 깨어 있는 의식을 선택할 때 개인의 삶이 변화할 뿐 아니라, 지구 행성에 반복되고 있는 갈등과 고통을 해결할 수 있다.

'자신의 행복에 스스로 책임을 지라'고 이 책은 말한다. 자신의 의식 상태에 책임을 지지 않는 것은 삶에 책임을 지지 않는 것이다. 평화는 소음도 없고, 문제도 어려운 일도 없는 장소에 있는 것을 의미하지 않는다. 평화는 그런 것들의 한가운데 있으면서도 여전히 마음이 고요한 상태에 머물러 있음을 의미한다.

"당신은 수천 년 동안 고통받아 온 인류이다."라고 톨레는 말한다. 당신 안의 그 '인류'로부터 자유로워지기 위해 무엇을 할 것인가? 지금 이 순간 당신의 의식 상태가 당신의 삶과 행성의 미래를 결정한다. 삶 전체의 여행은 지금 이 순간의 의식 상태에 달려 있다. 지금까지 당신의 삶을 지배해 온 것은 당신 자신이 아니라 당신이 추측으로 가지고 있는 자신의 자의식, 에고, 생각 등이다. 지금, 에고와의 결별을 선언해야 한다. 그것이 삶으로 다시 떠오르는 길이고, 새로운 지구로 향하는 길이다.

영적 깨어남은 이제 선택이 아니라 진화의 필수이다. 꿈에서 깨어나는 것이 인간 의식의 목표이다. 꿈에서 깨어날 때 에고가 창조한 삶의 드라마는 막을 내리고, 아름답고 경이로운 삶이 다시 등장한다. 톨레의 모든 작업은 바로 이 깨어남을 위해 우리의 의식의 문을 두드리는 일이다. 이 행성에 깨어 있는 의식을 가져오는 것, 그것이 인간 존재의 목적이고 운명이다.

아무리 깊이 숨어 있든, 아무리 주저하든, 당신 내면에 구도자가 살고 있다면 이 책은 특별한 선물이다. 마음이 만들어 내는 허상에서 벗어나, 거짓된 나에 가려져 있는 '나는 누구인가'를 찾는 일, 그리고 신과 진정한 힘이 존재하는 유일한 장소인 '지금 이 순간'으로 돌아오는 일, 그러한 일 없이는 행복은 불가능하다. 가장 위대한 예술은 '나'를 내려놓는 일이다. 생각에 지배되는 삶이 아니라, 자신의 내면에서 생각보다 더 깊은 차원을 발견하는 일이다. 우리는 이곳에 한계를 경험하기 위해 있을 뿐만 아니라 한계를 뛰어넘기 위해 있다.

어떤 종교, 어떤 사상에도 소속되지 않은 에크하르트 톨레는 달라이 라마, 틱낫한과 더불어 현존하는 영적 지도자 중 한 사람이다. 현 시대에 가장 강력한 영향을 미친 명상 서적이며 독자의 에고를 공격해 오는 책, 더 나은 삶과 더 나은 세상을 만들기 위한 이 영적 선언문을 다시 번역 출간하게 된 것은 더없이 기쁜 일이며, 그동안 책의 절판을 아쉬워하며 문의를 해 온 많은 분들의 인내심에 감사드린다. 시간이 오래 걸리긴 했지만, 이 번역 작업은 톨레가 말한 '즐거움, 받아들임, 열정'의 과정이었다. 우리 모두 에고를 가지고 있으나, 에고의 깨어진 틈으로 여러 사람들과 소통하면서 이 작업을 완성할 수 있었다. 모두에게 감사드린다.

류시화

1   인간 의식의 꽃피어남 — 우리는 지금 진화하지 않으면 안 된다

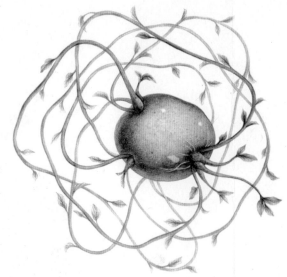

지금 이 순간에 존재할 수 있다면,

깨어 있는 고요 속에서

주의를 기울일 수 있다면,

모든 창조물, 모든 생명 형태 안에서

신성한 생명의 본질을 느낄 수 있다.

만물 속에 내재해 있는

순수 의식 또는 영을.

그럼으로써 그것을 자신으로서

사랑하게 된다.

1억 1천 4백만 년 전 어느 날 아침, 태양이 떠오르고 얼마 되지 않았을 무렵, 아침 햇살을 받으며 한 송이 꽃이 피어났다. 지구라는 행성 최초의 꽃이다. 이미 수백만 년 전부터 이 행성에는 초목이 무성했지만, 이 최초의 개화는 식물이라는 생명체의 획기적인 진화와 변화를 알리는 사건이었다. 하지만 최초의 꽃은 아마 오래 피어 있지 못했을 것이다. 그 후에도 여전히 꽃은 매우 드문 특수한 현상으로 남아 있었을 것이다. 꽃들이 곳곳에 피어나기 위한 조건이 아직 갖추어지지 않았기 때문이다. 그러나 어느 날 식물의 진화는 결정적인 선을 넘었고, 갑자기 지구의 모든 장소에 색채와 향기가 폭발적으로 번지기 시작했다. 만약 지각 능력을 가진 의식이 그곳에 있었다면 그것을 목격했을 것이다.

그로부터 다시 많은 세월이 흐른 뒤, 우리가 꽃이라고 부르는 그 섬세하고 향기로운 존재는 다른 종의 의식 진화에 핵심적인 역할을 하게 되었다. 인간은 점점 더 꽃에 이끌리고 매혹되었다. 인류의 의식이 진화함에 따라 꽃은 실용적인 목적과 관계없이, 즉 어떤 식으로든 생존과 직접적인 연관이 없음에도 불구하고 인간이 그 가치를 인정한 최초의 대상이 되었다. 꽃들은 헤아릴 수 없이 많은 예술가, 시인, 그리고 신비가들에게 영감을 주었다. 예수는 꽃에 대해 명상하고 꽃으로부터 삶을 사는 법을 배우라고 말했다. 붓다는 어느 날 제자들 앞에서 꽃 한 송이를 들어 그것을 바라보며 '침묵의 법문'을 했다고 전해진다. 잠시 후, 그곳에 모인 사람들 중 한 사람, 마하가섭이라 불리는 승려가 홀로 미소를 지었다. 그만이 붓다가 준 침묵의 가르침의 의미를 이해한 것이다. 전해 내려오는 이야기에 따르면 그 미소, 즉 그 깨달음은 그 후 스물여덟 명의 스승들에 의해 차례로 전수되었고, 먼 훗날 선의 기원이 되었다.

그것이 아무리 짧은 순간일지라도 꽃에서 아름다움을 발견함으로써 인류는 자신의 진정한 본질에, 자신의 내밀한 존재의 핵심인 아름다움에 눈을 떴다. 아름다움에 대한 최초의 알아봄은 인간 의식의 진화에서 가장 중요한 사건 중 하나였다. 그 알아봄과 연결된 느낌이 기쁨과 사랑이다. 그것을 완전히 깨닫지 못하는 중에도 꽃은 우리 내면에 있는 가장 고고하고 성스러운 것, 궁극적으로는 형상을 초월한 것의 표현이 되었다. 식물에서 솟아나왔지만 그 식물보다 더 덧없고, 더 여리며, 더 섬세한 꽃은 다른 영역에서 온 메신저, 물질적인 형상의 세계와 형상 없는 세계를 잇는 다리와 같은 것이 되었다. 꽃은 인간에게 기쁨을 주는 섬세하고 기분 좋은 향기가 있을 뿐 아니라 영적인 세계의 향기도 전해 주었다. 좀 더 넓은 의미로 '깨달음'이라는 단어를 사용한다면, 우리는 꽃을 식물의 깨달음이라고 볼 수 있을 것이다.

어느 영역의 어떤 생명 형태이든, 광물계든 식물계든 동물계든 또는 인간계든 '깨달음'이 진행 중이라고 말할 수 있다. 하지만 깨달음은 단순한 진화의 연장 이상이기 때문에 매우 드문 현상이다. 그것은 발달의 단절, 완전히 다른 차원의 존재로의 도약이며, 더 중요하게는 물질성의 감소를 의미한다.

돌은 모든 형상 중에서 가장 밀도가 높다. 돌보다 더 무겁고 더 뚫기 힘든 것이 있겠는가? 그러나 돌 중에는 분자구조에 변화가 일어나 빛을 투과시키는 수정이 되는 것이 있다. 또 탄소 중에는 상상을 초월하는 열과 압력 아래서 다이아몬드로 바뀌는 것이 있으며, 그 밖의 보석으로 변화하는 무거운 광물들도 있다.

모든 생명체 중에서 땅에 가장 달라붙어 살아가는 파충류 대부분은 수백만 년 동안 아무 변화 없이 바닥을 기어 다녔다. 그러나 어떤 파충류는 깃털과 날개를 키워서 조류로 변신했으며, 그럼으로써 오랜 시간 자신을 붙잡고 있던 중력의 힘을 거역했다. 그들은 더 잘 기거나 더 잘 걷게 된 것이 아니라, 기거나 걷는 것을 완전히 뛰어넘었다.

아득한 옛날부터 꽃들, 수정들, 보석들, 새들은 인간의 정신에 특별한 의미를 지녀 왔다. 물론 그것들은 다른 모든 생명 형태들과 마찬가지로 모두의 근원에 있는 한 '생명'과 한 '의식'이 일시적인 형상으로 나타난 것이다. 이것들이 왜 특별한 의미를 가지며, 왜 인간이 그것들에 그토록 매혹되는가는 그것들이 가진 천상적인(비물질적인) 특성 때문이라고 할 수 있다.

일단 인간의 지각 속에 어느 정도의 현존(이 순간에 존재함), 고요, 깨어 있는 주의력이 있으면, 모든 존재, 즉 모든 생명 형태 속에 있는 신성한 생명의 본질, 의식, 또는 영을 감지할 수 있다. 그리고 그것이 자신의 본질과 하나임을 알아보고, 그럼으로써 그것을 자신으로서 사랑하게 된다. 그러나 그런 일이 일어나기 전까지는 사물의 외부적 형상만을 보고 그 내적 본질을 알아차리지 못한다. 대부분의 인간이 자신의 본질을 알아차리지 못하고 자신의 육체적 심리적 형상과 동일화되듯이.

그러나 꽃, 수정, 보석, 그리고 새는 '이 순간에 존재하는' 능력이 전혀 혹은 조금밖에 없는 사람일지라도, 그곳에 단순한 물질적 형상 이상의 것이 있음을 이따금 감지할 수 있다. 그것이 끌리는 이유임을 모르는 채 그것들에 친밀감을 느낀다. 그것들이 가진 비물질적인 속성 때문에 그것들은 내재하는 영이 다른 생명 형태들보다는 형상에 의해 덜 가려져 있다. 형상이 내면에 존재하는 영을 덜 가리는 예외들이 있다. 갓난아기, 강아지, 새끼 고양이, 새끼 양 등 새로 태어난 생명 형태들이다. 이들은 부서지기 쉽고, 섬세하며, 아직 물질성이 확고히 자리 잡고 있지 않다. 이 세상의 것이 아닌 순진함, 사랑스러움, 아름다움이 아직 그들을 통해 빛나고 있다. 그들은 비교적 무감각한 사람에게도 기쁨을 선사한다.

따라서 한 송이의 꽃, 한 개의 수정, 또는 한 마리 새를, 그것에 머리로 이름 붙이기를 하지 않고 깨어 있는 눈으로 오랫동안 바라보면, 그것들은 형상 없는 세계로 들어가는 문이 된다. 비록 작은 틈일지라도 영적인 세계로의 내적 열림이 있다. 이것이 '깨달음에 이른' 그 세 가지 생명 형태들이 고대로부터 인류 의식의 진화에 그토록 중요한 역할을 담당해 온 이유이다. 예를 들면, 왜 연꽃 속 보석이 불교의 중심 상징이 되었는가? 왜 기독교에서 흰 비둘기가 성령을 나타내게 되었는가? 그것들은 인간이라는 종에게 일어나도록 운명 지어진, 행성 전체의 의식의 더 심오한 대전환을 위한 토대를 준비해 왔다. 지금 우리가 목격하기 시작한 영적 깨어남이 바로 그 전환이다.

변화를 가져오기 위한 수단

인류는 의식의 전환을 위한 준비가 되었는가? 아무리 아름다운 꽃도 그것에 비하면 빛을 잃을 정도의 근본적이고 심오한 내적 개화를 위한 준비가? 인간은 조건 지어진 마음 구조의 무거운 밀도를 버리고, 말하자면 수정이나 보석처럼 의식의 빛을 투명하게 통과시킬 수 있는가? 물질주의와 물질성의 중력을 거부하고, 에고가 계속 자리 잡게 해 자신의 개인성 안에 갇혀 있게 만드는 형상과의 동일화 위로 날아오를 수 있는가?

그러한 변화의 가능성이 인류의 위대한 지혜를 담은 가르침들의 중심 메시지였다. 그 메시지를 전달한 사람들, 즉 붓다, 예수, 그 밖에 이름이 알려지지 않은 사람들은 모두 초기에 피어난 인류의 꽃들이었다. 그들은 선구자들이자, 드물고 소중한 존재들이었다. 그 당시는 꽃이 곳곳에 피어나는 시기가 아직 오지 않았고, 그들의 메시지는 대부분 잘못 이해되고 종종 크게 왜곡되었다. 소수의 사람을 제외하고는 그들의 메시지는 인간의 행동을 변화시키지 못했음이 확실하다.

그 초기 스승들의 시대에 비해 지금의 인류는 더 준비가 되었는가? 그리고 왜 그렇게 되어야만 하는가? 이 내적 변화를 불러일으키거나 속도가 빨라지게 하는 일이 있다면 당신은 무엇을 하겠는가? 에고가 지배하는 오래된 의식 상태의 특징은 무엇이며, 새로운 의식의 등장을 알아볼 수 있는 신호는 무엇인가? 이것을 포함해 다른 몇 가지 핵심적 질문들이 이 책에서 이야기될 것이다. 더 중요한 것은, 이 책 자체가 새로운 의식의 등장에서 나온, 변화를 위한 하나의 도구라는 사실이다. 여기에 소개된 사상과 개념들도 중요할 수 있겠지만, 그것들은 이차적인 것들이다. 그것들은 깨어남으로의 길을 가리켜 보이는 방향 표지판에 불과하다. 이 책을 읽어 나감에 따라 당신의 내면에서 하나의 전환이 일어날 것이다.

이 책의 주된 목적은 당신의 마음속에 새로운 정보와 신념을 덧보태거나, 어떤 것을 당신에게 확신시키기 위한 것이 아니라, 의식의 전환을 가져오려는 것, 즉 당신을 깨어나게 하는 것이다. 그런 의미에서 이 책은 '흥미로운' 책이 아니다. 흥미롭다는 것은 대상으로부터 거리를 둔 채 당신이 머릿속에서 생각이나 개념을 가지고 노는 것, 동의하거나 동의하지 않는 놀이를 하는 것이기 때문이다.

이 책은 당신 자신에 대한 책이다. 당신의 의식 상태가 변화하지 않으면 이 책은 아무 의미가 없다. 오직 준비된 사람만 깨어나게 할 수 있을 뿐이다. 아직 모두가 그런 것은 아니지만 준비된 사람은 많이 있고, 한 사람이 깨어날 때마다 집단의식 속에 가속도가 붙어서 다른 사람들도 더 쉽게 깨어날 것이다. 만약 깨어남의 의미를 잘 모른다면 이 책을 계속 읽어 나가기 바란다. 오직 깨어남에 의해서만 당신은 깨어남의 진정한 의미를 알 수 있다. 한순간의 짧은 경험만으로도 깨어남의 과정이 시작되기에 충분하며, 일단 시작된 과정은 되돌아가지 않는다. 이 책을 읽음으로써 그 잠깐의 경험이 찾아오는 사람도 있을 것이다. 자신은 깨닫지 못하고 있어도 이미 그 과정이 시작된 사람도 많을 것이다. 그 사람들은 이 책을 읽는 동안에 그것을 깨닫게 될 것이다. 어떤 사람들에게는 그 과정이 상실과 고통을 통해 시작되었을 수도 있다. 또 어떤 사람들은 영적 교사나 가르침을 접하면서 시작되었을 수도 있고, 삶을 변화시키는 영적 서적들을 읽음으로써 시작되었을 수도 있다. 혹은 그 몇 가지가 합쳐져서 그 과정이 일어날 수도 있다. 만약 당신의 내면에서 그 깨어남의 과정이 이미 시작되었다면, 이 책을 읽음으로써 그 깨어남이 더 빨라지고 더 강렬해질 것이다.

깨어남의 핵심적인 부분은 깨어 있지 않은 자신을 자각하는 일이다. 즉 자신 안에서 생각하고 말하고 행동하는 에고를 알아보는 일이다. 뿐만 아니라 그 깨어 있지 않은 상태가 지속되게 만드는, 집단적으로 조건 지어진 심리 작용도 이해하는 일이다. 그러므로 이 책은 먼저 에고의 주된 특성들과 함께, 그 특성들이 개인과 집단 속에서 어떻게 작용하는가를 보여 줄 것이다. 이것은 서로 연결된 두 가지 이유에서 중요하다.

첫 번째 이유는, 에고의 배후에서 작용하는 기본 구조를 알지 못하면 에고를 알아차릴 수도 없고, 그 때문에 에고의 속임수에 넘어가 계속해서 에고를 자신이라고 믿기 때문이다. 이것은 당신인 척 가장하는 사칭꾼인 에고가 당신을 차지해 버리는 것을 의미한다.

두 번째 이유는, 알아봄 자체가 깨어남의 한 방법이기 때문이다. 자기 안의 무의식을 알아볼 때, 그 알아봄을 가능하게 만드는 것 자체가 바로 의식의 일어남이고 깨어남이다. 어둠과 싸울 수 없듯이 에고와 싸워서는 이길 수가 없다. 필요한 것은 의식이라는 빛이다. 당신이 그 빛이다.

인간에게 상속된 기능장애

인류의 오랜 종교들과 영적 전통들을 더 깊이 들여다보면, 표면에는 많은 차이점들이 있지만 그 밑바탕에는 그들 대부분이 동의하는 두 가지 핵심적 통찰이 있음을 발견할 수 있다. 그 통찰을 설명하기 위해 그들이 사용하는 단어들은 다르지만, 모두 근본적인 진리의 두 가지 측면을 가리킨다. 이 진리의 첫 번째 부분은 대부분 인간의 '정상적인' 마음 상태에는 기능장애 또는 광기라고도 부를 수 있는 강한 요소가 내포되어 있다는 깨달음이다. 힌두교의 핵심에 해당하는 몇몇 가르침들은 아마도 이 기능장애를 집단적인 정신병 형태로 보는 시각에 가장 근접해 있을 것이다. 그들은 그것을 마야, 즉 망상의 장막이라고 부른다. 인도 출신의 위대한 성자 라마나 마하리쉬(1879-1950, 남인도의 영적 스승으로 '나는 누구인가?'라는 질문을 제시했음)는 직설적으로 말했다.

"마음은 마야이다."

불교는 다른 용어를 사용한다. 붓다에 따르면, 인간의 마음은 정상 상태에서 '두카'를 가져온다. 두카는 고통, 불만족, 혹은 평범한 불행으로 번역할 수 있다. 붓다는 그것이 인간 조건의 특징이라고 보았다. 어디에 있든 무엇을 하든 당신은 두카와 마주치게 될 것이고, 두카는 빠르든 늦든 모든 상황에 모습을 나타낼 것이라고 붓다는 말한다.

기독교의 가르침에 의하면, 인류라는 집단의 정상적인 상태가 '원죄'이다. '죄'라는 단어는 매우 잘못 이해되고 잘못 해석되어 왔다. 신약성서에 사용된 고대 희랍어를 글자 그대로 번역하면 '죄'는 화살 쏘는 이가 과녁을 빗맞히듯이 과녁에서 벗어난 것이다. 따라서 죄는 핵심에서 벗어난 인간의 존재 방식을 의미한다. 그것은 서투르고 눈이 먼 채로 사는 것이며, 그리하여 고통을 겪고 고통을 야기하는 것이다. 문화적 축적물과 잘못된 해석들을 걷어내면, '죄'는 인간의 조건 속에 내재한 기능장애를 가리킨다.

인류가 눈부신 성취를 이룬 것은 부정할 수 없다. 인간은 음악, 문학, 미술, 건축, 조각 등에서 최고의 작품들을 탄생시켰다. 최근에는 과학과 기술의 발달에 따라 삶의 방식이 근본적으로 변화해 불과 2백 년 전이라면 기적이라고밖에 생각할 수 없었던 것도 가능하게 되었다. 의심할 여지없이 인간은 매우 지성적인 존재이다. 그러나 그 지성은 광기로 물들어 있다. 과학 기술은 인간의 정신에 늘 따라다니는 기능장애가 지구와 다른 생명체, 그리고 인류 자신에게 미치는 파괴적인 영향을 더욱 확대시켰다. 그래서 그 기능장애, 그 집단적 광기는 20세기의 역사에서 가장 극명하게 드러나게 되었다. 또한 이 기능장애는 실제로 더 심해지고 있고 더 가속되고 있다.

1차 세계대전은 1914년에 일어났다. 물론 그 전에도 두려움, 탐욕, 권력욕이 일으킨 파괴적이고 잔혹한 전쟁은 인류 역사 내내 흔한 사건이었다. 종교와 이념을 내세운 인간 착취, 고문, 광범위한 폭력 등이 그것과 함께했다. 인류는 자연재해보다도 서로가 일으킨 재앙에 훨씬 더 고통받았다. 그러나 1914년이 되었을 무렵, 고도로 지성적인 인간의 머리는 엔진뿐 아니라 폭탄, 기관총, 잠수함, 화염방사기, 독가스를 발명했다. 한마디로 광기에 봉사하는 지성인 것이다! 전쟁이 교착 상태였던 프랑스와 벨기에의 국경 부근에서는 불과 몇 킬로미터의 진흙땅을 차지하기 위해 수백만 명의 남자가 참호에서 목숨을 잃었다. 1918년 전쟁이 끝났을 때, 살아남은 자들은 믿기 어려운 시선과 공포심으로 파괴의 잔해를 바라보았다. 천만 명이 살해당했고, 훨씬 더 많은 숫자가 팔다리가 잘리거나 불구자가 되었다. 전에는 인류의 광기가 효과 면에서 이만큼 파괴적이고 이만큼 극명하게 드러난 적이 없었다. 하지만 그것이 시작에 불과하다는 것을 아무도 알지 못했다.

20세기가 끝날 때까지 동료 인간들의 손에 폭력적인 죽음을 맞이한 숫자는 1억 명을 넘었다. 그들은 국가 간의 전쟁뿐 아니라 대량 살육과 집단 학살에 의해 죽음을 맞았다. 스탈린 통치 하의 소련에서 '계급의 적, 스파이, 배신자' 등으로 2천만 명이 살해되었고, 공포의 홀로코스트(나치 독일의 유대인 대학살)에서는 이루 말할 수 없는 끔찍한 참사가 자행되었다. 또한 스페인 내전과 인구의 4분의 1이 살해된 크메르 루즈 체제의 캄보디아 등 규모가 작은 셀 수 없이 많은 내전에서도 무수한 희생자가 나왔다.

이러한 광기가 수그러들기는커녕 21세기인 지금도 계속되고 있다는 것은 매일 텔레비전 뉴스만 봐도 알 수 있다. 인류의 집단적인 기능장애의 또 다른 측면은 다른 생명체들과 지구 자체에 인간이 가하고 있는 폭력이다. 인간은 산소를 생산하는 숲을 파혜치고, 식물과 동물의 삶을 파괴해 왔다. 공장과 다를 바 없는 농장들에서 동물들을 학대하고, 강과 바다와 공기를 더럽혔다. 인간은 탐욕에 눈이 멀어 자신과 전체와의 연결성을 이해하지 못하고 있고, 이대로 내버려 두면 자멸로 이어질 수밖에 없는 행동을 지금도 계속하고 있다.

인간 존재의 핵심에 존재하는 집단적 광기가 가져오는 사건들이 인류 역사의 큰 부분을 차지하고 있다. 인류의 역사는 대부분 광기의 역사이다. 만약 이것이 한 개인의 병력이라고 한다면 틀림없이 다음과 같은 진단이 내려졌을 것이다.

'만성적 피해망상증. 적이라고 굳게 믿는, 사실 적이라는 것은 그 자신의 무의식의 투영에 불과하지만, 상대방을 향한 병적인 살인 충동과 극도의 폭력과 잔인성. 가끔씩 잠깐 동안 제정신이 돌아올 뿐인 범죄광.'

두려움과 탐욕과 권력욕은 국가, 민족, 종교, 이념 간의 전쟁과 폭력의 배후에 있는 심리적 동기일 뿐 아니라, 개인 관계에서도 끊임없이 일어나는 갈등의 원인이다. 그것들이 타인뿐 아니라 자기 자신에 대한 인식에 왜곡을 가져온다. 그것들 때문에 온갖 상황을 잘못 해석하고, 더 많은 것을 원하는 자신의 욕구를 만족시키고 두려움을 해결하기 위해 잘못된 행동으로 이끌려 간다. 더 많은 것을 원하는 욕구는 결코 채워질 수 없는 밑 빠진 독이다.

하지만 이것을 깨닫는 것이 중요하다. 두려움, 탐욕, 권력욕은 여기서 말하는 기능장애 자체가 아니라, 인간 개개인의 마음속에 깊이 뿌리내린 집단적 망상이라는 기능장애의 결과물이다. 많은 영적 가르침들은 두려움과 욕망을 버리라고 말한다. 그러나 이 시도는 대개 실패로 끝이 난다. 기능장애의 근원까지 가닿지 못하기 때문이다. 두려움, 탐욕, 권력욕은 근본 원인이 아니다. 더 좋은 인간, 더 나은 인간이 되려고 노력하는 것은 칭찬받을 만하고 고상한 일처럼 들리지만, 의식의 전환이 일어나지 않는 한 결국은 실패할 수밖에 없는 노력이다. 왜냐하면 좋은 사람이 되려는 것 역시 똑같은 기능장애의 일부이기 때문이다. 더 미묘하고 순화되긴 했지만 여전히 자기를 강화하는 형태이다. 그런 노력 역시도 자신이 관념 속에서 '나'라고 여기는 이미지를 더 크게, 그리고 더 강하게 만들려는 욕망과 아무 차이가 없다. 좋은 사람이 되려고 노력한다고 해서 좋은 사람이 되는 것이 아니다. 이미 자신 안에 있는 좋은 것을 발견하고, 그 좋은 것이 밖으로 나오게 함으로써만 좋은 인간이 될 수 있다. 그러나 그 좋은 것이 나타나기 위해서는 당신의 의식 상태에 근본적인 변화가 일어나야만 한다.

본래 고결한 이상으로부터 시작된 공산주의의 역사는 인간이 먼저 자신의 의식 상태 속 현실을 변화시키려고 하지 않고 다만 외부적 현실을 변화시키려고 할 때, 즉 새로운 지구를 만들려고 시도할 때 어떤 일이 일어나는가를 분명하게 보여 준다. 그들은 모든 인간이 내면에 지니고 있는 '에고'라는 기능장애의 요소를 고려하지 않고 행동 계획을 세운 것이다.

새로운 의식의 등장

오래된 종교들과 영적 전통들의 대부분에는 공통된 통찰이 있다. 우리의 '정상적인' 마음 상태에는 기본적인 결함이 있다는 것이다. 그러나 인간 존재의 본질과 관련된 이 통찰, 이 '나쁜 소식'으로부터 두 번째 통찰이 생긴다. 인간 의식의 근본적인 변화가 가능하다는 반가운 소식이다. 힌두교 가르침에서는, 때로는 불교에서도 이 변화를 '깨달음'이라고 부른다. 예수의 가르침에서는 '구원'이라 하고, 불교에서는 '고통의 소멸'이라 한다. 이 변화를 설명하기 위해 '해탈'과 '깨어남'이라는 단어가 사용되는 경우도 있다.

인류의 가장 위대한 성취는 예술 작품도 과학도 기술도 아니며 자신의 기능장애, 광기의 인식이다. 먼 옛날에 이미 이 인식에 도 달한 사람들이 있었다. 아마도 이 기능장애를 가장 분명하게 알아 차린 최초의 사람은 2천 6백 년 전 인도에 살았던 고타마 싯다르 타일 것이다. 훗날 붓다라는 이름이 그에게 주어졌다. '붓다'는 단 순히 '깨어난 자'를 의미한다. 동시대에 중국에서도 깨달음을 얻은 인류의 교사가 나타났다. 그의 이름은 노자이다. 그는 가장 깊은 영적 서적 중 한 권인 『도덕경』에 가르침을 남겼다.

물론 자신의 광기를 알아차리는 것 자체가 온전한 정신의 등장 이며, 치유와 초월의 시작이다. 이미 이 행성 위에는 의식의 새로 운 차원이 나타나, 최초의 꽃이 조금씩 피어나기 시작했다. 그 드 문 사람들은 자기 시대의 사람들에게 말했다. 그들은 죄에 대해, 고통에 대해, 망상에 대해 이야기했다. "자신이 살고 있는 방식을 보라. 자신이 무엇을 하고 있는지, 자신이 만들어 내는 고통을 보 라." 그런 다음 그들은 '정상적인' 인간 실존의 집단적 악몽으로부 터 깨어날 수 있는 가능성을 가리켜 보였다. 그들은 그 길을 보여 주었다.

그들은 인류의 깨어남에 필수 불가결했지만, 세상은 아직 그들 을 받아들일 준비가 되어 있지 않았다. 어쩔 수 없이 그들은 동시 대뿐 아니라 후세 사람들에게도 잘못 이해되었다. 그들의 가르침 은 단순하고 강력했지만, 왜곡되고 잘못 해석되고 경우에 따라서 는 제자들에 의해 잘못 기록되었다. 몇 세기가 흐르는 동안 본래의 가르침과는 아무 관계없는, 오히려 근본적인 오해를 반영하는 많은 것들이 첨가되었다. 이들 인류의 스승들 중에는 웃음거리가 되고 매도당하고 죽임을 당한 사람마저 있었다. 또 어떤 사람은 신으로 숭배되었다. 인간 마음의 기능장애를 극복하는 길, 집단적 광기로부터 탈출하는 방법을 보여 준 가르침들은 철저히 왜곡되었고, 그것마저 그 광기의 일부가 되었다.

그리하여 종교는 인간을 통합하기보다는 분열시키는 힘이 되었다. 모든 생명이 하나라는 인식을 통해 폭력과 증오에 종지부를 찍는 대신, 더 심한 폭력과 증오를 일으키고 인간 동료와 다른 종교, 심지어는 같은 종교 내부마저 분열시켰다. 종교는 이념이 되고, 사람들이 그것들과 동일화되어 허구의 자아의식을 강화시키는 신념 체계가 되었다. 사람들은 이 믿음을 토대로 자신은 '옳고' 상대방은 '틀리다'고 단정 지었으며, 적을 '타인', '비신자', '그릇된 사상을 가진 자'라고 불렀다. 그럼으로써 자신의 정체성을 확립했고, 대립하는 사람들을 죽이는 것도 종종 정당화했다. 인간은 자신의 모습을 본떠 '신'을 만들었다. 영원하고 무한하며 이름 붙일 수 없는 것은 '나의 신'과 '우리의 신'으로, 믿고 숭배해야 하는 마음속 우상으로 전락했다.

그러나 종교라는 이름으로 저질러진 이 모든 광기 어린 행동들에도 불구하고, 더 깊은 핵심에는 그들이 가리켜 보인 진실이 여전히 빛나고 있다. 아무리 흐릿하더라도, 수많은 겹의 왜곡과 잘못된 해석들을 뚫고 지금도 여전히 빛나고 있다. 다만 인간은 자신 안에서 그 진실을 잠깐이라도 들여다보지 않는 한, 그 빛을 알아볼 가능성은 매우 적다. 드물긴 하지만 역사 속에는 의식의 변화를 경험하고, 그래서 모든 종교가 가리켜 보이는 것을 자신 안에서 발견한 사람들이 늘 있어 왔다. 그들은 이 개념화할 수 없는 진리를 표현하기 위해 기존 종교의 개념을 이용했다.

그들을 통해 거의 모든 주요 종교 안에서 새로운 종파와 운동이 생겨났다. 그리하여 본래의 가르침의 빛이 재발견되었을 뿐 아니라, 경우에 따라서는 한층 더 빛을 발했다. 그들은 초기 기독교와 중세 기독교의 영지주의('비밀스런 앎'을 의미하는 '그노시스'에서 온 말로, 하느님을 아는 것을 핵심으로 삼은 종파)와 신비주의('신비'는 본래 신과 인간 사이의 접촉이나 관계를 직접 경험하는 것을 의미), 이슬람교의 수피즘(신과의 직접적인 교류를 강조하는 사상), 유대교의 하시디즘(18세기 초 바알 셈 토브가 창시한 성속일여의 신앙)과 카발라(12세기에 등장한 새로운 종교운동으로 하느님에게 직접 다가가는 방법을 역설), 힌두교의 아드바이타 베단타(샹카라에 의해 시작된 불이일원론), 불교의 선과 족첸(티베트 불교에서 강조하는 위대한 완성의 수행) 등이다.

이들 학파의 대부분은 우상파괴적이었다. 그들은 종교에 늘 붙어 다니는 여러 겹의 죽은 개념들과 마음의 믿음 체계를 하나씩 벗겨 버렸다. 그런 이유로 대부분이 기성 종교로부터 의혹의 눈총을 받고 종종 적대시되었다. 주류 종교들과는 달리 이들의 가르침은 깨달음과 내적 변화를 강조했다. 사실 이러한 비밀스러운 가르침과 운동을 통해 종교 본래의 가르침이 지닌 변화의 힘이 회복될 수 있었지만, 거기에 다가간 사람은 극소수였다. 대중의 깊은 집단 무의식에 영향을 미칠 정도로 그들의 숫자가 늘어난 적은 결코 없었다. 시간이 지남에 따라 그들 학파의 몇몇은 지나치게 경직되고 형식화되거나 개념화되어 효력을 잃었다.

영성과 종교

새로운 의식이 등장하는 동안 기존 종교가 할 수 있는 역할은 무엇인가? 많은 사람들이 이미 영성과 종교의 차이를 느끼고 있다. 하나의 믿음 체계를 갖는다고 해서, 즉 자신이 절대적 진리라고 여기는 일련의 생각들을 갖는다고 해서, 그것이 자신을 영적으로 만들지는 않는다는 것을 사람들은 깨닫고 있다. 사실 그 생각들, 그 믿음들을 자신의 정체성으로 만들수록 자기 내면의 영적 차원으로부터 더 단절된다. '종교인'이라고 불리는 많은 이들이 바로 이 차원에 붙잡혀 있다. 생각을 진리와 동일시하고 그 생각과 자신을 완전히 동일화하기 때문에 자신만이 진리를 소유하고 있다고 주장하지만, 사실은 무의식 중에 자신의 정체성을 보호하려고 시도하고 있을 뿐이다. 이들은 생각의 한계를 깨닫지 못한다. 자신의 행동과 신념에 완전히 동의하지 않는 사람은 틀리다고 단정 지으며, 그리 멀지 않은 과거에는 그 이유로 상대방을 죽이는 것도 정당화되었다. 지금도 그렇게 생각하는 사람들이 있다.

새로운 영성, 즉 의식의 전환이 지금 제도화된 종교 밖에서 광범위하게 일어나고 있다. 생각이 지배하는 종교들 안에도 그 일부에는 반드시 영성이 머무는 작은 장소가 있었다. 종교 조직은 그것에 위협을 느껴 많은 경우 억압하려고 했다. 그러나 종교의 틀밖에서 넓은 범위의 영적 운동이 일어나는 것은 완전히 새로운 발전이다. 모든 문명 중에서 가장 생각의 지배가 강한 서양에서는 과거에는 상상조차 할 수 없던 일이다. 서구 문명에서는 사실상 기독교 교회가 영성에 관해서는 독점권을 차지해 왔기 때문이다. 교회의 인정을 받지 않고는 어떤 영적인 강연을 하거나 영적 서적을 출판하는 것이 불가능했다. 만약 그것을 시도하려고 했다간 금세 입에 재갈이 물려졌을 것이다. 그러나 지금은 교회와 종교 안에서도 변화의 표시가 나타나고 있다. 그것은 기쁜 징조이다. 교황요한 바오로 2세가 시나고그(유대교 사원)나 모스크(회교 사원)를 방문한 것도 작지만 기쁜, 개방을 향한 발걸음이다.

기존 종교 밖에서 일어난 영적 가르침의 결과에 의해서, 아울러 고대 동양의 지혜가 흘러들어 간 덕분에, 전통적인 종교 신자들 중에도 형식과 교리, 경직된 신앙 체계에 구애받지 않고 자신들의 영적 전통에 숨겨져 있는 본래의 깊이를 발견함과 동시에 자기 자신의 깊이를 발견하는 사람들이 점점 늘어나고 있다. 그들은 자신이 얼마나 영적인가는 무엇을 믿는가가 아니라, 어떤 의식 상태에 있는가에 의해 결정된다는 사실을 깨닫고 있다. 그리고 그것이 세상 속에서의 그 사람의 행동과 다른 사람들과의 상호작용을 결정한다.

형상 너머를 볼 수 없는 사람들은 자신의 믿음 속에, 즉 에고의 지배를 받는 자신의 마음속에 더 깊이 매몰되었다. 지금 전례 없는 새로운 의식의 물결이 등장하고 있지만, 동시에 에고의 벽도 더 강해지고 있다. 어떤 종교 조직은 새로운 의식을 향해 열리겠지만, 더 완고하게 자신들의 입장과 교리에 매달려 집단적 에고가 자신을 보호하고 반격하는 종교도 있을 것이다. 일부 교회, 종파, 광신자 집단, 또는 종교 운동은 기본적으로 자신들의 관점과 철저히 동일화된 집단 에고체들이다. 그들은 현실에 대한 다른 해석을 인정하지 않는 폐쇄적인 정치 이념의 신봉자들과 조금도 다르지 않다.

하지만 에고는 소멸되어야만 하는 운명이다. 종교든, 제도든, 기업이든, 정부든 모든 경직화된 체계는 겉보기에는 아무리 강하고 단단해 보여도 내부로부터 무너질 것이다. 가장 견고하고 가장 변화가 불가능해 보이는 구조가 먼저 붕괴할 것이다. 이것은 이미 소비에트 공산주의에서 일어난 일이다. 아무리 견고하게 지키고 아무리 단단한 암석처럼 보였을지라도 불과 몇 년 만에 내부에서부터 와해되었다. 아무도 그 붕괴를 예측하지 못했다. 모두가 놀라움을 금치 못했다. 하지만 훨씬 많은 놀라움들이 우리를 기다리고 있다.

변화의 절박함

과거의 존재 방식과 자연과의 관계가 제 기능을 하지 못하고, 근본적인 위기가 생겨 도저히 해결할 수 없을 것 같은 문제로 인해 생존이 위협당하면, 각각의 생명체나 종은 죽거나 멸종한다. 아니면 진화의 도약을 통해 조건의 한계를 뛰어넘어 비상한다.

지구의 생명체는 맨 처음 바다에서 진화했다고 여겨진다. 지상에 동물이 전혀 없었을 때 바다 속에는 생명이 넘쳐 나고 있었다. 그러다가 어느 시점엔가 바다 생명체 하나가 메마른 뭍으로 진출하는 모험을 했음에 틀림없다. 아마 처음에는 단지 몇 센티미터기어 올라왔다가 거대한 중력에 지쳐 중력을 거의 느끼지 않고 훨씬 쉽게 살아갈 수 있는 물속으로 되돌아갔을 것이다. 하지만 다시 지상으로 진출을 시도하고, 또다시 시도하고, 몇 번이나 계속 시도한 끝에 마침내 지상의 생활에 적응했을 것이다. 지느러미 대신 다리가 생기고 아가미 대신 폐가 발달했을 것이다. 어떤 위기 상황이 그렇게 하도록 강요하지 않고서는 하나의 종이 그토록 이질적인 환경에 도전해 진화의 대전환을 겪는 것은 생각할 수 없는 일이다. 바다의 일부가 대양으로부터 분리되었고 수천 년에 걸쳐

서서히 물이 빠져나가 그곳에 살던 어류는 자신들의 거주지를 떠나 진화할 수밖에 없었을 것이다.

생존을 위협하는 근본적인 위기에 대처하는 것, 이것이 현재 인류가 맞닥뜨린 과제이다. 이미 2천 5백 년 전 고대의 지혜로운 스승들이 깨달았고 이제는 과학 기술의 발달로 점점 강화되고 있는, 에고가 지배하는 인간 마음의 기능장애가 최초로 이 행성 자체의 존속을 위협하고 있다. 아주 최근까지도 고대의 스승들이 지적한 인간 의식의 변화는 단지 가능성에 지나지 않았고, 문화적 종교적 배경과 관계없이 여기저기서 소수의 개인이 실현할 뿐이었다. 인간 의식의 꽃이 폭넓게 피어나지 않은 것은 아직 그 정도의 절박함이 없었기 때문이었다.

아직까지는 아닐지라도 지구상의 많은 이들이 머지않아 깨닫게 될 것이다. 인류는 지금 진화할 것인가 사멸할 것인가의 중대한 선택에 직면해 있다. 아직은 그 숫자가 적지만, 이미 자기 자신 안에서 에고의 지배를 받는 오래된 마음의 방식이 붕괴하고 새로운 차원의 의식이 등장하는 것을 경험한 사람들이 급격히 늘어나고 있다.

지금 일어나고 있는 것은 새로운 믿음 체계도, 새로운 종교도, 영적 이데올로기도, 신화도 아니다. 우리는 신화뿐 아니라 이념과 믿음 체계의 종말을 향해 다가가고 있다. 변화는 마음의 내용물보다도 더 깊은 곳, 생각보다도 더 깊은 곳에서 진행되고 있다. 사실 새로운 의식의 핵심은 생각의 초월에 있다. 생각보다도 높은 곳으로 올라가, 생각보다도 무한히 광대한 차원이 자기 자신 내부에 있음을 깨닫는 새로운 능력에 있다. 그때는 더 이상 자신의 정체성을, 자신이 누구인가에 대한 느낌을, 지금까지 자기 자신으로 여겼던 끊임없는 생각의 흐름에서 찾지 않는다. 자기의 '머릿속 목소리'가 실은 자신이 아님을 깨닫는 것은 이루 말할 수 없는 자유이다. 그렇다면 자신은 누구인가? 자신은 생각하는 자신을 보고 있는 사람이다. 생각 이전의 그 알아차림, 생각이 일어나는 공간이 바로 자신이다. 감정과 감각 지각이 일어나는 공간이.

에고는 형상과의 동일화에 지나지 않는다. 그 형상은 주로 생각의 형태이다. 만약 악이 어떤 실체를 가지고 있다면, 사실 악이란 절대적인 실체가 아니라 상대적인 것이지만, 악에 대한 정의도 이렇게 내릴 수 있을 것이다. '형상을 자기 자신이라고 완전히 믿는 것.' 물질적인 형상, 생각 형태, 감정 형태와 동일화되는 것이다. 그래서 자신이 전체와 연결되어 있음을, 모든 '다른 사람'과 '생명의 원천'과 본질적으로 연결되어 있음을 전혀 알아차리지 못한다. 그 연결성에 대한 기억상실, 그것이 원죄이고 고통이며 망상이다. 분리되어 있다는 망상이 내가 하는 모든 생각과 말과 행동을 밑바탕에서 지배할 때 나는 과연 어떤 종류의 세상을 창조하겠는가? 그 답을 알기 위해서는 사람들 사이의 관계를 보거나, 역사책을 읽거나, 혹은 오늘 밤 텔레비전 뉴스를 보면 된다.

인간의 마음 구조가 변화하지 않고 그대로 남아 있다면, 우리는 언제나 근본적으로 똑같은 세상, 똑같은 악, 똑같은 기능장애를 계속 반복해 창조할 것이다.

새로운 하늘과 새로운 땅

이 책의 원제(『A New Earth』)에 대한 영감은 성경의 예언에서 받은 것이다. 인류 역사상 지금처럼 이 예언이 어울리는 때는 없기 때문이다. 구약과 신약성서 모두에 등장하는 그 예언은 지금까지의 세계 질서 붕괴와 '새로운 하늘과 새로운 땅'의 출현을 말하고 있다(요한계시록 21장 1절, '내가 새 하늘과 새 땅을 보니 처음 하늘과 처음 땅이 없어졌고 바다도 없어졌더라.' 이사야 65장 17절, '보라, 내가 새 하늘과 새 땅을 창조할 것이니, 이전 것은 기억되거나 마음에 생각나지 아니할 것이라.'). 우리는 여기서 하늘이 공간적인 장소가 아니라 내면의 의식 영역임을 이해해야 한다. 이것이 그 단어의 비전적 의미이며, 예수의 가르침에 담긴 의미이다. 한편 땅은 그것이 형상으로 나타난 외부 세계를 의미한다. 외부 세계는 언제나 내적 세계의 반영이다.

인류의 집단의식과 이 행성 위에서의 삶은 본질적으로 연결되어 있다. '새로운 하늘'은 변화된 인간 의식 상태의 등장이며, '새로운 땅'은 그것이 물질세계에 반영되어 나타난 결과이다. 인간의 삶과 의식은 지구의 삶(생명)과 본질적으로 하나이기 때문에 낡은 의식이 소멸하면 그것에 공명해 지구의 많은 곳에서 지리적으로나 기후적으로나 대변화가 일어날 수밖에 없다. 그중 일부를 이미 우리는 목격하고 있다.

에고, 인류의 현재 상태 — 내 안의 인류로부터의 자유

말이나 분류표로 세상을 덮지 않을 때
잃어버린 감각이 삶에 되돌아온다.
삶에 깊이가 되돌아온다.
자기 자신이라고 믿고 있는
모든 것으로부터 자유로워져야 한다.
'무엇이 내가 아닌가'를 아는 순간
'나는 누구인가'가
저절로 나타난다.

말은 발음이 되어 소리로 나와도, 혹은 소리가 되지 않고 그냥 생각으로만 남아 있어도 거의 최면 같은 주문을 걸 수 있다. 말 속에서 인간은 쉽게 자기를 잃어버린다. 어떤 것에 단어를 갖다 붙이기만 하면 마치 최면에 걸린 것처럼 그것이 무엇인지 안다고 암묵적으로 믿어 버린다. 그러나 실제로는 그것이 무엇인지 당신은 알지 못한다. 다만 신비에 하나의 분류표를 붙였을 뿐이다. 모든 것들, 즉 한 마리의 새, 한 그루의 나무, 심지어 단순한 돌멩이는 말할 것도 없고 한 사람의 인간 존재를 안다는 것은 궁극적으로 불가능하다. 그것들은 깊이를 측정할 수 없는 심연을 갖고 있기 때문이다. 우리가 지각하고 경험하고 생각할 수 있는 것은 모두 실체의 표면층뿐이며, 빙산의 일각보다도 작다.

그 겉으로 보이는 것의 아래에서는 모든 것이 다른 모든 것과 연결되어 있을 뿐 아니라, 그 모든 것이 나온 생명 전체의 원천과도 연결되어 있다. 돌 하나까지도, 꽃과 새라면 더욱더, '신'에게로, 그 '원천'에게로, 당신 자신에게로 돌아가는 길을 보여 준다. 단어를 붙이거나 머릿속에서 분류표를 붙이지 않고 그것을 바라보거나 손에 쥘 때, 그리고 그것의 있는 그대로를 허락할 때, 외경심과 경이감이 당신 안에서 일어날 것이다. 그것의 본질이 침묵 속에 자기 자신을 당신에게 전달하고, 당신의 본질을 당신에게 되비쳐 줄 것이다. 위대한 예술가들이 느끼는 것, 그들이 작품을 통해 전달하는 것이 그것이다. 반 고흐는 "이건 낡은 의자일 뿐이야."라고 말하지 않았다. 그는 바라보고, 바라보고, 또 바라보았다. 그 의자의 '순수한 있음'을 느꼈다. 그러고 나서 캔버스 앞에 앉아 붓을 들었다. 의자 그 자체는 몇 달러밖에 되지 않는 물건이었을 것이다. 그러나 그 의자 그림은 지금 2천 5백만 달러의 가치가 있다.

말이나 분류표로 세상을 덮지 않을 때, 인간이 생각을 사용하는 대신 생각에 사로잡힘으로써 오래전에 잃어버린 기적과 같은 감각이 당신 삶에 돌아온다. 삶에 깊이가 돌아온다. 사물은 새로움과 신선함을 회복한다. 가장 큰 기적은 단어나 생각이나 머릿속 분류표나 이미지에 앞서 자신의 본질적 자아를 경험하는 일이다. 그 일이 일어나게 하려면 자신과 뒤엉킨 모든 것, 자신이라고 믿는 모든 것으로부터 '나'의 느낌, '순수한 있음'의 느낌을 풀어 주어야 한다. 이 책은 그 뒤엉킨 것을 푸는 것에 대한 것이다.

사물과 사람과 상황에 말이나 머릿속 분류표를 재빨리 붙이면 붙일수록 당신의 현실은 더 얕아지고, 생기 없는 것이 되어 버린다. 자신의 안과 주위에서 쉼 없이 펼쳐지는 현실, 그 삶의 기적에 더 무감각해진다. 그런 방식으로 영리함은 얻을 수 있을지 모르지만 지혜는 잃어버리고, 마찬가지로 기쁨, 사랑, 창조성, 생명력도 잃어버린다. 감각 지각과 해석이라는 소리 없는 틈 사이에서 그것들은 묻혀 버린다. 물론 우리는 말과 생각을 사용해야만 한다. 말과 생각에는 나름대로의 아름다움이 있다. 하지만 우리가 그것들 속에 갇혀 살아야만 할 필요가 무엇인가?

말은 실체를 인간 마음이 파악할 수 있을 정도로 축소시킨다. 언어는 성대에 의해 생성되는 다섯 개의 기본적인 소리로 이루어져 있다. 그것들은 '아, 에, 이, 오, 우'의 다섯 가지 모음이다. 나머지 소리들은 공기 압력 조절을 통해 만들어지는 '그, 스, 프' 등의 자음들이다. 이러한 기본적인 음의 몇 가지 조합만으로 당신이 누구인지, 우주의 궁극적인 목적이 무엇인지, 아니면 한 그루의 나무나 돌멩이 하나에 대해서라도 그 깊은 곳에서 그것이 무엇인지를 정말로 설명할 수 있다고 믿는가?

환상의 자아

'나'라는 단어는 그것을 어떻게 사용하는가에 따라 가장 심각한 오류가 될 수도 있고, 가장 심오한 진실이 될 수도 있다. 일반적인 쓰임새에서 이 단어는, 파생어인 '나를', '나에게', '나의', '나의 것', '나 자신' 등을 포함해, 가장 빈번하게 사용되는 단어 중 하나이다. 뿐만 아니라 가장 오해를 불러일으키는 단어이기도 하다. 보통의 일상적인 용법에서 '나'에는 원천적인 오류, 즉 자신이 누구라는 잘못된 인식과 환상에 불과한 정체성이 담겨 있다. 이것이 에고이다.

시간과 공간의 실체뿐 아니라 인간 본성에 대해서도 깊은 통찰력을 지녔던 알베르트 아인슈타인은 이 환상의 자아의식(외부세계나 타인과 구별되는 자아로서의 자기에 대한 느낌)을 '의식이 일으키는 시각적 환상'이라고 불렀다. 그 환상의 자아가 그 후의 모든 해석의 토대가 된다. 더 정확히 말하면 실체에 대한 오해의 토대가 되고, 모든 사고 과정, 상호작용, 관계의 근본이 된다. 당신의 현실은 이 근본적인 환상의 반영이다.

좋은 소식이 있다. 환상은 환상이라고 알면 소멸한다는 것이다. 환상의 알아차림은 환상의 종말이기도 하다. 당신이 그것을 실체로 오해하고 있는 동안만 환상은 생존한다. '무엇이 내가 아닌가'를 아는 순간 '나는 누구인가'의 실체가 저절로 나타난다. 우리가 에고라고 부르는 가짜 자아의 작용 원리에 대해 설명하는 이번 장과 다음 장을 천천히 주의 깊게 읽어 나가면 그 일이 일어날 것이다. 그렇다면 이 환상의 자아는 무엇인가?

당신이 '나'라고 말할 때, 보통 그것이 의미하는 것은 진정한 당신이 아니다. 괴물과도 같은 환원주의(어떤 실체는 그보다 더 간단한 기본적인 실체로 이루어져 있다고 전제하고, 전자에 관한 설명을 좀 더 기본적인 후자의 설명으로 대치하려는 사고의 형태)적 행동에 의해, 무한한 깊이를 가진 당신이라는 존재가 성대에 의해 생성되는 소리나 마음속에 있는 '나'라는 생각, 혹은 그 '나'가 자신과 동일시하고 있는 모든 것들과 혼동된다. 그렇다면 보통 말하는 '나', 그리고 그것과 연관된 '나를', '나에게', '나의', '나의 것'은 무엇을 가리키는가?

부모의 성대가 만들어 내는 일련의 소리가 자신의 이름이라는 것을 알게 되면, 그 단어는 아이의 머릿속에서 하나의 생각이 되고, 아이는 그것을 자신과 동일시하기 시작한다. 이 단계에서 어떤 아이는 "쟈니는 배고파요."라고 말하듯이 자신을 3인칭으로 표현한다. 머지않아 아이는 '나'라는 마법의 단어를 배우고, 이미 자기 자신과 동일시하고 있는 이름과 똑같이 사용하기 시작한다. 이어서 다른 생각들이 이 '나'라는 생각과 합쳐진다. 그다음 단계는 '나'의 일부로 보이는 것을 지칭하는 '나의', '나의 것'이라는 생각이다. 이것은 바깥의 물건과 자신을 동일화하는 일이다. 즉 물건에, 엄밀히 말하면 물건에 해당하는 자신의 생각에 자아의식의 옷을 입힘으로써 물건으로부터 자신의 정체성을 이끌어 내는 것이다. '나의' 장난감이 부서지거나 빼앗기면 강렬한 고통이 일어난다. 고통스러운 것은 그 장난감 자체가 가진 가치 때문이 아니다.

아이는 어쨌든 곧 그것에 대한 흥미를 잃고 다른 장난감과 물건으로 관심이 옮겨 갈 것이다. 아이의 고통은 '나의 것'이라는 생각 때문에 온다. 장난감은 아이의 발달하는 자아의식, 즉 '나'의 일부가 되어 버린 것이다.

아이가 자라남에 따라 '나'라는 생각은 다른 생각들을 그것에 끌어당긴다. 성별, 소유물, 감각을 가진 육체, 국적, 인종, 종교, 직업 등에 자신을 동일화하는 것이다. 그 밖에 '나'가 동일화되는 것은 어머니, 아버지, 남편, 아내 등의 역할, 축적된 지식이나 의견, 좋아하는 것과 싫어하는 것, 그리고 과거에 '나에게' 일어난 일들이다. 과거에 일어난 일들의 기억은 '나와 나의 이야기'로서 나의 자아의식을 다시 한 번 규정해 준다. 이것들은 사람들이 자신들의 정체성을 이끌어 내는 수많은 것들의 일부에 불과하다. 그것들은 결국 내가 자아의식을 부여했다는 사실 때문에 불안정하게 붙들고 있는 생각에 지나지 않는다. 보통 '나'라고 말할 때 가리키는 것은 이 정신적 구조물이다. 좀 더 정확히 말하면, 당신이 '나'라고 말하거나 생각할 때, 대개 그것은 당신이 아니라 마음이 만든 그 구조물의 일부, 즉 에고의 지배를 받는 자아이다. 이것을 깨달은 후에도 당신은 여전히 '나'라는 단어를 사용하겠지만, 그때 그것은 당신 안의 훨씬 깊은 곳으로부터 나올 것이다.

대부분의 사람들은 여전히 끊임없는 마음의 흐름을, 대부분 무의미하게 반복되는 강박적인 생각들을 자신과 완전히 동일시한다. 이 사고 과정과 그것에 뒤따르는 감정으로부터 분리된 '나'는 없다. 영적으로 무의식적이라는 의미가 이것이다. 그들의 머릿속에 잠시도 멈추지 않고 떠드는 목소리가 있다고 하면 사람들은 "무슨 목소리?" 하고 되묻거나, 그런 것은 없다고 화를 내며 부정한다. 물론 되묻거나 화내는 주체는 바로 그 목소리, 그 생각하는 자, 관찰되지 않는 마음이다. 그것이 사람들을 완전히 사로잡고 있어서 거의 독립된 실체처럼 보인다.

생각과의 동일화에서 벗어나, 한순간이라도 자기 마음의 내용물로부터 그 배후에 있는 알아차림의 존재로 정체성 전환을 경험한 적이 있는 사람은 그 경험을 결코 잊지 못한다. 그 정체성의 이동이 매우 미묘한 방식으로 일어나기 때문에 거의 알아차리지 못하거나, 이유도 모르는 채 그저 기쁨과 내적 평화가 밀려온 것으로 아는 사람도 있다.

머릿속 목소리

내가 처음으로 짧은 자각을 경험한 것은 런던 대학교 1학년 학생일 때였다. 그 당시 나는 일주일에 두 번, 대개 아침 출근 시간이 끝난 아홉 시 무렵 지하철로 대학 도서관에 가는 것이 습관이었다. 한번은 지하철에서 30대 초반으로 보이는 여성이 내 맞은편에 앉았다. 그때까지 몇 차례 본 적이 있는 여성이었다. 누구든지 그 여성에게 관심을 기울일 수밖에 없었다. 지하철은 만원이었지만 그 여성의 양옆 자리에는 아무도 앉지 않았다. 이유는 분명했다. 그 여성이 어딘가 정상으로 보이지 않았기 때문이다. 그녀는 몹시 긴장해 있었고, 무엇인가에 화가 난 듯 큰 소리로 쉴 새 없이 혼잣말을 하고 있었다. 자기 머릿속 생각에 몰두한 나머지 사람들이나 주변 상황을 전혀 의식하지 못하고 있는 것 같았다. 머리가 밑을 향하고 왼쪽 아래를 비스듬히 쳐다보며 텅 빈 옆 좌석 누군가에게 말을 하고 있는 것처럼 보였다. 혼잣말의 정확한 내용은 기억나지 않지만 이런 식의 독백이었다.

"그러니까 그 여자가 나한테 말했어……. 그래서 내가 그 여자한테 말해 줬지. 당신은 거짓말쟁이라고. 어떻게 감히 나를 비난할 수 있냐고……. 언제나 나를 이용하는 건 당신이잖아. 난 당신을 믿었는데 당신이 그 믿음을 배신한 거잖아……."

부당한 대우를 받아 뭔가 반박하지 않으면 안 되는, 그러지 않으면 자신이 무너져 버릴 것 같은 분노가 목소리에서 전해졌다. 지하철이 토튼햄 법원역에 가까워지자 여자는 자리에서 일어나 문 쪽으로 걸어갔지만 여전히 혼잣말을 계속하고 있었다. 내가 내릴 역도 같은 곳이었기 때문에 나는 그녀 뒤를 계속 따라갔다. 역을 빠져나오자 그녀는 베드포드 광장을 향해 걸어가기 시작했다. 하지만 여전히 상상 속의 대화에 몰입한 채 화난 어조로 누군가를 비난하고 반박하고 있었다. 나는 호기심에 이끌려 방향이 같은 동안은 뒤쫓아 가 보기로 마음먹었다. 상상 속 대화에 몰두해 있음에도 그녀는 자신의 행선지를 정확히 알고 있는 것 같았다. 머지않아 대학 본관과 도서관이 있는, 1930년대에 지어진 평의원 회관의 당당한 모습이 보였다. 나는 어리둥절했다. 혹시 그녀가 나와 같은 목적지로 가고 있는 것이 아닐까? 정말로 그녀는 평의원 회관을 향하고 있었다. 교수일까, 학생일까, 혹은 사무원일까, 사서일까? 아니면 심리학자의 연구 프로젝트에 참가한 피실험자일까? 답은 알 수 없었다. 스무 걸음 정도 뒤에서 걷고 있던 내가 건물 입구에 도착했을 때 이미 그 여성은 엘리베이터 한 대에 올라탄 뒤였다. 아이러니컬하게도 그곳은 조지 오웰의 소설 『1984년』이 영화화되었을 때 '마음 감시 경찰' 본부를 촬영한 곳이었다.

나는 방금 목격한 것에 충격을 받았다. 스물다섯 살의 나름대로 성숙한 대학 1학년생이었기 때문에 나 자신은 지적인 인간이라고 생각하고 있었고, 인간 존재의 딜레마에 대한 해답은 모두 지성을 통해, 즉 생각에 의해 찾을 수 있다고 믿어 의심치 않았다. 알아차림이 없는 생각이야말로 인간 존재의 주된 딜레마인 것을 나는 아직 깨닫지 못하고 있었다. 교수들을 모든 대답을 알고 있는 현자로 우러러보았고 대학은 지식의 전당이라고 믿었다. 그런데 저 여성과 같이 제정신이라고는 볼 수 없는 사람이 어떻게 이 대학의 일원일 수 있단 말인가?

도서관으로 가기 전에 화장실에 들어갔을 때도 나는 여전히 그녀에 대해 생각하고 있었다. 손을 씻으면서 생각했다. '난 저 여자처럼 되지 말아야지.' 그러자 옆에 있던 남자가 흘낏 내 쪽을 바라보았다. 나는 그것을 생각만 한 것이 아니라 소리 내어 중얼거렸던 것이다! 그것을 깨닫고는 나는 충격에 빠졌다. '아, 이런! 난 이미 그 여자처럼 되었군!' 나의 마음도 그녀의 마음처럼 끊임없이 활동하고 있지 않은가? 우리 사이에는 오직 작은 차이밖에 없었다. 그녀의 생각 배후에 자리 잡고 있는 지배적인 감정은 분노인 듯했다. 나의 경우에는 대부분 불안이었다. 그녀는 생각을 소리 내어 말했고 나는 대개 머릿속에서 생각했다. 만약 그녀가 미친 것이라면 나를 포함한 모두가 미친 것이었다. 단지 정도의 차이만 있을 뿐이었다.

한순간이었지만 나는 자신의 마음으로부터 물러나 더 깊은 시점에서 있는 그대로 그것을 바라볼 수 있었다. 생각에서 알아차림으로의 짧은 전환이었다. 나는 아직 남자 화장실에 있었지만 혼자만 남아서 거울에 비친 나 자신의 얼굴을 보고 있었다. 나 자신의 마음으로부터 분리된 그 순간, 나는 웃음을 터뜨렸다. 제정신이 아닌 웃음으로 들렸을 수도 있지만, 비로소 제정신으로 돌아온 웃음, 커다란 배를 가진 붓다의 웃음이었다.

"삶은 내 마음이 만들어 내는 것만큼 그렇게 심각하지 않다."

그 웃음은 그렇게 말하고 있는 듯했다. 그러나 그것도 실로 한순간의 일이었고 금세 잊혀졌다. 그로부터 3년 동안 나는 나 자신의 마음에 완전히 동일화되어서 불안하고 우울한 상태로 나날을 보냈다. 자각이 다시 돌아온 것은 자살의 고비까지 간 후의 일이었으며, 이번의 깨달음은 짧은 순간의 경험 이상의 것이었다. 나는 강박적인 생각과, 마음이 만들어 낸 허구의 나로부터 완전히 자유로워졌다.

앞에서 말한 사건으로 나는 최초로 자각을 잠시 경험했을 뿐아니라, 인간 지성의 절대적 유효성에 대한 의심을 처음으로 내 안에 심게 되었다. 그로부터 몇 달 뒤 이 의심을 더욱 강화하는 비극적인 사건이 일어났다. 어느 월요일 아침, 깊이 존경하던 교수의 강의에 출석했을 때 그 교수가 주말에 총으로 자살했다는 사실을 알게 되었다. 나는 몹시 놀랐다. 매우 존경받고 모든 해답을 알고 있는 것처럼 보였던 교수였다. 그러나 나는 아직 생각을 일구는 것 이외의 다른 선택을 바라볼 수 없었다. 생각은 의식의 아주 작은 측면에 지나지 않음을 아직 깨닫지 못했고, 에고에 대해 아무것도 몰랐으며, 더구나 그것을 자기 안에서 감지하는 일은 아직 할 수 없었다.

에고의 내용물과 구조

에고의 지배를 받는 마음은 과거에 의해 완전히 조건 지어져 있다. 그 조건 지어짐은 두 부분으로 이루어져 있다. 내용물과 구조가 그것이다. 장난감을 빼앗겨 심한 고통 속에서 우는 아이의 경우 이 장난감은 내용물에 해당한다. 그것은 다른 장난감이나 물건 같은 또 다른 내용물로 대체가 가능하다. 당신이 자신과 동일화하는 내용물은 주위 환경, 성장 배경, 그리고 둘러싼 문화에 따라 조건 지어진다. 아이가 부자이든 가난하든, 그 장난감이 나무로 만든 동물 같은 것이든 정밀한 전자 제품이든, 잃어버렸을 때 오는 고통은 차이가 없다. 왜 그런 극심한 고통이 일어나는가? 그 이유는 '나의'라는 단어에 숨어 있으며, 이것은 구조적인 문제이다. 대상과의 연결을 통해 자신의 정체성을 강화하고 싶어 하는 무의식적인 강박관념은 에고의 지배를 받는 마음의 구조에 단단히 박혀 있다.

에고가 존재하게 만드는 가장 기본적인 마음 구조들 중 하나가 동일화이다. '동일화identification'라는 단어는 '같다'는 의미의 라틴어 '이뎀idem'과 '만들다'는 뜻의 '파케레facere'에서 유래했다. 따라서 내가 어떤 것과 자신을 동일시하면, 나는 그것을 '같게 만드는' 것이 된다. 무엇과 같게 만드는가? 바로 '나'와 같게 만드는 것이다. 나는 그것에게 나의 자아의식을 부여하고, 따라서 그것은 나의 '정체성'의 일부가 된다. 가장 기본적인 차원에서 정체성의 대상은 물질이다. 나의 장난감은 훗날 나의 자동차, 나의 집, 나의 옷 등이 된다. 나는 물건들 속에서 나 자신을 찾으려 하지만 결코 완전하게 성공하지 못하며, 결국 그것들 속에서 나를 잃어버리는 결과로 끝이 난다. 그것이 에고의 운명이다.

물질과의 동일화

　광고업계에 종사하는 사람들은 실제로는 필요 없는 물건을 억지로 사게 만들기 위해서는, 그것을 갖고 있으면 자기 이미지가 혹은 다른 사람에게 보이는 이미지가 달라진다고 소비자가 생각하게끔 만들어야 한다는 것을 알고 있다. 바꿔 말하면 '나'의 자아의식에 보탬이 되리라는 믿음을 심어 주면 되는 것이다. 예를 들어, "이 제품을 쓰면 한결 돋보입니다. 그러니 좀 더 당신 자신이 될 수 있습니다." 하고 말하면 된다. 아니면 제품으로부터 유명한 사람을, 또는 젊고 매력적이고 행복해 보이는 사람을 연상하게 만든다. 심지어 늙은 사람과 고인이 된 유명한 사람의 전성기 모습이라도 상관없다. 이때 무언중에 가정되는 것은 이 제품을 사면 마술적인 작용이 일어나 당신이 그 사람들처럼 될 수 있다거나 그 사람들의 이미지를 꼭 닮게 된다는 것이다. 그러므로 많은 경우에 사람들은 제품을 사는 것이 아니라 '자신의 정체성을 높여 주는 상품'을 사는 것이다. 유명 디자이너 상표는 집단 전체가 알아보는 정체성 중 으뜸가는 것이며, 당신이 구매하는 것이 그것이다. 유명 디자이너 상품은 가격이 높기 때문에 '독점적'이다. 만약 누구나 살 수 있는 것이라면 심리적인 가치가 없어지고 남는 것은 물질적인 가치뿐이다. 그 물질적인 가치는 사실 당신이 내는 돈의 아주 조금밖에 되지 않는다.

무엇과 동일화되는가는 사람마다, 그리고 나이와 성별, 소득, 사회적 지위, 유행, 둘러싼 문화 등에 따라 다르다. 당신이 자신과 동일시하는 그것들은 모두 에고의 내용물과 관련된 것이다. 반면에 무엇인가와 동일화되려는 무의식적인 강박 심리는 에고의 구조와 관계가 있다. 그것은 에고의 지배를 받는 마음이 작용하는 가장 기본적인 방식 중 하나이다.

역설적이게도, 이른바 소비 사회를 계속 유지시키는 것은 인간이 물건에서 자기 자신을 찾으려는 시도가 매번 실패로 돌아간다는 사실이다. 에고의 만족은 오래 지속되지 않기 때문에 당신은 계속해서 더 많은 것을 찾고, 계속 사고 소비한다.

물론 우리의 표면적인 자아가 살고 있는 이 물질 차원에서 물건은 필요하고 살아가는 데 필수적이다. 집, 옷, 가구, 도구와 연장, 탈것이 필요하다. 게다가 아름다움과 고유의 품질 때문에 높이 평가되는 것도 있을 것이다. 우리는 물건의 세계를 이유 없이 경멸해서는 안 되고 존중해야 한다. 각각의 사물은 형상을 초월한 '한 생명'에 기원을 둔 일시적 형상들이며, 모든 사물과 몸과 형상이 그 '한 생명'의 원천에서 나왔다. 대부분의 오래된 문명들에서는 무생물까지 포함한 모든 것에 내재하는 영이 있다고 믿었다. 이 점에서는 그들이 오늘날의 우리보다 진리에 더 가깝다. 머릿속 관념에 의해 생기를 잃은 세계에 살고 있으면 더 이상 우주의 살아 있음을 감지할 수 없다. 대부분의 인간은 살아 있는 실체 속에 거주하는 것이 아니라 관념화된 현실에 머물러 있다.

그러나 만약 우리가 사물들을 자아 강화의 수단으로 사용한다면, 즉 사물을 통해 자기 자신을 찾으려 한다면, 우리는 실제로는 사물을 존중하는 것이 아니다. 에고가 하는 일이 정확히 그것이다. 에고가 사물과 동일화되면 사물에 대한 집착과 강박관념이 생겨나고, 그것으로부터 우리의 소비 사회와 경제 구조가 만들어진다. 이곳에서는 발전의 유일한 측정 기준이 언제나 '더 많이'이다. '더 많이'와 끝없는 성장을 위한 이 억제되지 않는 분투 노력은 하나의 기능장애이고 질병이다. 자기를 증식시키는 것만이 유일한 목표이고, 실제로는 자신이 그 일부인 전체 조직체를 파괴해 결국 자신도 파괴되는 결과가 됨을 알아차리지 못하는 암세포의 기능장애와 똑같다. 경제 전문가들 중에는 성장이라는 개념에 너무 집착한 나머지 어떻게든 그 단어를 사용하기 위해 경기 후퇴를 '마이너스 성장'이라고 부르는 사람도 있다.

많은 사람들은 물건에 대한 도를 넘은 집착으로 삶의 대부분을 소비한다. 물질 과잉이 우리 시대의 병 중 하나가 된 이유가 거기에 있다. 자기 본래 존재의 삶을 더 이상 느낄 수 없게 되면 인간은 물질로 삶을 채우려 하기가 쉽다. 하나의 영적 수행으로서 나는 자신이 물건들의 세계와 맺고 있는 관계를 한번 관찰해 보라고 제안하고 싶다. 특히 '나의 것'이라는 단어를 붙일 수 있는 물건들과의 관계를. 예를 들어, 자신의 자아 존중감이 소유물에 좌우되지 않는가를 판단하기 위해서는 민감해야 하고 솔직해야 한다. 자신을 중요한 인물이나 우월한 사람으로 느끼게 하는 특정한 물건들이 있는가? 그것들을 갖고 있지 않으면 당신보다 많이 소유하고 있는 사람에게 열등감을 느끼는가? 다른 사람의 눈이나 스스로의 눈에 자기의 가치를 끌어올리기 위해 은연중에 자신의 소유물을 암시하거나 과시하지는 않는가? 누군가가 당신보다 더 많이 갖고 있을 때, 혹은 소중히 여기는 소유물을 잃어버렸을 때, 화가 나고 불쾌해지거나, 어느 정도는 자신의 자아의식이 위축된 것을 느끼는가?

잃어버린 반지

영적인 문제에 대한 상담가로서 사람들을 만나던 시기에 나는 일주일에 두 번씩 어느 여성 암환자를 찾아가곤 했다. 그 여성은 40대 중반의 교사였는데, 의사로부터 몇 달밖에 살 수 없다는 진단을 받았다. 나는 그녀를 방문해서 몇 마디 말을 나눌 때도 있었지만 침묵을 지키며 다만 함께 앉아 있을 때가 많았다. 그때 그녀는 처음으로, 바쁜 교사 시절에는 존재하는지조차 알지 못했던 내면의 침묵을 발견할 수 있었다.

그런데 어느 날 방문하니 그녀는 몹시 낙담하고 화가 나 있었다. "무슨 일이 있었나요?"라고 묻자 다이아몬드 반지가 없어졌다고 했다. 금전적인 가치도 있는 것이지만 중요한 추억이 담긴 물건이었다. 분명 매일 반나절씩 간병하러 오는 여성이 훔친 것이 틀림없다고 그녀는 말했다. 환자에게 어떻게 그토록 냉정하고 무자비한 짓을 할 수 있는지 그녀는 이해할 수 없어 했다. 그리고 그 여성에게 캐물어야 할지 아니면 곧바로 경찰에 알리는 편이 나을지 내 의견을 구했다.

나는 그녀에게 어떻게 하라고 말해 줄 수는 없지만, 그녀의 삶에 이 시점에서 반지든 다른 어떤 물건이든 그것이 과연 얼마나 중요한 것인가를 생각해 보라고 조언했다.

그녀는 말했다.

"당신은 이해하지 못해요. 그건 할머니가 물려주신 반지예요. 매일 끼고 있었는데 병에 걸리고 나서는 손가락이 부어서 낄 수 없게 되었어요. 그건 단순한 반지가 아니에요. 내가 어떻게 당황하지 않을 수 있겠어요?"

그녀의 즉각적인 반응과 분노, 자기방어적인 태도는 그녀가 아직 내면을 들여다볼 만큼 충분히 현재의 순간에 있지 않으며, 일어난 사건과 자신의 반응을 분리시켜 그 둘 다를 관찰하는 수준에 이르지 못했음을 보여 주었다. 분노와 자기방어는 여전히 에고가 그녀를 통해 말하고 있다는 신호였다.

내가 말했다.

"그럼 몇 가지 질문을 하겠습니다. 곧바로 대답하지 않아도 되니까 당신 안에서 그 대답을 찾을 수 있는지 한번 살펴보기 바랍니다. 각각의 질문을 한 후에 잠깐씩 멈추겠습니다. 대답이 떠오른다고 해서 그 대답이 반드시 말의 형태로 올 필요는 없습니다."

그녀는 들을 준비가 되었다고 말했다. 내가 물었다.

"당신은 결국, 그것도 아마 가까운 시일 안에, 그 반지를 내려놓지 않으면 안 된다는 것을 깨닫고 있습니까? 그것을 내려놓을 준비가 될 때까지 얼마만큼의 시간이 더 필요한가요? 그것을 내려놓으면 자신이 더 작아지나요? 그 손실로 인해서 당신의 존재가 줄어드나요?"

마지막 질문 후에 몇 분간의 침묵이 흘렀다.

그녀가 다시 말을 시작했을 때 그녀의 얼굴에는 미소가 떠올라 있었다. 그녀는 평화를 되찾은 듯 보였다.

"마지막 질문이 나로 하여금 중요한 무엇인가를 깨닫게 했어요. 먼저 내 마음에게 그 답을 물었어요. 마음이 말하더군요. '맞아, 당연히 나는 작아졌지.' 그래서 다시 한 번 그 질문을 했어요. '나는 정말로 줄어들었나?' 이번에는 생각으로 대답을 찾지 않고 느껴 보려고 했어요. 그러자 갑자기 나 자신의 '순수한 있음Being'을 느낄 수 있었어요. 그렇게 느낀 적은 처음이었어요. 만약 이토록 강렬하게 나의 '순수한 있음'을 느낄 수 있다면, 나는 분명 줄어들지 않았던 것이죠. 지금도 여전히 그것을 느낄 수 있어요. 평화로우면서도 매우 살아 있는 무엇인가를."

내가 말했다.

"그것이 존재의 기쁨입니다. 머리에서 벗어날 때만 그것을 느낄 수 있습니다. 존재는 느껴야 하는 것입니다. 생각으로는 알 수 없습니다. 에고는 그것을 알지 못합니다. 에고는 생각으로 이루어져 있으니까요. 그 반지는 사실 하나의 생각으로 당신 머릿속에 있었고, 당신은 그것을 자신의 존재와 혼동하고 있었습니다. 당신은 자신의 존재 또는 그 일부가 반지 안에 있다고 생각했습니다.

에고가 추구하고 집착하는 것은 에고가 느낄 수 없는 존재의 대용품입니다. 물건의 가치를 인정하고 소중히 여기는 것은 좋지만 거기에 집착을 느끼면 그것이 에고임을 알아차려야 합니다. 그리고 사실 당신은 물건이 아니라 물건에 들어가 있는 '나', '나를', '나의 것'이라는 생각에 집착하고 있는 것입니다. 상실을 완전하게 받아들이면, 그때마다 당신은 에고를 넘어서 갈 수 있습니다. 그때 당신의 존재, 즉 의식 그 자체가 나타나게 됩니다."

그녀가 말했다.

"이제야 지금까지 아무리 해도 알 수 없던 '누가 너의 겉옷을 달라고 하면 너의 속옷까지 주어라'라는 예수님 말씀의 의미를 이해하게 되었어요."

내가 말했다.

"그렇습니다. 그 말은 결코 문에 자물쇠를 잠그지 말라는 의미가 아닙니다. 때로는 사물을 내려놓는 것이 지키거나 매달리는 것보다 훨씬 강력한 힘이라는 뜻입니다."

신체가 점점 쇠약해져 간 마지막 몇 주 동안, 그녀는 마치 안에서부터 빛이 비쳐 나오는 것처럼 더욱더 빛이 났다. 그녀는 사람들에게 자신의 소유물 대부분을 나누어 주었으며, 그중에는 반지를 훔쳤다고 의심한 여성도 있었다. 그리고 소유물을 나눠 줄 때마다 그녀의 기쁨은 더욱 깊어졌다. 그녀가 세상을 떠났다는 소식을 나에게 전화로 알려 준 그녀의 어머니는 그녀가 죽고 난 뒤 화장실 약장에서 그 반지를 발견했다고 말했다. 간병하는 여성이 반지를 제자리에 되돌려 놓은 것인지, 아니면 줄곧 거기에 있었는지는 아무도 알 수 없다. 하지만 한 가지는 알 수 있다. 삶은 그것이무엇이든 의식의 진화에 가장 도움이 되는 경험만을 준다는 것이다. 그렇다면 이것이 자신에게 필요한 그 경험이라는 것을 어떻게아는가? 이것이 지금 이 순간 당신에게 일어나고 있는 경험이기때문이다.

그러면 자신의 소유물에 자부심을 갖거나 자기보다 더 많이 가진 사람에 대해 분한 감정을 갖는 것은 잘못된 일인가? 전혀 그렇지 않다. 자부심, 돋보이려는 욕구, '남보다 더 많이'를 통해 자아가확실히 강화되고 '남보다 더 적게'에 의해 위축되는 것은 옳은 것도 아니고 잘못된 것도 아니다. 그것은 단지 에고일 뿐이다. 에고는 잘못된 것이 아니며, 단지 무의식일 뿐이다. 자신 안에 있는 에고를 관찰할 때 당신은 그 너머로 가기 시작한다. 에고를 너무 심각하게 받아들이지 않는 것이 좋다. 자신 안에서 에고의 행위를 감지하게 되면 미소 지으라. 때로는 소리 내어 웃어도 좋다. 인류는 어떻게 이토록 오랫동안 이런 것에 사로잡혀 있는 것일까? 무엇보다 먼저, 에고는 개인적인 것이 아님을 알아야 한다. 에고는 당신이 아니다. 에고를 개인적인 문제라고 여긴다면 그것은 단지 더 에고일 뿐이다.

소유라는 환상

무엇인가를 소유한다는 것은 실제로 무엇을 의미하는가? 무엇을 '나의 것'으로 만든다는 것은 무슨 의미인가? 뉴욕 거리에 있는 초고층 빌딩을 가리키며 '이 빌딩은 나의 것이야. 나의 소유야.' 하고 말한다면 당신은 엄청난 부자이거나, 망상병 환자이거나, 거짓말쟁이다. 어떤 경우이든 당신은 '나'라는 생각 형태와 '건물'이라는 생각 형태가 하나로 합쳐진 이야기를 하고 있는 것이다. 마음속에서 소유의 개념이 작용하는 방식이 그것이다. 모든 사람이 당신의 이야기에 동의한다면 소유를 증명하는 서류가 존재할 것이다. 당신은 큰 부자이다. 아무도 동의하지 않는다면 당신은 망상에 빠진 환자이거나 상습적인 거짓말쟁이일 것이고 정신병원에 보내질 것이다.

　여기서 중요한 것은 다른 사람들이 그 이야기에 동의하든 동의하지 않든, 이야기와 그 이야기를 만들고 있는 생각 형태는 자신이 누구인가와는 아무 관계가 없다는 사실을 아는 일이다. 설령 사람들이 동의하더라도 소유는 궁극적으로는 하나의 이야기, 허구임에는 변함이 없다. 많은 사람들은 임종의 자리에 누워 외부의 모든 것이 떨어져 나갈 때에야 비로소 이 세상 어떤 것도 자신의 존재와 무관하다는 사실을 깨닫는다. 죽음이 가까워지면 소유라는 개념 자체가 궁극적으로 완전히 무의미한 것임이 드러난다. 또한 사람들은 생의 마지막 순간에 이르러 깨닫는다. 전 생애를 통해 더 완전한 자아의식을 찾아다녔지만, 그들이 진정으로 찾고 있었던 것, 즉 그들의 존재는 사실 언제나 그곳에 이미 있었다는 사실을. 하지만 대부분의 경우 사물과의 동일화로 인해, 궁극적으로는 자신의 생각과의 동일화로 인해, 그 존재가 흐려져 있었을 뿐이다.

　"마음이 가난한 사람은 복이 있으니, 하늘나라가 그들의 것이다."라고 예수는 말했다. '마음이 가난하다'는 것은 무엇을 의미하는가? 마음에 아무런 짐도 없고, 무엇과도 동일화되지 않는 것이다. 그러한 사람은 어떤 사물에서도, 또한 자아의식과 관계된 어떤 개념에서도 정체성을 찾지 않는다. 그리고 '하늘나라'는 무엇인가? 그것은 단순하지만 심오한 존재의 기쁨이다. 그 기쁨은 무엇과 동일화되는 것을 멈추고 '마음이 가난한 자'가 되었을 때 찾아온다.

그러므로 동양에서든 서양에서든 오래전부터 영적 수행으로 모든 소유를 부정해 왔다. 그러나 소유를 포기한다고 그것만으로 자동적으로 에고로부터 자유로워지는 것은 아니다. 에고는 그 즉시 자신의 생존을 지키기 위해 동일화될 또 다른 무엇인가를 찾을 것이다. 예를 들어, 자신은 물질적 소유에 대한 관심을 초월한 위대한 사람이며 다른 사람보다 '더 많이' 영적이라는 정신적인 자기 이미지에서 정체성을 찾을 것이다. 모든 소유를 버렸지만 억만장자보다 더 큰 에고를 가진 사람들이 있다. 한 가지의 동일화를 벗어던지면 에고는 재빨리 다른 것을 찾아낸다. 결국 에고는 자신의 존재를 입증해 줄 무엇인가가 있는 한, 그 무엇과 동일화되든 궁극적으로는 상관하지 않는다. 소비 문명을 비판하거나 사유재산에 반대하는 것도 소유와의 동일화를 대신하는 또 다른 생각 형태, 또 다른 정신적 입장이다. 그 동일화를 통해 자신은 옳고 다른 사람은 틀리게 만들 수 있다. 나중에 살펴보겠지만, 자신은 옳고 다른 사람은 틀리게 만드는 것은 에고 지배적인 마음의 주된 방식 중 하나이며, 무의식의 주된 형태이다. 다시 말해 에고의 내용물은 변할 수 있지만, 에고를 계속 살아 있게 하는 마음 구조는 변하지 않는다.

인간의 무의식적인 가정 중 하나는, 소유라는 허구를 통해 물건과 동일화되면 그 물건이 가지고 있는 것처럼 보이는 견고함과 영속성 덕분에 자신에게도 견고함과 영속성이 부여된다는 믿음이다. 건물 등은 특히 그렇고, 더 많이 적용되는 것은 파괴할 수 없는 유일한 소유물인 토지일 것이다. 토지의 경우는 소유라는 어리석음이 특히 드러난다. 백인 식민지 개척자가 침입했을 때 북미 원주민들은 토지 소유라는 개념을 이해할 수 없었다. 그래서 유럽인들이 그들에게 종이를 내밀며 서명하게 했을 때, 그들은 서류에 서명하는 것이 무엇을 의미하는지조차 이해하지 못했기 때문에 땅을 잃었다. 그들은 토지가 자신들에게 속해 있는 것이 아니라 자신들이 토지에 속해 있다고 느꼈던 것이다.

에고는 소유와 존재를 동일시하는 경향이 있다. "나는 소유한다, 고로 나는 존재한다." 그리고 더 많이 가질수록 자신이 더 많이 존재한다고 믿는다. 에고는 비교를 통해 살아간다. 다른 사람에게 어떻게 보이는가가 스스로를 어떻게 보는가를 결정짓는다. 모두가 대저택에 살고 모두가 부자라면 대저택도 재산도 자신의 자아의식을 강화하는 데 더 이상 도움이 되지 않을 것이다. 그때는 자신의 부를 포기하고 작은 오두막으로 이사해, 자신이 남들보다 '더 많이' 영적이라고 생각하며 남들에게도 그렇게 보이면서 자신의 정체성을 되찾을 수 있다. 남들에게 어떻게 보이는가가 자신은 어떤 사람이며 누구인가를 비춰 주는 거울이 된다. 에고의 자아존중감은 많은 경우 다른 사람들의 눈에 비치는 자신의 가치에 매여 있다. 당신은 자신에게 자아의식을 줄 다른 사람들이 필요한 것이다. 그리고 무엇을 얼마나 갖고 있는가로 거의 대부분 자아 존중감이 결정되는 문화 속에서 살고 있다면, 그 집단적 망상을 꿰뚫어 보지 못하는 한 자신의 가치와 자아의식의 완성을 찾아 헛된 희망을 품고 남은 평생 동안 물질만을 쫓아다니는 운명이 될 것이다.

어떻게 하면 물질에 대한 집착을 내려놓을 수 있는가? 그런 것은 시도조차 하지 않는 것이 좋다. 그것은 불가능한 일이다. 물질 속에서 자신을 찾으려고 하지만 않는다면 물질에 대한 집착은 저절로 떨어져 나간다. 그때까지는 자신이 물질에 집착하고 있음을 알아차리는 것만으로도 충분하다. 때로는 어떤 것을 잃거나 잃어버릴 위험에 처하기 전까지는 자신이 그것에 집착하고 있다는 것을, 즉 자신이 그것에 동일화되어 있다는 것을 모를 수가 있다. 잃어버릴까 봐 화를 내거나 불안해한다면 당신이 그것에 집착하고 있다는 의미이다. 자신이 물질과 동일화되어 있음을 알아차리면 그 동일화는 더 이상 완전하지 않다. '집착이 있음을 알아차리는 그 알아차림이 바로 나 자신이다.' 그것이 의식 변화의 시작이다.

욕망─'더 많이'를 향한 욕구

에고는 소유물과 자신을 동일시하지만 소유가 주는 만족은 비교적 깊이가 얕고 수명이 짧다. 내면에는 뿌리 깊은 불만족과 불완전한 느낌, '아직 충분하지 않다.'는 느낌이 숨어 있다. 에고가 '나는 아직 충분히 갖고 있지 않다.'라고 말하는 것은 '나는 아직 충분히 존재하지 않는다.'라고 말하는 것이다.

지금까지 살펴본 것처럼 무엇인가를 '갖는다는 것', 즉 소유의 개념은 에고가 자신에게 견고함과 영속성을 부여해 자신을 돋보이게 하고 특별한 존재가 되기 위해 만든 일종의 허구이다. 그러나 소유를 통해 자신을 발견하는 것은 불가능하기 때문에, 그 깊은 내면에는 또 다른 더 강한 충동이 있다. '더 많이'를 향한 욕구가 그것이며, 우리는 그것을 '욕망'이라고 부를 수 있다. 어떤 에고도 '더 많이'를 향한 욕망 없이는 오랜 기간 지낼 수 없다. 그러므로 에고를 훨씬 활력 있게 만드는 것은 소유보다도 오히려 욕망이다. 에고는 '갖고 싶어하기'보다 '더 많이' 원하는 것을 원한다. 따라서 소유가 주는 얕은 만족감은 언제나 '더 많이' 원하는 욕망으로 대체된다. '더 많이' 바라는, 다시 말해 동일화될 '더 많은 것'을 원하는 심리적 욕구이다. 정말로 필요한 것은 아니며 중독적인 욕구이다.

에고의 주된 특징인 '더 많이' 바라고 아직 충분하지 않다는 심리적 욕구는 경우에 따라서는 육체 차원으로 옮겨 가 끝없는 배고픔의 증세로 나타난다. 폭식증 환자들은 계속해서 먹기 위해 종종 스스로 토하기까지 한다. 허기진 것은 그들의 마음이지 몸이 아니다. 환자가 마음과 동일화된 상태를 멈추고 몸의 감각을 되찾아, 에고가 지배하는 마음이 만들어 낸 거짓 요구가 아닌 몸의 진정한 요구를 느낄 때 섭식 장애는 치료된다.

어떤 에고는 자기가 원하는 것을 알고 냉혹하고 단호한 의지로 자신의 목적을 추구한다. 칭기즈 칸, 스탈린, 히틀러 등은 그것이 매우 부풀려진 몇몇 예이다. 그러나 그들의 욕망 속 에너지는 똑같은 강도를 지닌 반대 방향의 에너지를 창조하고, 결국 그들을 파멸로 인도한다. 그때까지 그들은 그들 자신이나 다른 많은 사람들을 불행하게 만들고 지상에 지옥을 건설한다. 반면에 대부분의 에고는 모순된 욕망을 갖고 있다. 다른 시간에는 다른 것들을 원하거나, 혹은 지금 있는 것, 즉 현재의 순간을 원하지 않는다는 것 외에는 자신이 실제로 무엇을 원하는지도 모른다. 불안, 초조, 권태, 근심, 불만족은 이루어지지 못한 욕망의 결과이다. 욕망은 구조적인 것이기 때문에 마음의 구조가 자리를 잡고 있는 한 아무리 내용물이 많다고 해도 영구적인 충족감을 제공할 수 없다. 특정한 대상이 없는 강렬한 욕망은 아직 발달 단계에 있는 청소년의 에고에서 종종 발견되는데, 그중에는 영원히 부정적이고 불만족 상태에 머무는 아이도 있다.

'더 많이' 바라는 정신이상적이고 탐욕스러운 에고의 욕구가 만들어 내는 자원의 불균형만 없다면 지구상 전 인구의 식량, 물, 집, 옷, 그리고 기본적인 쾌적함 등의 물질적 필요는 간단하게 충족될 수 있을 것이다. 에고의 탐욕은 세계 경제 구조에, 예를 들면 '더 많이' 갖기 위해 서로 싸우는 에고체인 대기업 등에 집단적으로 나타나 있다. 기업의 맹목적인 목표는 오직 이익을 얻는 것이다. 그들은 다른 것과의 균형을 신경 쓰지 않고 무자비하게 그 목표를 추구한다. 자연도, 동물도, 인간도, 심지어 자기 회사의 사원마저도 기업에게는 회계 장부의 숫자, 사용한 다음에 폐기 처분할 수 있는 무생물에 지나지 않는다.

'나를', '나에게', '나의 것', '더 많이', '원한다', '필요하다', '어떻게든 가져야 한다', '아직 충분하지 않다'는 등의 생각 형태는 에고의 내용물이 아니라 구조에 속한 문제이다. 내용물은 상호교환이 가능하다. 자기 자신 안에 있는 이 생각 형태를 알아차리지 못하는 한, 그것들이 무의식적으로 머물러 있는 한, 당신은 그 생각 형태들이 하는 말을 믿게 된다. 그렇게 되면 숙명적으로 그 무의식적인 생각에 따라 행동할 수밖에 없으며, 계속해서 찾으면서도 발견하지 못하는 운명이 될 수밖에 없다. 왜냐하면 그 생각 형태가 작용하고 있는 한, 어떤 소유물, 장소, 사람, 조건도 당신을 만족시킬수 없기 때문이다.

에고의 구조가 그 자리에 남아 있는 한, 당신은 어떤 내용물에도 만족할 수 없다. 무엇을 갖고 무엇을 손에 넣든 행복해지지 못한다. 언제나 더 큰 만족감을 약속하는, 그리고 불완전한 자아의식을 완전한 것으로 만들어 주고 내면의 결핍감을 채워 준다고 약속하는 다른 무엇인가를 계속해서 찾아다니게 될 것이다.

육체와의 동일화

물건들 이외에 동일화의 또 다른 기본 형태는 '나의' 육체와의 동일화이다. 첫째로, 육체는 남자이거나 여자이기 때문에 대부분 사람들의 자아의식에서 남성인가 여성인가는 매우 중요한 부분을 차지한다. 성별이 곧 정체성이 된다. 자기 성별과의 동일화는 어린 시절부터 장려되며, 성적인 면뿐 아니라 삶의 모든 측면에 영향을 미치는 하나의 역할 속으로, 조건 지어진 행동 패턴 속으로 인간을 강제로 집어넣는다. 많은 사람들이 이 역할에 완전히 사로잡혀 있지만, 성별과의 동일화가 다소 느슨해지기 시작한 서구 문명보다 일부 전통 사회에서 그 정도가 훨씬 심하다. 전통 문화권에서는 여성이 가질 수 있는 최악의 운명은 결혼을 못하거나 아이를 낳지 못하는 것이며, 남성의 경우에는 성적 능력 결핍과 아이를 만들지 못하는 것이다. 삶의 성취는 무엇보다 본인의 성별 정체성의 실현에 있다고 간주된다. 많은 사람들의 경우, 그들의 자아 존중감은 육체적인 힘, 좋은 외모, 몸매 등 겉으로 드러나는 모습에 밀접하게 묶여 있다. 자신의 신체가 못나거나 완벽하지 않다고 인식하기 때문에 자아 존중감이 위축되는 사람들이 많다.

'나의 몸'에 대해 가진 마음속 이미지와 관념이 터무니없이 왜곡되어 현실과 동떨어진 경우도 있다. 젊은 여성이 사실은 말랐는데도 너무 뚱뚱하다고 생각하면서 굶어 죽을 정도의 다이어트를 강행한다. 그런 여성은 더 이상 자신의 몸이 보이지 않는다. 그녀가 '보고' 있는 것은 오로지 자신의 몸에 대한 관념뿐이며, 그것이 '나는 뚱뚱해.' 혹은 '뚱뚱해질 거야.'라고 알려 준다. 이런 상황 밑바닥에는 마음속 자신의 이미지와의 동일화가 있다. 최근 수십 년 동안 사람들이 갈수록 마음과 동일화되어 에고의 기능장애가 심해졌고 거식증이 극적으로 증가했다. 거식증 환자가 마음의 판단에 간섭받지 않고 자신의 몸을 볼 수 있다면, 혹은 마음의 판단을 굳게 믿는 대신 그것의 정체를 알아차리기라도 한다면, 내부로부터 자신의 몸을 느낄 수 있다면 더 좋지만, 거식증은 치료되기 시작할 것이다.

아름다운 외모, 육체적인 힘, 능력 등을 자신과 동일시하는 사람들은 그런 특성이 약해지거나 없어지면 고통을 겪는다. 이는 당연한 일이며 또한 그럴 수밖에 없다. 그것들을 기초로 한 그들의 정체성이 무너질 위기에 처하기 때문이다. 못생겼든 잘생겼든, 즉 부정적이든 긍정적이든 사람은 정체성의 상당 부분을 신체에서 찾는다. 더 정확히 말하면, 자신의 몸에 대한 마음속 이미지와 관념을 자신이라고 잘못 믿고 그 생각과 동일화된다. 하지만 사실 육체도 다른 물질적인 형상들과 마찬가지로 모든 형상이 갖는 운명, 즉 일시적일 뿐 아니라 결국은 사라질 수밖에 없는 운명을 공유하고 있다.

지각으로 감지되는 물질적인 육체는 늙고, 허약해지고, 죽을 수밖에 없는 운명이다. 그럼에도 그 몸을 자신과 동등시한다면 머지않아 괴로워질 수밖에 없다. 육체와 동일화되는 것을 중단하는 것이 육체를 무시하거나 혐오하거나 보살피지 않고 방치하는 것이아니다. 육체가 건강하고 아름답고 생명력으로 넘친다면 그 특성을 그것이 지속되는 동안은 감사히 여기고 즐기면 된다. 또한 올바른 식생활과 운동으로 몸 상태를 개선할 수도 있다. 육체를 자신과 동등시하지 않으면, 아름다움이 시들고 생명력이 약해지고몸의 일부나 기능이 훼손되어도 자아 존중감이나 정체성이 영향받지 않을 것이다. 뿐만 아니라 몸이 쇠약해지면 약해진 몸을 통해 형상 초월 차원, 곧 의식의 빛이 더 쉽게 비쳐 나오게 된다.

완벽에 가까운 훌륭한 육체를 가진 사람들만 육체와 자신을 동등시하는 것은 아니다. 인간은 '문제가 있는' 육체와도 쉽게 동일화되고 육체의 불완전함, 질병, 장애를 자신의 정체성으로 만들어버린다. 그렇게 되면 자신은 만성적인 질병이나 장애로 '고통받는자'라고 스스로 생각하고 남에게도 그렇게 말한다. 그리고 장애로고통스러워하는 자, 환자라는 관념적 정체성을 늘 확인시켜 주는의사나 주변 사람들로부터 많은 관심을 받는다. 그렇게 되면 무의식중에 그 병에 집착하게 된다. 왜냐하면 그것이 자신이 생각하는'자기 자신', 정체성의 가장 중요한 부분이 되기 때문이다. 그것도 에고가 동일화되는 또 다른 생각 형태 중 하나이다. 에고는 일단 동일화될 대상을 발견하면 놓아주려고 하지 않는다. 놀라운 일이지만 드물지 않은 경우에, 더 강한 정체성을 추구하는 에고는 병을 통해 자신을 강화하기 위해 스스로 병을 일으킬 수도 있고, 또 실제로 일으키기도 한다.

내부의 몸 느끼기

육체와의 동일화는 에고의 가장 기본적인 형태 중 하나이지만 다행히도 그것은 가장 쉽게 뛰어넘을 수 있는 동일화이다. 그러나 그러기 위해서는 자신은 육체가 아니라고 자신에게 설득하는 것이 아니라 관심을 육체라는 외부적 형상과 아름답다, 추하다, 강하다, 약하다, 너무 뚱뚱하다, 너무 말랐다 같은 자신의 몸에 대한 생각으로부터 몸의 내부에 있는 살아 있음의 느낌으로 옮겨 갈 필요가 있다. 몸의 겉모습이 어떤 차원에 있든, 그 외부의 형상을 넘어가면 강렬하게 살아 있는 에너지 장이 있다.

'내부의 몸'을 자각하는 것이 습관이 되어 있지 않다면 잠시 눈을 감고 자신의 양 손바닥에서 생명의 기운을 느낄 수 있는지 시험해 보는 것도 좋다. 그때는 마음에 귀를 기울이면 안 된다. 마음은 '아무것도 느껴지지 않는다.'라고 대답할 것이다. 또한 '좀 더 재미있는 것을 하는 것이 어때?' 하고 말할 것이다. 그러므로 마음에게 묻는 대신 직접 양손을 느껴 보라. 즉 손바닥 안의 미묘한 생명력을 느끼는 것이다. 생명력은 그곳에 있다. 그것을 알아차리기 위해서는 단지 손바닥으로 의식을 옮기기만 하면 된다. 처음에는 어렴풋한 찌릿찌릿한 감각일지 모르지만 머지않아 기 또는 생명력을 느낄 수 있다. 잠시 동안 손바닥에 주의를 집중하면 그 생명력은 더 강해질 것이다. 사람에 따라서는 눈을 감을 필요조차 없을 것이다. 이 글을 읽으면서 '내부의 손'을 느끼는 사람도 있을 것이다. 그다음에는 두 발에 주의를 이동시켜 잠시 그곳에 머물고, 그러고 나서 두 손과 두 발을 동시에 느껴 본다. 그 후에는 신체의 다른 부분, 즉 다리, 팔, 배, 가슴을 지나서 마지막에는 내부의 몸 전체의 생명력을 느껴 보라.

이 '내부의 몸'은 사실은 육체가 아니고 생명 에너지이며, 형상과 형상 없음 사이의 다리이다. 가능한 한 자주 내부의 몸을 느끼는 습관을 들이는 것이 좋다. 얼마 후면 눈을 감지 않아도 느낄 수 있게 된다. 예를 들어, 누군가와 대화를 나누면서도 내부의 몸을 느낄 수 있다. 모순처럼 들리지만, 내부의 몸과 접촉하고 있을 때 사실은 더 이상 육체와 동일화되지 않으며 자신의 마음과도 동일화되지 않는다. 즉, 더 이상 형상과 동일화되지 않고 형상과의 동일화로부터 멀어져서 형상 없음으로 향해 간다. 이 형상 없음을 우리는 존재라고 부를 수도 있다. 그것이 당신 정체성의 핵심이다. 몸에 대한 그 알아차림은 당신을 지금 이 순간에 닻을 내리게 할 뿐 아니라, 에고라는 감옥으로부터 빠져나오는 출구가 된다. 이것은 면역 체계와 신체의 자연 치유력도 강화시켜 준다.

존재의 망각

에고는 언제나 형상과 동일화되고, 어떤 형상에서든 자기 자신을 찾으며, 그럼으로써 자기 자신을 잃어버린다. 형상은 물질과 육체만이 아니다. 물건이나 육체처럼 외부의 형상들보다 더 근본적인 것은 의식의 영역에서 끊임없이 일어나는 생각 형태들이다. 이것들은 에너지 형태를 띠고 있으며, 물질보다는 미세하고 밀도가 낮지만 결국에는 하나의 형태이다. 머릿속에서 절대로 말을 멈추지 않는 목소리라고 당신이 알고 있는 그것은 사실 그칠 줄 모르는 강박적인 생각의 흐름이다. 모든 생각이 당신의 관심을 온통 흡수해 버리고, 머릿속 목소리와 그것에 동반되는 감정에 너무도 동일화되어 모든 생각과 감정 속에서 자기를 망각할 때, 당신은 형상과 완전히 동일화되어 에고의 움켜쥠에서 벗어나지 못한다. 에고는 '나'라는 자아의식을 부여받아 반복해서 일어나는 생각 형태들과 조건 지어진 정신적 감정적 패턴들의 복합체이다. 에고는 무형의 의식인 '나의 있음I Am', 즉 '순수한 있음Being'이 형상과 뒤섞일 때 생겨난다. 이것이 동일화의 의미이다. 이것이 존재의 망각이며, 근본적인 실수이고, 존재가 개별적인 형상들로 분리되어 있다는 망상이다. 이것이 현실을 악몽으로 바꿔 놓는다.

데카르트의 오류에서 사르트르의 통찰까지

근대 철학의 창시자로 여겨지는 17세기 철학자 데카르트는 이 근본적인 오류를 근본적인 진리로 알고 "나는 생각한다, 고로 나는 존재한다."라는 유명한 말로 표현했다. 이것은 "내가 절대적인 확신을 갖고 알 수 있는 것이 있을까?"라는 물음에 데카르트가 찾아낸 대답이었다. 그는 자신이 언제나 생각을 하고 있다는 것은 의심의 여지가 없는 사실임을 깨닫고 생각과 존재를 동등시했다. 즉 정체성―'나의 있음'―을 생각과 동일시한 것이다. 그는 궁극의 진리를 발견하는 대신 에고의 근원을 발견했지만, 자신은 그것을 알지 못했다.

그 명제 속에는 데카르트뿐 아니라 모든 사람이 간과한 부분이 있음을 다른 유명한 철학자가 깨닫기까지 그로부터 거의 3백 년이 걸렸다. 그의 이름은 장 폴 사르트르였다. 그는 데카르트의 "나는 생각한다, 고로 나는 존재한다."라는 발언을 깊이 들여다보다가 갑자기 그 자신의 언어로 표현하면 "'나는 존재한다'고 말하는 의식은 생각하고 있는 의식과 별개이다."라는 것을 깨달았다. 그의 말은 무엇을 의미하는가? 자신이 생각하고 있는 것을 알아차릴 때, 그 알아차림은 생각의 일부가 아니다. 그것은 다른 차원의 의식이다. 그리고 "나는 존재한다."라고 말하는 것은 그 알아차림이다. 만약 자신 안에 생각밖에 없다면 자신이 생각하고 있는 사실조차 모를 것이다. 자신이 꿈꾸고 있는데도 알지 못하는 꿈꾸는 사람과 같을 것이다. 꿈꾸고 있는 사람이 꿈속 모든 이미지들과 동일화되듯이 모든 생각과 동일화될 것이다. 많은 사람들은 여전히 이런 몽유병 환자처럼 살고 있으며, 오랜 기능장애의 마음 습관에 갇혀 똑같은 악몽 같은 현실을 언제나 계속해서 재창조하고 있다. 그러나 자신이 꿈을 꾸고 있다는 것을 알면 꿈에서 깨어난다. 다른 차원의 의식이 들어온 것이다.

사르트르의 통찰은 깊이가 있었지만, 자신이 발견한 것의 중요성을 완전히 깨닫기에는 그 역시 자신의 생각과 너무 동일화되어 있었다. 그 중요성이란 새로운 차원의 의식이 떠오른 것이었다.

모든 이해를 넘어서는 평화

많은 사람들이 삶의 어느 시점에서 비극적인 상실을 겪고 그 결과 새로운 차원의 의식을 경험한다. 소유물 전부를 잃은 사람도 있고 자식과 배우자, 사회적 지위, 명성, 신체적 능력을 잃은 사람도 있다. 경우에 따라서는 자연재해나 전쟁으로 한꺼번에 모든 것을 잃어 '아무것도' 남지 않은 자신을 발견하는 사람도 있다. 우리는 이것을 한계 상황이라고 부를 수 있다. 무엇과 동일화되어 있었든, 무엇에 자아의식을 부여하고 있었든, 그것들은 사라져 버렸다. 그런 후에 갑자기 설명할 수 없는 이유로, 처음에 느꼈던 고뇌와 극심한 두려움이 사라지고 '현존(이 순간에 존재함)'의 신성한 느낌, 깊은 평화와 평안, 두려움으로부터의 완전한 자유가 찾아온다. 사도 바울은 이 현상에 분명 친숙했음에 틀림없다. 그는 '인간의 모든 이해를 넘어서는 신의 평화'라는 표현을 사용했다. 이 평화는 정말로 납득이 가지 않으며, 그것을 경험한 사람들은 자신에게 묻는다. 이런 일에 맞닥뜨렸음에도 불구하고 어떻게 이런 평화를 느낄 수 있는 것일까?

일단 에고가 무엇이며 어떻게 작용하는지 깨닫게 되면 대답은 간단하다. 당신이 동일화되어 있는 형상, 당신에게 자아의식을 부여해 준 형상이 무너지거나 사라질 때 에고도 함께 붕괴된다. 에고는 형상과의 동일화이기 때문이다. 동일화될 대상이 더 이상 아무것도 남아 있지 않을 때 당신은 누구인가? 당신 주위의 형상이 사라지거나 죽음이 다가올 때, 당신의 존재감, '나의 있음'의 느낌은 형상과의 얽힘으로부터 자유로워진다. 물질에 갇혀 있던 영혼이 자유로워지는 것이다. 당신은 자신의 진정한 정체성을 형상을 초월한 것으로서, 만물에 편재한 '현존'으로서, 모든 형상과 모든 동일화 이전에 있는 '순수한 있음'으로서 자각하게 된다. 자신의 진정한 정체성은 지금까지 의식이 동일화되어 온 그것들이 아니라 의식 그 자체임을 깨닫게 되는 것이다. 그것이 신의 평화이다.

당신 존재의 궁극적인 진리는 '나는 이것이다.' 또는 '나는 저것이다.'가 아니라 '나는 있다.'이다.

큰 상실을 경험한 모든 사람이 이런 깨어남을 경험하고 형상과의 동일화에서 벗어나는 것은 아니다. 어떤 사람은 그 즉시 자신이 상황과 타인과 불공평한 운명과 신의 피해자라는 강력한 정신적 이미지나 생각 형태를 만든다. 이러한 생각 형태와 그것이 만들어 내는 분노, 원한, 자기 연민 등의 감정들에 강하게 동일화되기 때문에, 이것이 상실을 통해 붕괴된 과거의 동일화 대상들의 자리를 금세 대체한다. 다시 말해, 에고는 재빨리 새로운 형상을 발견한다. 이 새로운 형상이 깊이 불행한 것이라는 사실은 에고에게 큰 문제가 아니다. 좋든 나쁘든 동일화만 될 수 있으면 된다. 사실 이 새로운 에고는 전의 것보다 더 폐쇄적이고 단단하며 더 뚫기 어렵다.

비극적인 상실이 일어날 때 사람들은 그것에 저항하거나 아니면 항복한다. 억울해하거나 깊은 원한을 품는 사람도 있으며, 자비로워지고 지혜로워지고 사랑이 더 커지는 사람도 있다. 항복은 있는 그대로를 내적으로 받아들임을 의미한다. 삶을 향해 자신을 여는 것이다. 저항하면 내면이 움츠러들고 에고의 껍질이 단단해진다. 당신은 닫힌다. '부정적인 상태'라고도 부를 수 있는 내적인 저항 상태에서는 어떤 행동을 취해도 더 많은 외부적 저항을 만들어 낼 것이다. 그때 우주는 당신 편에 서지 않는다. 삶은 당신을 도와주지 않을 것이다. 셔터가 내려져 있으면 햇빛은 들어올 수 없다.

내적으로 항복할 때, 저항하지 않을 때, 의식의 새로운 차원이 열린다. 그때 만약 행동이 가능하거나 필요하다면, 당신의 행동은 전체와 조화를 이룰 것이고, 내적으로 열린 상태일 때 당신과 하나가 되는 창조적인 지성과 조건 지어지지 않은 의식으로부터 지원을 받을 것이다. 주변 상황과 사람들이 당신을 돕고 협조적이 된다. 불가사의한 우연들이 일어난다. 만약 어떤 행동도 가능하지 않다면, 당신은 저항의 포기와 함께 오는 평화와 내적 고요 속에서 휴식한다. 신 안에서 휴식하는 것이다.

3   **마음이 만드는 드라마** — 에고를 초월하기 위해 이해해야 하는 것들

에고는 오랫동안 조건 지어진
마음의 방식일 뿐이다.
그것은 진정한 내가 아니다.
에고로부터 자유로워지기 위해 필요한 것은
에고를 알아차리는 일이다.
알아차림과 에고는 공존할 수 없기 때문이다.
알아차림은 현재의 순간 속에
숨겨져 있는 힘이다.

대부분의 사람들은 머릿속 목소리―자기도 모르게 쉼 없이 일
어나는 강박적인 생각의 흐름과 그것에 동반하는 감정들―와 너
무도 완전히 동일화되어 있기 때문에, 우리는 그것을 자신의 마음
에 소유당한 상태라고 말할 수도 있다. 그런 상태임을 전혀 알아
차리지 못하는 한, 당신은 그 생각하는 자를 자기 자신이라고 여
기게 된다. 이것이 에고가 지배하는 마음이다.

에고가 지배한다고 말하는 이유는 모든 생각, 즉 모든 기억, 모
든 해석, 의견, 관점, 반응, 감정 속에 '나(에고)'라는 자아의식이 있
기 때문이다. 영적으로 말하면 이것이 무의식이다. 당연히 당신의
생각, 다시 말해 당신 마음속 내용물은 성장 배경, 문화, 가족 배
경 등 과거에 의해 조건 지어져 있다. 모든 마음 활동의 중심은 집
요하게 반복되는 생각들, 감정들, 반응 형태 등 당신이 가장 강하

게 동일화되어 있는 것들로 이루어져 있다. 이 독립체가 에고 그 자체이다.

지금까지 살펴보았듯이, 당신이 '나'라고 말할 때 대부분의 경우 그것은 당신 자신이 아니라 에고가 말하고 있는 것이다. 에고는 생각과 감정, 당신이 '나와 나의 이야기'로서 자신과 동일시하는 기억의 덩어리들, 부지불식간에 연출하는 습관적인 역할들로 구성되어 있다. 그리고 국적, 종교, 인종, 사회적 지위, 정치적 충성 같은 집단적 동일화도 포함된다. 그것은 또한 재산뿐 아니라 견해, 외모, 오래된 원망, 남보다 우월하거나 열등함, 성공한 자와 실패한 자라는 개인적인 정체성도 포함한다.

에고의 내용물은 사람마다 다르지만 모든 에고에는 동일한 구조가 작용한다. 다시 말해, 에고는 단지 표면에서만 다를 뿐 깊은 아래서는 모두가 같다. 그렇다면 어떤 방식으로 같은가? 에고는 동일화와 분리를 먹고 산다. 당신이 생각과 감정으로 이루어진 마음이 만들어 낸 자아, 즉 에고를 통해 살아간다면, 그 정체성의 기반은 위태로울 수밖에 없다. 왜냐하면 생각과 감정은 본래 변화하기 쉽고 덧없는 것들이기 때문이다. 그래서 에고는 스스로를 보호하고 확장하려고 노력하면서 생존을 위해 계속해서 싸울 수밖에 없다.

'나'라는 생각을 유지하기 위해 에고는 그 반대 생각인 '남'이 필요하다. 개념적 '나'는 개념적 '남'이 없으면 생존할 수 없다. '남'은 내가 그들을 적으로 간주할 때 가장 확실한 '남'이 된다. 에고가 지배하는 이 무의식적인 행동 양식의 한쪽 끝에는 남의 잘못을 찾아내고 불평하는 에고의 강박적인 습관이 놓여 있다. 예수가 "너는 형제의 눈 속에 있는 티는 보면서 네 눈 속에 있는 들보는 깨닫지 못하는가?" 하고 말한 것도 이것을 가리킨다. 이 행동 양식의 다른 쪽 끝에는 개인 간의 물리적 폭력과 국가 간의 전쟁이 있다. 성경에는 앞에 나온 예수의 질문에 대한 대답이 적혀 있지 않지만 당연히 그 대답은 이러할 것이다. "다른 사람을 비판하거나 비난할 때, 나 자신이 더 크고 더 우월한 존재로 느껴지기 때문이다."

불만과 분함

불만은 에고가 자기를 강화하기 위해 선호하는 전략 중 하나이다. 모든 불만은 마음이 만든, 당신이 완전히 믿고 있는 작은 이야기이다. 불만을 큰 소리로 말하든 단지 생각 속에서만 하든 차이가 없다. 자기와 동일시할 것을 그다지 많이 갖고 있지 않으면서 불만만으로 즐겁게 생존하는 에고도 있다. 그런 에고의 포로가 되면 특히 다른 사람들에 대한 불만이 습관이 되고 당연히 무의식적으로 일어난다. 무의식적이기 때문에 본인은 자신이 무엇을 하고 있는지 알지 못한다. 그 사람의 면전에 대고 하든, 혹은 흔히 하듯이 당사자가 없는 자리에서 하든, 심지어 생각 속에서만 하든, 타인에 대해 부정적인 마음속 분류표를 붙이는 것은 이 패턴의 주된 부분이다. 욕하기는 이런 분류표 붙이기의 가장 노골적인 형태이며, 자신이 옳다고 주장하면서 남들을 이기려는 에고의 욕구를 충족시키기 위함이다. 이 무의식 바로 아래쪽 차원에서 당신은 고함치고 소리 지르고 있으며, 또한 그보다 별로 깊지 않은 곳에 물리적 폭력이 있다.

분함은 불만과 함께 따라오는 감정이자 사람들에게 마음속 분류표를 붙이는 일이며, 이것은 에고에게 더 많은 에너지를 보태 준다. 분함은 억울해하고, 분개하고, 자신이 부당하게 상처받았다고 느끼는 것이다. 당신은 다른 사람들의 탐욕, 부정직, 진실성 부족, 현재 그들이 하고 있는 짓과 과거에 한 짓, 그들이 말한 것, 그들이 하지 않은 것, 했어야 하며 하지 말았어야 하는 것 등에 대해 계속해서 분개한다. 에고는 그것을 매우 좋아한다. 에고는 다른 사람들의 무의식을 눈감아 주지 않고 그것을 아예 그들의 정체성으로 만들어 버린다. 누가 그렇게 하는가? 바로 당신 안의 무의식, 즉 에고가 그렇게 하는 것이다. 때로는 다른 사람에게서 발견하는 '잘못'이 실제로는 존재하지 않는 것일 수도 있다. 완전한 오해이며, 적을 만들어 자신이 옳고 우월함을 느끼도록 조건 지어진 자기 마음의 투영일 수가 있다. 잘못이 실제로 있다고 해도 그것에만 집중해 다른 모든 것을 배제함으로써 그 잘못을 확대하는 경우도 흔하다. 당신이 반응하는, 다른 사람 안에 있는 그것을 당신은 자신 안에서 강화시키는 것이다.

다른 사람의 에고에 대응하지 않는 것이 자신의 에고를 뛰어넘을 뿐 아니라 인간의 집단적 에고를 소멸시키는 가장 효과적인 방법 중 하나이다. 하지만 누군가의 행동이 에고에서 나온 것이며 인간의 집단적 기능장애의 표현임을 알아차릴 수 있을 때만 그것에 대해 대응하지 않는 것이 가능하다. 다시 말해, 그것이 개인의 문제가 아님을 깨달을 때, 마치 그것이 그 사람 개인의 문제인 것처럼 대응하려는 충동이 사라진다.

에고에 대응하지 않음으로써 상대방의 온전한 정신을 끌어내는 경우가 종종 있다. 온전한 정신이란 조건 지어진 상태와는 반대인 조건 지어지지 않은 의식이다. 상황에 따라서는 뿌리 깊은 무의식에 의해 움직이는 사람들로부터 자신을 보호하기 위해 실질적인 단계를 취해야만 할 때가 있다. 그 경우에도 상대를 적으로 만들지 않으면서 행동할 수 있다. 그러나 최고의 보호 장치는 깨어 있는 의식을 갖는 일이다. 당신이 에고라는 무의식을 그 개인의 문제로 분류하면 누군가는 적이 된다. 대응하지 않는 것은 허약함이 아니라 강함이다. 대응하지 않는 것의 다른 말이 용서이다. 용서한다는 것은 눈감아 주는 것, 더 정확히 말하면 본질을 꿰뚫어 보는 것이다. 에고를 꿰뚫어 모든 인간 존재의 본질인 온전한 정신을 보는 것이다.

에고는 다른 사람들뿐 아니라 상황에 대해서도 불평하고 분개하기를 좋아한다. 사람에 대해 가능한 것은 상황에 대해서도 가능하다. 즉 상황을 적으로 만드는 것이다. 이것은 늘 다음과 같은 생각으로 표현된다. '이 일은 일어나서는 안 돼. 나는 이런 곳에 있고 싶지 않아. 이런 일은 하고 싶지 않아. 나는 불공평한 대접을 받고 있어.' 그리고 물론 에고의 가장 큰 적은 지금 이 순간, 즉 삶 그 자체이다.

누군가에게 실수와 부족한 점을 말해 주어 바로잡는 것과 불만을 혼동해서는 안 된다. 불만을 품지 않는 것이 반드시 나쁜 품질이나 악한 행동을 참고 견디는 것은 아니다. 수프가 식었기 때문에 종업원에게 따뜻하게 데울 필요가 있다고 말하는 것은 에고가 아니다. 사실만을 말하기 때문이며, 사실은 언제나 중립이다. "어떻게 나한테 다 식어빠진 수프를 갖다줄 수 있지?" 이것은 불만이다. 여기에는 '나한테'라는 의식이 있고, 식은 수프에 개인적인 모욕을 느껴 소란을 피우는 '나', 누군가가 잘못되었다고 만들기를 즐기는 '나'가 있다. 이 불만은 변화를 일으키는 것이 아니라 에고를 기쁘게 하는 데 도움이 될 뿐이다. 때로는 실제로 에고가 변화를 원하지 않고 있음이 명백한 경우도 있다. 그러면 계속 불평하고 불만스러워할 수 있기 때문이다.

무엇인가에 불만스러워하는 바로 그 순간 머릿속 목소리를 잡아챌 수 있는지, 즉 알아차릴 수 있는지, 그리고 그것의 정체를 알아볼 수 있는지 시험해 보는 것도 좋다. 조건 지어진 마음의 방식, 하나의 생각에 불과한 그 에고의 목소리를. 그리고 그 목소리를 알아차릴 때마다 당신은 자신이 그 목소리가 아니라, 그 목소리를 알아차리는 자라는 것을 깨달을 것이다. 실제로는 그 목소리를 알아차리는 그 '알아차림'이 본래의 당신이다. 배경에는 알아차림이 있고, 전면에는 그 목소리, 즉 생각하는 자가 있다. 이런 방식으로 당신은 에고로부터 해방되고, 관찰되지 않은 마음으로부터 자유로워진다. 자신 안의 에고를 알아차리는 순간, 그것은 엄밀히 말하면 더 이상 에고가 아니라, 단지 오랫동안 조건 지어진 마음의 방식일 뿐이다.

에고는 알아차림이 없는 상태를 의미한다. 알아차림과 에고는 공존할 수 없다. 오래된 마음의 방식이나 생각의 습관은 당분간은 여전히 살아남아 다시 찾아올 수도 있다. 왜냐하면 그것의 배후에는 수천 년 동안 계속되어 온 인간의 집단적 무의식이 가진 추진력이 있기 때문이다. 하지만 알아차릴 때마다 매번 힘이 약해질 것이다.

맞대응과 원한

분함은 불만과 종종 붙어 다니는 감정이지만, 때로는 그것보다 더 강한 분노나 그 밖의 감정적 흔들림이 동반되는 경우도 있다.

이런 방식으로 분함은 더 강력한 에너지로 충전된다. 이때 불만은 에고가 스스로를 강화시키는 또 다른 방식인 '대응'으로 바뀐다. 맞서서 반응하거나, 화내고 소란을 피울 그다음 것을 언제나 기다리는 사람들이 많다. 그들은 오래 기다릴 필요도 없이 금세 그 대상을 발견한다. "이건 불법이야." "어떻게 네가 감히……." "정말 분해." 이런 사람들은 약물 중독이 아닌 분노와 감정 폭발 중독이다. 이것 또는 저것에 맞서서 반응함으로써 자신의 자아에 대한 느낌을 강화하는 것이다.

오래 지속된 분함은 원한이라고 불린다. 원한을 품고 있는 것은 영구적으로 '대립' 상태에 있는 것이며, 그렇기 때문에 원한은 많은 사람들의 에고에서 중요한 부분을 차지한다. 집단적인 원한은 국가와 부족의 정신 속에 몇 세기 동안이나 남아 있을 수 있으며, 끝없는 폭력의 악순환에 기름을 붓는다.

원한은 어떤 먼 과거에 일어난 사건과 관계된 강한 부정적 감정이다. '누가 나에게 한 일', '누가 우리에게 한 일'을 강박적으로 계속 생각하거나, 머릿속에서 혹은 분명하게 입 밖으로 내어 반복해 이야기함으로써 그 사건은 늘 살아 있는 상태가 된다. 원한은 또한 삶의 다른 영역들도 오염시킨다. 예를 들어, 원한을 생각하고 느끼는 동안 그것의 부정적인 감정 에너지가 현재 일어나고 있는 일에 대한 인식을 왜곡시키고, 눈앞의 사람에 대해 말하거나 행동하는 방식에도 영향을 미친다. 깊은 원한이 한 가지 있는 것만으로도 삶의 대부분의 영역이 그것에 물들고, 에고의 덫으로부터 도망칠 수 없게 만들기에 충분하다.

자신이 여전히 원한을 품고 있는지, 자기 삶에서 완전히 용서하지 못한 누군가가, 즉 '적'이 있는지 없는지 확인하기 위해서는 솔직함이 필요하다. 만약 그렇다면, 생각 차원과 감정 차원 모두에서 그 원한을 알아차려야 한다. 다시 말해, 그 원한을 계속 살아 있게 하는 생각들을 알아차리고, 그 생각들에 대한 신체적 반응인 감정을 느껴야 한다. 원한을 내려놓으려고 시도하면 안 된다. 원한은 내려놓거나 용서하려고 시도해도 성공하지 못한다. 원한이 거짓 자아의식을 강화시켜 에고를 제자리에 유지시키는 것 외에는 다른 목적이 없음을 당신이 보게 될 때, 용서는 자연스럽게 일어난다. 보는 것이 곧 자유로워지는 것이다. "원수를 용서하라."라는 예수의 가르침은 인간의 마음속에 존재하는, 에고가 지배하는 주된 구조 중 하나를 해체하라는 의미이다.

과거에게는 당신이 현재의 순간에 머무는 것을 막을 힘이 없다. 오직 과거에 대한 당신의 원한만이 그렇게 할 수 있다. 그러면 원한이란 무엇인가? 오래된 생각과 감정의 응어리이다.

자신은 옳고 상대방은 틀리게 만들기

잘못 찾아내기와 맞대응과 마찬가지로 불만도 에고의 생존이 달린 금긋기와 분리 의식을 강화시킨다. 그러나 불만은 또 다른 방식으로도 에고를 강화한다. 에고에게 우월감을 주는 것이 그것이다. 우월감은 에고가 커질 수 있는 토대이다. 교통 정체에 대해, 정치인들에 대해, '자기밖에 모르는 탐욕스러운 부유층'이나 '게으른 실직자들'에 대해, 혹은 직장 동료나 헤어진 배우자에 대해, 남자나 여자에 대해 터뜨리는 불만이 어떻게 에고에게 우월감을 줄 수 있는지 금방 알기 어려울 수도 있다. 여기 에고가 우월감을 느끼는 이유가 있다. 불만을 말할 때, 당신은 자신은 옳고 불만과 거부반응의 대상인 그 사람이나 상황은 잘못되었음을 암시하기 때문이다.

자신이 옳다고 여기는 것만큼 에고를 더 강화시켜 주는 것은 없다. 옳다는 것은 하나의 관점, 의견, 판단, 이야기 등과 같은 정신적 입장을 자기와 동일시하는 것이다. 그런데 자신이 옳기 위해서는 당연히 틀린 누군가가 필요하다. 그래서 에고는 옳기 위해 누군가를 틀리게 만들기를 매우 좋아한다. 바꿔 말해, 자신의 더 강한 자아의식을 얻기 위해 다른 사람들을 틀리게 만들 필요가 있다. 사람뿐만이 아니라 상황도 불만과 반응을 통해 틀린 것으로 만들 수 있다. "이런 일은 일어나면 안 돼."라고 말하는 것이다. 자신이 옳다는 주장은, 잘못되거나 문제가 있다고 판단되는 사람과 상황에 대해 자신을 상상 속에서 도덕적으로 우월한 위치에 올려놓는다. 에고가 갈망하는 것이 그 우월감이며, 그것을 통해 에고는 자신을 강화시킨다.

환상이 자신을 방어하다

의심할 여지없이 사실은 존재한다. 만약 당신이 "빛은 소리보다 빠르다."라고 말하는데 누군가 정반대라고 주장한다면, 당연히 당신이 옳고 그가 틀리다. 당신이 옳다는 것은 번개가 천둥보다 앞서는 것을 관찰하는 일만으로도 확인할 수 있다. 따라서 당신은 옳을 뿐 아니라, 자신이 옳다는 것도 안다. 여기에 에고가 개입되어 있는가? 그럴 가능성은 있지만 반드시 그렇지는 않다. 당신이 진실이라고 알고 있는 것을 단순하게 말한다면 에고는 전혀 개입해 있지 않다. 자기 동일화가 없기 때문이다. 무엇과의 동일화인가? 마음과의 동일화, 그리고 자신의 정신적 입장과의 동일화이다. 그러나 이 동일화는 쉽게 끼어들 수 있다. 만약 당신이 "내 말을 믿어. 내가 잘 아니까." 하고 주장하거나 "왜 늘 내 말을 믿지 않지?" 하고 말하는 자신을 발견한다면 그곳에 이미 에고가 끼어든 것이다.

에고는 '나'라는 작은 단어 뒤에 숨어 있다. "빛은 소리보다 빠르다."라는 단순한 발언은 진리이지만, 이제 그것은 에고라는 환상을 위해 이용되고 있다. '나'라는 허구의 느낌에 오염된 것이다. 이제 그것은 개인적인 것이 되고 정신적 입장으로 바뀌었다. 누군가가 '내'가 한 말을 믿지 않으면 '나'는 위축되거나 모욕당했다고 느낀다.

에고는 모든 것을 개인적으로 받아들인다. 감정이 일어나고, 방어 심리와 심지어 공격성까지 나타난다. 당신은 진실을 방어하려고 하는가? 그렇지 않다. 어떤 경우든 진실은 방어를 필요로 하지 않는다. 빛도 소리도 당신과 누군가가 어떻게 생각하든 상관하지 않는다. 당신은 자기 자신을 방어하고 있는 것이다. 더 정확히 말해 '자기 자신'이라는 환상, 즉 마음이 만들어 낸 대체물을 방어하는 것이다. 환상이 그 자신을 방어하는 것이라고 말하는 편이 더 정확할 것이다.

간단하고 명확한 사실마저 이처럼 에고의 왜곡과 환상에 영향을 받는다면, 의견이나 관점이나 판단처럼 '나'의 자아의식과 쉽게 뒤섞일 수 있는 덜 객관적인 생각 형태들은 얼마나 왜곡이 심하겠는가?

모든 에고는 자신의 의견과 견해를 사실 그 자체와 혼동한다. 더 나아가, 객관적인 사건과 그 사건에 대한 자신의 반응의 차이를 구분하지 못한다. 모든 에고는 선별적으로 인식하고 왜곡되게 해석하는 데는 달인이다. 생각을 통해서가 아니라 오직 알아차림을 통해서만 사실과 의견의 차이를 구분할 수 있다. 오직 알아차림을 통해서만 올바르게 볼 수 있다. 저것은 상황이며 이것은 상황에 대해 내가 느끼는 분노임을 알고, 그런 다음 그 상황에 접근하는 다른 방식들이 있음을 깨닫는다. 그것을 보는 다른 시각과 다른 대응 방식이 있음을. 오직 알아차림을 통해서만 제한된 한 가지 관점에서 벗어나 그 상황이나 사람의 전체적인 모습을 볼 수 있다.

진리—상대적인가 절대적인가?

검증 가능한 단순한 사실들의 경우는 별도로 하고, "나는 옳고 너는 틀리다."라고 확신하는 것은 개인의 인간관계뿐 아니라 국가, 민족, 종교 간의 상호 관계에서도 위험하다.

그러나 만약 "나는 옳고 너는 틀리다."라는 믿음이 에고가 자신을 강화하는 방법들 중 하나이며, 자신은 옳고 남은 틀리게 만드는 것이 사람들 사이의 분열과 갈등을 지속시키는 마음의 기능장애라면, 그렇다면 행동과 행위, 그리고 믿음에는 옳은 것도 틀린 것도 없는 것일까? 그것은 몇몇 기독교인들이 우리 시대 최대의 악이라고 보는 윤리적 상대주의(인간 행동의 지침이 되는 절대적 진리 따위는 없다는 사고방식)에 빠지는 것은 아닐까?

진리는 자신들 쪽에만 존재한다는, 다시 말해 자신들만 옳다는 믿음은 행동과 행위를 광기 수준으로까지 전락시킨다. 그것은 기독교 역사 자체가 여실히 보여 준다. 종교는 몇 세기 동안이나 자신들이 내린 교리와 성서—혹은 '진리'—의 좁은 해석과 조금이라도 다른 의견을 가진 자가 있으면 고문하고 화형에 처했다. 그런 행동은 옳으며, 그 이유는 희생자들이 틀리기 때문이라고 생각했다. 희생자들은 너무도 틀리기 때문에 죽이지 않으면 안 된다고 여겼다. 진리가 인간의 생명보다 더 중요하게 여겨졌다. 그렇다면 그 '진리'란 무엇인가? 당신이 믿어야만 하는 이야기, 즉 한 묶음의 생각이다.

캄보디아의 미치광이 독재자 폴 포트가 죽이라고 명령한 백만 명의 사람들 중에는 안경 쓴 사람들이 모두 포함되어 있었다. 왜인가? 폴 포트의 주장에 따르면 마르크스주의적 역사 해석이 절대 진리였으며, 그 절대 진리의 폴 포트 해석에 따르면 안경을 착용한 사람들은 지식인 계급, 부르주아지, 농민의 착취자였기 때문이다. 새로운 사회질서를 만들기 위해서는 그들을 제거할 필요가 있었다. 폴 포트가 주장한 그 진리도 단지 한 묶음의 생각에 불과했다.

가톨릭을 비롯한 교회들이 윤리적 상대주의를 현대의 악 중 하나로 비판하는 것은 물론 아주 틀리지 않다. 그러나 결코 발견할 수 없는 장소에서 절대적 진리를 찾는다면 발견할 수 없을 것이다. 발견할 수 없는 장소란 교리, 이념, 계율, 이야기 등이다. 이것들의 공통점은 무엇인가? 그것들은 생각으로 이루어져 있다는 것이다. 생각은 기껏해야 진리를 가리켜 보일 수는 있지만, 결코 진리 그 자체는 아니다. 그러므로 불교에서는 "달을 가리키는 손가락은 달이 아니다."라고 말한다.

모든 종교는 그것을 어떻게 사용하는가에 따라 똑같이 틀릴 수도 있고 똑같이 옳을 수도 있다. 그것을 에고를 위해 봉사시킬 수도 있고, 진리에 봉사시킬 수도 있다. 자신의 종교만이 '진리'라고 믿는다면, 그것을 에고에 봉사시키고 있는 것이다. 그런 방식으로 사용할 때 종교는 이념이 되고, 사람들 사이에 편가르기와 갈등뿐 아니라 우월감이라는 환상을 심는다. 진리에 봉사할 때 종교적 가르침들은 깨달은 존재들이 남긴 표지판과 지도가 되어 다른 사람들도 영적으로 깨어나고 형상과의 동일화로부터 자유로워지도록 도울 것이다.

절대적 진리는 오직 하나이며, 다른 모든 진리들은 그것으로부터 퍼져 나온다. 그 진리를 발견할 때 당신의 모든 행동은 진리에 맞춰질 것이다. 인간의 행동은 진리를 반영하거나 환상을 반영하거나 둘 중 하나이다. 진리를 말로 표현할 수 있을까? 표현할 수 있다. 하지만 물론 언어는 진리 그 자체가 아니다. 단지 진리를 가리켜 보일 뿐이다.

그 진리는 당신 자신과 분리될 수 없다. 그렇다, 당신이 진리이다. 만약 다른 곳에서 진리를 찾고 있다면 매번 속을 것이다. 당신이라는 존재 자체가 진리이다. 예수는 이것을 "나는 길이요, 진리요, 생명이다."라는 말로 전하려고 했다. 예수의 이 말은 가장 강력하고 가장 직접적으로 진리를 가리킨다. 하지만 잘못 해석하면 커다란 장애물이 된다. 예수는 인간 내면의 가장 깊은 부분에 있는 존재, 모든 남자와 여자뿐 아니라 모든 생명체의 가장 핵심적인 정체성을 말하고 있는 것이다. 그는 당신의 존재인 그 생명에 대해 말했다. 기독교 신비가들은 그것을 '내면의 그리스도'라고 불렀다. 불교에서는 불성이라고 부른다. 힌두교에서는 아트만(진아), 즉 내면에 거하는 신이라고 부른다.

자신의 내면에 있는 이 차원과 연결될 때—그 차원과 연결되는 것은 당신의 자연스러운 상태이지 특별히 기적적인 성취가 아니다—당신의 모든 행동과 관계들은 당신이 깊은 내면에서 감지하는 모든 생명과의 일체감을 반영하게 될 것이다. 이것이 사랑이다. 율법, 계명, 계율, 규정들은 진정한 자기 자신과 단절된 사람들, 자기 내면의 진리와 분리된 사람들에게 필요한 것이다. 그것들은 에고의 최악의 폭주를 막는 역할을 하겠지만, 종종 그것에조차 실패한다. "사랑하라, 그리고 네가 하고 싶은 일을 하라."라고 성 어거스틴은 말했다. 언어로는 이것 이상으로 진리에 가깝게 다가갈 수 없을 것이다.

에고는 개인적인 것이 아니다

집단 차원에서 "우리는 옳고 너희는 틀리다."라는 사고방식은 국가 간, 인종 간, 민족 간, 종교 간, 이념 간의 갈등이 오래되고 극단적이며 고질적으로 일어나는 세계 분쟁 지역에서 특히 단단히 자리 잡고 있다. 대립하는 당사자들은 어느 쪽이든 자신들의 관점, 자신들의 이야기와 동일화되어 있다. 즉 자신들의 생각과 동일화되어 있는 것이다. 양쪽 모두 자신들과 다른 관점, 다른 이야기가 존재할 수 있으며 그것 역시 타당할 수 있음을 보지 못한다. 이스라엘의 언론인 요시 할레비는 '대립하는 이야기의 조정' 가능성을 언급했지만 세상의 많은 지역 사람들에게는 아직 그것이 불가능하고 그럴 의지도 없다.

대립하는 어느 쪽이든 자신들에게만 진리가 있다고 철저히 믿는다. 양쪽 모두 자신들은 희생자로, 상대방은 악의 무리로 간주한다. 그리고 상대방을 인간이 아닌 적으로 개념화해 왔기 때문에 어른은 물론이고 아이들에게까지 온갖 살인과 폭력을 저지르면서도 인간적인 마음의 고통도 괴로움도 느끼지 않는다. 그들은 공격과 보복, 받은 만큼 되받아친다는 광기 어린 악순환에 빠져 있다.

'우리' 대 '그들'이라는, 집단 측면에서 나타나는 인간의 에고는 '나'라는 개인적인 에고와 그 작용 방식은 동일해도 훨씬 더 광기 어린 것임을 알 수 있다. 인간이 서로에게 가한 폭력의 상당수는 범죄자와 정신이상자의 손에 의한 것이 아니라 극히 '정상적인' 훌륭한 시민이 집단적 에고에 봉사하며 행한 것이다. 그러나 이 행성에서는 '정상'이라는 것이 '정신이상'과 동일한 의미라고까지 말할 수 있다. 그 정신이상의 뿌리에는 무엇이 있는가? 생각과 감정과의 완전한 동일화, 즉 에고이다.

탐욕, 이기심, 착취, 잔인함, 폭력이 여전히 이 행성 도처에 만연해 있다. 그것이 마음 밑바탕에 있는 기능장애 혹은 정신적 질환의 개인적, 집단적 표현임을 알아차리지 못하면 그것을 개인적인 문제로 받아들이는 오류에 빠지게 된다. 개인과 집단에 대한 개념적인 정체성을 만들어 "그는 이런 사람이다. 그들은 이런 인간들이다."라고 말하는 것이다.

당신이 다른 사람 안에서 인식하는 에고를 그 사람의 정체성으로 혼동할 때, 이러한 오해를 자기 강화를 위해 사용하는 것이 당신의 에고가 흔히 하는 일이다. 자신이 옳고 그러므로 더 우월하다는 생각을 가지고, 적으로 인식되는 상대방에 대해서는 비난과 분개와 종종 분노로 반응하면서 그렇게 하는 것이다. 이 모든 일들이 에고에게는 대단히 만족스러운 일이다. 그렇게 함으로써 자신과 상대방이 분리된 존재라는 의식이 강해지고 상대방의 '타인성'이 점점 극대화되어, 상대방이 자신과 공통된 인류라고 더 이상 느끼지 않을 뿐더러, 인간 존재로서 공유하고 있는 '한 생명'에 뿌리를 두고 있다는 것도, 공통된 신성도 느끼지 못할 정도가 되어 버린다.

에고의 특정한 패턴을 상대방에게서 발견해 강하게 반응하고 그것이 그 사람의 정체성이라고 오인하지만, 사실 그것은 당신 안에도 있는 동일한 패턴인 경우가 많다. 하지만 당신은 자신 안에서 그것을 감지할 수도 없고, 그럴 마음조차 없다. 그런 의미에서는 적으로부터 배울 것이 많다. 상대방 안의 무엇에 대해 당신은 가장 기분 나빠하고 가장 불쾌해하는가? 그들의 자기중심적인 면인가? 탐욕? 권력욕이나 지배욕? 아니면 불성실, 부정직, 폭력적 성향? 대체 무엇인가? 그것이 무엇이든, 상대방 안에서 당신이 가장 분개하고 강하게 반응하는 특성이 당신 자신 안에도 존재한다. 그러나 그것들은 단지 에고의 한 가지 형태일 뿐 그 이상이 아니며, 전혀 개인적인 문제가 아니다. 그 사람의 진정한 존재와 관계가 없고 당신의 진정한 존재와도 관계가 없다. 그것을 자신이라고 착각할 때만, 자신 안에서 그것을 관찰하는 것이 당신의 자아의식을 위협할 수 있다.

전쟁은 마음의 방식

다른 사람의 공격으로부터 자신이나 누군가를 보호할 필요가 있는 경우도 있지만, '악을 뿌리 뽑는 것'을 자신의 사명으로 삼지 않도록 주의해야 한다. 자신이 맞서 싸우고 있는 바로 그것으로 자신이 바뀔 가능성이 높기 때문이다. 무의식과 싸우는 것은 당신 자신을 무의식 속으로 끌고 갈 것이다. 무의식, 즉 기능장애를 가진 에고의 행동은 그것을 공격하는 것에 의해서는 결코 물리칠 수 없다. 설령 상대를 물리칠지라도 무의식은 간단하게 당신 속으로 자리를 옮기거나, 아니면 새로운 변장을 한 상대방으로 다시 나타날 것이다. 무엇과 싸우든 싸움은 그것을 강하게 만들며, 저항할수록 끈질기게 지속된다.

오늘날 '무엇과의 전쟁'이라는 표현을 많이 듣게 된다. 그럴 때마다 나는 그 전쟁은 실패가 이미 결정되어 있음을 안다. 마약과의 전쟁, 범죄와의 전쟁, 테러와의 전쟁, 암과의 전쟁, 빈곤과의 전쟁이라고 말한다. 예를 들어 범죄와 마약과의 전쟁이 진행되고 있음에도 불구하고 지난 25년 동안 범죄와 마약 등 온갖 불법행위는 극적으로 증가했다. 미국 교도소의 수용 인원은 1980년에는 30만 명이 되지 않았지만 2004년에는 놀랍게도 210만 명으로 급격히 늘었다. 질병과의 전쟁에서 우리는 항생제를 손에 넣었다. 처음에는 놀라운 효과가 있었고 전염병과의 전쟁에서 인간이 승리하는 것처럼 보였다. 그러나 현재는 많은 전문가들이 입을 모아 항생제의 남용과 무분별 사용은 시한폭탄과 같으며, 슈퍼 박테리아(항생제 내성균) 때문에 전염병이 부활하고 폭발적으로 유행할 가능성이 높다고 경고한다. 〈미국 의학 협회 저널〉에 따르면 미국에서 심장 질환과 암 다음으로 세 번째로 많은 사망 원인은 병원 치료이다. 동종요법과 한의학은 병에 대한 대안적 접근이 가능한 두 가지 예로, 이들은 병을 적으로 취급하지 않으며 따라서 새로운 질병을 만들어 내지도 않는다.

전쟁은 마음의 방식이며, 그런 사고방식으로부터 나오는 행동은 악으로 인식된 상대방을 오히려 더 강하게 만든다. 설령 전쟁에 이긴다 해도 전과 동일하거나 종종 더 나빠진 새로운 적, 새로운 악을 만들어 낸다. 당신의 의식 상태와 외부 현실 사이에는 깊은 상호관계가 있다. 당신이 '전쟁'이라는 마음의 방식에 사로잡혀 있을 때, 당신의 감각 지각들은 왜곡될 뿐 아니라 극단적으로 선별적이 된다. 다시 말하면, 보고 싶은 것만 보고 또한 그것을 잘못 해석한다. 그러한 망상 체계로부터 어떤 종류의 행동이 나올지는 쉽게 상상할 수 있을 것이다. 상상할 수 없다면 오늘 밤 텔레비전 뉴스를 보면 된다.

에고의 정체를 알아차려야 한다. 에고는 집단적 기능장애, 즉 인간 마음의 정신이상 증세이다. 에고의 정체를 알아차리면 더 이상 그것을 누군가의 정체성으로 오인하지 않는다. 일단 에고의 정체를 알면, 그것에 반응하지 않는 것도 한결 쉬워진다. 그것을 더 이상 개인의 문제로 받아들이지 않게 된다. 불만을 품거나 책임을 묻거나 비난하거나 잘못된 것으로 만들지도 않는다. 누구도 잘못되지 않았다. 그것은 단순히 누군가에게 있는 에고일 뿐이다. 그것이 전부이다. 사람에 따라서는 증상이 심할 수 있지만 모두가 똑같은 마음의 병으로 고통받고 있음을 알면 자비의 마음이 일어난다. 그렇게 되면 에고가 지배하는 인간관계의 드라마에 더 이상 기름을 붓지 않는다. 기름은 무엇인가? 대응이다. 에고는 그것을 먹고 번창한다.

평화와 드라마 중 어느 것을 원하는가

당신은 평화를 원한다. 평화를 원하지 않는 사람은 없다. 그러나 당신 안에는 드라마를 원하고 갈등을 원하는 무엇인가가 있다. 지금 이 순간에는 그것의 존재를 느끼지 못할지도 모른다. 당신 안에서 반응을 촉발시킬 어떤 상황, 또는 심지어 하나의 생각을 기다려야만 할 수도 있다. 누군가가 당신을 비난하고, 당신을 인정하지 않고, 당신 영역을 침입하고, 당신이 일하는 방식에 문제를 제기하고, 돈을 갖고 따질 때…… 그때 당신은 자신 안에서 무엇인가 큰 힘이, 아마도 분노나 적대감의 가면을 쓴 두려움이 솟구치는 것을 느끼는가? 목소리가 거칠어지거나 날카로워지고 몇 옥타브 높아지거나 낮아지는 것을 들을 수 있는가? 마음이 자신의 입장을 방어하고, 정당화하고, 공격하고, 비난하기 위해 달려가는 것을 알아차릴 수 있는가?

다시 말해, 무의식이 발동한 그 순간에 깨어 있을 수 있는가? 자신 안에 전쟁 준비를 갖춘 무엇인가가 있다는 것을, 위협받는다고 느끼고 어떤 희생을 치르더라도 살아남기를 원하는 것이 있다는 것을 느낄 수 있는가? 무대에 올릴 그 작품에서 승리하는 역을 맡은 자신의 정체성을 확고히 하기 위해 드라마를 필요로 하는 누군가가 자신 안에 있다는 것을? 평화로운 상태에 있는 것보다 자신이 옳은 것이 좋다고 말하는 무엇인가가 당신 안에 있음을 느낄 수 있는가?

에고를 넘어─진정한 정체성

에고가 전쟁을 할 때, 그곳에서 살아남기 위해 싸우는 에고는 단지 환상에 지나지 않음을 알아야 한다. 그 에고라는 환상은 자기야말로 당신이라고 생각한다. 처음에는 그것을 지켜보는 '현존'으로 그곳에 '있는' 것이 쉽지 않은 일이다. 특히 에고가 생존하려고 싸우는 분위기에 있고, 과거로부터의 몇 가지 감정들이 되살아나 있는 상태에서는 특히 어렵다. 그러나 한번 그 감각을 맛보면, 이 순간에 머무는 '현존'의 힘이 강해지고 에고는 구속력을 상실할 것이다. 에고와 마음보다도 훨씬 큰 힘이 당신 삶에 생겨난다. 에고로부터 자유로워지기 위해 필요한 것은 에고를 알아차리는 것뿐이다. 알아차림과 에고는 공존할 수 없기 때문이다. 알아차림은 현재의 순간 속에 숨겨져 있는 힘이다. 우리가 그것을 '현존'이라고 부르는 이유가 그것이다. 인간이라는 존재의 궁극적인 목적은, 이것은 당신의 목적이기도 한데, '현존'의 힘을 세상 속으로 가져오는 일이다. 이것은 또한 에고로부터 자유로워지는 일이 미래에 이루어야 할 목표가 될 수 없는 이유이기도 하다. '이 순간에 존재함'만이 당신을 에고로부터 해방시킬 수 있으며, 당신은 어제도 내일도 아닌 현재의 '지금'에만 존재할 수 있다. '현존'만이 당신 안의 과거를 해체시키고 당신의 의식 상태를 변화시킨다.

영적 깨달음이란 무엇인가? 자신이 영혼을 지닌 존재라는 믿음인가? 아니다, 그것은 하나의 생각이다. 출생증명서에 적혀 있는 것이 곧 자신이라고 믿는 생각보다는 진실에 조금 더 가깝긴 하지만, 그럼에도 여전히 하나의 생각임에는 변함이 없다. 영적인 깨달음은 내가 지각하고 경험하고 생각하고 느끼는 것이 궁극적으로는 내가 아니라는 것을, 끊임없이 지나가 버리는 그 모든 것들 속에서는 나를 발견할 수 없다는 것을 분명하게 보는 것이다. 이것을 분명하게 본 최초의 인간은 아마도 붓다일 것이다. 그러므로 붓다 가르침의 핵심 중 하나는 아나타(무아)였다. 또한 예수가 "너 자신을 부정하라."라고 말한 것은 자신이라는 환상을 부정하고, 그럼으로써 해체하라는 의미였다. 만약 그 자신, 즉 에고가 진정한 나라면 그것을 '부정하라'는 것은 이치에 맞지 않는다.

이 '환상의 나'를 버렸을 때 남는 것은 그 안에서 지각과 경험과 생각과 감정이 나타났다가 사라지는 의식의 빛이다. 그것이 바로 더 깊은 곳에 있는 나, 진정한 나, '순수한 있음'이다. 나 자신이 그것임을 알 때, 내 삶에서 일어나는 일들은 더 이상 절대적이지 않고, 단지 상대적인 중요성만을 지니게 된다. 그 일을 존중하기는 해도 절대적인 심각성과 중압감은 사라져 버린다. 궁극적으로 중요한 것은 오직 이것이다. 내 삶의 배후에 항상 있는 나의 본질적인 '순수 존재Being', 그 '나의 있음I Am'을 감지할 수 있는가? 더 정확히 말하면, 지금 이 순간 '나는 나의 있음이다I Am that I Am'를 감지할 수 있는가? 의식 그 자체로서의 나의 진정한 정체성을 감지할 수 있는가? 혹은, 일어나는 일들에 자신을 빼앗기고 마음속에, 세상 속에 나 자신을 잃어버리고 있는가?

모든 구조물은 불안정하다

어떤 형태를 취하든 에고의 깊은 곳에는 자기가 생각하는 자신의 이미지, 그 환영의 자아를 강화하려는 강한 무의식적 충동이 있다. 그 자기 이미지, 환영의 자아는 생각이 지배권을 쥐고서 순수 존재, 원천, 신과 연결되는 단순하지만 심오한 기쁨을 흐리게 만들기 시작할 때 나타난다. 생각은 커다란 축복인 동시에 큰 저주이다. 어떤 행동으로 나타나든 에고의 숨은 동기는 언제나 같다. 눈에 띄고 싶고, 특별해지고 싶고, 지배하고 싶고, 힘을 갖고 싶고, 관심받고 싶고, '더 많이' 원하는 것이다. 그리고 당연히 자신은 남들과 별개라는 느낌을 갖고 싶어 한다. 즉, 대립하는 상대방, 적이 필요하다.

에고는 언제나 다른 사람이나 상황으로부터 무엇인가를 원한다. 언제나 숨겨진 안건을 가지고 있다. '아직 충분하지 않다'고 느끼고, 불충분함과 결핍감이 있으며, 어떻게든 그것을 채워야만 한다. 자신이 원하는 것을 얻기 위해 사람과 상황을 이용하지만, 어쩌다 성공해도 그 만족감은 결코 오래가지 않는다. 목적을 이루지 못하는 경우도 많고, 대부분은 '내가 원하는 것'과 '실제 모습' 사이의 차이에 끊임없이 혼란스러워하고 고뇌한다. 이제는 고전이 된 유명한 팝송 〈난 만족할 수 없어 I can't get satisfaction〉(롤링스톤즈가 부른 곡)는 다름 아닌 에고의 노래이다.

에고의 밑바탕에서 모든 행동을 지배하는 감정은 두려움이다. 아무것도 아닌 존재가 되는 것에 대한 두려움, 존재하지 않게 될 것 같은 두려움, 죽음의 두려움이다. 결국 에고의 모든 행동은 이 두려움을 없애기 위해 기획된 것이다. 하지만 에고는 기껏해야 가까운 관계, 새로운 소유물, 혹은 이런저런 성취들로 일시적으로 이 두려움을 덮어 버리는 것밖에 할 수 없다. 환상은 결코 당신을 만족시키지 못한다. 오직 '나는 누구인가'의 진리만이, 만약 당신이 그것을 깨닫는다면, 그것만이 당신을 자유롭게 할 것이다.

왜 두려워하는가? 왜냐하면 에고는 형상과의 동일화에 의해 일어나지만, 깊은 바닥에서는 어떤 형상도 영원하지 않고 모두 덧없다는 사실을 알기 때문이다. 그러므로 겉으로는 자신감 있어 보여도 에고 주변에는 언제나 불안감이 있다.

전에 친구와 함께 캘리포니아 말리부 해변 근처에 있는 아름다운 자연 보호 구역을 거닐다가 수십 년 전 화재로 인해 파괴된 어느 시골집의 폐허를 보게 되었다. 그 집에 가까이 가서 보니 나무들과 온갖 종류의 멋진 식물들이 제멋대로 자라 있고, 그 옆 길가에는 공원 관리소에서 세워 놓은 표지판이 하나 있었다. 표지판에는 '위험! 모든 구조물이 불안정함'이라고 적혀 있었다.

"이것이야말로 심오한 경전의 말씀이군!"

나는 친구에게 말했고, 둘 다 경외감에 사로잡혀 서 있었다. 아무리 견고해 보이는 물질일지라도 모든 구조물, 즉 모든 형상이 불안정하다는 것을 깨닫고 그것을 받아들이면 평화가 당신 안에서 일어난다. 모든 형상의 무상함을 알아차림으로써 자기 안의 형상을 초월한 차원에 눈을 뜨기 때문이다. 그곳은 죽음을 넘어서 있다. 예수는 그것을 '영원한 생명'이라고 불렀다.

우월감을 느끼고 싶어 하는 에고의 욕구

에고에게는 그냥 지나쳐 버리기 쉬운 미묘한 형태들이 많이 있다. 당신은 그것을 다른 사람에게서, 그리고 더 중요하게는 자신에게서도 볼 수 있다. 기억해야만 한다. 자기 안의 에고를 알아차리는 순간, 그 알아차림의 일어남은 에고를 넘어선 자신, 더 깊은 '나'이다. 가짜임을 알아차리는 것은 이미 진정한 것이 일어나고 있음을 의미한다.

예를 들어, 당신은 누군가에게 새로운 소식을 알려 주려고 한다. "무슨 일인지 맞춰 봐. 아직 모르고 있었던 거야? 내가 말해 줄게." 그때 당신이 주의 깊게 깨어 있고 온전히 현재의 순간에 존재한다면, 설령 그것이 나쁜 소식일지라도 그것을 전달하기 직전에 자신 안에서 일시적인 만족감을 감지할지도 모른다. 그 짧은 순간, 에고의 눈으로 보면 당신과 그 사람 사이에 당신에게 유리한 불균형이 생겨나기 때문이다. 그 순간, 당신은 상대방보다 '더 많이' 알고 있다. 당신이 느끼는 그 만족감은 에고의 만족감이며, 그것은 상대방과 비교해 자신이 더 강한 자아의식을 느끼는 데서 온다. 그 상대방이 대통령이거나 교황이라 할지라도, 그 순간만큼은 당신이 '더 많이' 알기 때문에 우월감을 느끼는 것이다. 많은 사람들이 잡담에 중독된 이유 중 하나가 여기에 있다. 게다가 잡담은 종종 다른 사람을 향한 악의적인 비난과 심판의 요소를 담고 있으며, 그것 역시 자신이 도덕적으로 우위에 있다는 상상을 통해 에고를 강화한다. 누군가에게 부정적인 판단을 적용할 때마다 반드시 이 도덕적 우월감이 작용한다.

만약 누군가 자신보다 더 많이 갖거나 더 많이 알거나 더 많이 할 수 있다면 에고는 위협받는다고 느낀다. 자신이 '더 적다'는 느낌이 상대방에 비해 상상 속의 자아의식을 위축시키기 때문이다. 그때 에고는 상대방의 소유물, 지식, 능력의 가치를 어떻게든 깎아내리고 비난하고 하찮은 것으로 만듦으로써 자신을 회복시키려고 노력한다. 아니면 만약 그 사람이 세상 사람들이 중요한 인물이라고 우러러보는 사람일 경우에는 전략을 바꿔서, 경쟁하는 대신 그와 관계를 맺음으로써 자신을 강하게 보이려고 할 것이다.

에고와 명성

자신이 아는 유명한 사람의 이름을 아무렇지도 않게 자주 언급하는 '이름 들먹이기'라는 잘 알려진 현상은 '중요한' 인물과의 관계를 암시함으로써 다른 사람들의 눈에 우월한 정체성을 얻고 그럼으로써 자신도 우월감을 맛보려는 에고의 전략이다. 당신이 이세상에서 유명해짐으로써 따라오는 재난은 사람들이 당신에 대해 갖는 집단적인 이미지에 의해 당신의 진정한 존재가 흐려지는것이다. 당신이 만나는 대부분의 사람들은 당신과의 관계를 통해자신의 정체성─자신이 누구인가에 대한 마음속 이미지─을 강화하고 싶어 한다. 그들 자신은 모를 수도 있지만, 사실 그들은 당신에게는 전혀 관심이 없으며, 궁극적으로는 자신들의 허구의 자아의식을 강화하는 데만 관심이 있을 뿐이다. 그들은 당신을 통해자신이 '더 커질' 수 있다고 믿는다. '당신을 통해'라기보다 유명인으로서의 당신에 대해 그들이 가지고 있는 마음속 이미지를 통해, 혹은 실물보다 과장되고 관념화된 집단적 정체성을 통해 그들자신을 완성시키려고 하는 것이다.

명성에 대한 터무니없는 과대평가는 우리의 세상에 존재하는 에고의 많은 정신이상적 표현들 중 하나일 뿐이다. 유명인 중에는 스스로가 똑같은 실수에 빠져 사람들과 대중매체가 그들에 대해 만들어 놓은 이미지인 집단적 허구와 동일화되어, 실제로 자신을 다른 사람들보다 우월한 존재로 보는 사람도 있다. 그 결과 그들은 그들 자신과 사람들로부터 점점 멀어져서 점점 불행해지며, 점점 더 자신의 인기를 유지하는 데만 의존한다. 부풀려진 자아 이미지를 먹여 살리는 사람들에 의해 둘러싸인 채 진정한 관계를 가질 수 없게 된다.

이 지구 행성에서 가장 유명한 사람이 될 운명을 타고났으며 거의 초인이라 칭송받은 아인슈타인은 사람들이 그에 대해 집단적으로 만들어 낸 이미지와 자신을 결코 동일시하지 않았다. 그는 유명해지고 나서도 여전히 겸허했으며 에고가 없었다. 사실 그는 이렇게 말했다.

"사람들이 생각하는 나의 업적이나 능력과 진정한 나, 그리고 내가 할 수 있는 것 사이에는 기이할 정도의 모순이 있다."

유명한 사람이 다른 사람과 진정한 관계를 맺기 어려운 이유가 여기에 있다. 진정한 인간관계는 이미지를 만들거나 자기를 추구하는 에고에 지배되지 않는 관계이다. 진정한 관계에는 상대방을 향해 열린 깨어 있는 관심이 있으며, 그 안에는 어떤 바람도 없다. 그 깨어 있는 관심이 '현존'이다. 그것은 모든 진정한 관계에 필수적인 전제 조건이다. 에고는 언제나 무엇인가를 원하며, 상대방에게 얻을 것이 아무것도 없다고 여겨지면 철저한 무관심 상태가 된다. 그러므로 에고가 지배하는 관계에서 가장 많은 세 가지 상태는 이것이다. 원하는 것, 원하는 것의 좌절—분노, 원망, 비난, 불만—, 그리고 무관심이다.

역할 연기 ─ 에고의 여러 가지 얼굴들

자신의 역할과 동일화될수록

관계의 진정성은 사라진다.

사랑은 다른 사람 안에서

자신을 발견하는 것이다.

상대방이 당신의 '순수한 있음'을 알아볼 때

그 알아봄이 이 세상 속으로

두 사람을 통해

더 많은 '순수한 있음'의 차원을 가져다준다.

다른 사람에게서 무엇인가를 원하는 에고는 그것이 물질적인 획득이든, 권력감이든, 우월감이든, 자신은 특별하다는 의식이든, 혹은 육체적 심리적 만족감이든, 그 '욕구들'을 충족시키기 위해 대개 몇 가지 역할을 연기한다. 대체로 사람들은 자신이 역할을 연기한다는 것은 전혀 알아차리지 못한다. 그들 자신이 그 역할 자체가 되어 버리기 때문이다. 매우 미묘한 역할들도 있지만, 연기하고 있는 당사자를 제외한 모든 사람의 눈에 매우 명백하게 드러나는 역할도 있다.

어떤 역할들은 단순히 사람들의 관심을 얻기 위해 기획된 것들이다. 에고는 다른 사람들의 관심을 먹고 산다. 다른 사람들의 관심이란 결국 일종의 심리적 에너지의 한 형태이기 때문이다. 에고는 모든 에너지의 원천이 자신의 내면에 있음을 알지 못하는 까

닭에 그것을 외부에서 찾는다. 에고가 찾는 것은 형상을 초월한 깨어 있는 의식, 즉 '현존'이 아니라 인정, 칭찬, 찬사 같은, 혹은 어떤 식으로든 주목받고 존재를 인정받으려는, 어떤 형상 속의 관심이다.

다른 사람들의 관심을 두려워하는 소심한 사람이라 해도 에고로부터 자유롭지 않다. 그는 다른 사람들의 관심을 원하면서도 두려워하는 모순된 에고를 가지고 있다. 두려움의 이유는 그 관심이 부정적이고 비판적인 형태를 띠지나 않을지, 다시 말해 자아의식을 강화시켜 주기는커녕 위축시키거나 않을지 불안해하는 것이다. 따라서 소심한 사람은 관심에 대한 두려움이 관심에 대한 욕구보다 더 크다.

소심함은 종종 눈에 띄게 부정적인 자아의식, 즉 자신에게 무엇인가 많이 부족하다는 믿음과 함께한다. 자기 자신을 이러저러하게 보는 관념 속 자아의식은 '내가 최고야'라는 식의 두드러지게 긍정적이든, 아니면 '나는 형편없어'라는 식의 부정적이든, 어느 쪽이든 에고이다. 모든 긍정적인 자아의식 뒤에는 그럼에도 아직 충분히 좋지 않다는 불안이 숨어 있다. 모든 부정적인 자아의식 뒤에는 최고가 되고 싶고 다른 사람보다 나은 존재가 되고 싶어 하는 욕구가 숨어 있다.

우월감을 느끼고 그 우월감을 지속하려는 자신만만한 에고의 욕구 뒤에는 열등해지는 것에 대한 무의식적인 두려움이 숨어 있다. 반대로 열등감을 느끼는 소심하고 무능한 에고는 우월해지고 싶은 강한 욕망을 숨기고 있다. 많은 사람들은 자신들이 접촉하는 상황이나 사람들에 따라 열등감과 우월감 사이를 왔다 갔다 한다. 당신이 알아야 하고 자신 안에서 관찰할 필요가 있는 것은 이것이다. 누군가에게 우월감과 열등감을 느낄 때마다, 그것은 당신 안의 에고이다.

나쁜 사람, 피해자, 연인

어떤 에고는 칭찬이나 찬사를 얻지 못하면 다른 형태의 관심으로 방향을 바꾸어 그것을 끌어내기 위한 역할을 연기한다. 예를 들어, 긍정적인 관심을 얻지 못하면 상대방에게 부정적인 반응을 자극해 부정적인 관심을 끌어내려고 할지도 모른다. 이것은 아이들에게서도 흔히 볼 수 있다. 관심을 끌기 위해 말썽을 피우는 것이다. 특히 앞으로 설명할 고통체―에너지의 장에 축적된 오래된 감정적 고통―가 활성화되어 있을 때는, 즉 과거의 감정적인 고통이 더 많은 고통을 통해 새롭게 되살아나기 원할 때는, 그러한 부정적 역할 연기가 더 두드러진다. 유명해지려고 범죄를 저지르는 것도 이런 종류의 에고이며, 그들은 나쁜 평판과 형태로 다른 사람들의 관심을 얻는다. "나는 분명히 존재한다고, 어찌 됐든 무의미한 존재는 아니라고 말해 줘." 하고 외치는 것 같다. 이러한 병적인 형태의 에고도 단지 정상적인 에고가 극단적으로 변한 것일 뿐이다.

피해자의 역할도 에고가 매우 흔하게 연기하는 역할들 중 하나이다. 그 에고가 추구하는 관심의 형태는 '나'의 문제, '나와 나의 이야기'에 대한 사람들의 동정과 연민과 관심이다. 자신을 피해자로 보는 것은 불평하고 상처입고 몹시 화내는 것과 같은 에고의 많은 패턴 중 하나이다.

물론, 일단 나에게 피해자 역할을 부여한 하나의 이야기에 자신을 동일화하면 나는 그것이 끝나는 것을 원하지 않는다. 따라서 심리치료사라면 누구나 알고 있듯이 에고는 자신의 '문제들'이 끝나는 것을 원치 않는데, 왜냐하면 그것들이 에고의 정체성의 일부이기 때문이다. 만약 아무도 '나의 슬픈 이야기'에 귀를 기울이지 않으면, 나는 머릿속에서 몇 번이나 되풀이해 말하면서 자기를 불쌍하게 느낀다. 그렇게 함으로써 삶이나 다른 사람들, 운명이나 신에게 불공평하게 취급당하는 자신이라는 정체성을 갖는다. 그 정체성은 나의 자아상을 명확히 규정해 주고, 나를 누군가로 만들어 준다. 에고에게는 그것이 가장 중요한 일이다.

이른바 연애 관계의 초기 단계에서 '나를 행복하게 만들어 주고, 특별한 존재로 느끼게 해 주고, 나의 모든 욕구를 충족시켜 줄' 것 같은 상대방의 관심을 끌고, 그 관계를 계속 유지하기 위해 에고가 어떤 역할을 연기하는 것은 매우 흔한 일이다. "나는 당신이 원하는 나를 연기하고 있으니까 당신도 내가 원하는 당신을 연기해 줘." 이것이 암묵적인 무의식적 합의이다. 그러나 역할 연기는 힘든 일이며, 특히 일단 두 사람이 함께 살기 시작하면 끝없이 연기를 계속할 수 없다. 역할이 벗겨지면 무엇을 보게 되는가? 불행하게도 대부분의 경우 상대방 존재의 진정한 본질을 보는 것이 아니라, 그 본질을 덮고 있는 것들을 보게 된다. 즉 연출된 역할이 벗겨진 적나라한 에고, 그것의 고통체를 보게 된다. 그리고 이제는 분노로 변한 좌절된 욕구가 그곳에 있다. 그 분노는 거의 대부분 배우자나 연인을 향해 있다. 마음 밑바닥의 두려움과 결핍감을 제거하는 일에 실패한 데서 오는 분노이다. 이 두려움과 결핍감은 에고의 자아의식에서 빼놓을 수 없는 부분이다.

흔히 말하는 '사랑에 빠진다'는 것은 사실은 에고의 욕구와 필요성을 강화하기 위한 경우가 많다. 당신은 상대방에게, 더 정확히 말하면 그 사람에 대해 당신이 갖고 있는 이미지에 중독된다. 그것은 아무것도 바라지 않는 진정한 사랑과는 관계가 멀다. 이런 기존의 사랑과 관련해 가장 솔직한 표현은 스페인어일 것이다. '떼 뀌에로.'에는 '나는 너를 사랑해.'라는 의미뿐 아니라 '나는 너를 원해.'라는 의미가 함께 있다. 또 다른 표현인 '떼 아모.'는 이런 모호함이 없이 분명하게 '나는 너를 사랑해.'를 의미하지만 이것은 거의 사용되지 않는다. 아마도 진정한 사랑은 그만큼 드물기 때문일 것이다.

자기규정 내려놓기

부족 문화가 고대 문명으로 발전함에 따라 특정한 사람들에게 지배자, 성직자, 전사, 농부, 상인, 장인, 노동자 등의 특정 기능들이 할당되기 시작했다. 이렇게 하여 계급제도가 발달했다. 대부분 태어날 때부터 정해지는 그 기능이 그 자신의 정체성이 되며, 그것이 그 자신뿐 아니라 다른 사람들의 눈에도 그가 누구인가를 결정지었다. 그에게 할당된 그 기능은 하나의 사회적 역할에 불과한 것이었지만 그것은 단순히 역할로서 인식되지 않았다. 그것은 그가 누구라는, 혹은 누구라고 생각되는 상태가 되었다. 그 당시 붓다와 예수 등 매우 드문 존재들만이 카스트와 사회 계급제도의 궁극적인 부적절함을 보았다. 그들은 그것이 형상과의 동일화임을 알았으며, 그런 조건 지어진 것들이나 일시적인 것들과의 동일화가 각각의 인간 존재 안에서 빛나는, 어떤 조건에도 속박되지 않은 영원한 빛을 가려 버린다는 것을 간파했다.

우리의 현대 사회에서는 옛날만큼 사회 구조가 경직되지 않아 구분이 덜 분명해졌다. 물론 대부분의 사람들은 여전히 환경이라는 조건에 구속되어 있지만, 태어나면서부터 자동적으로 기능과 정체성을 배정받지는 않는다. 사실 현대 세계에서는 갈수록 더 많은 사람들이 자신이 어디에 속하는지, 삶의 목적이 무엇인지, 심지어는 자신이 누구인지 혼란스러워하고 있다.

"더 이상 내가 누구인지 모르겠어요."라고 말하는 사람들에게 나는 대부분 그것은 좋은 일이라고 축하해 준다. 그러면 그들은 어리둥절한 표정으로 묻는다.

"나 자신을 알지 못해 혼란스러워하는 것이 좋은 일이라고요?"

그러면 나는 한번 생각해 보라고 말한다. 혼란스럽다는 것은 어떤 것인가? '나는 모른다.'는 혼란이 아니다. 혼란은 '나는 모르지만 알아야 한다.' 혹은 '나는 모르지만 알 필요가 있다.'인 상태이다. 그렇다면 자신이 누구인지 알아야 하고 알 필요가 있다는 믿음을 내려놓는 일이 가능한가? 다시 말해, 스스로에게 자아의식을 주기 위해 개념적으로 자신에 대해 규정짓는 일을 중단할 수 있는가? '생각'에서 정체성을 찾는 일을 멈출 수 있는가? 자신이 누구인지 알아야 하고, 알 필요가 있다는 믿음을 내려놓으면 혼란에는 무슨 일이 일어나는가? 갑자기 그것은 사라져 버린다. 자신이 모른다는 사실을 완전하게 받아들이면 실제로 당신은 평화롭고 투명한 상태로 들어가, 생각으로는 결코 달성할 수 없었던, 자신이 진정으로 누구인지에 더 가까워진다. 생각을 통해 자신을 규정하는 것은 자신을 한계에 가두는 일이다.

미리 정해진 역할들

물론 이 세상에서는 사람들마다 서로 다른 기능들을 수행한다.

그렇지 않을 수가 없다. 지식, 기술, 재능, 에너지 수준 등의 지적, 신체적 능력은 사람마다 크게 다르다. 정말로 중요한 것은 이 세상에서 어떤 기능을 수행하는가가 아니라, 그 기능과 지나치게 동일화된 나머지 그것이 자신을 점령해 완전히 그 역할이 되어 버리는 것이다. 역할을 연기할 때 당신은 무의식적이다. 역할을 연기하고 있는 자신을 알아차리면, 그 알아차림이 당신과 그 역할 사이에 하나의 공간을 만든다. 그것이 역할로부터의 자유가 시작되는 지점이다. 그러나 역할과 완전히 동일화되면 어떤 행동 양식과 자신이 누구인가를 혼동하고, 자신을 매우 심각하게 여기게 된다. 또한 다른 사람들에게도 자신의 역할에 상응하는 역할들을 자동적으로 배정한다. 예를 들어, 의사라는 자신의 역할과 완전히 동일화된 의사에게 진료를 받으러 가면, 그에게 당신은 하나의 인간 존재가 아니라 환자이거나 하나의 진찰 기록일 뿐이다.

비록 현대 세계의 사회 구조는 고대 문화들보다 덜 경직되어 있긴 하지만, 여전히 미리 정해진 많은 기능들과 역할들이 있으며, 사람들은 쉽게 그것들과 자신을 동일화하고 그것들은 에고의 일부가 된다. 이것은 인간관계가 진실되지 못하고 비인간적이며 멀어지는 원인이 된다. 그 미리 정해진 역할들은 자신의 정체성에 대한 심리적 안정감을 다소 줄지는 모르지만, 결국은 그것들 안에서 자기 자신을 잃어버리는 결과를 낳는다. 특히 군대, 교회, 정부기관, 대기업 등의 계급 조직에서 사람들이 갖는 기능들은 쉽게 역할 정체성에 자신을 내주게 한다. 역할 속에 자신을 잃어버리면 진실한 인간관계는 불가능해진다.

미리 정해진 역할 중에는 사회적 원형이라고 부를 수 있는 것들도 있다. 몇 가지 예를 들면, 예전만큼 일반적이지는 않지만 아직까지 보편적인 모습인 중산층 주부, 거칠고 사나이다운 남성, 유혹적인 여성, 체제 거부적인 예술가나 배우, 값비싼 옷이나 고급차를 과시하는 사람들과 마찬가지로 문학, 미술, 음악 등의 지식을 과시하는 '문화인'—이들은 유럽에서 매우 흔하다—등이 있다. 그리고 '어른'이라는 보편적인 역할도 있다. 당신이 어른 역할을 연기할 때, 당신은 자기 자신과 삶을 매우 심각하게 받아들인다. 그 역할에는 자연스러움, 낙천성, 즐거움이 없다.

1960년대 미국 서부 해안에서 시작되어 서구 세계로 퍼져 나간 히피 운동은 이기심에 기반을 둔 사회 경제 구조뿐 아니라 사회적 원형들, 역할들, 기성의 행동 양식들에 대한 젊은이들의 반발로부터 생겨났다. 그들은 부모와 사회가 부여하는 역할들을 연기하기를 거부했다. 게다가 이 무렵은 비극적인 베트남 전쟁에 의해 5만 7천 명 이상의 미국 젊은이들과 3백만 명 이상의 베트남 인이 희생되었고, 이를 통해 인간 사회가 품은 광기와 그 밑바탕에 있는 마음의 방식이 백일하에 드러난 시기이기도 했다. 1950년대에는 미국인 대부분이 아직 사고와 행동에 있어서 극단적일 만큼 체제 순응적이었지만, 1960년대가 되자 집단의 광기가 너무나 분명해졌기 때문에 수백만의 사람들이 집단적인 개념적 정체성을 버리기 시작했다.

히피 운동은 그때까지 견고했던, 에고가 지배하는 인류의 정신 구조가 느슨해졌음을 보여 주었다. 히피 운동 그 자체는 그 후 쇠 퇴해 막을 내렸지만, 그 구조에 생긴 열린 틈은 뒤에 남았다. 이 틈은 히피 운동에 참가한 사람들만의 것이 아니었다. 그 열린 틈 덕분에 동양의 오랜 지혜와 영성이 서양에 흘러들어 와, 지구 전 체 차원에서 의식이 깨어나는 데 중요한 부분을 담당했다.

일시적인 역할들

다른 사람들과 교류할 때 자신이 어떻게 행동하는지 관찰할 만 큼 충분히 깨어 있고 충분히 알아차린다면, 만나는 상대에 따라 미묘하게 달라지는 자신의 말과 태도, 행동 등을 감지할 수 있을 것이다. 처음에는 이것을 다른 사람들에게서 관찰하는 것이 더 쉬 울지도 모른다. 그런 다음 자기 자신에게서도 그것을 감지할 수 있을 것이다. 당신이 회사의 사장에게 말하는 방식과 수위에게 말 하는 방식에는 미묘한 차이가 있을 것이다. 아이와 대화할 때와 어른과 대화할 때도 다를 것이다. 왜 그런가? 역할을 연기하고 있 기 때문이다. 사장과 함께 있을 때나, 수위나 아이와 함께 있을 때 나, 당신은 당신 자신이 아니다. 가게에 들어가 물건을 살 때도, 음식점과 은행과 우체국에 갈 때도, 당신은 미리 정해진 사회적 역할들 속으로 미끄러져 들어가는 자신을 발견할 것이다. 고객이 되어 고객처럼 말하고 행동한다. 그리고 당신과 마찬가지로 자신에게 맡겨진 역할을 연기하고 있는 점원과 종업원에게 고객으로 대접받는다. 조건 지어진 행동 양식이 두 인간 존재 사이에서 실행되면서 그 상호작용의 성격을 결정한다. 인간 존재 대신 개념적인 마음속 이미지들이 서로 상호작용하는 것이다. 사람들이 자신의 역할과 더 많이 동일화될수록 관계의 진정성은 그만큼 사라질 수밖에 없다.

당신은 상대방이 누구인가에 대해서뿐 아니라 자기 자신이 누구인가에 대해서도 마음속 이미지를 가지고 있다. 당신이 현재 상호작용하고 있는 사람 앞에서 특히 그렇다. 그러니까 '당신 자신'이 그 사람과 관계 맺는 것이 전혀 아니라, 당신이 생각하는 '나는 누구인가'가 당신이 생각하는 '그 사람은 누구인가'와 관계를 맺는 것이다. 당신의 마음이 당신 자신에 대해 만든 개념적 이미지가 당신이 창조해 낸, 그 상대방에 대한 개념적 이미지와 관계를 맺는 것이다. 상대방의 마음도 아마 똑같은 일을 하고 있을 것이기 때문에 에고에 바탕을 둔 두 사람 사이의 모든 관계는 실제로는 마음이 만들어 낸 네 개의 개념적 정체성들의 관계인 셈이다. 그 정체성들도 결국은 허구이다. 그러므로 인간관계에 많은 갈등이 있다는 것도 그다지 놀라운 일이 아니다. 진실한 관계는 사라지고 없는 것이다.

손에 땀이 난 선승

어느 선승이 이름난 귀족의 장례식을 집전하게 되었다. 장례식 장에서 지방의 최고 관리들과 귀부인들을 맞이하는 동안 그는 자신의 손바닥이 땀으로 젖어 있는 것을 알아차렸다.

다음 날 그는 제자들을 불러 모아 자신은 아직 진정한 스승이 될 수 없다고 고백했다. 걸인이든 왕이든 모든 인간을 똑같은 태도로 대하지 못했다고 그는 설명했다. 자신은 아직 사회적인 역할과 관념적인 정체성을 통해 사람을 보고 있으며 모든 인간의 동질성을 볼 수 없다고.

그런 다음 그는 절을 떠나 다른 스승 밑에서 수행에 들어갔다. 그리고 8년 뒤 깨달음을 얻어 제자들에게로 돌아갔다.

역할로서의 행복과 진정한 행복

"어떻게 지내?" "잘 지내. 아주 좋아." 이러한 대화는 진실인가, 거짓인가?

많은 경우에, 행복은 사람들이 연기하는 하나의 역할이며, 웃고 있는 얼굴의 그늘 속에는 많은 고통이 숨어 있다. 미소 짓는 겉모습과 빛나는 하얀 치아 뒤에 불행이 숨어 있을 때, 그리고 심지어 자기 자신에게조차 그곳에 많은 불행이 있음을 부정할 때, 우울과 절망과 과잉 반응이 일어나는 것은 흔한 일이다.

불행한 것이 거의 일반적인 현상이고 불행해 보이는 것이 당연해 그 상황이 사회적으로도 받아들여지기 쉬운 나라들에서보다 미국 같은 나라에서는 특히 에고가 "잘 지냅니다."라고 말하는 역할을 연기하는 것이 더 흔하다. 아마도 과장된 이야기이겠지만, 어느 북유럽 국가의 수도에서는 거리에서 낯모르는 사람에게 미소를 지어 보이면 술주정꾼으로 간주되어 체포당할 위험이 있다고 들은 적이 있다.

자신 안에 불행이 있다면, 먼저 그 불행이 거기에 있음을 알아차려야 한다. 하지만 "나는 불행하다."라고 말하지 말라. 불행은 당신 그 자체와는 아무 관계가 없다. 그러므로 "내 안에 불행이 있다."라고 말하라. 그런 다음 그것을 살펴보라. 당신이 처해 있는 상황이 그 불행과 관계있을지도 모른다. 그 상황을 변화시키거나 상황으로부터 벗어나기 위해 행동이 필요할지도 모른다. 자신이 할 수 있는 일이 아무것도 없다면 있는 그대로와 대면하라. "지금 당장은 이것이 현실이다. 이 상황을 있는 그대로 받아들이는 것도, 그것 때문에 스스로 불행해지는 것도 나의 선택에 달린 일이다."

불행의 주요 원인은 결코 상황이 아니라 그 상황에 대한 당신의 생각이다. 자신이 하고 있는 생각을 알아차려야 한다. 생각을 상황으로부터 분리시켜야 한다. 상황은 언제나 중립적이며, 언제나 있는 그대로이다. 반대편에는 상황이나 사실이 있고, 이쪽에는 그 것에 대한 나의 생각들이 있다. 이야기를 만들어 내는 대신, 사실과 함께 머물도록 해야 한다. 이를테면 "나는 망했어."는 하나의 이야기이다. 이야기는 당신을 한정 짓고 효과적으로 행동하는 것을 가로막는다. "통장에 달랑 500원밖에 남아 있지 않아."는 하나의 사실이다. 사실과 대면하면 반드시 힘이 솟아난다. 대부분 당신이 생각하는 것들이 당신이 느끼는 감정을 만들어 낸다는 것을 알아차려야 한다. 생각과 감정 사이의 연결을 보아야 한다. 생각과 감정이 되는 대신, 그것들의 배후에 있는 알아차림이 되어야 한다.

행복을 찾아다녀서는 안 된다. 찾아다닌다면 발견하지 못할 것이다. 찾아다닌다는 것은 행복의 안티테제(헤겔의 변증법에서, 첫째 단계를 부정하는 둘째 단계)이기 때문이다. 행복은 교묘히 달아나지만, 불행으로부터의 자유는 지금이라도 얻을 수 있다. 그것은 이야기를 만들어 내는 대신 있는 그대로와 마주함으로써 가능하다. 불행은 진정한 행복의 원천인 심신의 조화와 내적 평화의 자연스러운 상태를 숨겨 버린다.

부모 – 역할인가 기능인가

많은 어른들은 아이들에게 말을 걸 때 역할을 연기한다. 유치한 말과 목소리를 사용한다. 그들은 아이를 내려다보면서 말한다. 아이를 자신과 동등한 상대로 대하지 않는 것이다. 당신이 일시적으로 더 많이 알거나 몸집이 크다고 해서 아이와 당신이 동등하지 않음을 의미하는 것은 아니다. 대부분의 어른들은 삶의 어느 시점에 가장 보편적인 역할 중 하나인 부모가 된다. 여기서 중요한 물음은, 부모라는 기능과 동일화되지 않으면서도, 즉 그것이 에고의 역할이 되지 않으면서도 부모로서의 기능을 충분히 다할 수 있는가 하는 것이다. 부모의 필수적인 기능에는 아이가 필요로 하는 것을 챙겨 주는 것, 위험에 처하지 않도록 보호해 주는 것, 때로는 무엇을 해야 하고 무엇을 하지 말아야 하는지 말해 주는 일 등이 포함된다.

그러나 부모인 것이 정체성이 될 때, 즉 자신의 자아의식 전부나 많은 부분이 그것으로 이루어질 때, 그 기능은 쉽게 지나치게 강조되고 과장되어 당신을 점령해 버린다. 아이가 필요로 하는 것을 과도하게 챙겨 주고 결국 아이를 망치게 된다. 위험을 막는 것이 아니라 과잉보호하게 되고, 아이가 세상을 탐험하거나 스스로 시도해 보는 것을 가로막는다. 할 일과 하지 말아야 할 일을 말해 주는 것이 통제와 억압이 된다.

더 심한 경우는, 특정한 기능들이 더 이상 필요하지 않게 된 나중까지도 역할 정체성이 그 자리에 계속 남아 있는 일이다. 그렇게 되면 아이가 자라 성인이 된 뒤에도 부모는 마음속에서 부모의 역할을 내려놓지 못한다. 자기 자식이 자신을 필요로 하기를 바라는 욕구를 내려놓지 못한다. 심지어는 아이가 마흔 살이 되어도 부모는 "무엇이 너를 위해 가장 좋은지 내가 안다."라는 관념을 내려놓을 수 없다. 부모라는 역할을 강박적으로 계속해서 연기하고 있으며, 따라서 진정한 관계는 존재하지 않는다. 역할로 자신의 존재를 정의 내리는 부모는 부모임이 중단되었을 때 정체성을 잃게 되는 것을 무의식중에 두려워한다. 성인이 된 자식의 행동을 통제하고 영향력을 행사하려는 욕구가 좌절되면, 보통은 그렇게 되지만, 그들은 자식을 비난하거나 불인정하고 자식이 죄책감을 느끼게 만들려고 한다. 이 모두가 부모로서의 역할과 정체성을 유지하기 위한 무의식적인 시도이다. 표면적으로는 자식을 염려하는 것처럼 보이며 또 본인도 그렇게 믿지만, 실제로는 자신의 역할 정체성을 유지하는 데 관심이 있을 뿐이다. 에고가 지배하는 모든 동기는 때로는 에고가 작용하는 본인 자신도 눈치채지 못할 정도로 영리하게 변장을 하고 있지만, 자기 강화와 자기 이익을 위한 것이 대부분이다.

부모 역할과 동일화되어 있는 어머니와 아버지는 자식을 통해 더 완전해지려고 한다. 자신이 끊임없이 느끼는 결핍감을 채우기 위해 다른 사람을 조종하려는 에고의 욕구가 이제는 자식을 향한다. 자식을 조종하려는 부모의 충동 뒤에 숨은 가장 무의식적인 가정과 동기들이 의식화되어 목소리를 가지면 아마도 대략 다음의 말을 할 것이다.

"나는 내가 이루지 못한 것을 네가 이루어 주기를 바란다. 세상의 눈에 중요한 인물이 되기를 바란다. 그렇게 되면 나도 너를 통해 중요한 사람이 될 수 있다. 네가 나를 실망시키지 않았으면 좋겠다. 나는 너를 위해 정말 많은 것을 희생했다. 내가 너를 불인정하는 것은 너를 죄책감 때문에 불편하게 해서 결국은 나의 소원대로 행동하게 만들기 위해서다. 그리고 말할 나위도 없이, 너를 위해 무엇이 최상인가는 내가 가장 잘 안다. 나는 너를 사랑하며, 내가 옳다고 말하는 대로 네가 행동하기만 한다면 앞으로도 너를 사랑할 것이다."

그러한 무의식적인 동기들을 의식화하면, 그 즉시 당신은 그것들이 얼마나 터무니없는 것인지 보게 될 것이다. 그것들 배후에 자리한 에고도 보게 될 것이고, 그것의 기능장애도 보게 될 것이다. 내가 대화한 부모 중에는 "놀랍군. 내가 이렇게 하고 있었단 말인가?" 하고 갑자기 깨닫는 사람들도 있었다. 일단 자신이 무엇을 하고 있는지, 혹은 무엇을 해 오고 있었는지 알게 되면 그것의 무익함도 보게 되며, 그 무의식적인 패턴은 저절로 막을 내린다. 알아차림은 변화를 위한 가장 큰 촉매이다.

만약 당신의 부모가 당신에게 그렇게 한다면, 부모에게 그들이 무의식적이며 에고에 사로잡혀 있다고 말해서는 안 된다. 그런 말을 하면 에고는 방어 자세를 취할 것이기 때문에 부모는 더 무의식적이 되기 쉽다. 그들 안에 있는 것은 에고이지 진정한 그들이 아니라는 것을 알아차리는 것으로 충분하다. 에고의 방식은 아무리 오래 계속된 것일지라도 당신이 그것들에 내면적으로 대항하지 않으면 거의 기적적으로 소멸될 때가 있다. 대항은 에고에게 다시 살아나는 힘을 줄 뿐이다. 하지만 비록 그들의 에고적 방식이 소멸되지 않는다 해도 부모의 행동에 하나하나 반응할 필요 없이, 즉 그것을 그들 개인의 문제로 보지 않고 자비의 마음을 가지고 받아들일 수 있다.

부모에 대한 자신의 습관적인 반응들 뒤에 있는 자신의 무의식적인 가정과 기대도 알아차려야 한다. "나의 부모는 내가 하는 것을 인정해야만 해. 나를 이해하고 내가 누구인가를 받아들여야만 해." 정말 그런가? 부모가 왜 그래야만 하는가? 사실 부모가 그렇게 하지 않는 것은 그렇게 할 수 없기 때문이다. 그들의 의식은 아직 알아차림의 차원까지 진화의 도약을 이루지 못했다. 그들은 아직 자신과 자신의 역할을 분리할 수 없다. "그렇다. 하지만 부모의 인정과 이해가 없으면 나는 행복하지 않고 마음이 편하지 않다." 정말인가? 부모의 인정과 불인정이 당신이 누구인가에 진정으로 어떤 차이를 가져다주는가? 그러한 점검하지 않은 모든 가정들이 매우 많은 부정적인 감정들과 불필요한 불행의 원인이 된다.

깨어 있어야 한다. 당신의 마음속에 지나가는 생각들 중에는 혹시 당신 자신의 것이 되어 버린 아버지나 어머니의 목소리가 섞여 있지는 않은가? "넌 아직 그럴 자격이 없어. 넌 결코 그렇게 될 수 없어." 아니면 그 밖의 다른 판단이나 정신적 입장이 들어 있지는 않은가? 만약 당신 안에 그러한 알아차림이 있다면, 그 머릿속 목소리의 정체가 무엇인지 알 수 있을 것이다. 즉, 그것은 과거에 의해 조건 지어진 오래된 생각이다. 만약 당신 안에 알아차림이 있다면, 당신이 생각하는 모든 생각들을 믿을 필요가 없어진다. 그것들은 오래된 생각일 뿐, 그 이상이 아니다. 알아차림은 '이 순간에 존재함'을 의미한다. 오직 '현존'만이 당신 안의 무의식적인 과거를 소멸시킬 수 있다.

"만약 자신이 높은 깨달음을 얻었다고 생각한다면 부모를 찾아가 일주일만 함께 지내 보라."라고 람 다스(하버드 대학 교수였다가 인도 여행 후 요가 수행자로 변신한 영적 교사)는 말했다. 좋은 조언이다. 부모와의 관계는 그 후에 이루어지는 모든 관계의 분위기를 결정하는 원초적인 관계일 뿐 아니라, 당신이 어느 정도까지 이 순간에 존재할 수 있는지 판단하는 좋은 시험이다. 함께 나눈 과거가 많은 관계일수록 더 많이 '이 순간에 존재할' 필요가 있다. 그렇지 않으면 언제까지나 과거를 재현하며 살게 될 것이다.

의식적인 고통

어린 자식이 있다면 최선의 능력을 다해 돕고 지도하고 보호해야 하지만, 그보다 더 중요한 것은 아이에게 공간을 허용하는 일이다. 존재할 공간을. 아이는 당신을 통해 이 세상에 왔지만 '당신의 것'이 아니다. "무엇이 너를 위해 가장 좋은지 내가 잘 안다."라는 믿음은 아이들이 아주 어렸을 때는 진실일지 모른다. 그러나 아이가 커 갈수록 그것은 점점 더 진실이 아니게 된다. 아이의 삶이 어떻게 펼쳐져야만 하는가에 대해 기대가 크면 클수록, 당신은 아이를 위해 이 순간에 존재하기보다는 당신의 생각 속에 더 많이 사로잡혀 있게 된다. 모든 인간이 그렇듯이 아이도 언젠가는 실수를 저지를 것이고 어떤 형태로든 고통을 경험할 것이다. 사실 그것들은 당신의 관점에서 볼 때만 실수일지도 모른다. 당신에게는 실수로 보여도 아이에게는 꼭 필요한 행동과 경험일 수도 있다. 가능한 한 도움과 조언은 주어야 하지만, 특히 이제 막 성인이 된 아이는 때때로 실수할 필요가 있음을 깨달아야 한다. 그리고 때로는 고통을 겪게 해주어야만 할지도 모른다. 고통은 뜻밖에 찾아올 수도 있고, 자신이 저지른 실수의 결과로 올 수도 있다.

아이가 어떤 고통도 경험하지 않도록 보호할 수 있다면 좋은 일이 아닐까? 아니다, 그렇지 않다. 아이는 인간 존재로 진화하지 않을 것이며, 외부의 물질 형상들과 동일화된 얕은 상태에 머물러 있게 될 것이다. 고통은 당신을 더 깊은 곳으로 데려간다. 역설적이게도 고통의 원인은 형상과의 동일화이지만, 그 고통이 형상과의 동일화를 무너뜨린다. 고통의 많은 부분은 에고에 원인이 있지만, 결국에는 고통이 에고를 부순다. 단, 고통에 의식적으로 깨어 있을 때만 그 일이 가능하다.

인류는 언젠가는 고통을 뛰어넘어야 할 운명이지만, 에고가 생각하는 방식으로는 아니다. 에고의 많은 잘못된 가정 중 하나, 많은 망상 중 하나는 "나는 고통받지 않아야 한다."라는 것이다. 때로 이 생각은 "내 아이는 고통받지 않아야 한다."라는 식으로 가까운 사람에게까지 확장되어 간다. 이런 생각 자체가 고통의 원인이다.

고통은 고귀한 목적을 가지고 있다. 의식의 진화와 에고의 불태움이 그것이다. 십자가 위의 사람이 그 원형적인 이미지이다. 그는 모든 남성과 모든 여성이다. 당신이 고통에 저항하는 한, 의식의 진화와 에고의 불태움은 더디게 진행된다. 그 저항이 불태워 버려야 할 에고를 더 많이 만들어 내기 때문이다. 그러나 고통을 받아들일 때, 깨어 있는 의식으로 그 고통을 경험함으로써 그 과정이 가속화된다. 자신의 고통을 받아들일 수 있으면, 아이와 부모 등 다른 누군가의 고통도 받아들일 수 있다. 깨어 있는 의식으로 고통을 경험할 때, 변화는 이미 일어나고 있다. 고통의 불꽃은 의식의 빛이 된다.

에고는 "나는 고통받지 않아야 한다."라고 말하며, 그 생각이 당신을 더욱 고통스럽게 만든다. 그것은 진리의 왜곡이며, 진리는 언제나 역설적이다. 고통을 초월하려면 고통에게 먼저 "예."라고 말해야만 한다. 그것이 진리이다.

의식이 깨어 있는 부모

많은 아이들은 숨겨진 분노와 원망을 부모에 대해 품고 있으며, 그것이 진정성 없는 부모 자식 관계의 원인이 되는 경우가 종종 있다. 아이는 부모에 대해 깊은 갈망을 가지고 있다. 부모라는 역할을 아무리 성실하게 수행하더라도, 그것보다는 한 인간 존재로서 옆에 있어 주기를. 당신은 아이를 위해 온갖 옳은 일을 하며 최선을 다하겠지만, 아무리 최선을 다해도 그것만으로는 충분하지 않다. 사실 존재를 소홀히 하면 행동만으로는 결코 충분할 수 없다. 에고는 '순수한 있음'에 대해서는 아무것도 알지 못하며, 행동을 통해 언젠가는 구원받을 것이라고 믿는다. 에고에 사로잡혀 있으면, 더 많이 행동함으로써 언젠가는 충분한 '행위'를 축적하게 될 것이고, 그것을 통해 미래의 어느 시점에서는 자신이 완전해지리라고 믿는다. 하지만 그렇게는 될 수 없다. 오직 행위 속에 자신을 잃어버릴 뿐이다. 인간의 문명 자체가 '순수한 있음'에 뿌리를 두고 있지 않은, 그렇게 해서 무의미해질 수밖에 없는 '행위' 속에 자신을 잃어 가고 있다.

어떻게 하면 분주한 가족의 삶 속에, 아이들과의 관계 속에 '순수한 있음'을 가져올 수 있는가? 열쇠는 아이에게 관심을 기울이는 것이다. 관심에는 두 종류가 있다. 하나는 형상에 기초한 관심이고, 다른 하나는 형상을 초월한 관심이다. 형상에 기초한 관심은 늘 어떤 식으로든 행동이나 평가와 연결되어 있다. "숙제는 다 했니? 저녁 먹어라. 방 좀 정리해. 이 닦아라. 이걸 해라. 저건 하지 마라. 서둘러라. 빨리 준비해."

그리고 그다음 해야 할 일은 무엇이지? 이 질문은 많은 가정의 삶을 요약하고 있다. 물론 형상에 기초한 관심은 필요하며 나름대로의 자리가 있다. 하지만 자식과의 관계에서 그것이 전부라면 가장 중요한 차원이 결여된 것이다. 그때 '순수한 있음'은 예수가 '이 세상의 염려들'(마가복음 4장 19절)이라고 부른 행위에 의해 완전히 가려진다. 형상을 초월한 관심은 '순수한 있음'의 차원과 불가분의 관계이다. 그것은 어떻게 작용하는가?

아이를 바라보고, 얘기를 들어주고, 아이와 접촉하고, 이것저것 도와줄 때, 당신은 있는 그대로의 그 순간 이외에는 다른 어떤 것도 바라지 않고, 깨어 있고, 고요하고, 온전히 현재의 순간에 머문다. 이런 방식으로 당신은 '순수한 있음'을 위한 공간을 만드는 것이다.

당신이 온전히 현재의 순간에 존재한다면, 그 순간 당신은 아버지도 어머니도 아니다. 당신은 그 고요, 그 깨어 있음, 그 '현존'이며, 그 '현존'이 귀를 기울이고 바라보고 접촉하고 심지어는 말도 할 것이다. 당신은 행동 배후에 있는 그 '순수한 있음'이다.

아이의 존재를 알아보기

당신은 인간이라는 존재human being이다. 이것은 무엇을 의미하는가? 삶의 완성은 통제의 문제가 아니라 인간human과 존재being 사이의 균형을 찾는 것에 있다. 어머니, 아버지, 남편, 아내, 젊은이, 노인, 연기하는 역할, 수행하는 기능……. 당신이 하는 것은 무엇이든 인간 차원에 속한다. 그 나름의 자리가 있고 존중받을 필요가 있지만, 그것만으로는 진정으로 의미 있는 충족된 관계나 삶을 위해서는 충분하지 않다. 아무리 열심히 노력하고 무엇을 성취했다 해도 '인간'만으로는 결코 충분하지 않다. 그때 그곳에 '존재'가 있다. 이것은 고요하고 깨어 있는, 의식 그 자체의 현존 속에서 발견할 수 있다. 그 의식이 본래의 당신이다. 인간은 형상이며, 존재는 형상을 초월해 있다. 인간과 존재는 분리된 것이 아니라 서로 뒤섞여 있다.

인간 차원에서는 의심할 여지없이 당신이 아이보다 우월하다. 더 크고, 더 강하고, 더 많이 알고, 더 많이 할 수 있다. 그 차원이 당신이 아는 전부라면, 당신은 설령 무의식일지라도 아이에게 우월감을 가질 것이다. 그리고 아이에게는 설령 무의식일지라도 열등감을 느끼게 만들 것이다. 당신과 아이 사이에는 동등함이 없다. 왜냐하면 두 사람의 관계에는 형상밖에 존재하지 않으며, 형상 속에서는 당연히 부모 자식이 동등하지 않기 때문이다. 당신은 아이를 사랑하겠지만, 그 사랑은 '인간'의 차원일 뿐이다. 즉 조건과 독점욕으로 얽힌 기복이 있다. 오직 형상 너머의 '존재' 차원에서만 두 사람은 동등하다. 자신 안에서 형상 없는 차원을 발견할 때만 그 관계에 진정한 사랑이 있을 수 있다. 이 '존재'가 당신이며 시간을 초월한 '있음'이다. 그 '존재'가 다른 사람 안에 있는 그 자신을 알아볼 때, 이 경우는 아이 안에서 알아볼 때, 아이는 자신이 사랑받고 있다고 느낀다. 즉 자신의 존재를 부모가 알아본다고 느낀다.

사랑한다는 것은 다른 사람 안에 있는 자신을 알아보는 것이다. 그때 그 다른 사람의 '다름'은 순전히 인간적인 영역, 형상의 영역에만 존재하는 환상임이 밝혀진다. 모든 아이 안에 있는 사랑에 대한 갈망은 형상 차원뿐 아니라 존재 차원에서도 부모가 자신을 알아봐 주기를 바라는 갈망이다. 부모가 인간 차원에서만 아이를 존중하고 존재 차원을 소홀히 한다면, 아이는 그 관계가 불충분하며 절대적으로 중요한 무엇인가가 빠져 있다고 감지할 것이다. 아이의 내면에 고통이 쌓이고, 때로는 무의식중에 부모를 원망할 것이다. "왜 나를 알아봐 주지 않는 거야?" 아이의 고통과 원망은 이렇게 말하고 있는 것처럼 보인다.

누군가 당신의 '존재'를 알아볼 때, 그 알아봄이 두 사람을 통해 이 세상 속에 더 많은 '존재'의 차원을 끌어들인다. 그것이 이 세상을 구원하는 사랑이다. 나는 이것을 부모 자식 관계라는 구체적인 사례에 대해서만 말했지만, 물론 이것은 모든 관계에 동등하게 적용된다.

"신은 사랑이다."라고 말해 왔다. 하지만 그것이 절대적으로 옳은 말은 아니다. 신은 헤아릴 수 없이 많은 생명 형상들 안에 있으며 동시에 그 형상을 초월한 '한 생명'이다. 사랑은 이원성을 내포하고 있다. 사랑하는 사람과 사랑받는 사람, 주체와 객체가 있다. 따라서 사랑은 이원성의 세계 속에 있는 일원성을 알아차리는 일이다. 이것이 형상의 세계 속으로의 신의 탄생이다. 사랑은 이 세상을 덜 세속적으로 만들며, 덜 단단하고 더 투명하게 만들어 신의 차원이, 의식의 빛이 비쳐 나오게 하는 것이다.

역할 연기의 포기

어떤 상황에서든 역할과 동일화되지 않고 해야 할 일을 하는 것, 그것이 우리들 각자가 이곳에서 배워야 할 삶의 예술이고 가장 중요한 배움이다. 만약 어떤 행동이 자신의 역할 정체성을 유지하거나 강화하고 따르기 위한 수단이 아니라, 다만 행동 자체를 위한 것이라면, 그때 무엇을 행하든 간에 당신은 매우 강력해진다. 모든 역할은 허구의 자아의식이며, 그것을 통해 모든 것이 개인적이 된다. 그럼으로써 마음이 만들어 낸 '작은 나'와 그것이 연기하는 역할에 의해 오염되고 왜곡된다. 몇몇 눈에 띄는 예외들이 있긴 하지만 정치인, 텔레비전 속의 유명인들, 경제 분야의 지도 자뿐 아니라 종교 지도자들 등, 이 세상에서 권력을 가진 위치에 있는 사람들 대부분은 자신들의 역할과 동일화되어 있다. 그들은 귀빈으로 떠받들어질지 모르지만, 아무리 중요해 보여도 결국은 진정한 목적 없이 에고의 게임을 하고 있는 무의식에 빠진 연기자들에 지나지 않는다. 셰익스피어의 말을 빌리면 '잠시 주어진 시간 동안 뽐내고 으스대지만, 그 시간이 지나면 영영 사라져 버리는 가련한 배우, 아무 의미도 없는 소음과 노여움으로 가득한, 바보 천치의 이야기'(『맥베드』의 대사)이다. 놀랍게도 셰익스피어는 텔레비전이 없던 시대에 이 결론에 도달했다. 만약 세상에서 펼쳐지고 있는 에고의 드라마에 무엇인가 목적이 있다면, 그것은 간접적인 것이다. 에고의 드라마는 이 행성에 더욱 많은 고통을 야기하고 있지만, 그 고통 대부분은 에고에 의해 만들어진 것임에도 불구하고 결국 에고를 부순다. 고통은 에고가 스스로를 불태우는 불길이다.

역할을 연기하는 유명인들의 세계에도, 마음이 만든 이미지를 투영하지 않는 소수의 사람들이 있다. 그들은 존재의 더 깊은 중심부로부터 자신의 기능을 다하고, 자신을 실제 이상으로 드러내 보이지 않으며, 단순히 자신으로 존재한다. 이러한 사람들은 텔레비전과 언론 매체와 경제계에도 존재한다. 그들은 특별한 이들이고 이러한 사람들만이 진정으로 이 세상에 차이를 만들 수 있다.

그들은 새로운 의식을 가져오는 이들이다. 그들이 무엇을 하든 전체의 목적과 일치하기 때문에 힘이 있다. 그들의 영향력은 그 행동과 기능을 훨씬 초월한 곳까지 미친다. 단순하고 자연스럽고 꾸밈 없는 그들의 존재 자체만으로도 그들은 만나는 사람들을 변화시킨다.

역할을 연기하지 않을 때는 당신이 하는 일에 자아, 즉 에고가 없음을 의미한다. 자기 자신을 지키거나 강화하려는 제2의 안건이 없다. 그 결과 당신의 행동은 훨씬 강력한 힘을 갖는다. 당신은 상황에 온전히 집중한다. 그 상황과 하나가 된다. 당신은 특별히 어떤 사람이 되려고 시도하지 않는다. 완전하게 자기 자신일 때, 당신은 가장 강력하고 가장 효과적이다.

그러나 자기 자신으로 존재하려는 시도는 하지 않는 편이 좋다. 그것 역시 하나의 역할이기 때문이다. '꾸미지 않은 자연스러운 나'라는 역할이다. 이러저러하게 되려는 노력을 하자마자 당신은 하나의 역할을 연기한다. "다만 자신으로 존재하라."는 좋은 조언이지만 잘못 인도할 수도 있다. 마음이 개입해 이렇게 말할 것이다. "어디 보자. 어떻게 하면 나 자신이 될 수 있지?" 그때 마음은 어떤 종류의 전략을 개발할 것이다. 바로 '나 자신이 되는 방법'이다. 이것도 역할이다. "어떻게 하면 나 자신이 될 수 있지?"는 사실 잘못된 질문이다. 그것은 자기 자신으로 되기 위해 무엇을 해야만 하는 것을 내포하고 있다. 당신은 이미 자기 자신이기 때문에 여기서는 '어떻게 하면'이라는 말이 적용되지 않는다. 이미 존재하는 자신에게 불필요한 짐을 보태는 것을 중단하기만 하면 된다. "하지만 나는 내가 누구인지 알지 못한다. 나 자신이 된다는 것이 무엇을 의미하는지 모른다." 만약 자신이 누구인지 알지 못하는 것에 완전히 편안할 수 있다면, 그때 남아 있는 것이 당신이다. '인간'의 뒤에 있는 '존재', 이미 규정된 무엇이 아니라 순수한 가능성의 장이다.

당신 스스로에게나 다른 사람들에게나 자신을 규정하는 것을 중단하라. 그래도 죽지 않을 것이다. 오히려 생기를 회복하게 될 것이다. 그러므로 남들이 당신을 어떻게 규정하는가에 관심 가질 필요가 없다. 규정하는 사람들은 그들 자신을 한정 짓는 것이기 때문에 그것은 그들의 문제이다. 사람들과 상호작용할 때는 기능이나 역할로 그곳에 있지 말고, 의식이 깨어 있는 '현존'의 장으로 있으라.

에고는 왜 역할을 연기하는가? 제대로 조사해 보지도 않은 한 가지 가정, 한 가지 근본적인 오류, 한 가지 무의식적인 생각 때문이다. 그 생각은 '나는 충분하지 않다.'라는 것이다. 이 생각으로부터 다른 무의식적인 생각들이 뒤따른다. '나는 충분한 자신이 되는 데 필요한 것을 얻기 위해 역할을 연기할 필요가 있어.' '더 많이 존재하기 위해 더 많이 얻을 필요가 있어.' 그러나 당신은 당신인 것보다 더 많이 당신이 될 수 없다. 왜냐하면 육체적 심리적 형상 밑바탕에서 당신은 '생명' 그 자체, '존재' 그 자체와 하나이기 때문이다. 형상 속에서는 당신은 언제나 어떤 사람보다 열등하고 어떤 사람보다 우월할 것이며, 앞으로도 그럴 것이다. 본질 속에서는 당신은 누구보다 열등하지도 않고 우월하지도 않다. 진정한 자존과 진정한 겸손은 이 깨달음으로부터 생겨난다. 에고의 눈으로 보면 자존과 겸손은 대립적이다. 진리 속에서는 그 둘은 하나이며 같은 것이다.

병적인 에고

단어의 넓은 의미에서 보면, 어떤 형태를 취하든 에고는 그 자체가 병적이다. '병적pathological'이라는 단어의 희랍어 어원을 살펴보면 이 단어가 에고에 얼마나 잘 적용되는지 발견하게 된다. 이 단어는 보통 병에 걸린 상태를 설명하는 데 사용되지만, 본래는 고통을 의미하는 '파토스pathos'에서 유래되었다. 물론 이것은 이미 2천 6백 년 전 붓다가 인간 조건의 특징으로 발견한 정확히 그 고통이다.

그러나 에고에 사로잡힌 사람은 고통을 고통으로 알아보지 못하고, 어떤 주어진 상황에서 유일하게 합당한 반응으로 여길 것이다. 눈 먼 상태인 에고는 자기가 자기 자신과 타인에게 안겨 주는 고통을 볼 능력이 없다. 불행은 에고가 만들어 낸 심리적, 감정적인 병이며, 오늘날 전염병 수준에까지 도달해 있다. 이 행성의 환경오염과 동일한 내적 오염이다. 분노, 불안, 미움, 원망, 불만족, 시기, 질투 등의 부정적인 마음 상태가 부정적으로 인식되지 않고 완전히 정당화되고 있다. 나아가 자신이 만들어 낸 것이 아니라 다른 누군가나 다른 외부 요인에 그 원인이 있다고 오인된다. "나의 고통은 너에게 책임이 있어." 이것이 에고가 언제나 암시하는 것이다.

에고는 상황 그 자체와, 그 상황에 대한 자신의 해석이나 반응을 구별하지 못한다. "정말 지독한 날씨야."라고 말하는 당신은 추위, 비, 바람, 그 밖에 당신이 반응하는 상황이 '지독한' 것이 아님을 깨닫지 못한다. 날씨는 그냥 날씨일 뿐이다. 지독하다는 것은 당신의 반응이고, 날씨에 대한 당신 내면의 저항이며, 그 저항이 만든 감정이 지독할 뿐이다. 셰익스피어의 말을 빌리면, '세상에는 좋은 것도 없고 나쁜 것도 없다. 다만 생각이 그렇게 만들 뿐.'(『햄릿』의 대사)이다. 게다가 고통과 부정적인 상태가 어느 정도까지는 에고의 강화에 도움이 되기 때문에 에고는 종종 그것을 쾌감으로 오인하기까지 한다.

이를테면 분노와 분함은 다른 사람들과의 분리 의식을 커지게 하고 그들의 '다름'을 강조해 '정의로움'이라는 일견 난공불락의 요새 같은 정신적 입장을 만들어 내기 때문에 에고가 대단히 강화된다. 만약 그러한 부정적인 상태에 사로잡혔을 때 자신의 몸

속에 일어나는 생리적인 변화들을 관찰할 수 있다면, 즉 그것이 심장과 소화기, 면역 체계, 그 밖의 헤아릴 수 없이 많은 신체 기능에 어떤 악영향을 미치는지 관찰할 수 있다면, 그 상태가 실로 병적이며 고통의 형태이지 쾌락이 아님이 아주 분명해질 것이다.

당신이 부정적인 마음 상태가 될 때마다, 당신 안에는 그 상태를 원하는 무엇인가가 있다. 그렇지 않으면 왜 부정적인 생각에 매달려 자신과 타인을 불행하게 하고 몸에 병을 만들겠는가? 따라서 자기 안에 부정적인 마음 상태가 일어났을 때, 그 부정적인 상태에 쾌감을 느끼거나 그것이 쓸모 있는 목적을 갖고 있다고 믿는 무엇인가가 당신 안에 있음을 알아차린다면, 당신은 곧바로 에고를 알아차리게 된다. 그 일이 일어나는 순간, 당신의 정체성은 에고에서 알아차림으로 전환된다. 에고가 줄어들고 알아차림이 커지는 것이다.

만약 부정적인 마음 상태의 한가운데서 "이 순간 나는 스스로 고통을 만들고 있다."라는 것을 깨달을 수 있다면, 그것만으로도 조건 지어진 에고의 상태와 반응의 한계 너머로 올라갈 수 있다. 그것은 알아차림으로써 찾아오는 무한한 가능성을 당신에게 열어 줄 것이다. 그때 어떤 상황도 다룰 수 있는 훨씬 더 지성적인 방식들이 열린다. 자신의 불행이 지성적이지 않음을 깨닫는 순간, 당신은 그 자리에서 그 불행을 내려놓고 자유로워질 것이다. 부정적인 마음 상태는 지성적이지 않다. 그것은 언제나 에고이다. 에고는 영리할지 모르지만 지성적이지는 않다. 영리함은 그 자신만의 작은 목적을 추구한다. 지성은 모든 것들이 연결된 더 큰 전체를 본다. 영리함은 자기이익에 의해 동기가 부여되며, 극단적으로 근시안적이다. 정치인과 경제인 대부분은 영리하다. 지성적인 사람은 매우 드물다. 영리함을 통해 얻은 것은 무엇이든 수명이 짧으며, 결국에는 자기 파멸로 이어진다. 영리함은 나누지만, 지성은 포함시킨다.

배경에 있는 불행

에고는 분리를 낳고, 분리는 고통을 낳는다. 따라서 에고는 명백하게 병적이다. 부정적인 마음 상태에는 분노와 증오 등 눈으로 금방 알 수 있는 것 외에도 더 미묘한 형태들이 있는데, 이것들은 너무 흔해서 보통 부정적으로 여겨지지 않는다. 예를 들면 조바심, 초조함, 신경질, 그리고 '지긋지긋함' 등이다. 이것들이 마음 밑바닥의 불행을 구성한다. 그리고 그것이 많은 사람의 지배적인 내면 상태이다. 그것들을 감지하기 위해서는 활짝 깨어 있어야 하고 절대적으로 현재의 순간에 존재해야 한다. 그렇게 할 때마다 그것이 깨어남의 순간이며, 마음과의 동일화로부터 벗어나는 순간이다.

가장 흔한 부정적인 상태라서 쉽게 간과되고 정상이라고 여겨지는 한 가지가 있다. 당신도 매우 익숙할지도 모른다. 당신은 종종 배경에 있는 원망이라고 가장 잘 설명될 수 있는, 불만의 느낌을 경험하는가? 그것은 구체적인 원인이 있는 경우도 있고 없는 경우도 있을 것이다. 많은 사람들이 삶의 대부분을 그런 상태로 보낸다. 그 상태와 너무도 동일화되어 있어서 뒤로 물러서서 그것을 볼 수 없다. 그 느낌 밑바닥에 있는 것은 무의식적으로 붙들고 있는 믿음들, 즉 생각들이다. 당신은 잠잘 때 꿈을 꾸는 것과 같은 방식으로 이 생각들을 생각한다. 다시 말해, 꿈꾸는 사람이 자신이 꿈을 꾸고 있다는 것을 모르듯이, 당신은 자신이 그 생각들을 생각하고 있다는 것을 모른다.

불만이나 배경에 있는 원망에게 먹이를 주는 가장 공통된 무의식적인 생각들 몇 가지가 있다. 나는 그 생각들의 구조만 남도록 내용물은 모두 벗겨 내었다. 그렇게 해야 그것들을 더 분명하게 볼 수 있기 때문이다. 당신 삶의 배경에 불행이 있을 때마다, 혹은 심지어 삶의 전면에 불행이 있을 때에도, 당신의 개인적인 상황에 따라 다음의 생각들 중 어떤 것이 자신에게 적용되는 내용물인지 알 수 있을 것이다.

"내가 평화롭거나 행복해지거나 만족하려면 어떤 일이 일어날 필요가 있다. 아직 그 일이 일어나지 않는 것이 원망스럽다. 어쩌면 내가 계속 원망하면 마침내 그 일이 일어날지도 모른다."

"일어나지 말았어야 할 일이 과거에 일어났으며, 그것이 나는 원망스럽다. 만약 그 일이 일어나지 않았다면 나는 지금 평화로울 것이다."

"일어나지 않아야 할 어떤 일이 지금 일어나고 있다. 그것 때문에 지금 나의 평화가 방해받고 있다."

이런 무의식적인 믿음은 종종 누군가에게로 향하며, '일어나야' 하는 일이 '해야' 하는 일이 된다.

"당신은 이렇게 또는 저렇게 해야만 한다. 그래야 내가 평화롭다. 당신이 그것을 하지 않기 때문에 나는 원망스럽다. 내가 계속 원망하면 당신이 그것을 하도록 만들지도 모른다."

"과거에 당신이―혹은 내가―한 것, 말한 것, 또는 하지 않은 것 때문에 지금 나의 평화가 방해받고 있다."

"당신이 지금 하고 있거나 하지 않는 어떤 것 때문에 지금 나의 평화가 방해받고 있다."

행복의 비밀

위에서 말한 것들은 모두 실제와 혼동된 가정들, 점검되지 않은 생각들이다. 그것들은 당신이 지금 평화로울 수 없는 이유, 혹은 지금 충분히 자신으로 존재할 수 없는 이유로 당신을 확신시키기 위해 에고가 만들어 낸 이야기들이다. 평화롭다는 것과 자신으로 존재한다는 것, 즉 본래의 자신이 된다는 것은 같은 말이다. 에고는 말한다. "아마도 미래의 어느 시점에 나는 평화롭게 있을 수 있을 것이다. 이러이러한 일이 일어난다면, 혹은 이러이러한 것을 얻는다면, 혹은 이러이러하게 된다면." 아니면 에고는 이렇게 말한다. "나는 결코 평화로울 수 없다. 왜냐하면 과거에 일어난 어떤 일 때문이다." 사람들의 이야기는 모두 "왜 나는 지금 평화로울 수 없는가?"라는 제목을 붙일 수 있을 것이다. 당신이 평화로울 수 있는 유일한 기회는 지금 이 순간밖에 없음을 에고는 알지 못한다. 설령 알고 있더라도 당신이 그것을 알아낼까 봐 두려워한다. 결국 평화는 에고의 종식이기 때문이다.

어떻게 하면 지금 평화로울 수 있는가? 현재의 순간과 화해하는 것이다. 현재의 순간은 삶의 놀이가 일어나고 있는 장이다. 삶의 놀이는 다른 곳에서 펼쳐질 수 없다. 현재의 순간과 화해하면 무엇이 일어나는지 보라. 자신에게 무엇이 가능한지, 어떤 행동을 선택할 수 있는지를. 아니 더 정확히 말해, 삶이 당신을 통해 무엇을 하는지를. 삶의 예술에 대한 비밀, 모든 성공과 행복의 비밀을 전하는 세 단어가 있다. '삶과 하나가 되기'이다. 삶과 하나가 되는 것은 현재의 순간과 하나가 되는 것이다. 그때 당신은, 자신이 삶을 사는 것이 아니라 삶이 당신을 살고 있음을 깨닫는다. 삶은 춤추는 자이고, 당신은 그 춤이다.

에고는 현실을 원망하는 것을 좋아한다. 현실이란 무엇인가? 지금 일어나고 있는 것이다. 붓다는 그것을 타타타(여여함), '삶의 본래 그러함'이라고 불렀다. '삶의 본래 그러함'이란 이 순간의 본래 그러함일 뿐이다. 그 본래 그러함에 대해 대항하는 것이 에고의 주된 특징 중 하나이다. 그렇게 해서 부정적인 마음 상태가 만들어지고, 에고는 그것 때문에 번창한다. 그리고 그것이 만들어 내는 불행을 에고는 사랑한다. 이런 방식으로 당신은 자신도 타인도 고통스럽게 만들지만, 자신은 그렇게 하는 것조차 알지 못하며, 자신이 지상에 지옥을 창조하고 있다는 것을 모른다. 모르는 채 고통을 만들어 내는 것, 이것이 무의식적인 삶의 본질이다. 완전히 에고의 지배 속에 살아가는 삶이다. 자신을 알아차리지 못하고 자신이 무엇을 하고 있는지도 보지 못하는 에고의 무능력은 놀라울 정도이며 참으로 믿기 어려울 정도이다. 에고는 타인에 대해 비난하는 바로 그것과 똑같은 것을 자신이 하고 있으면서도 그것을 보지 못한다. 그 사실을 지적하면 분노하고, 부정하고, 교묘하게 반론하며, 자기 정당화를 위해 사실을 왜곡한다. 개인도 그렇게 하고, 기업도 정부도 그렇게 한다. 그리고 모든 방법에 실패하면 소리를 지르거나 심지어 물리적인 폭력까지 휘두른다. 우리는 이제 십자가 위의 예수가 "저들을 용서하십시오. 저들은 자기가 무엇을 하고 있는지 알지 못하기 때문입니다."라고 한 말에 담긴 깊은 지혜를 이해할 수 있다.

수천 년 동안 인간의 상황에 영향을 준 불행에 종지부를 찍기 위해서는 당신은 자기 자신에서부터 시작해야만 하며, 어떤 주어진 순간에도 자신의 내면 상태에 대해 책임을 져야만 한다. 그것은 바로 '지금'을 의미한다. 스스로에게 물어봐야 한다. "지금 이 순간 내 안에 부정적인 마음 상태가 있는가?" 그런 다음 자신의 감정과 생각을 주의 깊게 살펴보라. 앞에서 언급한 불만, 초조, '지긋지긋함'처럼 낮은 차원의 불행이 자신 안에 없는지 관찰해 보라. 특히 그 불행을 정당화하거나 설명하는 생각들을 관찰해 보라. 사실은 그 생각들이 불행의 원인이다.

자신 안에 부정적인 마음 상태가 있음을 알아차린다 해도 그것은 실패가 아니다. 그것이야말로 성공이다. 그것을 알아차리지 못하는 한, 자신의 내면 상태와 동일화된 것이며, 그러한 동일화가 에고이다. 알아차림과 함께 생각, 감정, 자동적인 반응과의 동일화로부터 벗어나게 된다. 이것을 거부와 혼동해서는 안 된다. 거부가 아니라 생각, 감정, 반응의 알아차림이며, 알아차림의 순간에 그것과의 동일화가 자동적으로 막을 내린다. 당신의 자아의식, 자신이 누구인가에 대한 의식에 하나의 전환이 일어난다. 그 전까지 당신은 생각이고 감정이고 자동적인 반응이었다. 그러나 지금 당신은 그 알아차림이며, 그런 상태들을 지켜보는 깨어 있는 의식의 '현존'이다.

"나는 언젠가 에고로부터 자유로워질 것이다." 그렇게 말하고 있는 것은 누구인가? 에고이다. 에고로부터의 자유는 사실 큰 일이 아니라, 아주 작은 일이다. 당신이 해야 할 일은 생각과 감정이 일어날 때 그것들을 알아차리는 것이 전부이다. 그것은 정말로 하나의 '행위'가 아니라 깨어 있는 '바라봄'이다. 그런 의미에서 에고로부터 자유로워지기 위해 할 수 있는 일이 아무것도 없다는 것은 맞는 말이다. 그 순간 생각으로부터 알아차림으로의 전환이 일어나면 에고의 영리함보다 훨씬 위대한 지성이 당신 삶 속에서 작용하기 시작한다. 그 알아차림을 통해 감정과 생각마저도 개인적인 것이 되지 않는다. 그것이 본래부터 개인적인 것이 아님을 알게 된다. 또한 그곳에는 자신도 없다. 다만 인간의 감정, 인간의 생각만 있을 뿐이다. 궁극적으로는 하나의 이야기, 한 묶음의 생각과 감정들에 지나지 않는 당신 개인이 살아온 이야기는 이제 두 번째로 중요한 것이 되고, 더 이상 의식의 전면을 차지하지 않게 된다. 그것은 더 이상 당신 정체성의 기초가 아니다. 당신은 '현존'의 빛이 되고, 생각과 감정보다 앞선 더 깊은 알아차림이 된다.

에고의 병적인 형태들

병적이라는 단어를 기능장애와 고통을 아우르는 넓은 의미로 사용한다면, 지금까지 봐 온 것처럼 에고는 본성이 근본적으로 병적이다. 많은 정신 질환들은 정상적인 사람에게서 작용하는 에고의 특성과 똑같은 것들로 구성되어 있다. 다만 정신 질환의 경우에는 환자 자신을 제외하고는 그 기능장애가 모두의 눈에 분명할 정도로 뚜렷해졌을 뿐이다.

예를 들어, 많은 정상적인 사람들도 자신을 더 중요한 인물로,

더 특별한 존재로 보이게 하기 위해, 그리고 다른 사람들의 마음 속에 있는 자신의 이미지를 강화하기 위해 때때로 특정한 종류의 거짓말을 한다. 누구를 안다거나, 어떤 업적과 능력과 소유물이 있다거나, 그 밖에 에고가 동일화를 위해 사용하는 것이면 무엇이든 그런 거짓말의 대상이 된다. 반면에 자신이 불충분하다고 느끼고 '더 많이' 갖고 '더 많은' 것이 되려는 욕구에 조종을 받아 습관적이고 강박적으로 거짓말을 하는 사람들도 있다. 그들이 자신에 대해 하는 이야기 대부분은 완전한 환상이며, 자신을 더 크고 더 특별하다고 느끼기 위해 에고가 설계한 허구의 구조물이다. 때로는 과장되게 부풀린 자기 이미지로 다른 사람들을 속일 수도 있지만, 대개는 오래가지 못한다. 대부분의 사람에게는 완전한 허구임이 금세 들통 나 버린다.

피해망상적인 정신분열증, 줄여서 망상증이라 부르는 병은 기본적으로 에고가 극대화된 형태이다. 그것은 마음 밑바닥의 사라지지 않는 두려움에 그럴듯한 이유를 대기 위해 마음이 만들어 내는 허구의 이야기들로 구성되어 있다. 그 이야기의 주된 요소는 어떤 종류의 사람들이, 때로는 다수이거나 거의 모든 사람들이, 자신에 대해 음모를 꾸미고 있거나, 혹은 자신을 지배하거나, 또는 죽이려고 한다는 것이다. 그 이야기는 종종 나름대로 일관성이 있고 논리적이기 때문에 때로는 그것에 속아 굳게 믿는 사람들도 생겨난다. 한 조직체나 국가 전체가 이 피해망상적인 믿음을 바탕에 갖고 있는 경우도 있다.

다른 사람들을 향한 에고의 두려움과 불신, 그리고 상대방의 잘못을 발견하고 그 잘못을 상대방의 정체성으로 만드는 데 집중함으로써 상대방의 '다름'을 강조하는 에고의 성향은 한 걸음 더 나아가 상대방을 비인간적인 괴물로 만든다. 에고는 존재하기 위해 타인이 필요하지만, 마음 깊은 곳에서는 타인을 미워하고 두려워하는 딜레마가 있다. 장 폴 사르트르의 "타인은 지옥이다."라는 말은 에고의 절규이다. 그 지옥을 가장 강렬하게 경험하는 것은 피해망상증으로 고통받는 사람들이지만, 에고의 패턴이 작용하고 있는 사람은 모두 정도의 차이는 있어도 똑같은 것을 느낄 것이다. 당신 안의 에고가 강하면 강할수록 삶에서 맞닥뜨리는 문제들이 누군가 다른 사람의 탓이라고 생각할 가능성이 높다. 또한 다른 사람들의 삶도 힘들게 만들 가능성은 더욱 높다. 물론 당신은 그것을 볼 수 없을 것이다. 언제나 다른 사람들이 당신에게 그렇게 하는 것처럼 보인다.

우리가 피해망상증이라고 부르는 이 정신 질환은 또 다른 증상을 드러낸다. 물론 이 증상은 모든 에고가 가진 특징이며, 피해망상증에서는 그것이 더 극단적인 형태를 취할 뿐이다. 자신이 박해받고 있고 감시받고 있으며 위협당하고 있다고 생각하면 생각할수록, 환자는 자신이 우주의 중심이고 모든 것이 자기 둘레를 돌고 있다는 믿음이 더 강해진다. 그리고 이 정도로 많은 사람의 관심의 초점이 되는 자신은 더 특별하고 중요한 인물이라고 여긴다. 이 정도로 많은 사람에게 박해받는 희생자라는 믿음으로 자신이 매우 특별한 존재가 되는 것이다. 이 망상의 기본을 이루는 이야기 속에서 그는 종종 자신에게 피해자인 동시에 악의 군대를 물리칠 수 있는 세계 구원 능력을 가진 영웅의 역할을 배정한다.

부족, 국가, 종교 조직의 집단 에고도 강한 피해망상적 요소를 가지고 있는 경우가 자주 있다. 우리에게 대항하는 사악한 그들이라는 믿음이다. 이 피해망상이 인류에게 큰 고통을 가져다주었다. 이단자와 '마녀들'을 재판에 회부해 화형시킨 스페인의 이단 심판, 1차 세계대전과 2차 세계대전으로 치달은 국가들 간의 관계, 공산주의 체제의 역사, 냉전, 1950년대 미국의 매카시즘(반공산주의 열풍), 중동에서 오랫동안 이어지고 있는 무력 분쟁, 이 모든 일들은 집단의 극단적인 피해망상증이 일으킨 인류사의 고통으로 가득한 사건들이다.

개인과 집단과 국가가 무의식 상태에 있으면 있을수록 에고의 병적 증상이 물리적 폭력이라는 형태를 취할 가능성이 높다. 폭력은 원시적이지만, 에고가 자신을 주장하고 자신이 옳으며 상대가 틀림을 증명하려고 시도하는 방법으로서 지금까지도 널리 퍼져 있다. 무의식이 강한 사람들의 경우, 논쟁은 쉽게 물리적 폭력으로 발전한다. 논쟁이란 무엇인가? 두 명 이상의 사람이 의견을 표현하고 그 의견이 다른 것이다. 각자 자신의 의견을 만들어 낸 생각들과 너무도 동일화되어 있기 때문에 그 생각들은 자아의식이 부여된 정신적 입장으로 굳어진다. 바꿔 말하면 정체성과 생각이 하나로 녹아 있다. 일단 이 일이 일어나면, 자신의 의견이나 생각을 방어하려고 할 때 늘 자기 자신을 방어하는 것처럼 느끼고 그렇게 행동한다. 무의식적으로 나는 나 자신의 생존을 위해 싸우고 있다고 느끼고 그렇게 행동하며, 따라서 나의 감정들도 그 무의식적인 믿음을 반영한다. 그렇게 되면 사나워질 수밖에 없다. 기분 나빠하고, 화 내고, 방어적이고, 공격적이 된다. 어떤 희생을 치르더라도 이기지 않으면 자신이 소멸한다고 느낀다. 그것은 환상이다. 생각과 정신적 입장이 자신이 누구인가와는 아무런 관계도 없음을 에고는 알지 못한다. 에고는 관찰되지 않은 생각이기 때문이다.

선에서는 "진리를 추구하지 말라. 다만 자신의 의견을 소중히 여기는 마음을 멈추라."라고 말한다. 무슨 의미인가? 마음과의 동일화를 내려놓으라는 뜻이다. 그렇게 하면, 마음 너머의 '나는 누구인가'가 저절로 모습을 나타낸다.

에고를 가지고 일하기와 에고 없이 일하기

대부분의 사람들은 에고로부터 자유로워지는 순간을 경험한다. 자신이 하는 일에 예외적으로 뛰어난 사람들은 일을 하고 있는 동안 완전히, 혹은 거의 에고로부터 자유로워진다. 본인은 모를 수도 있지만, 그들의 일은 하나의 영적 수행이 된다. 그들은 일을 하는 동안은 현재의 순간에 완전히 존재하며, 개인적인 생활에서는 비교적 무의식적인 상태로 돌아간다. 이것은 그들의 '이 순간에 존재함(현존)'이 삶의 한 가지 영역에 한정되어 있음을 의미한다. 나는 교사, 예술가, 간호사, 의사, 과학자, 사회사업가, 식당 종업원, 미용사, 사업가, 판매원 등 자기를 추구하지 않으면서 그 순간순간이 요구하는 것에 충분히 반응하며 감탄할 정도로 일을 수행하는 사람들을 만났다. 그들은 자신이 하는 일과 하나가 되고, '지금'과 하나가 되며, 자신이 봉사하는 사람들이나 과제와 하나가 된다. 이러한 사람들의 영향은 그들이 하는 일을 뛰어넘어 멀리까지 확대된다. 그들이 접촉하는 사람들도 에고가 줄어들기 때문이다. 이러한 사람들과 상호작용할 때는 무거운 에고를 지닌 사람들조차 때로 긴장을 풀고 방어 심리를 내려놓으며 역할 연기를 중단한다. 에고 없이 일하는 사람이 크게 성공하는 것은 전혀 놀라운 일이 아니다. 자신이 하는 일과 하나가 되는 사람은 새로운 지구를 건설하고 있는 것이다.

기술적으로 뛰어남에도 불구하고 끊임없이 에고가 일을 가로막는 사람들도 나는 많이 만나 보았다. 이 사람들은 관심의 일부만 자신이 하는 일에 가 있다. 나머지 부분은 자기 자신을 향해 있다. 그들의 에고는 개인적으로 인정받고 싶어 하며, 충분히 인정받지 못하면 몹시 분해하며 에너지를 낭비한다. 그리고 아무리 인정 받아도 결코 충분할 수가 없다. "혹시 누군가가 나보다 더 인정받 고 있지는 않을까?" 아니면 관심의 초점이 이익과 권력에 가 있어 그들의 일은 단지 목적을 위한 수단에 불과하다. 목적을 위한 수 단에 불과한 일에서는 높은 품질을 바랄 수 없다. 이런 사람들은 일이 장애와 어려움에 부딪치거나, 일이 기대대로 되어 가지 않거 나, 다른 사람들과 상황이 불리하게 작용해 협조적이지 않으면 새 로운 상황과 즉각적으로 하나가 되어 현재의 요구에 응하는 대신 상황과 대립하고, 자신을 그것으로부터 분리시킨다. 개인적으로 상처받고 분해하는 '나' 때문에 쓸모없는 저항과 분노로 엄청난 양의 에너지를 불태워 버린다. 상황의 해결에 쏟으면 더 좋을 에너 지를 에고가 잘못 사용해 버린다. 게다가 이 '반대하는' 에너지는 새로운 장애물, 새로운 대립을 만들어 낸다. 사실 많은 사람들에 게 가장 큰 적은 자기 자신이다.

다른 사람들에게 도움이나 정보를 주지 않거나, 또는 그들이 '나'보다 더 성공적이 되거나 더 많은 인정을 받지 못하도록 그들 을 깎아내림으로써 사람들은 자신도 모르는 사이에 자신의 일까 지도 방해한다. 숨은 동기가 있을 때를 제외하고는 에고에게 협력 은 이질적인 것이다. 다른 사람들을 포용할수록 일이 원활하게 흘 러가고 하기 쉽게 된다는 것을 에고는 알지 못한다. 당신이 남을 거의, 혹은 전혀 돕지 않거나 그들의 길을 방해하면, 우주는 사람의 형태로든 환경의 형태로든 당신을 거의, 혹은 전혀 돕지 않는다. 왜냐하면 당신이 스스로를 전체로부터 단절시켰기 때문이다. 에고의 핵심에 있는 '아직 충분하지 않아.'라는 무의식적인 느낌은 다른 누군가의 성공을 볼 때마다 마치 그 성공이 '나'로부터 무엇인가를 빼앗아 간 것인 양 반응한다. 다른 사람의 성공에 대한 분함이 자신의 성공 기회를 축소시키고 있음을 에고는 알지 못한다. 성공을 끌어들이기 위해서는 어느 누구의 성공이라도 환영해야 한다.

병과 에고

병은 에고를 강하게도 하고 약하게도 한다. 아픈 육체에 대해 불평하고 자기 연민에 빠지거나 병을 원망하면 에고는 더욱 강해진다. 또한 "나는 이러이러한 병으로 고통받는 환자이다."라고 말하면서 병을 자신의 개념적 정체성의 일부로 만들 때도 에고는 더 강해진다. 이제 사람들은 당신이 누구인지 아는 것이다. 한편, 정상적으로 살았을 때는 에고가 강했는데 병에 걸리면 갑자기 부드러워지고 친절해지고 한결 성품이 좋아지는 사람들이 있다. 정상적으로 살았을 때는 결코 갖지 못했던 통찰을 얻게 된 것이다. 그들은 내면의 앎과 만족에 다가가고 지혜의 말을 하게 될지도 모른다. 그러다가 병에서 회복되면 에너지가 돌아오고 이때 에고도 함께 되돌아온다.

병에 걸렸을 때는 에너지 수준이 매우 낮기 때문에, 신체의 지성이 작용해서 남아 있는 에너지를 신체를 치유하는 데에 사용한다. 그러므로 마음을 위해서는, 즉 에고적인 생각과 감정을 위해서는 에너지가 부족하다. 에고는 상당히 많은 에너지를 소모시키기 때문이다. 그러나 경우에 따라서는 남은 약간의 에너지를 확보해서 에고가 자신의 목적을 위해 사용하는 일도 있다. 말할 필요도 없이, 병에 걸렸을 때 에고가 강해진 사람들은 병의 치료에 훨씬 더 많은 시간이 걸린다. 그중에는 회복되지 않고 만성화되어 병이 거짓 자아의 영구적인 일부가 되는 경우도 있다.

집단적인 에고

자기 자신과 함께 사는 것은 얼마나 어려운 일인가! 에고가 개인적 자아의 불만족으로부터 도망치는 방법 중 하나는 국가, 정치 단체, 기업체, 조직, 종파, 클럽, 갱, 축구팀 등과 같은 집단과의 동일화를 통해 자신의 자아의식을 확대하고 강화시키는 것이다. 때로는 개인적인 보상도 인정도 힘의 강화도 요구함 없이 집단의 더 큰 이익을 위해 자신의 생애를 바치며 개인적인 에고가 완전히 소멸된 것처럼 보이는 경우도 있다. 개인적 자아라는 무거운 짐으로부터 해방된다는 것은 얼마나 안심되는 일인가. 이러한 집단의 구성원은 아무리 일이 힘들고 아무리 희생을 치르더라도 행복과 만족을 느낀다. 그들은 에고를 뛰어넘은 것처럼 보인다. 문제는 정말로 에고로부터 자유로워진 것인가, 아니면 에고가 단지 개인에서 집단으로 이동한 것인가 하는 것이다.

집단적인 에고도 개인적인 에고와 똑같은 성격을 나타낸다. 갈등과 적을 필요로 하고, '더 많이' 요구하며, 틀린 상대방에 맞서서 자신이 옳다고 생각한다. 그 집단은 조만간 다른 집단과 갈등을 빚게 될 것이다. 왜냐하면 에고는 무의식적으로 갈등을 추구하고, 자신들의 경계선을 정하고 정체성을 강화하기 위해 대립할 상대방이 필요하기 때문이다. 그렇게 되면 그 집단의 구성원들은 고통을 겪을 수밖에 없다. 에고에 의해 동기가 부여된 행동에는 필연적으로 고통이 따라올 수밖에 없기 때문이다. 이 시점에서 깨어나, 자신의 집단이 심한 정신이상적 요소를 가지고 있음을 깨달을 수도 있다.

갑자기 깨어나서, 자신이 동일화하고 헌신한 집단이 사실은 정신이상이라는 것을 깨닫는 것이 처음에는 괴로울 수도 있다. 이때 어떤 이들은 마음이 돌아서 냉소적이 되고 원망에 찬 사람이 되어 그 이후로는 모든 가치와 의미를 부정한다. 이것은 이전의 믿음 체계가 환상이었음이 드러나 무너지고 난 뒤 당황하여 재빨리 다른 믿음 체계를 채택한 것일 뿐이다. 그런 사람들은 자기 에고의 죽음을 대면하지 못하고 도망쳐, 새로운 에고로 환생한다.

집단적인 에고는 대개 집단을 구성하는 개인보다도 더 무의식적이다. 예를 들면, 일시적인 집단 에고체인 군중은 개인으로 떨어져 있었으면 하지 않았을 잔학 행위를 태연하게 저지른다. 개인이었으면 그 자리에서 정신병자라고 인정될 행동에 국가는 자주 개입한다.

새로운 차원의 의식이 등장함에 따라 그 깨어난 의식을 반영하는 영적 모임을 만들라는 소명을 느끼는 사람들도 있을 것이다. 이런 모임들은 집단적 에고가 아니게 될 것이다. 그 모임을 구성하는 개인들은 더 이상 집단을 통해 자신의 정체성을 규정할 필요가 없기 때문이다. 그들은 더 이상 자신이 누구인지를 규정할 형상을 찾으려 하지 않을 것이다. 비록 모임의 구성원들이 아직 에고로부터 완전히 자유로워져 있지는 않더라도, 자신과 다른 사람 속에서 에고가 나타나면 곧바로 알아차릴 만큼은 깨어 있을 것이다. 그러나 항상 깨어 있을 필요가 있다. 왜냐하면 에고는 모든 방법을 동원해 자신을 주장하고 지배하려고 기회를 엿보기 때문이다. 의식이 깨인 회사, 자선 단체, 학교, 함께 살아가는 공동체 어느 것이든 그 모임의 주된 목적 중 하나는 알아차림의 빛 속으로 인간의 에고를 가져와 소멸시키는 일이다. 의식이 깨어 있는 집단은 새로운 지구를 만들고 새로운 의식이 등장하는 데 중요한 역할을 맡을 것이다. 에고의 집단이 당신을 무의식과 고통으로 끌어들이는 것과 마찬가지로, 의식이 깨어 있는 집단은 행성의 변화를 가속화하는 의식의 소용돌이가 될 수 있다.

불멸의 결정적 증거

인간은 마음속에서 자신을 '나I'와 '대상으로서의 나me', 또는 '대상으로서의 나me'와 '나 자신myself'의 두 부분으로 분리하며, 그 분리로부터 에고가 생겨난다. 따라서 인격의 분열이라는 의미에서 말하면 모든 에고는 정신분열증적이다. 당신은 자기 자신에 대한 마음속 이미지, 즉 개념적 자아와 함께 살아가며, 그것과 관계를 맺는다. 당신이 '나의 삶(생명)my life'이라고 말할 때, 삶 자체가 개념화되고 당신 자신으로부터 분리된다. '나의 삶(생명)'이라고 말하거나 생각하는 순간, 그리고 단순한 언어 습관으로서가 아니라 그 말을 자신도 믿는 순간, 당신은 망상의 영역으로 들어간다. 만약 '나의 삶(생명)'이라는 것이 존재한다면 '나'와 '삶(생명)'이 두 개의 분리된 것이 되며, 따라서 '나'는 '삶(생명)'을, 내가 상상 속에서 소중하게 소유하고 있는 그것을, 잃을 수도 있다. 이때 죽음은 겉보기에 하나의 실체가 되고 위협이 된다. 말과 개념이 '삶(생명)'을 아무 실체도 없는 분리된 조각들로 분해해 버린 것이다. 심지어 '나의 삶(생명)'이라는 개념이 분리라는 근본적인 망상, 에고의 원천이라고까지 말할 수 있다. 만약 '나'와 '삶(생명)'이 둘이라면, '내'가 '삶(생명)'과 별도로 존재한다면, 나는 모든 사물, 모든 존재,

모든 사람들과도 별개이다. 그러나 '내'가 '삶(생명)'과 별개로 존재할 수 있는가? '삶(생명)'과 분리되어서, '존재'와 분리되어서, 어떤 '나'가 있을 수 있는가? 그것은 전적으로 불가능한 일이다. 따라서 '나의 삶(생명)' 같은 것은 없으며, 내가 '삶(생명)'을 소유하는 것도 아니다. 내가 '삶(생명)' 그 자체이다. 나와 '삶(생명)'은 하나이다. 그렇지 않을 수가 없다. 그렇다면 어떻게 내가 '나의 삶(생명)'을 잃을 수 있겠는가? 처음부터 가지고 있지 않은 것을 어떻게 잃을 수 있는가? 어떻게 본래의 '나'인 것을 잃을 수 있는가? 그것은 불가능한 일이다.

고통체 — 최고의 예술은 과거를 내려놓는 것

인간은 오래된 기억을 지속시키기 때문에

거의 모든 사람이 오래된

감정적 고통의 축적물을 지니고 있다.

나는 이것을 '고통체'라고 부른다.

이미 가지고 있는 그 고통체에

새로운 고통을 추가하는 것은 멈출 수 있다.

이 행성의 악의 가해자는 오직 하나이다.

바로 인간의 무의식이다.

그 깨달음이 진정한 용서이다.

대다수 사람들은 생각의 많은 부분이 자동적이고 반복적이며 의도한 것이 아니다. 일종의 정신적 잡음이며 실제적인 목적이 없다. 엄밀히 말하면, 당신이 생각하고 있는 것이 아니다. 생각이 당신에게 일어날 뿐이다. "나는 생각한다."라고 말하면 자유 의지가 담긴 행동을 의미한다. 그 일에 결정권이 있고 당신 쪽에서 개입할 선택권이 있음을 뜻한다. 대부분의 사람들의 경우는 그렇지 않다. "나는 생각한다."는 "나는 소화한다."나 "나는 혈액을 순환시킨다."라는 말과 마찬가지로 틀린 문장이다. 소화가 일어나고, 혈액 순환이 일어나며, 생각이 일어날 뿐이다.

머릿속 목소리는 그 자체로 하나의 삶을 가지고 있다. 대부분의 사람들은 그 목소리에 끌려다닌다. 생각에, 마음에 소유당해 있다. 마음은 과거에 의해 조건 지어져 있기 때문에 당신은 언제까지나 되풀이해 과거를 재현할 수밖에 없다. 동양에서는 이것을 '카르마(업)'라고 부른다. 이 머릿속 목소리와 동일화되어 있을 때 당연히 당신은 그것을 알지 못한다. 만약 안다면 더 이상 그것에 소유당하지 않을 것이다. 왜냐하면 자신을 사로잡고 있는 그것을 자신이라고 오해할 때에만, 즉 당신이 그것이 되었을 때만, 그것에 정말로 소유당하기 때문이다.

수천 년 동안 인류는 점점 더 마음에 소유당하게 되었고, 자신을 소유한 그것이 '자아가 아님'을 알아차리는 데 실패해 왔다. 마음과 완전히 동일화됨으로써 허구의 자아의식, 즉 에고가 존재하게 되었다. 에고의 단단함은 당신, 즉 의식이 마음, 즉 생각과 어느 정도 동일화되어 있는가에 달려 있다. 그러나 생각은 의식, 즉 당신이라는 전체의 극히 작은 측면에 지나지 않는다.

마음과 동일화되는 정도는 사람에 따라 다르다. 매우 짧은 시간일지라도 에고로부터 자유로워지는 순간이 있으며, 그 순간 속에서 삶에 살아갈 가치를 주는 평화와 기쁨, 생명력을 체험하는 사람들도 있다. 창조성과 사랑, 자비의 마음이 일어나는 것도 그런 순간이다. 반면에 늘 에고가 지배하는 상태에 갇혀 있는 사람도 있다. 그런 사람은 다른 사람들과 주변 세계뿐 아니라 자기 자신으로부터도 멀어져 있다. 그런 사람을 보면 얼굴에 긴장감이 있고, 아마도 찡그린 이마일 것이며, 시선이 공허하거나 노려보는 눈빛일 것이다. 모든 관심이 생각에 흡수되어 있기 때문에 실제로는 당신을 보고 있지 않으며 당신의 말을 듣고 있지도 않다. 그 사람들은 어떤 상황에서도 현재의 순간에 있지 않는다. 과거나 미래에 관심이 가 있다. 물론 과거나 미래라는 것도 그들의 마음속에 생각 형태로만 존재할 뿐이다. 아니면 그들은 실제의 자신으로서 관계 맺는 것이 아니라, 그들이 연기하는 어떤 종류의 역할을 통해 당신과 관계 맺는다.

대부분의 사람들은 진정한 자기 자신으로부터 멀어져 있으며, 그중에는 행동과 상호작용이 거의 모든 사람이 '가짜'임을 알아차릴 수 있는 정도로 멀어진 사람들도 있다. 다만 똑같이 가짜이고 똑같이 자기 자신으로부터 멀어진 사람들은 알아차리지 못할 뿐이다.

자기 자신으로부터 멀어진다는 것은 어떤 상황, 어떤 장소, 또는 어떤 사람과도, 심지어는 자신에 대해서조차 편안함을 느끼지 못함을 의미한다. 언제나 '집'에 돌아가고 싶어 하지만 그 어디도 집이 아니다. 20세기의 위대한 작가들 중에는 프란츠 카프카, 알베르 카뮈, T. S. 엘리엇, 제임스 조이스처럼 이 소외라는 것이 인간 존재의 보편적인 딜레마임을 알아차린 사람들이 있다. 아마도 그들은 자신들 내면에서도 깊은 소외감을 느끼고 있었기 때문에 그것을 훌륭하게 작품 속에 표현할 수 있었을 것이다. 하지만 그들은 해결책을 제시하지는 않는다. 그들의 업적은 우리가 더 분명히 알 수 있도록 인간이 처한 곤경을 묘사해 보인 것이다. 자신이 처한 곤경을 분명하게 보는 것이 그것을 뛰어넘는 첫걸음이다.

감정의 탄생

생각의 흐름에 덧붙여, 비록 그것과 분리될 수 없는 관계이긴 하지만, 에고의 또 다른 차원이 있다. 감정이 그것이다. 그렇다고 해서 모든 생각과 모든 감정이 에고라는 말은 아니다. 생각과 감정이 에고가 되는 것은 당신이 생각이나 감정과 완전히 동일화될 때, 즉 생각과 감정이 '나'가 될 때이다.

모든 생명 형태의 유기체와 마찬가지로 당신의 몸도 유기체로서 자체의 지성을 가지고 있다. 그 지성은 당신의 마음이 말하는 것에 반응하고 당신의 생각에 반응한다. 따라서 감정은 마음에 대한 몸의 반응이다. 물론 몸의 지성은 우주 지성과 불가분의 관계이며, 우주 지성의 헤아릴 수 없이 많은 나타남 중 하나이다. 몸의 지성은 원자와 분자를 일시적으로 결합시켜 당신의 육체를 이룬다. 그 지성은 신체 각 기관의 활동 뒤에서 작용하는 조직 원리이다. 산소와 음식물을 에너지로 변환하고, 심장을 박동시켜 혈액을 순환시키며, 면역 체계를 구성해 침입자로부터 몸을 보호한다. 또한 감각기관의 입력을 신경 신호로 변화시켜 뇌로 보내고, 해석하고, 외부 현실에 대해 일관성 있는 내적 그림을 재구성한다. 거의 동시에 행해지는 수천 가지의 다른 기능들을 포함해 이 모든 일들이 그 지성에 의해 완벽하게 조정된다. 당신이 자신의 몸을 운영하는 것이 아니다. 생명체의 지성이 그 일을 한다. 그 지성은 또한 환경에 대한 그 유기체의 반응까지도 책임진다.

이것은 어떤 생명체라도 동일하다. 똑같은 지성 덕분에 식물이 물질적인 형태로 나타나 꽃을 피우며, 그 꽃은 아침이 되면 꽃잎을 열어 태양 광선을 받아들이고 밤이 되면 닫는다. 지구라는 복잡한 생명 존재, 즉 '가이아'로 나타나는 것도 이 지성이다.

이 지성의 작용으로 유기체는 어떤 위협이나 도전에 노출되면 본능적으로 반응한다. 동물에게도 분노, 두려움, 기쁨 등 인간의 감정과 유사한 반응이 일어난다. 이러한 본능적인 반응은 감정의 원초적 형태라고 할 수 있다. 어떤 상황에서는 인간도 동물과 같은 방식으로 본능적인 반응을 경험한다. 위험에 직면하여 유기체의 생존이 위협받게 되면, 싸울 것인가 도망칠 것인가의 선택에 대비해 심장박동이 급격해지고 근육이 수축하며 호흡이 빨라진다. 원초적인 두려움이다. 궁지에 몰리면 강력한 에너지가 갑자기 솟구쳐 몸에 전에는 없던 힘을 준다. 이러한 본능적인 반응은 감정과 유사하지만 진정한 의미의 감정은 아니다. 본능적인 반응과 감정의 근본적인 차이는 이것이다. 본능적인 반응은 외부 상황에 대한 몸의 직접적인 반응이다. 반면에 감정은 생각에 대한 몸의 반응이다.

감정도 간접적으로는 실제 상황과 사건에 대한 반응일 수 있지만, 그것은 정신적인 해석과 생각이라는 필터, 즉 선악과 좋고 싫음, '나'와 '나의 것'이라는 정신적 개념을 통해 해석한 상황과 사건에 대한 반응이다. 예를 들어, 누군가의 차가 도난당했다는 말을 듣는다면 아무런 감정도 일어나지 않겠지만 그것이 '나의 차'라면 아마도 몹시 당황할 것이다. '나의'라는 작은 정신 개념이 얼마나 큰 감정을 발생시키는가는 놀라울 정도이다.

몸은 매우 지성적이긴 하지만 실제 상황과 생각의 차이를 구분하지는 못한다. 그러므로 모든 생각에 대해 그것이 사실인 것처럼 반응한다. 그것이 하나의 생각일 뿐임을 몸은 알아차리지 못한다. 몸에게는 걱정스럽고 두려운 생각이 '나는 위험에 처했다.'를 의미하며, 그것에 따라 반응한다. 설령 밤에 따뜻하고 편안한 침대에서 자고 있을지라도 그렇게 반응한다. 심장박동이 빨라지고, 근육이 수축하며, 호흡이 빨라진다. 에너지가 고조되지만, 위험은 머릿속 허구에 지나지 않기 때문에 그 에너지는 배출구가 없다. 그래서 그 에너지의 일부는 마음으로 다시 흘러가 훨씬 더 불안한 생각을 발생시킨다. 그리고 나머지 에너지는 독성을 띠고 몸의 조화로운 기능을 방해한다.

감정과 에고

에고는 관찰되지 않은 마음, 즉 당신 자신인 것처럼 가장하는 머릿속 목소리일 뿐만 아니라, 관찰되지 않은 감정, 즉 머릿속 목소리가 하는 말에 대한 몸의 반응이다.

지금까지 우리는 에고에 지배되는 목소리가 대부분의 시간에 어떤 종류의 생각에 전념하는지, 또한 내용물에 상관없이 사고 과정에 어떤 기능장애가 내재해 있는지 살펴보았다. 이 기능장애적인 생각에 대해 몸은 부정적인 감정으로 반응한다.

몸은 머릿속 목소리가 들려주는 이야기를 현실이라고 믿고 반응한다. 이 반응이 감정이다. 그리고 이번에는 감정이, 감정을 발생시킨 그 생각들에 에너지를 공급한다. 이것이 점검되지 않은 생각과 감정의 악순환이며, 그것이 감정적인 생각과 감정적인 이야기를 만들어 낸다.

감정적인 요소가 에고를 얼마나 차지하는가는 사람에 따라 다르다. 어떤 에고는 다른 에고들에 비해 특히 그 부분이 크다. 몸의 감정적 반응을 촉발하는 생각들이 때로는 너무도 빨리 와서 마음이 그것들에 의견을 말하기도 전에 몸이 어느새 감정으로 반응하고, 그 감정이 행동으로 바뀌는 경우도 있다. 그런 생각들은 언어 이전의 상태로, 언어가 되지 않은 무의식적인 추정이라고 부를 수 있다. 그러한 무의식적인 추정들은 한 사람이 과거에 조건 지어진 것들에, 보통은 어린 시절에 그 근원이 있다. 예를 들어, 부모나 형제자매와의 관계 같은 원초적인 인간관계가 뒷받침되지 않아 다른 사람을 향한 신뢰를 형성하지 못한 사람에게는 "인간은 믿을 수 없어."라는 무의식적인 추정이 있을 것이다.

몇 가지 더 흔한 무의식적인 추정들이 있다. "아무도 나를 존중하지 않고 고마워하지 않아. 살아남기 위해서는 싸워야만 해. 돈은 아무리 가져도 충분하지 않아. 삶은 언제나 나를 실망시켜. 나는 풍요를 누릴 자격이 없어. 사랑받을 자격이 없어." 이러한 무의식인 추정이 몸 안에 감정을 만들고, 그 감정이 마음의 활동과 즉각적인 반응을 발생시킨다. 이런 방식으로 개인의 현실이 만들어진다.

에고의 목소리는 몸의 자연스러운 상태인 평화를 지속적으로 방해한다. 거의 모든 인간 육체가 커다란 중압감과 스트레스를 받고 있지만, 이것은 외부적인 요인에 위협받기 때문이 아니라 마음 내면으로부터 오는 위협 때문인 경우가 더 많다. 몸은 그것에 달라붙어 있는 에고를 가지고 있기 때문에, 에고를 구성하고 있는 모든 기능장애적인 생각 패턴들에 반응할 수밖에 없다. 이렇게 해서 잠시도 멈추지 않는 강박적인 생각의 흐름에 부정적인 감정의 흐름이 동반된다.

부정적인 감정이란 무엇인가? 몸에 해가 되고, 균형과 조화로운 기능을 방해하는 감정이다. 두려움, 불안, 분노, 못마땅함, 슬픔, 미움, 강한 혐오, 질투, 시기, 이 모든 것은 몸에 흐르는 에너지를 교란시키며 심장, 면역체계, 소화 기능, 호르몬 생성 등에 영향을 미친다. 아직 에고가 어떻게 작동하는가에 대해서는 거의 아무것도 알지 못하는 현대 의학조차도 부정적인 감정 상태와 신체적 질병이 갖는 연관성을 인정하기 시작했다. 몸에 독이 되는 감정은 당신이 만나는 사람들에게도 전염되며, 연쇄 반응을 통해 만난 적도 없는 수많은 사람들에게도 간접적으로 전염된다. 모든 부정적인 감정들을 통틀어 부르는 단어가 있다. '불행'이다.

그렇다면 긍정적인 감정들은 몸에 좋은 영향을 미치는가? 면역 체계를 강화시키고 몸을 치유하고 활력을 주는가? 정말로 그렇긴 하지만, 에고가 만들어 내는 긍정적인 감정들과, '순수한 있음'과 연결된 자연스러운 상태로부터 흘러나오는 더 깊은 감정들을 구분할 필요가 있다.

에고가 만들어 내는 긍정적인 감정들은 이미 그것들 안에 반대의 것을 포함하고 있어서 순식간에 그 반대의 것으로 바뀔 가능성이 있다. 여기 몇 가지 예가 있다. 에고가 사랑이라고 부르는 것은 소유욕과 중독된 집착이기 때문에 한순간에 미움으로 변할 수 있다. 다가올 일에 대한 기대는 미래를 향한 에고의 과대평가이기 때문에 그 일이 끝나 버리거나 에고의 기대를 충족시키지 않으면 쉽게 그 반대의 낙담과 실망으로 변한다. 칭찬과 인정은 하루 동안 당신에게 활력과 행복을 느끼게 하지만, 다음날 받는 비난과 무시는 낙담과 불행을 선사한다. 광란의 파티가 주는 쾌락은 이튿날 아침 허무함과 숙취로 변한다. 나쁜 것이 없는 좋은 것은 없으며, 낮은 곳 없는 높은 곳은 없다.

에고가 만들어 내는 감정들은 마음이 외부적인 요인과 자신을 동일화하기 때문에 일어나는 것이며, 물론 그 외부적인 요인들은 불안정할 뿐 아니라 어느 순간에라도 변하기 쉽다. 이보다 훨씬 더 깊은 감정은 사실 감정이 아니라 '순수한 있음'의 상태이다. 감정은 반대되는 것들의 세계 안에 존재한다. 그러나 '순수한 있음'의 상태는 흐려질 수는 있어도 반대의 것을 갖고 있지 않다. '순수한 있음'의 상태는 사랑, 기쁨, 평화로서 당신의 내면으로부터 발산되어 나온다. 그것들은 당신의 진정한 본성이다.

오리에게 인간의 마음이 있다면

『지금 이 순간을 살아라 *The Power of Now*』에서 나는 두 마리 오리의 싸움을 관찰한 경험에 대해 쓴 적이 있다. 오리의 싸움은 결코 오래 지속되지 않으며, 금세 헤어져 각자 반대 방향으로 헤엄쳐 간다. 그런 후에 두 마리는 몇 차례 격렬하게 날개를 털어, 싸우는 동안 쌓인 나머지 에너지를 방출한다. 그 후 날개를 접고 마치 아무 일도 없었던 것처럼 유유히 물 위를 떠간다.

만약 오리에게 인간의 마음이 있다면, 오리는 생각 속에서 이야기를 만들어 내면서 그 싸움을 계속할 것이다. 오리는 아마도 이런 이야기를 만들 것이다.

"저놈이 저런 짓을 하다니 도무지 믿을 수가 없어. 저놈은 나는 안중에도 없이 내 옆구리 바로 근처까지 밀고 왔어. 이 연못이 자기 것인 줄 아나? 내 개인적인 공간에 대한 배려가 전혀 없어. 저런 놈은 다시는 믿지 말아야 해. 나를 약 올리려고 다음에는 어떤 계략을 꾸밀지도 모르는 놈이야. 이미 뭔가를 꾸미고 있는 게 분명해. 하지만 이쪽에서도 가만히 있지는 않을 거야. 두 번 다시 잊을 수 없도록 단단히 가르쳐 줘야지."

이런 식으로 마음은 언제까지고 이야기의 물레를 돌리면서 며칠, 몇 달뿐 아니라 몇 년 동안이나 계속 생각하고 말할 것이다. 몸에 관한 한 그 싸움은 언제까지나 계속되며, 이러한 생각들에 반응해 발생하는 에너지가 바로 감정이다. 그리고 이번에는 그 감정이 더 많은 생각을 만들어 내며, 이것이 에고의 감정적인 생각이 된다. 만약 오리가 인간의 마음을 가지고 있다면, 그 삶이 얼마나 문제가 많을지 알 수 있을 것이다. 그러나 대부분의 인간이 항상 이런 식으로 살아가고 있다. 어떤 상황도 사건도 결코 진정으로 끝나지 않는다. 마음과, 마음이 만들어 낸 '나와 나의 이야기'가 언제까지나 계속된다.

우리는 길을 잃어버린 종이다. 자연 속 모든 존재들, 모든 꽃과 나무, 모든 동물들이 우리에게 중요한 교훈을 가르쳐 준다. 우리가 멈춰 서서 바라보고, 귀를 기울이면 들을 수 있다. 오리가 가르쳐 주는 교훈은 이것이다. "날개를 털어라." 그것을 해석하면 "이야기를 내려놓으라."이다. 그리고 힘을 가진 유일한 장소로, 즉 '현재의 순간'으로 돌아오라.

과거를 업고 다니기

인간의 마음이 얼마나 과거를 내려놓지 못하는지, 혹은 내려놓으려 하지 않는지를 여실히 보여 주는 선의 일화가 있다. 탄잔이라는 선승이 에키도라는 승려와 함께 폭우가 쏟아진 뒤 몹시 진흙탕으로 변한 시골길을 걸어가고 있었다. 마을 근처까지 오자 그들은 길을 건너려는 젊은 여인과 마주쳤다. 그런데 진흙탕이 너무 깊어서 입고 있는 비단 기모노가 더러워질 위험에 처해 있었다. 탄잔은 곧바로 그녀를 등에 업고 길 반대편으로 데려다 주었다.

그 후 두 수도승은 침묵 속에 발걸음을 계속했다. 다섯 시간 뒤, 그날 밤 머물게 될 절이 보일 때쯤 에키도가 마침내 더 이상 참지 못하고 입을 열었다.

"왜 그 처녀를 등에 업고 길을 건너다 주었는가? 우리 수행자들은 그렇게 해서는 안 된다는 걸 모르는가?"

탄잔이 말했다.

"나는 몇 시간 전에 그 처녀를 내려놓았는데, 자네는 아직도 그녀를 업고 있는가?"

항상 에키도처럼 살아가는 삶이 어떠할지 상상해 보라. 상황을 마음속에서 내려놓지도 못하고, 또한 내려놓으려는 의지도 갖지 않으며, 마음속에 점점 더 많은 '잡동사니'들을 쌓아 가는 삶, 이것이 이 행성 위의 대다수 사람들의 삶이다. 그들이 마음속에 짊어지고 다니는 과거의 짐이 얼마나 무거운가 느껴질 것이다.

과거의 사건들은 기억으로 당신 안에서 계속 살아가지만, 그 기억 자체는 문제가 안 된다. 그뿐 아니라 기억 덕분에 과거로부터, 그리고 과거의 실수로부터 배움을 얻을 수 있다. 기억, 즉 과거에 대한 생각에 당신이 완전히 지배되고 그것이 짐으로 바뀔 때 비로소 기억이 문제가 된다. 또한 그것이 당신의 자아의식의 일부가 될 때, 과거에 의해 조건 지어진 성격이 당신을 가두는 감옥이 된다. 당신의 기억들에 자아의식의 옷이 입혀지고, 당신의 이야기는 당신이 생각하는 '나'가 되어 버린다. 이 '작은 나'는 환상이며, 시간을 초월하고 형상을 초월한 '현존'으로서의 진정한 정체성을 흐려 버린다.

당신의 '이야기'는 정신적인 기억뿐 아니라 감정적 기억, 즉 끊임없이 되살아나는 오래된 감정으로도 구성되어 있다. 생각으로 계속 먹이를 공급하면서 다섯 시간 동안이나 불쾌감이라는 등짐을 지고 있었던 그 승려처럼, 대부분의 사람들은 정신적으로 감정적으로 상당한 양의 불필요한 등짐을 평생 동안 지고 다닌다. 불만, 후회, 적대감, 죄책감으로 자신을 좁은 틀에 가둔다. 감정적인 생각이 그들의 자아가 되어 버렸으며, 그래서 그들은 오래된 감정에 매달린다. 그것이 자신의 정체성을 강화시켜 주기 때문이다.

인간에게는 오래된 기억을 지속시키는 성향이 있기 때문에 거의 모든 사람이 에너지 장 안에 오래된 감정적 고통의 축적물을 지니고 있다. 나는 이것을 '고통체'라고 부른다.(동양의 용어로는 '고통체'를 '업장'으로 번역할 수도 있다.)

그러나 우리는 이미 가지고 있는 그 고통체에 새로운 고통을 추가하는 것은 멈출 수 있다. 오리가 날개를 털어 버리듯이 오래된 감정을 축적하고 지속시키는 습관을 부수는 법을 배울 수 있으며, 어제 일어난 일이든 30년 전에 일어난 일이든 상관없이 정신적으로 과거에 머무는 것을 중단할 수 있다. 상황과 사건을 마음속에 계속 살아 있게 하고 머릿속 영화 만들기에 사로잡히는 대신, 자신의 관심을 본래의 상태, 즉 시간을 초월한 현재의 순간으로 계속해서 데려오는 법을 배울 수 있다. 그렇게 하면 생각과 감정 대신 '이 순간에 존재함(현존)'이 우리의 정체성이 된다.

당신의 '이 순간에 존재함'을 가로막을 수 있는 과거의 사건은 아무것도 없다. 그리고 만약 당신의 '지금 이 순간에 존재함'을 가로막을 수 없다면, 과거에 대체 어떤 힘이 있겠는가?

개인적인 것과 집단적인 것

부정적인 감정은 그것이 일어나는 순간에 그것을 정면으로 직시하고 그 정체를 확인하지 않으면 완전하게 소멸되지 않는다. 그것은 고통의 잔여물을 뒤에 남긴다.

특히 어린아이는 부정적 감정이 너무 압도적이면 감당하기 힘들기 때문에 그것을 느끼지 않으려고 하는 경향이 있다. 깨인 의식을 가진 어른이 곁에 있어서 그 부정적인 감정과 똑바로 마주하도록 애정과 자비로운 이해심으로 안내해 주면 좋지만, 그렇지 않은 경우 아이로서는 그것을 느끼지 않는 것이 그 상황에서는 유일한 선택이다. 불행하게도 이러한 초기의 방어 메커니즘은 어른이 된 후에도 남아 있는 경우가 많다. 부정적인 감정이 여전히 인식되지 못한 채로 그 사람 속에 살고 있어서 불안, 분노, 발작적인 폭력, 변덕, 심지어 신체적인 질병 등 간접적인 형태로 나타난다. 어떤 경우에는 그것이 모든 가까운 관계들을 방해하거나 가로막는다. 심리치료사라면 대부분 경험하듯이, 환자가 처음에는 완벽하게 행복한 어린 시절을 보냈다고 주장하더라도 나중에 보면 실제의 이야기가 완전히 다르다는 것이 밝혀지는 경우가 있다. 물론 그것은 극단적인 경우이지만, 감정적인 고통을 느끼지 않고 어린 시절을 보낸 사람은 아무도 없다. 설령 부모가 깨달음에 이른 사람들일지라도, 여전히 당신은 대체로 무의식의 세계에서 성장할 수밖에 없다.

정면으로 직시하고, 받아들이고, 그런 다음 내려놓는 작업을 하지 않으면 강력한 부정적인 감정들은 뒤에 고통의 잔여물을 남기며, 그것들은 함께 뭉쳐 당신 몸의 모든 세포들 속에서 활동하는 하나의 에너지 장을 형성한다. 이 에너지 장은 어린 시절의 고통만으로 구성된 것이 아니다. 청소년기와 성인이 된 이후의 고통스러운 감정들도 추가된다. 그것들 대부분은 에고의 목소리에 의해 만들어진다. 거짓된 자아가 삶의 기초가 될 때, 감정적인 고통이라는 길동무가 따라오는 것은 피할 수 없다.

거의 모든 인간이 내면에 가지고 있는 오래된, 그러나 지금도 생생하게 살아 있는 감정의 에너지 장, 그것이 바로 고통체이다.

그러나 고통체는 단지 개인적인 성질의 것만이 아니다. 끊임없이 이어지는 부족 간 전쟁, 노예제도, 약탈, 강간, 고문, 그 밖의 폭력으로 채색된 인류 역사를 통해 헤아릴 수도 없이 많은 사람들이 겪은 고통도 거기에 포함된다. 이 고통이 지금도 인류의 집단정신 안에 살아 있고 매일 추가되고 있다는 것은 오늘 밤 뉴스를 보거나 사람들의 관계에서 펼쳐지는 드라마를 보면 금방 확인할 수 있다. 아직 밝혀지지는 않았지만 집단적인 고통체는 아마도 모든 인간의 DNA 속에 암호화되어 있을 것이다.

이 세상에 태어나는 모든 신생아는 이미 감정적 고통체를 가지고 있다. 그중에는 다른 사람들보다 더 무겁고 단단한 고통체를 가지고 있는 아이도 있다. 언제나 행복한 듯한 아이도 있고, 큰 불행을 지니고 있는 것처럼 보이는 아이도 있다. 충분한 사랑과 관심을 받지 못하기 때문에 잘 우는 아이가 있는 것도 사실이지만, 특별히 이렇다 할 이유가 없는데도 마치 주변 사람을 자신처럼 불행하게 만들고 싶어 하는 것 같은 아이도 있다. 그리고 종종 그것이 성공한다. 이러한 아이는 인류 고통의 짐을 특히 많이 가지고 이 세상에 온 것이다. 어머니와 아버지가 발산하는 부정적인 감정을 느끼기 때문에 잘 우는 아이도 있다. 부모의 부정적인 감정이 아이에게 고통을 주고, 부모의 고통체로부터 나오는 에너지를 흡수해 아기의 고통체가 커진다. 어느 경우든 아이의 신체가 자라남에 따라 고통체도 함께 커간다.

가벼운 고통체만 지니고 태어난 아이가 무거운 고통체를 가진 아이보다 반드시 영적으로 '더 진화한' 사람이 되는 것은 아니다. 사실 그 반대인 경우가 더 많다. 무거운 고통체를 가진 사람은 상대적으로 가벼운 고통체를 가진 사람보다 영적으로 깨어날 확률이 더 높다. 물론 그중에는 무거운 고통체의 감옥에 갇혀 평생을 보내는 사람들도 있지만, 다른 많은 이들은 자신의 불행을 더 이상 견딜 수 없는 단계에 이르고 그것이 깨어나고자 하는 강한 동기가 된다.

왜 고통스러운 그리스도가, 고뇌로 일그러진 얼굴과 수많은 상처로 피 흘리는 그의 육신이 인류의 집단의식 속에 그토록 중요한 이미지가 되었는가? 특히 중세 시대에 그토록 많은 사람들이 그리스도의 이미지에 깊이 연결된 것은 자신의 내면에 그 모습과 공명하는 무엇인가가 있었기 때문이다. 그들은 무의식적으로 그리스도에게서 자기 자신 안의 내적 현실, 즉 고통체의 표현을 보고 있었을 것이다. 그들은 아직 자신 안의 고통을 직접적으로 알아차릴 만큼 의식이 깨어 있지는 않았지만, 그것은 고통체를 알아차리는 시작이었다. 그리스도는 인간의 고통과 고통 초월의 가능성 둘 다를 구체적으로 표현하는 인간의 원형으로 볼 수 있다.

고통체가 자신을 재생시키는 방법

고통체는 대부분의 인간 존재 속에서 살아가는 반자립적인 에너지 형태로, 감정으로 만들어진 독립체이다. 이 고통체는 교활한 동물처럼은 아니지만 자신만의 원시적인 지성을 가지고 있으며, 그 지성을 주로 자신이 살아남는 데 활용한다. 모든 생명 형태와 마찬가지로 고통체에게도 주기적으로 먹이가, 새로운 에너지가 필요하다. 자신을 새로 보충하는 데 필요한 그 먹이는 자신의 에너지와 호환이 되는 에너지, 다시 말해 비슷한 주파수로 진동하는 에너지로 이루어진 것들이다. 감정적으로 고통스러운 경험은 무엇이든 고통체의 먹이가 될 수 있다. 그렇기 때문에 고통체는 부정적인 생각뿐 아니라 인간관계의 드라마에 의해 커진다. 고통체는 불행에 중독된 병이다.

자신의 내면에 주기적으로 부정적인 감정과 불행을 추구하는 어떤 것이 있음을 깨달으면 처음에는 충격을 받을 것이다. 이것이 다른 사람의 경우라면 알아차리기 쉽지만, 자기 안에도 그것이 있음을 깨닫기 위해서는 더 많이 깨어 있어야 한다. 일단 불행에 지배되면 당신은 그 불행을 끝내고 싶어 하지 않을 뿐 아니라 주변 사람들도 자신과 똑같이 비참해지기를 원한다. 그들의 부정적인 감정적 반응을 통해 에너지를 얻기 위해서다.

대부분의 사람들의 경우, 고통체가 잠자는 시기와 활동하는 시기가 있다. 당신이 가진 특정한 고통체의 에너지 장에 달린 일이지만, 고통체가 잠자고 있을 때는 자신의 내면에 무거운 먹구름이나 휴화산이 있음을 쉽게 잊어버린다. 휴면기가 어느 정도 이어지는가는 사람에 따라 다르다. 몇 주 동안이 공통적이지만, 며칠 혹은 몇 달이 될 수도 있다. 드물게는 몇 년씩이나 잠자고 있던 고통체가 어떤 사건을 계기로 활동을 시작하는 경우도 있다.

생각을 먹고 사는 고통체

고통체는 배가 고프거나 스스로를 보충할 시기가 되면 수면 상태에서 깨어난다. 아니면 어느 때라도 하나의 사건을 계기로 깨어날 가능성이 있다. 고통체가 먹이를 보충하려는 태세가 되면 사소한 일로도, 즉 누군가가 한 말이나 행동, 심지어는 단순한 생각만으로도 방아쇠가 당겨진다. 혼자 살고 있기 때문에 때마침 주변에 아무도 없다면 고통체는 자신의 생각을 먹이로 삼을 것이다. 갑자기 생각이 몹시 부정적이 된다. 부정적인 생각이 흘러들기 직전에 어떤 감정이, 불안과 분노같이 어둡고 무거운 기분이 마음속으로 침입하는 것을 스스로 알아차릴 가능성은 매우 낮다. 모든 생각은 에너지이며, 고통체는 그 생각의 에너지를 먹는다. 하지만 아무 생각이나 다 먹는 것은 아니다. 특별히 예민하지 않더라도 긍정적인 생각과 부정적인 생각은 완전히 다른 분위기의 느낌을 가지고 있음을 알 수 있을 것이다. 같은 에너지이지만 전혀 다른 주파수로 진동한다. 행복하고 긍정적인 생각은 고통체가 소화하는 것이 불가능하다. 고통체는 오직 부정적인 생각만을 먹는다. 오직 그것만이 자신의 에너지 장에 적합한 생각들이기 때문이다.

세상 만물은 끊임없는 움직임 속에서 진동하는 에너지 장이다. 당신이 앉아 있는 의자, 손에 들고 있는 책은 견고하고 움직임이 없는 물질처럼 보이지만, 그것은 단지 당신의 감각기관들이 그 진동하는 주파수를 그런 식으로 지각하기 때문이다. 물질은 의자든 책이든 나무든 몸이든 끊임없이 진동하는 분자, 원자, 전자, 그리고 미립자들로 이루어져 있다. 우리가 물질로 지각하는 것은 특정한 주파수 영역에서 진동하는, 혹은 움직이는 에너지이다. 생각도 역시 똑같이 에너지 진동이지만 주파수가 물질보다 높기 때문에 볼 수도 만질 수도 없는 것이다. 생각에는 생각만의 주파수대가 있는데, 부정적인 생각은 더 낮은 쪽 주파수로, 긍정적인 생각은 더 높은 쪽 주파수로 진동한다. 고통체의 진동 주파수는 부정적인 생각의 주파수와 공명한다. 그래서 부정적인 생각만이 고통체의 먹이가 될 수 있는 것이다.

생각이 감정을 만들어 내는 것이 일반적인 패턴이지만 고통체의 경우에는 처음에는 거꾸로 된 방식이다. 고통체로부터 나온 감정이 빠르게 당신의 생각을 지배하며, 일단 마음이 고통체에 사로잡히면 생각은 부정적이 된다. 그때 머릿속 목소리는 당신 자신과 당신의 삶에 대해, 다른 사람들에 대해, 과거와 미래에 대해, 혹은 상상 속 사건들에 대해 슬프고, 불안하고, 화나는 이야기들을 들려준다. 그 목소리는 비난하고, 잘못을 따지고, 불평하고, 상상한다. 당신은 그 목소리가 말하는 것과 완전히 동일화되고, 그 왜곡된 생각이 무엇이든 믿는다. 이 시점에서 불행에 대한 중독이 자리 잡는다.

부정적인 생각의 기차를 멈출 수 없는 것이라기보다는, 당신은 아예 멈추고 싶어 하지 않는다. 그때쯤에는 고통체가 당신을 통해 살아가고 있고, 당신인 것처럼 가장하고 있기 때문이다. 고통체에게 고통은 쾌락이다. 그것은 모든 부정적인 생각들을 열심히 먹어 치운다. 사실, 당신의 머릿속에 있는 보통 때의 목소리가 이제는 고통체의 목소리로 변해 버린다. 내면의 대화를 그것이 독점해 버린다. 고통체와 당신의 생각 사이에 악순환이 자리 잡는다. 모든 부정적인 생각이 고통체의 먹이가 되는 한편, 고통체는 더 많은 부정적인 생각을 발생시킨다. 이렇게 해서 몇 시간 또는 며칠 만에 고통체는 먹이 보충을 끝내고 휴면 상태로 돌아간다. 고갈된 당신과, 병에 걸리기 쉽게 된 육체를 뒤에 남겨 둔 채. 이렇게 말하는 것이 마치 정신적 기생충을 묘사하는 것처럼 들린다면, 그 느낌이 맞다. 정확히 그것이다.

드라마를 좋아하는 고통체

주위에 누군가가, 가급적이면 배우자나 가족이 있다면 고통체는 인간관계에 드라마를 일으켜 먹이를 얻기 위해 그들을 자극하려고 시도할 것이다. 말 그대로 초인종을 누르는 것이다. 고통체가 친밀한 관계와 가족을 좋아하는 것은 그들에게서 대부분의 먹이를 얻기 때문이다. 당신을 자극하고 반응을 일으키려고 작정한 누군가의 고통체에 저항하기란 쉬운 일이 아니다. 그는 직감적으로 당신의 가장 약한 부분, 가장 상처입기 쉬운 곳을 알고 있다. 만약 한번에 성공하지 못하면 몇 번이나 시도한다. 고통체는 더 많은 감정을 찾아다니는 원초적 감정이다. 상대방의 고통체는 당신의 고통체를 깨우고 싶어 하고, 그렇게 해서 두 고통체가 서로에게 강한 에너지를 준다.

많은 인간관계에서 간격을 두고 주기적으로 폭력적이고 파괴적인 고통체의 사건이 일어난다. 어린 아이에게는 부모들의 고통체가 벌이는 감정적 폭력을 보는 것이 견딜 수 없을 만큼 아픈 일임에도 전 세계 수백만 명의 아이들이 운명처럼 그런 악몽을 일상적으로 체험하고 있다. 이것 역시 인간 고통체가 세대에서 세대로 이어져 전해지는 주된 방식 중 하나이다. 각각의 사건이 끝나면 두 배우자는 화해를 하고 에고가 허락하는 제한된 기간 동안 비교적 평화로운 휴식기를 갖는다.

지나친 음주는 고통체를 활성화시키기 쉽다. 특히 남성의 경우가 그렇지만 여성의 경우도 드물지 않다. 술에 취해서 고통체가 자신을 접수하면 성격이 완전히 달라진다. 고통체가 습관적으로 물리적인 폭력을 통해 자신을 재생시키는, 무의식의 정도가 매우 깊은 사람은 그 폭력이 종종 배우자나 자식을 향한다. 이런 남성은 술이 깨면 진심으로 후회하며 두 번 다시 폭력을 휘두르지 않겠다고 말할 것이다. 당사자는 진심으로 그렇게 말하지만, 후회하고 약속하는 사람과 폭력을 휘두르는 사람은 전혀 별개이다. 그러므로 그가 현재의 순간에 존재할 수 있고 자기 안의 고통체를 알아차려 그것으로부터 자신을 분리시키지 않는 한 폭력은 반드시 되풀이될 것이다. 경우에 따라서는 상담을 받는 것이 그 알아차림에 도움이 될 수도 있다.

대부분의 고통체는 상대방에게 고통을 주고 싶어 하고 또 스스로도 고통받고 싶어 하지만, 그중에는 두드러지게 가해자가 되거나 피해자가 되는 경우도 있다. 어느 경우라도, 감정적 혹은 신체적 폭력을 먹이로 삼는 것에는 변함이 없다. 자신들이 '사랑에 빠졌다'고 믿는 어떤 남녀는 실제로는 그들의 고통체가 상호보완적이기 때문에 서로에게 끌리고 있는 것이다. 때로는 첫 만남에서 가해자와 피해자의 역할이 분명하게 정해지는 경우도 있다. 하늘이 맺어 준 이상적인 결혼이라고 여겨졌던 것이 사실은 지옥에서 맺어진 결혼인 경우도 있다.

고양이와 함께 살아 본 경험이 있다면 잘 알 것이다. 고양이는 겉으로는 잠든 것처럼 보여도 주변에서 무슨 일이 일어나는지 다 안다. 작은 소리에도 고양이는 귀를 그쪽으로 향하고 눈을 가늘게 뜬다. 잠자고 있는 고통체도 마찬가지이다. 어떤 차원에서는 고통체는 여전히 깨어 있고, 적절한 계기만 주어지면 곧바로 행동할 준비가 되어 있다.

친밀한 인간관계에서는 두 사람이 함께 살기 시작하고 남은 인생을 함께 보내기로 계약서에 서명할 때까지는 고통체가 영리하게 몸을 낮추고 누워 있는 경우가 많다. 당신은 남편과 아내하고만 결혼하는 것이 아니라 상대방의 고통체와도, 상대방 역시 당신의 고통체와 결혼하는 것이다. 함께 살기 시작하거나 신혼여행에서 돌아오자마자 갑자기 배우자의 인격이 완전히 변한 것을 알아차리면 분명 충격일 것이다. 한순간에 아내는 거칠고 날카로운 목소리로 당신을 비난하고, 욕하고, 악을 쓴다. 그것도 대부분은 정말 사소한 일 때문에. 완전히 입을 다물고 냉정해지는 경우도 있다. "뭐 잘못된 일 있어?" 하고 당신은 묻는다. "잘못된 건 없어." 하고 그녀는 대답한다. 그러나 그녀가 발산하는 적대감에 찬 에너지는

"모든 것이 잘못됐지."라고 알려 주고 있다. 눈을 들여다봐도 이미 그곳에 빛은 없다. 마치 무거운 장막에 덮인 것처럼 당신이 알고 사랑한 존재, 예전에 에고를 뚫고 빛을 발하던 순수 존재는 완전히 가려져 버렸다. 전혀 낯선 사람이 당신을 노려보고 있다. 그 눈은 증오, 적개심, 비꼼, 분노를 띠고 있다. 그녀가 말을 할 때, 말하고 있는 것은 당신의 배우자나 연인이 아니다. 배우자나 연인을 통해 고통체가 말하고 있는 것이다. 그녀가 하는 말이 무엇이든 고통체가 해석하는 현실이며, 두려움, 적개심, 분노, 그리고 더 고통스럽게 하고 싶고 고통스러워하고 싶은 욕망으로 인해 완전히 왜곡된 현실이다.

이 시점에서 당신은 그것이 지금까지 본 적 없는 연인의 진짜 얼굴인지 의문을 가지며, 이 사람을 선택한 것이 끔찍한 실수는 아닌가 의심할 것이다. 물론 그것은 진짜 얼굴이 아니라 일시적으로 그 사람을 점령한 고통체일 뿐이다. 고통체를 전혀 가지고 있지 않은 배우자를 발견하기는 어렵지만, 고통체가 지나치게 무겁지 않은 사람을 선택하는 편이 어쩌면 현명한 일일 것이다.

단단한 고통체

결코 잠들지 않는 단단한 고통체를 가지고 있는 사람도 있다. 그들은 평소에는 미소 짓거나 예의 바르게 대화할지 모른다. 하지만 겉의 한 층을 벗겨 내면 불행한 감정 덩어리가 펄펄 끓고 있어서 일어나는 모든 일에 맞대응하려 하고, 누군가와 대결하거나 비난하려 하고, 무엇인가 불행한 것을 발견하려고 기다린다는 것은 초능력자가 아니더라도 알아차릴 수 있다. 그들의 고통체는 언제나 굶주려 있으며 만족해하는 경우가 없다. 적을 필요로 하는 에고의 욕구가 극대화된 상태이다.

비교적 사소한 일들도 그들의 반응으로 크게 확대되면서, 그들은 다른 사람들을 자신의 드라마에 끌어들여 반응을 얻으려고 시도한다. 조직이나 개인을 상대로 궁극적으로는 무의미한 투쟁과 소송을 끝없이 이어가는 사람도 있다. 헤어진 배우자나 연인에게 편집증적인 증오를 가지고 다른 것은 전혀 눈에 들어오지 않는 사람도 있다. 이들은 자신이 지닌 고통을 알아차리지 못하며, 극단적인 반응을 통해 그 고통을 사건과 상황에 투사한다. 자기를 자각하는 능력이 전혀 없기 때문에 실제 사건과, 사건에 대한 자신의 반응을 구별하지 못한다. 그들의 관점에서는 불행과 심지어는 고통 자체도 사건이나 상황 속에 들어 있다. 자신의 상태를 깨닫지 못하기 때문에 자신이 깊이 불행하고 고통받고 있다는 사실조차 모른다.

때로는 이러한 무거운 고통체를 가진 사람들이 어떤 이상을 위해 싸우는 활동가가 되는 경우가 있다. 그것이 실제로 가치 있는 이상일 수도 있으며, 처음에는 그 활동도 성공적이다. 그러나 그들의 말과 행동에 흐르는 부정적인 에너지와, 적과 분쟁을 필요로 하는 무의식 때문에 반대파가 늘어나는 경향이 있다. 그들의 활동은 대개 자기 조직 안에서 적을 만들면서 끝이 난다. 어디를 가든 그들은 기분 나쁠 이유를 찾으며, 그들의 고통체는 정확히 자신이 찾고 있는 것을 계속해서 발견하기 때문이다.

오락과 언론과 고통체

만약 당신이 우리의 현대 문명에 익숙하지 않다면, 만약 다른 시대나 다른 행성에서 이곳으로 왔다면, 가장 먼저 놀랄 일 중 하나가 수억 명의 사람들이 일부러 돈을 내고 인간이 서로를 죽이고 서로에게 고통을 주는 것을 구경하며 기뻐하고, 또 그것을 '오락'이라고 부른다는 것이다.

왜 폭력적인 영화들이 그토록 많은 관객을 끌어 모으는가? 많은 부분에 있어서 인간의 불행 중독 심리를 부채질하는 거대한 산업이 있다. 사람들이 그런 영화를 보는 것은 분명 나쁜 기분이 되고 싶기 때문일 것이다. 인간은 왜 나쁜 기분이 되는 것을 좋아하고 그것이 좋은 것이라고 여기는가? 물론 고통체 때문이다. 연예 오락 산업의 대부분은 고통체의 구미에 맞춘다. 즉 사건에 대한 맞대응, 부정적인 생각, 개인적인 드라마에 덧붙여 영화와 텔레비전을 통한 간접경험을 통해서도 고통체는 스스로를 재생시킨다. 그 영화의 각본을 쓰는 것도, 영화를 만드는 것도, 돈을 지불하고 그 영화를 보는 것도 고통체들이다.

그렇다면 텔레비전과 영화에서 폭력을 묘사하고, 그 작품을 감상하는 것은 언제나 '잘못된' 것인가? 모든 폭력의 표현이 고통체의 구미에 맞춘 것일까? 인류의 현 진화 단계에서 폭력은 아직도 널리 퍼져 있는 현상일 뿐 아니라 심지어 계속 증가하고 있다. 에고가 지배하는 오래된 의식이 필연적인 종말을 맞이하기 전에 집단 고통체에 의해 더 강화되고 있기 때문이다. 만약 영화가 폭력을 더 넓은 맥락 속에서 보여 준다면, 즉 그 원인과 결과를 밝히고 그것으로 인해 가해자도 피해자도 얼마나 고통을 겪는가를 보여 주고, 세대에서 세대로 전해지는 집단적 무의식을—인간 내면에서 고통체로 숨 쉬고 있는 분노와 증오를—폭로해서 보여 준다면, 그 영화들은 인류의 깨어남에 중요한 역할을 할 가능성이 높다. 그 영화들은 인류가 자신의 정신이상을 보는 거울로 작용할수 있다. 설령 자기 자신의 것일지라도 광기를 광기로 알아차리는 그것이 바로 온전한 정신이고, 자각의 일어남이며, 광기의 끝이기 때문이다.

세상에는 그러한 영화들이 존재하며, 그 영화들은 고통체에게 연료를 공급하지 않는다. 뛰어난 반전 영화들은 전쟁을 미화하지 않고 그 실상을 보여 준다. 고통체가 먹이로 삼는 것은 폭력을 일상적이고 심지어 바람직한 인간 행동으로 묘사하거나, 오직 관객의 부정적인 감정을 자극할 목적으로 폭력을 미화하고, 고통에 중독된 고통체를 위한 '마약 주사' 역할을 하는 영화들이다.

인기 있는 대중 신문들은 뉴스를 팔기보다는 부정적인 감정을, 다시 말해 고통체의 먹이를 파는 것에 중점을 둔다. 커다란 활자의 헤드라인에서 폭력과 범죄의 단어들이 난무하는 것이 다반사이다. 영국의 황색 타블로이드 신문들은 이 점에서 탁월하다. 뉴스를 싣기보다는 부정적인 감정을 부채질하는 편이 신문 판매에 훨씬 유리하다는 것을 그 관계자들은 잘 알고 있다. 텔레비전을 포함한 뉴스 매체 전체가 부정적인 뉴스를 먹고 사는 경향이 있다. 사태가 악화되면 될수록 아나운서와 사회자는 더 흥분하고, 언론 매체 자체가 종종 부정적인 흥분을 부채질한다. 고통체들은 그것을 매우 좋아한다.

여성의 집단적인 고통체

집단 차원의 고통체에는 여러 갈래가 있다. 민족, 국가, 인종 모두가 자신들만의 집단 고통체를 가지고 있다. 어떤 집단은 다른 집단보다 더 무거운 고통체를 가지고 있으며, 각각의 민족, 국가, 인종의 구성원 대부분은 많든 적든 그 고통체를 공유한다.

또한 거의 모든 여성이 집단적 고통체를 공유하고 있으며, 그것은 특히 생리 직전에 활성화하는 경향이 있다. 그 시기가 되면 많은 여성이 강렬한 부정적인 감정에 압도당한다.

특히 여성 원리에 대한 2천 년 넘게 진행된 억압을 통해 에고는 인류의 집단 심리 속에서 압도적인 우위를 얻는 일이 가능해졌다. 물론 여성에게도 에고가 있지만, 에고는 여성 형태보다는 남성 형태 속에서 더 깊이 뿌리내리고 더 쉽게 성장한다. 여성은 남성보다 생각과 동일화되는 것이 덜하기 때문이다. 여성은 남성에 비해 직감력이 생겨나는 생체 지성과 내면의 몸에 더 많이 연결된다. 여성은 남성보다 덜 단단한 껍질에 싸여 있기 때문에 다른 생명 형태들에 대해 더 많이 열려 있고, 더 민감하며, 자연계에 더 많이 맞춰져 있다.

지구 행성의 남성 에너지와 여성 에너지의 균형이 깨지지 않았다면 에고의 성장은 훨씬 억제되었을 것이다. 우리는 자연에 전쟁을 선언하지도 않았을 것이고, 자신의 '순수한 있음'으로부터 이토록 완전히 멀어지지도 않았을 것이다.

기록이 보존되지 않았기 때문에 정확한 숫자는 알 수 없지만 로마 가톨릭 교회의 '이단 심문'에 의해 약 3백 년 동안 3백만 명 내지 5백만 명의 여성이 고문당하고 살해당한 것은 거의 확실하다. 이것은 홀로코스트와 더불어 인류사의 암흑의 장을 채우고 있는 사건 중 하나이다. 여성들은 다만 동물을 귀여워하거나, 혼자서 들판과 숲속을 걷거나 약초를 모은 것만으로도 마녀의 낙인이 찍히고, 고문당하고, 화형에 처해졌다. 성스러운 여성성은 악마로 선고받았으며, 인류의 경험으로부터 한 차원 전체가 거의 지워졌다. 이 정도로 폭력적이지는 않지만 그 밖의 문명과 종교에도, 이를테면 유대교와 이슬람교, 불교조차 여성적 측면을 억압한 역사가 있다.

여성의 지위는 아이 낳는 도구, 남성의 소유물로까지 전락했다. 자기 자신 속의 여성성조차 부정하는 남성들이 세계를 지배했으며 세상은 완전히 균형을 잃었다. 그 후의 것은 인류의 역사가 보여 준다. 이것은 인류의 역사라기보다는 정신이상의 병적 기록이라고 해야 할 것이다.

심한 집단적 피해망상증이라고밖에 설명할 수 없는, 여성성에 대한 이러한 두려움의 책임은 누구에게 있는가? 물론 남성일 것이다. 그렇다면 수메르 문명, 이집트 문명, 켈트 문명 등 기독교 이전의 많은 고대 문명들에서는 왜 여성이 존경받고 여성 원리가 두려움의 대상이 아니라 존경의 대상이었는가? 갑자기 남성으로 하여금 여성에 대한 위협을 느끼게 만든 것은 무엇인가? 남성 안에서 발전한 에고이다. 에고는 남성이라는 형태를 통해서만 이 행성을 지배할 수 있음을 알고 있었고, 그것을 위해서는 여성을 무력화시켜야만 했다.

시간이 가면서 에고는 대부분의 여성까지 점령해 버렸지만 남성의 경우만큼 뿌리 깊은 정도는 아니었다.

현재 우리는 여성성의 억압이 내면에서 진행되는 시대에 살고 있다. 많은 여성들도 그 예외는 아니다. 억압된 성스러운 여성성을 많은 여성이 감정적 고통으로 느끼고 있다. 그 고통은 출산, 강간, 노예화, 고문, 폭력적인 죽음을 통해 수만 년 동안 쌓여 온 고통과 함께 여성들의 고통체의 일부가 되었다.

그러나 지금 상황은 빠르게 변화하고 있다. 의식의 깨어남을 경험하는 사람이 많아지고 있고, 에고는 인간 마음에 대한 장악력을 잃어 가고 있다. 여성의 경우 에고는 깊이 뿌리내린 적이 결코 없기 때문에 남성보다도 여성에 대한 에고의 장악력이 더 빨리 약해져 가고 있다.

국가와 인종의 고통체

유난히 많은 집단적 폭력으로 고통받았거나 폭력을 저지른 국가들은 다른 국가들보다 더 무거운 고통체를 가지고 있다. 그러므로 역사가 오래된 나라일수록 더 강한 고통체를 갖는 경향이 강하다. 캐나다나 호주 같은 신생 국가들, 주변의 광기로부터 비교적 격리되어 온 스위스 같은 나라에서는 집단 고통체가 더 가벼운 이유도 거기에 있다. 물론 그 나라들에서도 사람들은 여전히 개인적인 고통체를 끌어안고 살아간다.

만약 당신이 충분히 예민하다면, 특정 나라들에서 비행기에서 내리자마자 무거운 에너지 장을 느낄 것이다. 또한 일상의 표면 바로 아래에 잠복해 있는 폭력의 에너지 장을 감지할 수 있을 것이다. 예를 들어, 중동의 몇몇 국가들은 집단 고통체가 너무 심각해서 인구의 상당수가 그것을 가해와 복수라는 광기 어린 악순환으로 행동화하지 않을 수 없고, 그 악순환을 통해 고통체는 계속해서 자신을 되살린다.

고통체가 무겁긴 하지만 더 이상 심각하지는 않은 국가들에서는 사람들이 집단의 감정적 고통에 둔감해지려고 시도하는 경향이 있다. 독일과 일본에서는 일을 통해, 또한 몇몇 나라에서는 광범위하게 퍼진 알코올 탐닉을 통해—너무 많이 마시면 알코올이 고통체를 자극해 역효과를 나타내지만—고통에 둔감해지려고 한다. 중국의 무거운 고통체는 널리 확산된 태극권 운동에 의해 어느 정도 줄어들었다. 무엇이든 자신들의 통제권 밖에 있는 것에는 위협을 느껴 법률로 금지하는 공산당 정부도 놀랍게도 태극권만은 금지시키지 않았다. 그래서 매일 거리와 도시의 공원에서 수백만 명의 사람들이 이 기수련으로 마음을 고요하게 하고 있다. 이것은 집단적인 에너지 장에 중요한 변화를 가져오고, 생각을 줄이고 '현존' 능력을 키움으로써 고통체를 줄어들게 하는 쪽으로 나아간다.

태극권, 기공, 요가 등 몸을 이용한 영적 수행은 서구 세계에도 확산되고 있다. 이러한 수행들은 몸과 영혼을 분리하지 않기 때문에 고통체를 약화시키는 데 도움이 된다. 이 수행들은 지구 전체의 깨어남에 중요한 역할을 할 것이다.

인종이 가진 집단 고통체는 특히 몇 세기 동안 박해로 고통받아 온 유대인들에게 두드러진다. 또한 놀랄 일도 아니지만, 유럽 식민 지배자들에게 대규모로 살해당해 문화가 파괴된 아메리카 원주민에게도 그것이 강하다. 미국 흑인에게서도 집단 고통체가 뚜렷하다. 그들의 선조는 폭력에 의해 고향에서 쫓겨나고, 복종하도록 매를 맞고, 노예로 팔려 나갔다. 미국 경제 번영의 기반은 4,5백만 명에 이르는 흑인 노예들의 노동에 의해 만들어졌다. 또한 아메리카 원주민들과 흑인들의 고통은 이 두 인종에만 한정되지 않고 아메리카 인들의 집단 고통체가 되었다. 모든 폭력, 억압, 잔학한 행동의 결과는 언제나 피해자와 가해자 양쪽 모두에게 미친다. 다른 사람에게 행하는 것은 자기 자신에게 행하는 것이기 때문이다.

당신의 고통체의 어느 정도가 국가와 인종의 것이고 어느 정도가 개인적인 것인가는 사실 중요하지 않다. 어느 쪽이든 현재 자신의 내면 상태에 스스로 책임을 지는 것에 의해서만 그 고통체 너머로 갈 수 있다. 남에게 책임을 묻는 것이 정당한 상황에서도 남을 비난하는 한, 당신은 자신의 생각으로 고통체에게 계속 먹이를 주면서 에고에 갇혀 있을 수밖에 없다. 이 행성의 악의 가해자는 오직 하나이다. 바로 인간의 무의식이다. 그 깨달음이 진정한 용서이다. 용서와 함께, 당신의 피해자 정체성은 소멸되고 진정한 힘이 나타난다. '현존'의 힘이. 어둠을 비난하는 대신, 당신은 빛을 가져온 것이다.

감옥으로부터의 탈출 — 고통체에서 우리를 해방시키는 것들

당신이 무엇을 말하고 어떤 일을 하고
어떤 얼굴을 세상에 보여 주려고 하든 관계없이,
당신의 마음 상태와 감정 상태를 숨길 수는 없다.
누구든지 자신의 내면 상태에 해당하는
에너지 장을 내뿜는다.
그리고 대부분의 사람들은 무의식적으로라도
상대방이 내뿜는 에너지를 감지한다.
상대방을 이렇게 느끼고 어떻게 반응하는가가
그것에 의해 크게 좌우된다.

고통체로부터의 자유는 먼저 자신이 고통체를 가지고 있음을 깨닫는 일로부터 시작된다. 그런 후에, 더 중요한 것은, 충분히 현재의 순간에 머무르는 능력, 충분히 깨어 있는 능력이다. 그럼으로써 고통체가 활성화될 때 부정적인 감정이 심하게 흘러들어 오는 것을 느끼고 자신 안에 있는 고통체를 알아차리는 일이다. 그렇게 알아차릴 수 있다면, 그 고통체는 더 이상 당신인 척하며 살아가거나 당신을 통해 자신을 재생시키는 일이 불가능하다.

의식적으로 '현재의 순간에 존재하는' 것만이 고통체와의 동일화를 끊을 수 있다. 당신이 동일화되지 않으면 고통체는 더 이상 당신의 생각을 조종할 수 없으며, 당신의 생각을 먹이 삼아 스스로를 재생시킬 수 없다. 대부분의 고통체는 처음에는 잘 사라지지 않지만, 당신이 고통체와 생각의 연결을 끊어 버리면 고통체는 에너지를 잃기 시작한다. 당신의 생각은 이제 감정의 먹구름이 드리워지는 것이 중단된다. 현재의 감각 지각이 과거에 의해 왜곡되지 않는다. 그러면 고통체에 갇혀 있던 에너지가 주파수가 바뀌어 '이 순간에 존재함'으로 변형된다. 이런 방식으로 고통체는 깨어 있는 의식을 위한 연료가 된다. 그런 까닭에 우리의 행성에서 가장 지혜롭고 최고의 깨달음을 얻은 인물들 대부분은 한때 무거운 고통체를 지니고 있었다.

당신이 무엇을 말하고 어떤 일을 하고 어떤 얼굴을 세상에 보여 주려고 하든 관계없이, 당신의 마음 상태와 감정 상태를 숨길 수는 없다. 인간은 누구든지 자신의 내면 상태에 해당하는 에너지 장을 내뿜는다. 그리고 대부분의 사람들은 비록 무의식적으로만 느낄는지 몰라도 상대방이 내뿜는 에너지를 감지할 수 있다. 다시 말해 자신은 알지 못하는 상태에서 그것을 감지하지만, 상대방을 어떻게 느끼고 어떻게 반응하는가가 그것에 의해 크게 좌우된다. 어떤 사람들은 누군가를 처음 만났을 때, 대화를 나누기도 전에 매우 분명하게 그것을 알아차린다. 하지만 잠시 후에는 말과 언어들이 그 관계를 점령하고, 말과 함께 그들이 연기하는 역할들이 등장한다. 그렇게 되면 관심이 생각의 영역으로 옮겨 가서, 상대방의 에너지 장을 감지하는 능력은 급격히 줄어든다. 그럼에도 불구하고 무의식 차원에서는 여전히 느낀다.

고통체가 무의식적으로 더 많은 고통을 찾는다는 것, 즉 무엇인가 나쁜 일이 일어나기를 기다리고 있다는 것을 깨달으면, 많은 교통사고들이 그 시점에서 고통체가 활성화된 운전자에 의해 일어난다는 사실도 이해할 수 있을 것이다. 고통체가 활성화된 두 명의 운전자가 같은 시각에 교차로에서 만나면 사고가 일어날 가능성이 정상적인 상황보다 몇 배로 증가한다. 두 사람 모두 무의식적으로 사고가 일어나기를 바랐기 때문이다. 교통사고에서 고통체가 맡은 역할은 '도로 위 분노(로드레이지)'라고 불리는 현상에서 분명하게 나타난다. 운전자는 앞에 가는 차가 너무 느리게 운전한다는 등의 사소한 일에도 폭력적으로 변한다.

많은 폭력 행위들이 일시적으로 미치광이가 된 '정상적인' 사람들에 의해 저질러진다. 전 세계의 법정에서 변호사가 이렇게 말하는 것을 듣게 된다. "이것은 전혀 이 사람답지 않은 행동입니다." 그리고 피고는 "마치 뭔가에 씌었던 것 같습니다." 하고 말한다. 내가 아는 한 아직까지 "본 사건은 정신장애로 인한 판단력 상실이 그 원인입니다. 저의 의뢰인의 고통체가 활성화된 것이며, 당사자는 자신이 무엇을 하고 있었는지 몰랐습니다. 사실 범인은 그가 아닙니다. 그의 고통체가 한 짓입니다."라고 판사 앞에서 변론한 변호사는 없었지만, 머지않아 나올지도 모른다.

이 말은 고통체에 사로잡혔을 때 한 행동에 대해 당사자는 책임이 없다는 것을 의미하는가? 나의 대답은 이렇다. 어떻게 책임을 질 수 있는가? 무의식 상태에서 한 일, 자신이 무엇을 하고 있는지 모르는 상태에서 한 행동에 어떻게 책임을 질 수 있는가? 하지만 더 넓은 관점에서 보면, 인간 존재는 깨어 있는 의식을 가진 존재로 진화하도록 운명 지어져 있으며, 진화하지 못한 사람은 당연히 자신의 무의식적인 행동의 결과로 고통받는다. 그러한 사람들은 우주의 진화라는 충동으로부터 벗어나 있는 것이다.

그런데 이 견해마저도 부분적으로만 진리일 뿐이다. 더 높은 시각에서 바라보면 우주의 진화에서 이탈하는 것은 불가능한 일이다. 인간의 무의식과 그것이 만들어 내는 고통까지도 진화 과정의 일부이다. 끝없는 고통의 악순환을 더 이상 견딜 수 없게 되면 당신은 깨어나기 시작할 것이다. 그러므로 더 넓은 그림에서는 고통체 역시 그 나름의 존재 가치가 있다.

이 순간에 존재함

30대 여성이 나를 만나러 왔다. 처음 만났을 때 인사만으로도 이미 그녀의 미소 띤 얼굴과 공손한 태도 뒤에 가려진 고통이 전해졌다. 자신의 이야기를 시작하자마자 단 일 초 만에 미소는 사라지고 고통스러운 표정이 나타났다. 이내 그녀는 주체할 수 없이 흐느끼기 시작했다. 자신이 너무 외롭고 채워지지 않은 느낌이 가득하다고 했다. 분노와 슬픔도 심했다. 그녀는 어린 시절 폭력적인 아버지에게 학대받았다. 나는 곧바로 그녀의 고통이 현재의 생활

환경에서 나오는 것이 아니라 놀라울 정도로 무거운 고통체 때문임을 알아차렸다. 그녀는 그 고통체라는 색유리를 통해 삶을 바라보고 있었다. 그러나 아직 감정적인 고통과 자신의 생각이 어떻게 연결되어 있는지 알지 못하고, 그 둘 다에 완전히 동일화되어 있었다. 자신의 생각으로 고통체를 키우고 있음을 볼 수 없었다. 말하자면 그녀는 몹시 불행한 자아의 짐을 지고 살아 왔다. 그러나 자신의 고통은 자기 자신에게서 나오며, 자기 자신이 자신의 짐임을 어느 차원에선가 깨달았음에 틀림없다. 그녀는 깨어날 준비가 되어 있었고, 그래서 나를 찾아온 것이었다.

나는 그녀가 몸 내부에 있는 느낌으로 관심을 집중하도록 유도하고, 불행한 생각과 불행한 인생 이야기라는 색유리를 통하지 말고 직접 그 감정을 느껴 보라고 요청했다. 자신은 불행으로부터 벗어나는 방법을 배우러 온 것이지 불행 속으로 들어가기 위해 온 것이 아니라고 그녀는 말했지만, 마지못해 내가 하라는 대로 했다. 이윽고 눈물이 흘러내리고 그녀의 몸이 떨리기 시작했다. 내가 말했다.

"그것이 지금 이 순간에 당신이 느끼는 것입니다. 그것이 지금 이 순간에 당신이 느끼는 것이라는 사실은 어떻게도 할 수 없습니다. 그렇다면 이런 건 싫다, 그렇지 않은 상태가 되고 싶다는 생각을 중단하고, 그런 생각을 한다 해도 이미 있는 고통에 더 많은 고통이 첨가될 뿐이니까, 이것이 지금 자신이 느끼는 것임을 완전히 받아들일 수는 없습니까?"

그녀는 잠시 조용히 있다가 갑자기 고개를 들더니 금방이라도 일어나 돌아갈 것 같은 모습으로 화를 내며 말했다.

"아니요, 난 이것을 받아들이고 싶지 않아요."

내가 되물었다.

"그렇게 말하는 건 누구인가요? 당신인가요, 아니면 당신 안의 그 불행인가요? 불행한 자신에 대해 생각하고 불행해지는 것 또한 불행을 쌓는 일이라는 걸 볼 수 없습니까?"

그녀는 다시금 침묵했다. 내가 말했다.

"당신에게 지금 무엇을 하라는 것이 아닙니다. 하지만 그 느낌들이 그곳에 있도록 허용하는 것이 가능한가 묻고 있는 것입니다. 이상하게 들릴지도 모르지만 바꿔 말하면 이런 것입니다. 당신이 자신의 불행에 대해 신경 쓰지 않는다면 그 불행은 어떻게 될까요? 그것이 알고 싶지 않은가요?"

그녀는 잠시 당황한 듯하더니 1분여 동안 말없이 앉아 있었다. 나는 그녀의 에너지 장에 갑자기 중요한 변화가 일어난 것을 눈치챘다. 그녀가 말했다.

"이상하군요. 나는 여전히 불행하지만, 그래도 그 불행 주위에 공간이 생긴 것 같아요. 예전만큼 그 불행을 중요하게 생각하지 않게 되었어요."

불행 주위에 공간이 생긴다는 표현을 들은 것은 그때가 처음이었다. 물론 그 공간은 현재의 순간에 경험하고 있는 것이 무엇이든 그것을 전면적으로 받아들일 때 생겨난다.

나는 그 이상은 많은 말을 하지 않고, 그녀가 그 경험과 함께하도록 해 주었다. 이윽고 그녀는 이해했다. 자신 안에서 오랫동안 살아온 그 느낌, 즉 오래된 고통의 감정과 동일화되는 것을 중단하는 순간, 그리고 그것에 저항하는 대신 그것에 관심을 기울이는 순간, 그것은 더 이상 생각의 지배자가 되지 않는다는 것을. 그리고 마음속에서 만든 '불행한 나'라는 이야기와도 더 이상 섞이지 않게 된다는 것을. 그녀 개인의 과거를 초월한 새로운 차원이, '현존'의 차원이 그녀의 삶 속에 들어온 것이다. 불행한 이야기가 없이는 불행해질 수 없기 때문에 그것으로 그녀의 불행은 끝이 났다. 그리고 그녀의 고통체에게는 종말의 시작이었다. 감정 그 자체는 불행이 아니다. 감정에 불행한 이야기가 더해질 때만 불행이다.

우리의 상담이 끝났을 때 나는 또 한 명의 인간 존재 안에서 '현존'이 일어나는 것을 목격하게 되어 기뻤다. 우리가 인간 형상으로 존재하는 이유는 바로 의식의 차원을 세상으로 가져오기 위함이다. 또한 고통체와의 싸움을 통해서가 아니라 그것에 의식의 빛을 가져옴으로써 그 고통체가 줄어드는 것도 나는 목격했다.

방문객이 떠나고 몇 분 뒤, 전달할 것이 있어 한 친구가 찾아왔다. 그 친구는 방으로 들어서자마자 말했다.

"여기서 무슨 일이 있었어? 무겁고 음울한 에너지가 느껴져. 토할 것만 같아. 창문을 열고 향을 피우는 게 좋겠어."

나는 방금 전 여기서 매우 단단한 고통체를 가진 사람에게서 에너지의 심각한 분출을 목격했으며, 지금 느끼는 것은 아마도 우리의 상담 도중 방출된 에너지의 일부일 것이라고 설명했다. 그러나 친구는 더 이상 들으려고도 머물려고도 하지 않고 가능한 한 빨리 떠났다.

나는 창문을 열어 둔 채 근처의 작은 인도 식당으로 저녁을 먹으러 나갔다. 그 식당에서 일어난 일은 내가 이미 알고 있던 것을 재확인하는 결과가 되었다. 개인적인 것으로 보이는 고통체도 어느 차원에서는 모두 연결되어 있다는 것이다. 그러나 그것이 이처럼 구체적인 형태로 확인되는 것에 놀랄 따름이었다.

고통체의 돌아옴

나는 테이블에 앉아 음식을 주문했다. 식당 안에는 다른 손님들도 몇 명 있었다. 근처 테이블에는 휠체어를 탄 중년 남자가 있었고 막 식사를 마친 참이었다. 그는 내 쪽을 흘낏, 짧지만 강렬하게 쳐다보았다. 그리고 몇 분이 흘렀다. 갑자기 그 남자는 안절부절못하고 진정하지 못하더니 몸이 뒤틀리기 시작했다. 종업원이 접시를 치우려고 왔다. 그러자 남자는 트집을 잡기 시작했다. "정말 맛없는 음식이야. 아주 형편없다고." 종업원이 물었다. "그럼 왜

드신 거죠?" 그러자 남자는 감정이 머리 끝까지 폭발해 욕설을 퍼붓기 시작했다. 그의 입에서 온갖 심한 말이 튀어나왔다. 강렬하고 폭력적인 증오가 식당 안을 가득 채웠다. 그 에너지가 먹잇감을 찾아 몸 세포 하나하나에 스며드는 것을 느낄 수 있었다. 이제 그 남자는 다른 손님들에게까지 마구 소리를 지르고 있었다. 하지만 지금 이 순간의 강렬한 현존을 느끼며 그곳에 앉아 있는 나에 대해서는 어쩐 일인지 전혀 모른 체했다. 나는 인류 공통의 고통체가 돌아와서 이렇게 말하고 있는 것 같은 의심이 들었다. "너는 나를 물리쳤다고 생각했겠지만 봐라, 난 아직 여기 있어." 또한 아까의 상담에서 방출된 에너지 장이 나를 따라 식당으로 와서, 잘 맞는 진동 주파수를 가진 사람에게, 즉 무거운 고통체를 가진 사람에게 달라붙은 것이 아닌가 하는 생각도 들었다.

식당 매니저가 문을 열고 "그냥 가세요. 어서 나가요." 하고 말했다. 그 남자는 전동 휠체어를 타고 나갔다. 어안이 벙벙해진 손님과 종업원들을 뒤로 한 채. 그러나 1분도 되지 않아 그가 다시 돌아왔다. 고통체는 아직 끝장을 본 게 아니었다. 더 많은 것을 필요로 했다. 남자는 휠체어로 문을 밀어젖히고는 욕설을 퍼부었다. 여자 종업원이 그가 안으로 들어오는 것을 막으려고 하자 그는 휠체어를 전속력으로 앞으로 몰아 그녀를 벽에 꼼짝 못하게 밀어붙였다. 다른 손님들이 달려와서 그를 떼어내려고 시도했다. 비명과 욕설로 아수라장이었다. 잠시 후 경찰이 도착했다. 남자는 온순해졌고, 어서 떠나라는 명령을 들었으며, 다시는 돌아오지 않았다. 다행히도 여자 종업원은 다리에 멍만 들었을 뿐 다친 데는 없었다.

사태가 진정되었을 때 매니저가 내 테이블로 오더니 반쯤 농담인 것처럼, 그러나 직감적으로 어떤 연관을 느낀 것처럼 이렇게 말했다.

"혹시 당신 때문에 이 모든 소란이 일어난 것 아닌가요?"

아이들의 고통체

아이들의 고통체는 우울과 내향성(모든 활동이 내부로 향하고 외부의 사람이나 사물에 대해서는 소극적인 성격)으로 나타나는 경우가 많다. 아이는 시무룩해지고, 접촉을 거부하며, 인형을 안은 채 구석에 꼼짝 않고 앉아 있거나 엄지손가락을 빤다. 아이들의 고통체는 또한 발작적으로 울음을 터뜨리고 난동을 부리는 형태로도 나타날 수 있다. 날카롭게 울부짖고 바닥을 뒹굴거나 파괴적이 된다. 원하는 것이 방해받으면 쉽게 고통체가 폭발하는 계기가 되고, 발달중인 에고 속에서는 원하는 힘이 더 강하다. 조금 전까지는 천사 같았던 아이가 몇 초 만에 작은 악마로 변신하면 부모는 이해할 수 없는 눈으로 바라보는 수밖에 없을 것이다. '이 모든 불행이 대체 어디서 오는 것일까?' 하고 의아해할 것이다. 많게든 적게든 그것은 아이가 공유하는 인류의 집단 고통체의 일부이며, 그 집단 고통체는 인간 에고의 기원으로까지 거슬러 올라간다.

그러나 아이는 이미 부모의 고통체로부터 나오는 고통을 흡수했을 수도 있고, 그렇다면 부모는 아이에게서 자신들 안에도 있는 것의 반영을 볼지도 모른다. 특히 예민한 아이는 부모의 고통체에 영향을 받기 쉽다. 부모의 정신이상적인 드라마를 눈앞에서 보는 것은 견디기 힘든 감정적 고통의 원인이 되며, 예민한 아이는 종종 무거운 고통체를 지닌 어른으로 성장한다. 부모가 자신들의 고통체를 숨기려고 하면서 "아이 앞에서는 싸우지 말자."라고 말해도 아이는 속지 않는다. 부모가 정중하게 대화를 나누어도 그 가정은 부정적인 에너지가 가득하다. 억압된 고통체는 특히 해로우며, 드러내놓고 활동하는 고통체보다 훨씬 독성이 강하다. 그 정신적인 독은 아이에게 흡수되어 아이의 고통체까지 발달시킨다.

어떤 아이의 경우는 매우 무의식적인 부모와 살고 있는 동안 잠재의식 속에서 에고와 고통체에 대해 배우는 수도 있다. 부모가 둘 다 강한 에고와 무거운 고통체를 가진 한 여성은 나에게 고백하기를, 그녀의 부모가 서로에게 소리를 지르고 욕을 할 때마다 그들을 바라보며 자주 이렇게 생각했다고 했다. '이 사람들은 제정신이 아니야. 나는 어쩌다 이런 곳에 있게 됐지?' 비록 그들을 사랑하긴 했지만 그런 생각이 드는 건 어찌할 수 없었다. 그녀는 어린 시절 이미 그런 식의 삶이 제정신이 아님을 알아차렸다. 그 알아차림 덕분에 부모로부터 흡수하는 고통의 양이 줄어들었다.

부모는 종종 아이의 고통체를 다루는 법에 대해 궁금해한다. 물론 먼저 던져야 할 질문은 자기 자신의 고통체를 다룰 줄 아는가이다. 자기 자신의 고통체를 인식하는가? 충분히 현재의 순간에 존재하는 것이 가능하고, 그래서 고통체가 활성화되었을 때 그 감정이 생각으로 스며들어 자신을 '불행한 사람'으로 바꿔 놓기 전에 그것을 알아차릴 수 있는가?

아이가 고통체의 공격을 받는 동안은 당신이 할 수 있는 일은 이 순간에 깨어 있으면서 감정적인 반응에 말려들지 않도록 하는 것 외에는 별로 없다. 아이의 고통체는 감정적인 반응을 먹고 더 커질 것이다. 고통체들은 매우 극단적으로 드라마틱하다. 그러므로 그 드라마에 말려들어서는 안 된다. 그것을 너무 심각하게 받아들이지 않아야 한다. 원하는 것을 방해받아 고통체가 활성화된 경우에는 아이의 요구에 굴복해서는 안 된다. 그렇지 않으면 아이는 '내가 더 불행해질수록 갖고 싶은 것을 더 많이 얻게 된다.'는 것을 배운다. 이것은 훗날 삶의 기능장애를 초래한다. 당신의 무반응에 아이의 고통체는 좌절하고 잠시 후 더욱 격렬해질지 모르지만 머지않아 진정된다. 다행히 아이들의 고통체는 어른보다 대개 활동 시간이 짧다.

고통체의 활동이 진정되고 나서 얼마 후, 혹은 다음 날이라도 일어난 일에 대해 아이와 대화를 나눌 수 있을 것이다. 그러나 아이에게 고통체에 대해 말해서는 안 된다. 대신 이런 식으로 물어

보는 것이 좋다.

"어제 그렇게 소리를 질렀던 건 왜 그랬던 거야? 기억나니? 어떤 기분이었니? 기분이 좋았니? 너한테 붙어 있던 건 대체 뭐였을까? 이름이 있니? 없어? 만약 이름이 있다면 무슨 이름일 것 같아? 모습이 보인다면 어떤 모습을 하고 있을까? 어떻게 생겼는지 그림으로 그려 볼 수 있겠니? 그 녀석이 어딘가로 간 뒤엔 어떻게 되었을까? 잠자러 갔을까? 그 녀석이 또 올 것 같니?"

이 질문들은 한 예에 불과하지만, 어떤 질문이라도 아이의 관찰 능력을 일깨우는 것이 그 의도이다. 관찰 능력, 즉 현재의 순간에 존재하는 능력을 일깨우기 위한 것이다. 이것이 아이가 고통체와의 동일화로부터 벗어나도록 도울 것이다. 또한 아이가 이해할 수 있는 단어들로 당신 자신의 고통체에 대해 말해 주는 것도 좋을 것이다. 다음번에 아이가 고통체에 지배당할 때 "어머, 녀석이 돌아왔네. 그렇지?" 하고 말해 보라. 그것에 대해 말할 때 아이가 사용했던 단어를 쓰면 더 좋다. 그것이 어떤 느낌인가로 아이의 관심을 돌린다. 그때는 비판하거나 비난하지 말아야 한다. 흥미와 호기심을 갖고 다가가야 한다.

아마도 이것으로는 고통체의 공격을 막을 수 없고, 아이는 당신의 말을 듣지 않는 것처럼 보일지도 모른다. 그러나 고통체의 활동이 가장 활발한 때에도 아이는 의식 어딘가에서 알아차리고 있다. 이런 것이 몇 번 반복되는 동안 그 알아차림은 더 강해지고 고통체는 약해진다. 아이는 '현존(이 순간에 존재함)' 속에서 성장하고 있는 것이다. 그리하여 어느 날 아이는 당신의 고통체가 당신을 조종하고 있다는 것을 지적하게 될지도 모른다.

불행

모든 불행이 고통체에서 나오는 것은 아니다. 새로운 불행도 있다. 당신이 현재의 순간에서 벗어나고 이런저런 방식으로 '지금 이 순간'을 거부하기 때문에 생겨나는 불행이다. 지금 이 순간은 언제나 있는 그대로이며 피할 수 없는 것임을 알게 되면 조건 없이 "예."라고 말할 수 있고, 더 이상의 불필요한 불행을 창조하는 일도 없어진다. 뿐만 아니라 내면에 존재하는 저항이 사라지면 삶 그 자체가 당신에게 힘을 가져다준다.

고통체의 불행은 언제나 원인과 결과가 불균형하다. 말하자면 과잉 반응이다. 그렇기 때문에 그것을 알아차릴 수 있다. 물론 고통체에 사로잡힌 당사자는 알아차리지 못하지만. 무거운 고통체를 지닌 사람은 동요하고 분노하고 상처받고 슬퍼하고 두려워할 이유를 쉽게 발견한다. 다른 사람이라면 미소 지으며 어깨를 으쓱하고 넘어가거나 알아차리지도 못했을 별로 중요하지도 않은 일들이 심한 불행의 명백한 원인이 된다. 물론 그것들은 불행의 진정한 원인이 아니라 단지 방아쇠에 불과하다. 축적된 오랜 감정을 되살리는 것이다. 그 감정이 머릿속으로 옮겨 가 증폭되어서, 에고에 지배되는 마음 구조에 활기를 불어넣는다.

고통체와 에고는 매우 가까운 친척이다. 양쪽은 서로를 필요로 한다. 고통체를 촉발시키는 사건과 상황은 몹시 감정적인 에고의 화면을 통해 해석되고 반응을 일으킨다. 즉, 사건과 상황의 중요성이 완전히 왜곡된다. 자신의 내면에 있는 과거의 감정적인 눈으로 현재를 보는 것이다. 다시 말해, 당신이 보고 경험하는 것은 현재의 사건과 상황 속에 있지 않고 당신 자신 안에 있다. 경우에 따라서는 현재의 사건과 상황 속에 있을 수도 있지만, 그것을 자신의 반응을 통해 더욱 확대시킨다. 이 반응과 확대야말로 고통체가 바라고 필요로 하는 것이다. 고통체는 그것을 먹고 산다.

무거운 고통체에 사로잡힌 사람은 자신의 왜곡된 해석, 즉 몹시 감정적인 '이야기'의 바깥으로 걸어 나오는 것이 종종 불가능하다. 이야기에 담긴 감정이 부정적이면 부정적일수록 그 이야기는 점점 더 심각해지고 뚫기 어려워진다. 이때 그 이야기는 이야기로 여겨지지 않고 현실 그 자체가 되어 버린다. 생각과 그것에 동반되는 감정 속에 완전히 갇혀 버리면 밖으로 빠져나오는 것이 불가능하다. 왜냐하면 바깥이 있다는 것조차 알지 못하기 때문이다. 자신이 만들어 낸 영화와 꿈속에 갇혀 있는 것이다. 자신만의 지옥에 갇혀 있는 것이다. 그것이 당사자에게는 현실 그 자체이며, 다른 현실은 존재하지 않는다. 또한 당사자에게는 자신의 반응 이외의 다른 반응은 불가능하다.

고통체로부터 자신을 분리하기

활동적이고 강한 고통체를 지닌 사람은 다른 사람들이 매우 불쾌하게 느낄 정도로 특별한 에너지를 내뿜는다. 그런 사람을 만나면 어떤 이들은 즉시 자리를 뜨거나 접촉을 최소한으로 줄이기를 원한다. 상대방의 에너지 장에 격퇴당하는 느낌을 받는 것이다. 또한 그런 에너지를 발산하는 사람에게서 공격적인 파장을 느끼고 그에게 거칠게 굴거나 말과 때로는 물리적인 폭력으로 공격하는 사람들도 있다. 그들 내면의 어떤 것이 그 사람의 고통체와 공명하는 것이다. 그들이 그렇게 강하게 반응하는 그것이 그들 안에도 있는 것이다. 바로 그들 자신의 고통체이다.

놀랄 일도 아니지만, 무겁고 자주 활성화되는 고통체를 지닌 사람은 걸핏하면 갈등 상황에 휘말린다. 물론 자신이 적극적으로 싸움을 거는 경우도 있지만 자신은 아무것도 하지 않은 경우도 있다. 그럼에도 불구하고 그들이 발산하는 부정적인 에너지만으로도 적대감을 끌어당겨 갈등을 일으키기에 충분하다. 그런 활동적인 고통체를 가진 사람과 맞닥뜨리게 되면 반응하지 않기 위해 매우 강하게 현재의 순간에 존재할 필요가 있다. 당신이 현재의 순간에 머물 수 있다면, 그것이 상대방으로 하여금 자신의 고통체로부터 벗어나게 하고, 갑작스러운 깨어남의 기적을 경험하게 하는 경우도 있다. 그 깨어남은 단시간에 끝날지 모르지만 그것으로 인해 깨어남의 과정이 시작된다.

여러 해 전에 나는 그런 최초의 깨어남 중 하나를 목격한 적이 있다. 밤 11시경에 현관 벨이 울렸다. 인터폰에서 들려온 것은 이웃 에텔 부인의 불안에 떠는 목소리였다. "아무리 해도 말하지 않으면 안 될 것이 있어요. 매우 중요한 일이에요. 미안하지만 문 좀 열어 주세요." 에텔 부인은 교양 있는 지적인 중년 여성이었다. 동시에 강한 에고와 무거운 고통체를 가진 사람이기도 했다. 그녀는 사춘기 시절 나치 독일에서 탈출했지만 가족 구성원 다수를 강제 수용소에서 잃었다.

안으로 들어온 에텔 부인은 흥분한 모습으로 손을 떨며 소파에 걸터앉았다. 그녀는 가지고 온 서류철에서 편지와 서류들을 꺼내 소파 위와 바닥에 온통 늘어놓았다. 그 순간 나는 이상한 감각을 느꼈다. 마치 전기 스위치 하나가 내 안에서 켜져 내 몸속 전체가 최대 전압으로 올라간 기분이었다. 마음을 열고 깨어 있으면서 신체의 모든 세포를 열고 강하게 현재의 순간에 존재할 수밖에 없었다. 나는 생각이나 판단 없이 그녀를 바라보았으며, 마음속 논평 없이 고요히 귀를 기울였다.

에텔 부인의 입에서 급류와도 같은 말들이 쏟아져 나왔다.

"오늘 또 그놈들에게서 괴롭히는 편지가 날아왔어요. 나에게 피의 복수를 하려고 해요. 당신이 도와줘야만 해요. 우리가 함께 싸워야만 해요. 그들이 고용한 사기꾼 변호사는 무슨 짓이든 다 할거예요. 난 내 집을 잃게 될 거예요. 그들이 내 명의를 빼앗겠다고 협박했어요."

일은 이러했다. 주택 관리인이 몇 가지 집수리를 제대로 하지 않았기 때문에 그녀는 월 관리비 내는 것을 거부했다. 그러자 그들은 그녀를 고소하겠다고 협박했다.

에텔 부인은 10분 정도 이야기를 계속했다. 나는 그녀를 바라보며 귀를 기울였다. 갑자기 그녀는 말을 멈추고 꿈에서 방금 깬 것같은 표정으로 주변에 널려 있는 서류들을 둘러보았다. 태도가 진정되고 부드러워졌으며, 전체 에너지 장이 달라졌다. 그러고 나서 그녀는 나를 보며 말했다. "이렇게 크게 소란 피울 정도로 중요한 일은 아니에요, 그렇죠?" "그래요, 중요하지 않아요." 내가 대답했다. 그녀는 몇 분 더 조용히 앉아 있다가 이윽고 서류를 챙겨 들고 떠났다. 이튿날 아침, 그녀는 길을 지나가는 나를 불러세우더니 약간 의심스러운 눈으로 나를 바라보았다.

"당신이 무얼 한 거죠? 어젯밤 나는 몇 년 만에 처음으로 아주 잘 잤어요. 마치 갓난아기처럼 깊은 잠을 잤어요."

에텔 부인은 내가 자신에게 '무엇인가를 했다'고 믿었지만 사실 나는 아무것도 하지 않았다. 그녀는 무엇을 했느냐가 아니라 무엇을 하지 않았느냐고 물었어야 했다. 나는 반응하지 않았으며, 그녀 이야기가 진실이라고 확인시켜 주지도 않았다. 그녀의 마음에 먹이가 되는 생각도, 고통체의 먹이가 되는 감정도 제공하지 않았다. 그 순간에 그녀가 경험하고 있는 것이 무엇이든 그것을 경험하도록 내버려 두었다. 나의 힘은 개입하지 않는 것, 행동하지 않는 것으로부터 나왔다. '이 순간에 존재함(현존)'은 말이나 행동 그 어떤 것보다 언제나 더 강력한 힘을 가지고 있다. '이 순간에 존재함(현존)'으로부터 말과 행동이 나오는 경우도 있지만.

에텔 부인에게 일어난 변화는 영구적인 것은 아니었지만, 어떤 가능성을 알게 하고 그녀 안에 이미 존재하는 것을 한순간이라도 들여다보게 하는 경험은 되었다. 선에서는 이 관찰의 체험을 '초견성'이라고 부른다. '초견성'이라는 것은 현재의 순간에 존재함이며, 머릿속 목소리와 사고 과정으로부터, 그리고 그 생각이 몸속에 일으키는 감정으로부터 잠깐 동안 걸어 나오는 경험이다. 그렇게 하면 자신의 내면에 넓은 공간이 생긴다. 이전까지는 생각의 소음과 감정의 혼란이 있던 곳에.

생각하는 마음은 '이 순간에 존재함'을 이해할 수 없다. 그뿐 아니라 많은 경우 잘못 해석한다. 생각하는 마음은 말할 것이다. 당신이 무관심하고, 냉담하며, 자비심이 없고, 관계를 멀리한다고. 그러나 사실은 생각과 감정보다도 더 깊은 차원에서 관계를 맺고 있는 것이다. 사실 그 차원이야말로 단지 관계를 맺는 것을 넘어서 진정으로 함께함, 진정으로 하나됨이 가능하다. '현존'의 고요

속에서 당신은 자신과 상대방의 형상을 초월한 본질을 하나로 감지한다. 자신과 상대방이 하나임을 아는 것, 그것이 진정한 사랑이고, 진정한 돌봄이며, 진정한 자비이다.

고통체를 촉발시키는 것들

고통체 중에는 특정한 종류의 자극이나 상황에만 반응하는 것이 있다. 보통 계기가 되는 것은 과거에 경험한 감정적 고통과 공명하는 상황이다. 예를 들어, 금전적인 일로 항상 다투고 갈등을 겪는 부모 밑에서 자란 아이는 돈에 대한 부모의 불안감을 흡수해 금전적인 문제가 개입될 때마다 촉발되는 고통체를 발달시킨다. 이런 아이는 성인이 된 뒤 사소한 금액의 돈 문제로도 감정이 상하거나 화를 낸다. 그 감정 상함과 분노 속에는 생존의 문제에 대한 강한 두려움이 놓여 있다. 영적으로 비교적 의식이 깨어 있는 사람이 주식 중개인과 부동산업자에게 온 전화를 받는 순간 소리를 지르고 비난하고 책임을 추궁하는 것을 본 적이 있다. 담뱃갑에 건강상 유해하다는 경고문이 적혀 있듯이 지폐와 은행 통장에도 "돈은 고통체를 활성화시키고 완전한 무의식 상태를 초래할 수 있습니다."라는 주의문이 필요할 것이다.

어린 시절에 부모 한쪽 혹은 양쪽 모두에게 외면당하거나 버려진 아이는 버려진다는 원초적 불안에 공명하는 조그만 상황에라도 방아쇠가 당겨지는 고통체를 발달시킬 가능성이 높다. 이들의 경우 공항에 마중 나온 친구가 몇 분 늦거나 배우자의 귀가가 조금 늦어지는 것만으로도 고통체가 심하게 공격적이 된다. 연인이나 배우자가 떠나거나 죽으면 그들이 경험하는 감정적 고통은 보통의 경우를 훨씬 넘어 심한 번뇌와 언제까지나 계속되어 회복될 수 없을 정도의 우울과 도를 넘은 분노로 표출된다.

어린 시절 아버지에게 학대당한 여성의 경우는 남성과의 어떤 친밀한 관계에서도 고통체가 쉽게 활성화될 수 있다. 그녀의 고통체를 구성하고 있는 감정 때문에 오히려 아버지와 비슷한 고통체를 가진 남성에게 끌리는 경우도 있다. 그러한 여성의 고통체는 똑같은 고통을 더 많이 맛보게 하는 누군가에게 자석처럼 끌린다. 그 고통은 때로 사랑에 빠진 것으로 오인되기도 한다.

어머니가 원하지 않은 아이로 태어나 전혀 사랑받지 못하고 최소한의 보살핌과 관심마저 받지 못한 남성은 어머니의 사랑과 관심에 대한 채워지지 않는 강렬한 갈망과 절실히 필요로 했던 것을 주지 않은 어머니를 향한 강한 증오심이 뒤섞인, 애증이 엇갈리는 고통체를 발달시킨다. 이런 남성이 성인이 되면 거의 모든 여성이 그의 고통체의 결핍감, 즉 감정적 고통의 형태를 촉발시킬 것이며, 만나는 여성 거의 대부분을 유혹하고 정복하려는 중독적인 충동을 보인다. 이런 방식으로 고통체가 갈구하는 여성의 사랑과 관심을 얻으려고 한다. 여성을 유혹하는 데는 꽤 실력이 뛰어나지만, 여성과의 관계가 친밀해지거나 또는 유혹을 거절당하면 어머니에 대한 고통체의 분노가 되살아나 관계를 파괴한다.

자신의 고통체가 일어날 때 그것을 알아차리면, 어떤 상황과 타인의 말과 행동이 고통체를 가장 활성화시키는 계기가 되는지도 금방 알게 된다. 그렇게 되면 그 계기가 일어날 때 그것의 정체를 즉각 알아차릴 것이고, 한층 더 깨어 있는 상태가 될 것이다. 1, 2초 만에 감정적인 반응이 일어나는 것을, 즉 고통체의 등장을 알아차릴 것이다. 의식적인 '현존'이 가능하면 그 고통체와 동일화되지 않기 때문에 고통체에게 접수당해 머릿속 목소리를 빼앗기지 않고 끝이 난다. 만약 이때 연인이나 배우자가 옆에 있다면 "당신이 방금 한 말이나 행동이 나의 고통체를 자극하는 계기가 되었어."라고 설명할 수도 있을 것이다. 상대방의 말과 행동이 고통체를 촉발시켰을 때 즉시 그것을 알리기로 서로 약속해도 된다. 그렇게 하면 더 이상 관계의 드라마에 의해 고통체가 커지는 것을 막고, 무의식으로 끌려 들어가는 대신 온전히 현재의 순간에 존재하는 데 도움이 될 것이다.

고통체가 일어날 때 당신이 현재의 순간에 존재한다면, 그때마다 고통체의 부정적인 감정 에너지의 일부가 불살라지고 '현존'으로 변형된다. 남아 있는 고통체는 서둘러 철수해 다음 기회를, 즉 당신의 의식이 덜 깨어 있는 기회를 기다릴 것이다. 고통체가 일어날 더 좋은 기회는 당신이 '지금 이 순간에 존재함'을 잊을 때, 아마도 당신이 몇 잔의 술을 마신 후이거나 폭력적인 영화를 보고 있는 동안에 올 수도 있다. 짜증과 걱정 같은 정말로 작은 부정적인 감정도 고통체가 돌아오는 출입구가 될 수 있다. 고통체에게 필요한 것은 당신의 무의식이다. 고통체는 '현존'의 빛에는 견디지 못한다.

나를 깨우는 고통체

처음에는 고통체가 인류에게 새로운 의식이 일어나는 데 가장 큰 장애물로 보일지도 모른다. 고통체는 마음을 점령하고, 생각을 조종하고 왜곡시키며, 인간관계를 방해한다. 에너지 장에 자욱하게 낀 먹구름 같은 느낌이다. 고통체는 인간을 무의식으로 몰아가는 경향이 있다. 영적으로 말하면 마음이나 감정과 완전히 동일화됨을 의미한다. 고통체는 맞대응하게 만들고, 자신과 세상 속에 불행을 키우는 의도된 말과 행동을 하게 만든다.

그러나 불행이 커지면 삶의 혼란도 증가한다. 몸이 스트레스를 견딜 수 없어 병에 걸리거나 다른 기능장애를 일으킬지도 모른다. 나쁜 일이 일어나기를 바라는 고통체 때문에 사고에 휘말리거나, 큰 갈등 상황이나 드라마에 연루되거나, 폭력 행위의 가해자가 되는 경우도 있을 것이다. 혹은 모든 것이 힘들어 견딜 수 없고 더이상 자신의 불행한 자아와 함께 살아갈 수 없을 것이다. 물론 고통체는 그 거짓 자아의 일부이다.

고통체에 사로잡힐 때마다, 그리고 고통체를 고통체로 알아볼 수 없을 때마다 고통체가 당신 에고의 일부가 된다. 당신이 동일화되는 대상은 무엇이든 에고로 바뀐다. 고통체는 에고가 동일화될 수 있는 가장 강력한 것 중 하나이며, 고통체 또한 먹이를 얻고 자신을 재생시키기 위해 에고를 필요로 한다. 그러나 이 불건강한 동맹 관계는 이윽고 고통체가 너무 무거워져서 에고의 마음 구조로는 견딜 수 없을 때 끝장이 난다. 에고는 고통체에 의해 강화되기는커녕 그 강한 에너지의 맹공격에 손상된다. 전기 기구가 전류에 의해 힘을 얻고 작동하지만, 전압이 너무 높아지면 파괴되는 것과 같다.

강한 고통체를 가진 사람들은 종종 더 이상 삶을 견딜 수 없고 이 이상의 고통도 드라마도 받아들일 수 없다고 말할 정도까지 내몰린다. 어떤 이는 이것을 솔직하고 단순하게 "불행한 것에 질렸다."라고 표현했다. 또한 내가 지난날 그랬던 것처럼 더 이상 자기 자신과 함께 살 수 없다고 느끼는 경우도 있다. 그렇게 되면 내면의 평화가 최우선 사항이 된다. 극도의 감정적 고통이, 불행한 자신을 만드는 마음의 내용물과 정신적 감정적 구조로부터 자신을 분리시키도록 떠미는 것이다. 그때 알게 된다. 자신의 불행한 이야기도 감정도 사실은 진정한 자기 자신이 아님을. 그 앎이 자신이지, 그 앎의 대상이 자신이 아님을 깨닫는다. 무의식 속으로 끌어

당기는 대신, 그 고통체는 잠을 깨우는 자, '현존'의 상태로 들어가게 만드는 결정적인 요소가 된다.

그러나 지금 이 행성에는 우리가 목격하고 있듯이 일찍이 없던 큰 의식의 흐름이 일어나고 있기 때문에 많은 사람들은 극심한 고통의 수렁을 통과하지 않아도 고통체로부터 자신을 분리시킬 수 있게 되었다. 자신이 기능장애 상태로 미끄러져 돌아갔음을 알아차릴 때마다 생각과 감정과의 동일화로부터 분리되어 '이 순간에 존재함'으로 들어가는 것을 '선택'할 수 있다. 저항을 포기하고 고요하게 깨어 있으면서, 마음 안이든 마음 밖이든 있는 그대로의 상태와 하나가 되는 것이다.

인류 진화의 다음 단계는, 필연적인 것은 아니지만, 우리 행성의 역사상 최초로 의식적인 선택이 될 수 있다. 그 선택을 하는 것은 누구인가? 당신이다. 당신은 누구인가? 스스로를 의식하게 된 의식이다.

고통체로부터의 자유

사람들이 자주 묻는 질문은 이것이다. "고통체로부터 자유로워지는 데는 얼마나 오래 걸리는가?" 물론 그 대답은, 그 사람의 고통체의 밀도나 강도뿐 아니라, 그가 어느 정도까지 진정으로 '이 순간에 존재함'이 가능한가에 따라 다르다는 것이다. 그러나 당신이 자신에게나 타인에게 가하는 고통의 원인은 고통체 그 자체가 아니라 고통체와의 동일화이다. 다시 또다시 반복해 과거를 살게 만들고 당신을 무의식 상태 속에 계속 가둬 두는 것은 고통체가 아니라 고통체와의 동일화이다. 따라서 더 중요한 질문은 이것일 것이다. "고통체와의 동일화로부터 자유로워지는 데는 얼마나 오래 걸리는가?"

그리고 그 질문에 대한 대답은 이것이다. "그것에는 전혀 시간이 걸리지 않는다." 고통체가 활성화되었을 때, 자신이 느끼고 있는 것이 자기 안의 고통체임을 아는 것이 필요하다. 그 앎이 고통체와의 동일화를 끊는 데 필요한 전부이다. 그리고 고통체와의 동일화가 멈출 때 변화가 시작된다. 고통체임을 아는 것만으로도, 과거의 감정이 머릿속에서 일어나 마음속 대화를 점령할 뿐 아니라 다른 사람들과의 관계나 자신의 행동까지 지배하는 것을 막을 수 있다. 이것은 고통체가 더 이상 당신을 사용할 수 없고, 당신을 통해 자신을 재생할 수 없음을 의미한다. 과거의 감정은 아직 한동안은 당신 안에 존재하고 주기적으로 떠오를 것이다. 때로는 솜씨 좋게 당신을 속여 다시 동일화하게 만들고, 그리하여 그 앎을 흐려 놓을 수도 있다. 그러나 그것도 오래가지는 않을 것이다. 과거의 감정을 상황에 투영하지 않는다는 것은 자신 안에서 과거의 감정과 직접 마주하는 것을 의미한다. 그것은 즐거운 일은 아니겠지만, 특별히 목숨까지 빼앗지는 않을 것이다. 당신의 '현존'은 충분히 과거의 감정을 꼼짝 못하게 할 능력이 있다. 과거의 감정은 당신 자신이 아니다.

고통체를 느낄 때 자신이 무엇인가 잘못되었다고 생각하는 실수에 빠져서는 안 된다. 자신을 하나의 문제로 만드는 것, 에고는 그것을 무척 좋아한다. 앎은 받아들임이 뒤따라야 한다. 그 밖의 것들은 그 앎을 다시 흐려 놓을 것이다. 받아들인다는 것은 그 순간에 느끼고 있는 것이 무엇이든 그것을 느끼도록 허용하는 것이다. 그것은 지금 이 순간에 있는 것의 일부이다. 있는 그것에 반론을 던질 수는 없다. 아니, 할 수도 있겠지만, 만약 그렇게 한다면 당신이 고통받을 뿐이다. 받아들임을 통해 당신은 넓고 광대한 본래의 자신이 된다. 전체가 되는 것이다. 당신은 더 이상 하나의 조각이 아니다. 에고는 스스로를 하나의 조각으로 인식한다. 이제 당신의 진정한 본질이 나타나며, 그것은 신의 본질과 하나이다.

예수는 이것을 가리켜 이렇게 말한다. "하늘에 계신 너희 아버지가 전체이듯이 너희도 전체이어라." 신약성서에는 "완벽하라."라고 기록되어 있지만, 이것은 '전체'라는 의미의 본래의 희랍어를 오역한 것이다. 다시 말해, 당신은 전체가 될 필요가 없으며, 이미 전체인 자신이어야 한다. 고통체가 있든 없든.

7

형상의 꿈에서 깨어나기 — 진정한 자신을 발견하기 위하여

누구도 당신이 누구인가를 가르쳐 줄 수 없다.

누군가가 가르쳐 주는 것은

개념에 불과하기 때문에

당신을 변화시킬 힘이 없다.

형상은 한계를 의미한다.

우리는 이곳에 한계를 경험하기 위해

있을 뿐 아니라,

한계를 뛰어넘음으로써

의식 속에서 성장하기 위해 이곳에 있다.

'그노티 세아우톤Gnothi Seauton―너 자신을 알라.'

　신의 예언을 받는 장소인 델포이의 아폴로 신전 입구 위에 새겨진 말이다. 고대 그리스 사람들은 자신에게 어떤 운명이 준비되어 있는지, 특정한 상황에서 어떻게 행동해야 하는지 알고 싶어서 예언을 들으러 신전을 방문했다. 아마도 방문자의 대부분은 신전에 들어갈 때 이 문장을 읽었겠지만, 이것이 어떤 예언보다도 깊은 진리를 가리키고 있음을 깨닫지 못한 것이 아닐까. 또한 아무리 위대한 계시와 정확한 정보를 받는다 해도 '너 자신을 알라'라는 명령문 속에 숨겨진 진리를 발견하지 못하는 한 궁극적으로는 아무 소용 없는 것으로 밝혀지고, 앞으로의 불행과 자신이 창조한 고통으로부터 그들을 구원해 주지 못하리라는 것도 깨닫지 못했을 것이다.

그 문장이 암시하는 것은 이것이었다.

"다른 어떤 질문을 하기 전에 먼저 너의 삶의 가장 근본적인 질문을 하지 않으면 안 된다. '나는 누구인가?' 하고."

무의식적인 사람들은—많은 이들은 에고에 갇혀 무의식 상태로 평생을 보내는데—곧바로 자신이 누구라고 대답할 것이다. 이름이 무엇이고, 직업은 무엇이며, 이러이러한 인생을 보냈고, 몸은 어떻고 건강 상태는 어떠하다며 자신이 동일화되어 있는 모든 사항을 늘어놓을 것이 틀림없다. 스스로를 불멸의 영혼 또는 성스러운 영이라고 생각하는, 영적으로 진화한 것처럼 보이는 사람들도 있을 것이다. 그러나 그들은 정말로 자신이 누구인지 아는가? 아니면 단지 영적으로 들리는 어떤 개념들을 마음의 내용물에 추가한 것일 뿐인가?

자기 자신을 안다는 것은 한 묶음의 사상이나 신념을 채택하는 것보다 훨씬 깊이 들어가는 일이다. 영적인 사상과 신념은 기껏해야 도움을 주는 방향 표지판일 뿐이다. 그것들은 무의식 속에 더 단단히 뿌리내린, 자신이 누구라고 생각하는 핵심 개념들, 조건 지어진 인간 마음의 일부인 그것들을 제거할 만한 힘을 거의 가지고 있지 않다. 자기 자신을 깊이 안다는 것은 마음속에서 떠다니는 다양한 사상들과는 아무 관계가 없다. 자기 자신을 안다는 것은 자신의 마음속에서 미아가 되는 대신 '순수한 있음'에 뿌리를 내리는 것이다.

당신이 생각하는 자기 자신

자신이 누구인가에 대한 느낌은 자신에게 무엇이 필요하고 자신의 삶에서 무엇이 중요한가를 결정한다. 그리고 당신에게 중요한 것들은 당신을 흔들어 놓거나 마음을 방해하는 힘을 가지고 있다. 그러므로 무엇에 흔들리고 마음이 방해받는가를 기준으로 당신이 얼마나 깊이 자기 자신을 알고 있는가를 판단할 수 있다.

당신에게 무엇이 중요한가는 당신이 말하거나 믿는 것과 꼭 일치하지는 않는다. 그보다는 오히려 당신의 행동과 반응이 당신에게 중요하고 심각한 것을 드러내 준다. 따라서 스스로에게 이런 질문을 해 보면 좋다. '나를 흔들어 놓고 마음을 방해하는 것들은 어떤 것인가?' 만약 작은 것에 마음이 흔들린다면, 당신이 생각하는 자신은 정확하게 이것이다. 즉, 작다. 그것이 당신의 무의식적인 믿음일 것이다. 그렇다면 작은 것은 무엇인가? 궁극적으로는 모든 것들이 작은 것들이다. 모든 것들이 덧없기 때문이다.

"나는 내가 불멸의 영이라는 것을 안다."라거나, 혹은 "나는 이 미친 세상에는 지쳤다. 내가 원하는 것은 평화, 그것뿐이다."라고 말하는 사람도 있을 것이다. 단, 전화벨이 울리기 전까지다. 나쁜 소식이 전해진다. 주가가 대폭락했다. 거래가 취소되었다. 자동차를 도난당했다. 시어머니가 오셨다. 여행이 취소되었다. 계약이 깨졌다. 사랑하는 사람이 떠났다. 사람들이 더 많은 돈을 요구한다.

상대방은 그것이 당신의 실수라고 말한다. 갑자기 분노와 걱정이 파도처럼 밀려온다. 목소리가 날카로워진다. "난 더 이상은 받아들일 수 없어." 당신은 따지고, 비난하고, 공격하고, 자기를 방어하고, 합리화시킨다. 이 모든 것이 자동조종장치처럼 일어난다. 조금 전만 해도 자신이 원하는 것은 평화뿐이라고 말했지만 분명 마음의 평화 이상으로 중요한 것이 있다. 게다가 당신은 더 이상 불멸의 영혼도 아니다. 거래, 금전, 계약, 손해 또는 손해 볼 위기가 더 중요하다. 누구에게 더 중요한가? 당신이 자신이라고 부르는 불멸의 영혼에게? 아니다. '나'에게다. 움직이고 변화하는 것들에게서 안전과 만족을 찾으려 하고, 그것이 찾아지지 않기 때문에 불안해하고 화를 내는 '작은 나'에게. 이로써 이제 적어도 당신이 실제로 자신이 누구라고 느끼고 있는가는 분명해졌다.

만약 평화를 정말로 원한다면 평화를 선택할 것이다. 어떤 것보다도 마음의 평화가 중요하다면, 그리고 정말로 자신은 '작은 나'가 아니라 큰 영혼이라고 안다면, 도전해 오는 사람들과 상황에 직면해도 반응하지 않고 완벽하게 깨어 있게 될 것이다. 상황에 저항하지 않고 그 자리에서 상황을 받아들이고 그것과 하나가 될 것이다. 그러면 깨어 있음으로부터 자연히 반응이 나온다. 당신이 자신이라고 생각하는 나인 '작은 나'가 아니라 진정한 나인 '의식'이 반응할 것이다. 그 반응은 힘이 있고, 효과적이며, 어떤 사람도 어떤 상황도 적으로 바꾸는 일은 없을 것이다.

실제로 자신이 누구라고 생각하는가에 대해 스스로를 오랫동안 속일 수 없음을 세상은 언제나 확인시켜 준다. 자신이 무엇을 정말로 중요하게 여기는가를 세상이 금방 드러나게 하기 때문이다. 특히 도전적인 일들이 일어날 때 사람들과 상황에 어떻게 반응하는가가 당신이 자신을 어느 정도 깊이 알고 있는가를 가장 잘 보여 준다.

자신에 대한 시각이 좁고 제한되어 있으며 자기중심적일수록, 당신은 타인에 대해서도 자기중심적이고 무의식적인 부분에만 눈이 가고 거기에 더 반응한다. 상대방의 '잘못', 혹은 더 정확히 말하면 잘못이라고 당신이 해석하는 부분을 상대방 그 자체로 본다. 즉, 상대방의 에고만을 보고 그렇게 해서 자신의 에고를 강화한다. 그 사람 안의 에고를 '뚫고' 그 사람을 보는 것이 아니라, 에고 '그 자체'를 본다. 그러면 그 에고를 보고 있는 것은 누구인가? 당신 안의 에고이다.

매우 무의식적인 사람들은 다른 사람들 안에 투영된 모습을 통해 자신의 에고를 경험한다. 상대방 안의 무엇인가에 반응하는 것은 자신에게도 같은 것이 있기 때문임을, 그리고 때로는 자신 안에만 있다는 것을 깨달으면 자기 자신의 에고가 보인다. 이 단계에 오면, 다른 사람들이 당신에게 하고 있다고 생각했던 그것을 당신이 다른 사람들에게 하고 있었다는 것을 깨달을지도 모른다. 그러면 자신을 피해자로 보는 것을 중단하게 된다.

당신은 에고가 아니다. 그러므로 자신 안의 에고를 알아차렸다고 해서 자신이 누구인지를 알 수 있다는 의미는 아니다. 자신이 누구가 아닌가를 알게 되었음을 의미할 뿐이다. 그러나 그렇게 자신이 누구가 아닌가를 아는 것을 통해서 진정으로 자신을 아는 것을 가로막는 가장 큰 장애물이 제거된다.

누구도 당신이 누구인가를 가르쳐 줄 수 없다. 누군가가 가르쳐 주는 것은 개념에 불과하기 때문에 당신을 변화시킬 힘이 없다. '나는 누구인가'는 믿음이 필요하지 않다. 사실 모든 믿음은 어느 것이든 장애물이다. '나는 누구인가'는 심지어 깨달음조차 요구하지 않는다. 왜냐하면 당신은 이미 당신 자신이기 때문이다. 그러나 깨달음 없이는 '진정한 나'는 세상을 향해 빛을 발하지 않고 묻혀 있는 상태가 된다. 물론 그 묻힌 장소가 '진정한 나'가 있는 곳이다. 가난하다고 느끼는 사람이 사실은 1억 달러의 예금을 가지고 있음을 알지 못한 채 언제까지나 그 막대한 부를 잠재 가능성으로만 남겨 두는 것과 같다.

풍요로움

자신을 누구라고 생각하는가는 다른 사람들에게 어떻게 대우받는가와도 밀접한 관계가 있다. 대부분의 사람들이 남들이 자신을 잘 대우해 주지 않는다고 불평한다. "나는 존경받지 못했고, 관심받지 못했고, 인정받지 못했고, 제대로 평가받지 못했어."라고 그들은 말한다. "사람들은 나를 그저 당연한 존재로만 여겨." 이런 사람은 누군가에게 친절한 대우를 받으면 숨은 동기가 있는 것은 아닌지 의심한다. "나를 조종하고 이용하려고 해. 아무도 나를 진정으로 사랑하지 않아."

그러면 그들은 자신을 누구라고 생각하는가? "나는 많은 것이 부족한 '작은 나'이고, 그 부족함은 결코 채워질 수 없어." 자신이 누구인가에 대한 이 기본적인 오해가 모든 관계에 문제를 일으키는 기능장애의 원인이 된다. 이들은 자신에게는 줄 것이 아무것도 없으며, 사람들과 세상은 인색해서 자신이 필요로 하는 것을 줄 수 없다고 믿는다. 그들의 모든 현실은 자신이 누구인가에 대한 이러한 망상적인 느낌 위에 기초하고 있다. 그것이 상황을 나쁘게 돌아가게 하고, 모든 관계를 망쳐 놓는다. 자신이 생각하는 '나는 누구인가'에 돈이든 인정받는 일이든 사랑이든 '부족함'이라는 사고방식이 포함되면 언제나 결핍을 경험한다. 이미 있는 자기 삶의 좋은 것들을 인정하지 않고 결핍만 눈에 띈다. 이미 있는 자기 삶의 좋은 것들을 인정하는 것이 모든 풍요의 기본이다. 세상이 인색하게 주지 않는다고 생각하지만, 사실은 자기 자신이 인색하게 세상에 주지 않는 것이다. 왜 인색한가 하면, 자신은 작고 아무것도 줄 것이 없다고 마음 깊은 곳에서 믿고 있기 때문이다.

다음의 것을 이삼 주 동안 시험해 보고 자신의 현실이 어떻게 바뀌는가 관찰해 보라. 사람들이 당신에게 주지 않는다고 생각하는 것―칭찬, 감사, 도움, 애정 어린 관심 등등―을 자신이 다른 사람들에게 주는 것이다. 그런 것을 갖고 있지 않다면? 갖고 있는 것처럼 행동하면 된다. 그렇게 하면 나오게 된다. 그리고 주기 시작하자마자 받기 시작할 것이다. 주지 않는 것은 받을 수 없다. 밖으로 흘러나가는 것이 안으로 흘러들어 오는 것을 결정한다. 세상이 당신에게 주지 않는다고 생각하는 것은 당신이 이미 가지고 있음에도 흘러나가도록 허락하지 않는 것이다. 그뿐 아니라 자신이 그것을 가지고 있다는 것조차 알지 못한다. 그 안에는 풍요도 포함된다. 흘러나가는 것이 흘러들어 오는 것을 결정한다는 법칙을 예수는 강력한 말로 표현했다. "주라, 그러면 너희에게 주어질 것이다. 곧 후하게 되어 누르고 흔들어 넘치도록 하여 너희에게 안겨 주리라. 너희의 헤아리는 그 헤아림으로 너희도 헤아림을 도로 받을 것이다."

모든 풍요의 원천은 당신의 외부에 있지 않다. 그것은 당신 자신의 일부이다. 그러나 먼저 바깥의 풍요를 느끼고 알아차리는 일로부터 시작해야 한다. 당신을 에워싼 삶의 충만함을 보라. 피부에 닿는 햇살의 따스함, 꽃가게 앞에 놓인 꽃들의 아름다움, 깨어물면 과즙 풍부한 과일, 하늘에서 내리는 비의 풍요 속에 젖는 즐거움 등 모든 걸음마다 삶의 충만함이 있다. 자기 주위 모든 곳에 있는 풍요를 알아보는 것이 자신 안에서 잠자고 있는 풍요를 깨어나게 한다. 그런 후에 그 풍요를 밖으로 흘러나가게 하라. 낯선 사람에게 미소 지을 때, 그곳에 이미 에너지의 미세한 흘러나감이 있다. 당신은 주는 사람이 된 것이다.

자신에게 이렇게 자주 물어보자. "이곳에서 나는 무엇을 줄 수 있을까? 어떻게 하면 이 사람, 이 상황에 내가 도움이 될 수 있을까?" 아무것도 소유하지 않아도 풍요를 느낄 수 있고, 늘 풍요를 느끼면 모든 것이 계속해서 당신에게로 온다. 풍요는 이미 그것을 가지고 있는 사람에게만 찾아온다. 불공평하게 들리겠지만 그렇지 않다. 그것이 우주의 법칙이다. 풍요도 결핍도 내면의 상태이며, 그것은 당신의 현실이 되어 나타난다. 예수는 그것을 이렇게 표현했다. "있는 자는 더 받을 것이고, 없는 자는 그 있는 것마저 빼앗길 것이다."

자신을 아는 것과 자신에 대해 아는 것

자기 자신을 안다는 것이 싫을 수도 있다. 무엇을 발견하게 될지 두렵기 때문이다. 많은 사람들은 자기 자신이 그다지 좋은 사람이 아니라는 비밀스러운 불안감을 가지고 있다. 그러나 당신이 자신에 대해 발견할 수 있는 어떤 것도 당신이 아니다. 자신에 '대해' 알 수 있는 어떤 것도 자기가 아니다.

두려움 때문에 자신이 누구인지 알기를 원하지 않는 사람들이 있는 반면에, 자기 자신에 대해 만족할 줄 모르는 호기심을 갖고 더 많은 것을 밝혀내고 싶어 하는 사람도 있다. 자기 자신에 대한 것을 알고 싶어서 몇 년 동안이나 심리분석을 받고 어린 시절의 일들을 구석구석 파고든다. 무의식 속에 숨겨진 두려움과 욕망을 들춰 내고, 몇 겹이나 쌓인 층을 하나하나 벗겨 내면서 자신의 인격과 성격을 탐구한다. 10년 뒤 그 정신분석의는 당신에게 지치고 당신의 이야기에 지쳐 분석이 완료되었다고 말할 것이다. 그리고 5천 쪽이나 되는 보고서를 건네줄 것이다. "이것이 당신에 대한 모든 것입니다. 이것이 당신이 누구인가 하는 것입니다." 당신은 묵직한 서류를 들고 돌아오지만, 마침내 자신에 대해 알게 되었다는 만족감은 얼마 가지 않아 아직 충분하지 않다는 느낌과 자신이 누구인가에 이것보다 더 있음이 틀림없다는 막연한 의혹으로 대체된다. 그리고 실제로 더 있다. 양적인 측면에서의 더 많은 사실들이 아니라 질적인 깊이의 차원에서.

자기 자신에 '대해' 아는 것과 자기 자신을 아는 것을 혼동하지만 않는다면 심리분석도, 자신의 과거에 대해 밝혀내는 것도 나쁘지는 않다. 5천 쪽의 보고서는 당신에 '대한' 것이다. 과거에 의해 조건 지어진 당신 마음의 내용물이다. 심리분석이나 자기 관찰을 통해 알게 되는 것은 모두 당신에 '대한' 것이다. 그것은 당신이 아니다. 그것은 당신 마음의 내용물이지 당신의 본질이 아니다. 에고를 뛰어넘는다는 것은 내용물 밖으로 걸어 나오는 것이다. 자기 자신을 아는 것은 자기 자신이 되는 것이고, 자기 자신이 된다는 것은 마음의 내용물을 자기 자신이라고 여기는 동일화를 멈추는 것이다.

대부분의 사람들은 삶의 내용물을 통해 자신이 누구인가를 정의 내린다. 지각하고, 경험하고, 행동하고, 생각하고, 느끼는 모든 것이 내용물이다. 대부분의 사람들은 그 내용물이 관심을 완전히 차지해 버리며, 그들이 동일화되는 것이 그것이다. '나의 삶'이라고 생각하거나 말할 때 당신은 '당신 자신인 삶'이 아니라 자신이 가진, 혹은 가진 것처럼 보이는 삶을 말하고 있는 것이다. 당신은 내용물을 언급하고 있는 것이다. 자신의 정신 상태와 감정 상태는 물론 나이, 건강, 관계, 경제력, 일, 생활환경 등을. 사건들, 즉 일어나는 모든 일들과 마찬가지로 당신 삶의 외부 환경과 마음의 환경, 당신의 과거와 미래 모두가 이 내용물의 영역에 속한다.

그렇다면 내용물 외에는 무엇이 있는가? 그 내용물의 존재를 가능하게 하는 것, 바로 의식이라는 내적 공간이 있다.

무질서와 더 높은 질서

내용물을 통해서만 자신을 알 때, 당신은 또한 무엇이 자신에게 좋고 나쁜지 안다고 생각한다. 당신은 '나에게 좋은' 것과 '나에게 나쁜' 것으로 사건들을 분류한다. 그것은 삶이라는 전체성을 단편적으로 인식하는 결과가 된다. 삶이라는 전체성 속에서는 모든 것이 연결되어 있고, 모든 일이 전체 속에서 필요한 장소와 기능을 가지고 있다. 그러나 그 전체성은 겉으로 드러나는 표면만을 보아서는 알 수 없다. 전체성은 부분들의 총합 이상의 것, 당신의 삶이나 세상이 담고 있는 내용물 이상의 것이다.

삶에서도 세상 속에서도 마찬가지이지만, 겉으로 보기에 우연 같은, 뿐만 아니라 무질서하게 여겨지는 일련의 일들 배후에는 더 높은 질서와 목적이 숨어 있다. 이것을 선에서는 아름답게 표현하고 있다. "눈이 내릴 때, 모든 눈송이가 저마다 정확히 자기 자리에 내린다." 생각을 통해서는 이러한 더 높은 질서를 이해할 수 없다. 왜냐하면 우리들이 생각하는 것은 내용물에 대한 것인 반면, 더 높은 질서는 형상 없는 의식의 영역, 우주 지성으로부터 나오기 때문이다. 그러나 우리는 그것을 잠깐이나마 들여다볼 수는 있고, 더 나아가 그 질서에 우리 자신을 맞춤으로써 그 더 높은 목적이 펼쳐지는 데 의식적인 참여자가 될 수 있다.

인간의 발길이 닿지 않은 원시림으로 들어갈 때, 생각에 지배되는 마음에게는 주위 사방에 있는 무질서와 혼돈밖에 보이지 않을 것이다. 삶―좋은 것―과 죽음―나쁜 것―조차 구분하기 힘들 것이다. 발길 닿는 곳마다 완전히 썩은 부패한 물질에서 새로운 생명이 자라고 있기 때문이다. 내면에 오직 고요만이 자리하고 생각이라는 소음이 없어졌을 때, 그때 비로소 그곳에 숨은 조화가 있고 신성이 있음을 알아차리게 될 것이다. 모두가 완벽한 자기 자리를 가지고 있어서 지금의 있는 그대로의 모습과 방식 외에는 다른 것이 있을 수 없는 더 큰 질서를 알아차리게 된다.

생각에 지배되는 마음에게는 조경이 잘된 공원이 더 편안하다. 공원은 자연스럽게 무성해진 것이 아니라 인간의 생각을 통해 계획된 것이기 때문이다. 그곳에는 마음이 이해할 수 있는 질서가 있다. 원시림의 질서는 이해할 수 없기 때문에 인간의 마음에는 혼돈으로밖에 보이지 않는다. 그것은 좋고 나쁨이라는 마음의 분류를 넘어서 있다. 생각을 통해서는 그것을 이해할 수 없지만, 생각을 내려놓고 고요히 깨어 있으면, 또한 이해하려고도 설명하려고도 하지 않으면, 감지할 수 있다. 그때 처음으로 숲의 신성에 눈이 열릴 것이다.

숲은 조화와 신성을 감지하면 자신도 그 일부임을 알 수 있고, 그것을 깨달을 때 당신도 그 조화의 의식적인 참여자가 된다. 이런 식으로 자연은 당신이 삶의 전체성과 다시 연결되도록 돕는다.

좋은 것과 나쁜 것

많은 사람들은 삶의 어느 순간 알아차린다. 이 세상에는 탄생, 성장, 성공, 건강, 기쁨, 승리뿐 아니라 상실, 실패, 질병, 노화, 쇠퇴, 고통, 죽음도 있다는 것을. 이것들에는 습관적으로 '좋은 것'과 '나쁜 것', 질서와 무질서라는 분류표가 붙는다. 사람들이 생각하는 삶의 '의미'는 대개 '좋은 것'으로 분류된 것들과 관련되어 있지만, 이 '좋은 것'은 늘 붕괴, 파손, 무질서의 위협을 받는다. 설명을 찾을 수 없고 삶의 의미를 잃을 때 '무의미'와 '나쁜 것'에 위협을 받는다. 모든 사람의 삶에 머지않아 무질서가 몰래 숨어들어 오고, 아무리 많은 보험에 들었어도 그것을 막을 길 없다. 그것은 상실과 사고, 질병, 장애, 노화, 죽음 등의 형태로 침입해 온다. 하지만 삶이 무질서에 침략당하고 마음이 부여한 의미들이 붕괴될 때, 그것이 더 높은 질서로 가는 문이 되는 일도 있다.

"이 세상의 지혜는 하느님 앞에서는 어리석음이다."라고 성경에는 기록되어 있다. 이 세상의 지혜는 무엇인가? 생각의 움직임, 생각에 의해서만 정의 내려지는 의미이다.

생각은 상황이나 사건이 각각 별개의 존재인 것처럼 하나하나 떼어 내어, 좋다거나 나쁘다고 판단한다. 생각을 너무 신뢰하면 현실은 단편적인 것들이 된다. 이 단편화는 환상이지만, 그 안에 갇혀 있을 때는 그것이 매우 현실처럼 보인다. 그러나 우주는 나눌 수 없는 전체이며, 그 안에서는 모든 것이 연결되어 있고, 독립적으로 존재하는 것은 아무것도 없다.

모든 사물과 사건이 깊이 연결되어 있다는 것은 '좋은 것'과 '나쁜 것'이라는 마음속 분류가 결국은 환상에 지나지 않음을 암시한다. 마음의 분류는 언제나 제한된 시각에 갇혀 있으며, 상대적이고 일시적인 진실을 나타내는 것에 불과하다. 이것은 경품 복권으로 고급차에 당첨된 지혜로운 사람의 이야기에 잘 묘사되어 있다. 친척과 지인들이 크게 기뻐하여 축하해 주러 왔다. "멋지지 않아요? 당신은 정말 운이 좋아요."라고 그들은 말했다. 당첨된 남성은 미소를 지으며 "아마도." 하고 대답했다. 그는 몇 주 동안 즐겁게 새 차를 운전하며 다녔다. 그러던 어느 날 교차로에서 음주운전 차량에 부딪혀 그는 중상을 입고 병원에 입원했다. 친척과 지인들이 문병을 와서 말했다. "참으로 불운했네요." 또다시 남자는 미소 지으며 "아마도." 하고 대답했다. 그가 아직 병원에 입원해 있던 어느 날 밤, 산사태가 나서 그의 집이 바다로 쓸려가 버렸다. 다음 날 또다시 친구들이 와서 말했다. "입원 중이라서 운이 좋았어." 남자는 또 대답했다. "아마도."

이 지혜로운 남자의 "아마도."는 일어나는 어떤 일에 대해서도 판단하지 않음을 의미한다. 대신에 있는 그대로의 사실을 받아들이고 그럼으로써 더 높은 질서에 의식적으로 자신을 맞추는 것이다. 겉으로 봐서는 우연으로 보이는 사건이 전체라는 그림 안에서 어떤 위치를 차지하고 있고 그것에 어떤 목적이 있는지, 마음으로는 이해할 수 없는 경우가 많음을 그는 아는 것이다. 그러나 절대로 우연히 일어나는 사건은 없으며, 전체와 분리되어 독립적으로 존재하는 사건이나 사물도 없다.

당신의 몸을 구성하는 원자들은 일찍이 별들 속에서 형성되었다. 어떤 작은 사건조차도 문자 그대로 무한한 인과 관계 속에서 생각이 미칠 수 없는 무궁무진한 방식으로 전체와 연결되어 있다. 어떤 사건의 원인을 거슬러 올라가 알고 싶다면 우주의 창조까지 되돌아가야만 할 것이다. 우주는 혼돈 상태가 아니다. '우주 cosmos'라는 단어는 질서, 조화를 의미한다. 그 질서는 인간의 마음이 이해할 수 있는 것은 아니다. 다만 우리는 그것을 언뜻 들여다볼 수는 있다.

무슨 일이 일어나든 걱정하지 않는다

지두 크리슈나무르티는 인도의 위대한 사상가이자 영적 교사이며 50년 넘게 세계 각지를 여행하고 강연하면서 언어를 통해―언어라는 것은 내용물이지만―언어를 초월하고 내용물을 초월한 것을 전달하려고 했다. 생의 후반기에 행한 어느 강연에서 그는 "나의 비밀을 알고 싶은가요?" 하고 물어 청중을 놀라게 했다. 듣고 있던 모든 사람이 정신을 똑바로 차리고 들었다. 대부분의 청중은 2,30년 동안 그의 말을 들어 왔지만 그럼에도 여전히 그의 가르침의 본질을 이해하지 못하고 있었다. 그 긴 세월이 흐른 뒤에 마침내 스승이 가르침을 이해할 열쇠를 주려고 하고 있었다. 그는 말했다.

"이것이 나의 비밀입니다. 나는 무슨 일이 일어나든 걱정하지 않습니다."

그는 그 이상 설명하지 않았다. 아마도 청중 대부분은 전보다 더 혼란스러웠을 것이다. 그러나 이 단순한 말에 담긴 의미는 매우 심오하다.

일어나는 일에 대해 걱정하지 않는다. 이것은 무엇을 의미하는가? 자신의 내면이 일어나는 일들과 조화를 이루고 있다는 것이다. '일어나는 일'이란 물론 이 순간의 있는 그대로의 상태를 가리키며, 그것은 이미 그러하게 그곳에 존재하고 있다. '일어나는 일'은 내용물, 즉 이 순간이 취하는 형태이다. 그리고 유일하게 존재하는 순간은 이 순간뿐이다. 이 순간의 있는 그대로와 조화를 이루고 있다는 것은 일어나는 일에 대해 내면적으로 무저항의 상태라는 뜻이다. 마음속에서 좋다거나 나쁘다는 분류표를 붙이지 않고 그것이 있는 그대로 있게 함을 의미한다. 그렇다면 이것은 삶에 변화를 가져오기 위한 행동을 더 이상 하지 않는 것을 의미하는가? 그렇지 않다. 오히려 그 반대로, 지금이라는 순간과의 내적인 조화를 기초로 행동할 때 그 행동에는 삶 그 자체의 지성의 힘이 작용한다.

그런가?

일본의 한 마을에 하쿠인이라는 선사가 살고 있었다. 그는 큰 존경을 받았고 많은 사람들이 영적 가르침을 듣기 위해 그를 찾아왔다. 어느 날 절 옆집에 사는 10대 소녀가 임신을 했다. 화가 난 부모에게서 아이 아버지가 누구냐는 질문을 받은 소녀는 마침내 하쿠인 선사라고 대답했다. 몹시 흥분한 부모는 당장 선사에게로 달려가 큰소리로 욕을 하면서, 그가 아이의 아버지임을 딸이 자백했다고 말했다. 하쿠인이 한 대답은 이것이 전부였다.

"그런가?"

추문은 마을 전체에 퍼지고, 인근 지역까지 번졌다. 선사의 명성은 땅에 떨어졌다. 그러나 선사는 개의치 않았다. 아무도 설법을 들으러 오지 않았지만 선사는 동요함 없이 담담했다. 아이가 태어났을 때 소녀의 부모는 아이를 하쿠인 선사에게로 데려다 주었다.

"당신이 아버지이니까 당신이 아이를 키우시오."

선사는 아이를 사랑으로 돌보았다. 일 년이 지났고 아이의 엄마는 참회하는 마음으로 부모에게, 아이의 진짜 아버지는 푸줏간에서 일하는 청년이라고 고백했다. 부모는 당황하여 하쿠인 선사의 거처로 급히 달려가 사죄하고 용서를 구했다.

"정말 죄송합니다. 아이를 다시 데려가려고 왔습니다. 저희 딸이 당신이 아이 아버지가 아니라고 고백했습니다."

"그런가?"

그것이 선사가 아이를 그들에게 안겨 주며 말한 전부였다.

선사는 거짓에든 진실에든, 나쁜 소식이든 좋은 소식이든 "그런가?" 하고 정확히 똑같은 방식으로 반응했다. 그는 좋은 것이든 나쁜 것이든 지금 이 순간이 취하는 모습을 그대로 인정하고 인간 드라마에는 참여하지 않았다. 그에게는 오직 이 순간만이 존재하며, 이 순간은 있는 그대로일 뿐이다. 그는 일어나는 사건을 자기화하지 않는다. 그는 누구의 피해자도 아니다. 지금 이 순간에 일어나고 있는 사건과 완벽하게 하나가 되고, 그런 이유 때문에 일어나는 사건은 그에게 어떤 힘도 미치지 못한다. 일어난 일에 저항하려 할 때만 그 일에 좌우되고 당신의 행복과 불행을 세상이 결정하게 되는 것이다.

아이는 사랑받고 보살핌을 받았다. 그 무저항의 힘을 통해 나쁜 것이 좋은 것으로 바뀐다. 언제나 현재의 순간이 요구하는 것에 반응하면서 선사는 때가 오자 아이를 보내 준 것이다.

이러한 사건들의 각 단계에서 에고라면 어떻게 반응했을지 잠시 상상해 보는 것도 좋다.

에고와 현재의 순간

삶에서 가장 근본적이고 중요한 관계는 '지금'과의 관계이다. 더 정확히 말하면 '지금'이 취하고 있는 모든 모습, 즉 지금 존재하는 것들 혹은 지금 일어나는 것들과의 관계이다. 이 '지금'과의 관계가 기능장애를 일으키면, 그 기능장애는 당신이 맞닥뜨리는 모든 관계, 모든 상황에 반영될 것이다. 간단히 말하면 에고라는 것은 이런 식으로 정의할 수 있다. '현재의 순간과의 기능장애적인 관계.' 당신이 현재의 순간과 어떤 관계를 맺을 것인가를 결정할 수 있는 것은 오직 지금 이 순간에서이다.

일단 일정 수준의 의식에 도달하면 현재의 순간과 어떤 관계를 맺을 것인가도 당신이 결정할 수 있다. 현재의 순간과 친구가 되기를 원하는가, 아니면 적이 되기를 원하는가? 현재의 순간은 삶과 분리할 수 없기 때문에 실제로는 삶과 어떤 관계가 되고 싶은가를 결정하는 것이다. 일단 현재의 순간과 친구가 되기를 원한다고 결정하면, 먼저 당신이 첫걸음을 내딛어야 한다. 그것을 향해 우호적으로 다가가, 그것이 어떤 모습으로 나타나든 친구답게 환영하는 것이다. 그러면 머지않아 그 결과를 보게 될 것이다. 그때 삶쪽에서도 당신을 향해 우호적으로 다가온다. 사람들은 협조적이 되고 상황도 협력적이 된다. 한 가지 결정이 당신의 현실 전체를 변화시킨다. 그러나 그 결정을 몇 번이나 반복해야 한다. 그것이 삶의 자연스러운 방식이 될 때까지.

현재의 순간을 친구로 삼으려는 결정은 에고의 종말을 의미한다. 에고는 결코 현재의 순간과 사이좋게 되지 않는다. 다시 말해 삶과 조화를 이룰 수 없다. 에고의 본성 자체가 현재의 순간을 무시하고, 저항하고, 가치를 깎아내리게 되어 있기 때문이다. 에고는 시간 속에서 살아간다. 에고가 강할수록 삶은 한층 더 시간에 지배된다. 그렇게 되면 당신이 하는 거의 모든 생각이 과거 또는 미래와 관련된 것이 되어 버리고, 자신이 어떤 사람인가가 과거에 의해 결정되며, 자기실현을 미래에 의존한다. 두려움, 불안, 기대, 후회, 죄책감, 분노 등은 의식이 시간에 얽매여 기능장애 상태가 되어 있음을 보여 준다.

현재의 순간에 대해 에고는 세 가지의 방식으로 반응한다. 목적을 위한 수단으로 반응하는 것, 장애물로 반응하는 것, 적으로 반응하는 것—이 세 가지이다. 그것들을 순서대로 살펴보자. 그렇게 하면 그것들이 당신 안에 일어날 때 알아차릴 수 있을 것이고, 다시 결정을 내리는 것도 가능하다.

에고에게 현재의 순간은 기껏해야 목적을 위한 수단으로서만 쓸모가 있다. 더 중요하다고 생각되는 미래의 어느 순간으로 당신을 데려가는 수단일 뿐이다. 하지만 그 미래는 언제나 현재의 순간으로만 다가오며, 따라서 미래라는 것은 머릿속 하나의 생각 이상이 결코 아니다. 다시 말해, 이 방식이 작용하면 당신은 언제나 어딘가로 가려고 하기 때문에 바쁘며, 결코 '지금 이곳에' 완전히 존재할 수 없다.

이 방식이 심해지면, 그리고 이런 일은 매우 흔한데, 현재의 순간이 마치 극복해야 할 장애물로 여겨지고 다루어진다. 이때 초조함, 좌절, 스트레스가 일어나지만, 우리의 문화에서는 이것이 많은 사람들의 일상이자 지극히 정상적인 상태가 되었다. 이렇게 되면 오직 '지금'인 삶은 '문제'가 되고, 당신은 문제 많은 세상에 살아가게 되며, 그 모든 문제를 해결하지 않으면 행복하거나 만족할 수 없으며, 진정으로 삶을 시작할 수 없다. 혹은 그렇게 당신은 생각한다. 문제는 이것이다. 문제를 하나씩 해결할 때마다 또 다른 문제가 튀어나온다는 것이다. 현재의 순간을 장애물로 보는 한, 문제에 끝은 있을 수 없다. 삶은, 즉 '지금'은 말한다. "당신이 원하는 대로 나는 무엇이든 되어 줄 거야. 당신이 나를 대하는 방식으로 나는 당신을 대할 거야. 당신이 나를 문제라고 보면, 나는 당신에게 문제가 되어 줄 거야. 장애물이라고 생각하면 장애물이 되어 줄 거야."

가장 나쁜 경우는, 이것 또한 매우 흔한데, 현재의 순간을 적으로 취급하는 것이다. 자신이 하고 있는 일이 싫거나, 상황이 불만스럽거나, 일어나고 있는 일과 일어난 일에 욕을 퍼부을 때, 혹은 마음속 대화가 '해야 한다'와 '하지 말아야 한다'로 이루어져 있을 때, 비난과 남 탓으로 흘러넘칠 때, 당신은 '있는 그대로의 지금'에 반론을 제기하고 이미 그것인 것과 다투고 있는 것이다. 삶을 적으로 만들고 있기 때문에 삶도 "싸움을 원하면 싸우게 해 주지."라고 응답한다. 외부적인 현실은 늘 당신의 내면 상태의 반영이기 때문에 당신은 당연히 적대적인 세계를 경험한다.

자신에게 자주 물어야 할 중요한 질문이 있다. "나는 현재의 순간과 어떤 관계에 있는가?" 그리고 그 해답을 발견하기 위해서는 깨어 있어야 한다. 나는 '지금'을 목적을 위한 수단으로만 삼고 있는가? 그렇지 않으면 장애물로 보고 있는가? 나는 혹시 그것을 적으로 취급하지는 않는가? 현재의 순간만이 당신이 유일하게 소유할 수 있는 것이므로, 또한 삶은 '지금'과 분리시킬 수 없으므로, 그 질문이 진정으로 의미하는 것은 이것이다. "나는 삶과 어떤 관계인가?"

이 질문은 에고의 가면을 벗기고 '이 순간에 존재함(현존)'으로 당신을 데려가는 훌륭한 방법 중 하나이다. 이 질문이 절대적인 진리를 표현하고 있지는 않더라도—궁극적으로 나와 현재의 순간은 하나이기 때문에—올바른 방향을 가리켜 보이는 유용한 표지판이다. 더 이상 필요 없을 때까지 몇 번이나 이 질문을 스스로에게 던져 봐도 좋다.

현재의 순간과 기능장애를 일으키는 관계는 어떻게 하면 극복할 수 있는가? 가장 중요한 것은 자신 안에, 자신의 생각과 행동에 기능장애가 있음을 보는 것이다. 보는 순간, 자신과 '지금'과의 관계가 기능장애임을 알아차리는 순간, 그때 당신은 온전히 현재의 순간에 존재하게 된다. 봄으로써 '현존'이 일어나는 것이다. 기능장애를 보는 순간, 그 기능장애는 소멸하기 시작한다. 그것을 보는 순간 어떤 이들은 큰소리로 웃음을 터뜨린다.

보는 것과 더불어 선택할 힘이 생긴다. '지금'에게 "예."라고 말하고 친구로 만드는 힘이.

시간의 역설

현재의 순간은 표면적으로는 '일어나는 것'이다. 그리고 일어나는 것은 끊임없이 변화하기 때문에 삶의 매일매일은 서로 다른 일들이 일어나는 수많은 순간들로 이루어져 있는 것처럼 보인다. 시간은 순간들의 끝없는 연속이고, 그 순간에는 '좋은' 순간도 있고 '나쁜' 순간도 있다고 생각될 것이다. 그러나 잘 관찰해 보면, 즉 자신의 직접적인 경험을 통해 보면, 그렇게 많은 순간들이 있는 것이 전혀 아님을 발견하게 된다. 존재하는 것은 오직 '지금 이 순간'뿐이다. 삶은 언제나 '지금'이다. 당신 삶의 모든 것이 이 끝없는 '지금'에서 펼쳐지고 있다. 과거나 미래의 순간들도 당신이 기억하거나 기대할 때만 존재하며, 그것도 유일하게 존재하는 순간인 지금 이 순간에 당신이 그것들에 대해 생각할 때 가능하다.

그러면 왜 많은 순간들이 존재하는 것처럼 보이는가? 그것은 일어나고 있는 일들, 다시 말해 내용물을 현재의 순간과 혼동하기 때문이다. '지금'의 공간을 그 공간 안에서 일어나고 있는 일들과 혼동하는 것이다. 현재의 순간을 내용물과 혼동함으로써 시간의 환상뿐 아니라 에고의 환상도 생겨난다.

여기 하나의 역설이 있다. 한편에서는 시간의 실체를 부정할 수 없다. 이곳에서 저곳으로 가는 데도, 음식을 준비하는 데도, 집을 짓는 데도, 이 책을 읽는 데도 시간이 필요하다. 성장하는 데도, 새로운 것을 배우는 데도 시간이 필요하다. 무엇을 하든 시간이 필요하다. 모든 것이 시간의 지배를 받고 있고, 셰익스피어가 부른 대로 '이 피비린내 나는 시간의 폭군'이 결국 당신을 죽일 것이다. 그것은 당신을 휘감아 흐르는 난폭한 강물 같은, 혹은 모든 것을 태워 버리는 불 같은 것이다.

최근에 나는 오랫동안 소식이 끊겼던 오래된 친구 가족을 만났다가 충격을 받았다. 나는 하마터면 이렇게 물을 뻔했다. "어디 아프세요? 무슨 일이 있었나요? 누가 당신들을 이렇게 만들었나요?" 어머니는 지팡이를 짚고 걸었으며, 몸이 작게 줄어들었고, 얼굴은 오래된 사과처럼 주름살투성이였다. 마지막으로 만났을 때는 에너지와 열정, 젊음의 기대가 넘치던 딸은 세 명의 아이를 키우느라 몹시 고단하고 지쳐 보였다. 그때 나는 기억해 냈다. 내가 이 가족을 만난 때로부터 어느새 30년이 흘렀다는 것을. 그들을 이렇게 만든 것은 시간이었다. 그리고 그들 또한 나를 보고 똑같은 충격을 받았을 것임에 틀림없다.

모든 것이 시간의 지배를 받을 수밖에 없는 것처럼 보이지만, 그럼에도 그 모든 것은 '지금' 속에서 일어난다. 그것이 시간의 역설이다. 무엇을 보든, 썩은 사과를 보든, 화장실 거울에 비친 당신 얼굴과 30년 전 사진을 비교해 보든, 시간의 실체를 깊이 깨닫게 하는 '정황적' 증거들이 가득하지만, 직접적인 증거는 절대 발견할 수 없다. 시간 그 자체를 경험하는 것은 결코 불가능하다. 경험할 수 있는 것은 오직 현재의 순간, 혹은 현재의 순간 속에서 일어나고 있는 것뿐이다. 직접적인 증거만을 놓고 말한다면 시간은 존재하지 않으며, '지금'만이 존재하는 전부이다.

시간의 제거

에고가 사라진 상태를 미래의 목적으로 만들고 그것을 향해 노력하는 것은 불가능하다. 그렇게 하더라도 당신이 얻는 것은 더 많은 불만족과 내적 갈등이 전부이다. 왜냐하면 언제나 아직 목적지에 도착하지 않은 것처럼 보이고, 아직 그 상태를 '성취하지' 못한 것처럼 보일 것이기 때문이다. 에고로부터의 자유가 미래의 목표일 때, 당신은 자신에게 더 많은 시간을 주게 되고, 더 많은 시간은 에고의 더 커짐을 의미한다. 영적인 추구로 보이는 것이 사실은 모습을 바꾼 에고가 아닌지 주의 깊게 살펴볼 필요가 있다. '자기'를 제거하는 것이 미래의 목적이 되면, '자기'를 제거하려는 그 노력조차 '자기'를 더 커지게 하려는 위장된 추구일 가능성이 있다. 자신에게 더 많은 시간을 주는 것은 정확히 말하면 자신의 '자아'에게 더 많은 시간을 주는 것이다. 이 시간은 과거와 미래이고, 마음이 만들어 낸 거짓 자아인 에고가 살아가는 데 필요한 먹이이며, 그 시간은 당신의 마음속에 존재한다. '저 바깥'에 있는 객관적인 실체가 아니다. 시간은 감각에 의한 인식을 위해 필요한, 현실적인 목적에 없어서는 안 될 마음의 구조물이지만 자기 자신을 아는 데는 최대의 장애이다. 시간은 삶의 수평적 차원, 현실의 표면층이다. 그러나 삶에는 깊이라는 수직적 차원도 있다. 수직적 차원에는 오직 '현재의 순간'이라는 입구를 통해서만 접근이 가능하다.

그러므로 자신에게 시간을 주는 대신 시간을 제거해야 한다. 의식으로부터 시간을 제거하는 것은 에고를 제거하는 것이다. 그것만이 유일하게 진정한 영적 수행이다.

시간의 제거라고 말할 때, 시계로 재는 물리적인 시간은 물론 아니다. 시계의 시간은 약속을 하거나 여행 계획을 세우는 것 같은 실질적 목적을 위해 이용되는 시간이다. 시계로 계산하는 시간 없이는 이 세상에서 거의 살아갈 수 없다. 우리가 지금 말하고 있는 것은 그 시간이 아니라 심리적인 시간의 제거이다. 심리적인 시간이라는 것은 에고의 마음이 과거와 미래에 끊임없이 사로잡혀 있는 것이다. 피할 수 없는 현재 순간의 '본래 그러함'과의 조화 속에서 삶과 일체가 되는 것을 마음 내켜 하지 않는 것이다.

삶에게 습관적으로 말해 온 "아니오."가 "예."로 바뀔 때마다, 있는 그대로의 이 순간을 허용할 때마다, 당신은 에고뿐 아니라 시간을 사라지게 한다. 에고가 살아남기 위해서는 시간을, 과거와 미래를, 현재의 순간보다 더 중요한 것으로 만들어야 한다. 원하는 것이 이루어진 직후의 실로 짧은 기간을 제외하면 에고는 현재의 순간과 우호적이 될 수가 없다. 게다가 어떤 것도 에고를 긴 시간 만족시킬 수 없다. 에고가 삶을 지배하고 있는 한, 불행해지는 두 가지의 길이 있다. 하나는 원하는 것이 이루어지지 않는 불행이고, 다른 하나는 원하는 것이 이루어지는 불행이다.

존재하는 것은 모두, 혹은 일어나는 일들은 모두, '지금'이 취하는 모습들이다. 당신이 내면에서 그것에 저항하는 한, 그 모습들은, 바꿔 말해 세상은 돌파할 수 없는 장벽이 된다. 그 장벽은 모습(형상)을 초월한 당신 자신으로부터 당신을 분리하고, 형상 없는 '한 생명'으로부터 당신을 분리시킨다. 형상 없는 '한 생명'이 당신의 본래 존재이다. '지금'이 취하는 형상에 내면으로부터 긍정을 말하면, 그 형상이 형상 없는 세계로의 문이 된다. 세상과 신 사이의 분리가 사라진다.

'한 생명'이 이 순간에 취하고 있는 모습(형상)에 반발하고 '지금'을 수단, 장애물, 적으로 여기면 형상으로서의 정체성, 즉 에고를 강화하게 된다. 그렇기 때문에 에고의 반응성이 있는 것이다. 에고의 반응성이란 무엇인가? 반응에 중독되고 무반응하지 않는 것이다. 이 순간의 형상에 반응하면 할수록 당신은 더 많이 형상에 붙잡히게 된다. 형상과 동일화되면 될수록 에고가 강해진다. 그때 당신의 '존재'는 형상을 통해 더 이상 비쳐 나오지 않거나 아주 희미하게만 비쳐 나올 뿐이다.

형상에 대한 무저항을 통해 당신 안의 형상을 초월한 것이 나타난다. 그것은 모두를 아우르는 '현존(이 순간에 존재함)'으로서 나타난다. 단기간에 소멸하는 형상 정체성보다 훨씬 더 위대한 침묵의 힘이다. 그리고 형상 세계의 어떤 것보다도 더 깊은 당신 자신이다.

꿈꾸는 자와 꿈

무저항은 우주의 가장 큰 힘을 여는 열쇠이다. 그 힘에 의해 의식, 즉 영혼이 형상에 갇힘으로부터 자유로워진다. 무엇이 존재하든 무엇이 일어나든, 형상에 대해 마음속에서 저항하지 않는다는 것은 형상의 절대적 실체를 인정하지 않는다는 것이다. 저항하면 당신 자신의 형상 정체성인 에고를 포함해 세상과 세상의 일들이 실제보다도 더 현실성 있어지고, 더 견고하고 더 영속적으로 보인다. 세상과 에고에게 무게와 절대적 의미를 부여하고, 자기 자신과 세상을 매우 심각하게 받아들이게 된다. 그렇게 되면 형상들의 놀이를 생존 경쟁으로 오해하고, 그 오해가 당신의 인식일 때 그것은 당신의 현실이 된다.

일어나는 많은 일들, 삶이 취하는 많은 형상들은 본래 한순간의 꿈에 지나지 않는다. 모든 것이 흘러간다. 사물도, 육체도, 에고도, 사건도, 상황도, 생각도, 감정도, 욕망도, 야망도, 두려움도, 드라마도……. 모든 것은 무척 중요한 것처럼 가장하고서 왔다가 당신이 알아차리기도 전에 가 버린다. 그것들이 나온 무의 세계 속으로 사라져 간다. 그것들은 정말 실재하는 것이었을까? 그것들은 하나의 꿈, 형상의 꿈 이상인 적이 있었을까?

아침에 깨어나면 밤사이 꾼 꿈은 사라진다. "아, 단지 꿈이었구나. 실제가 아니었어."라고 우리는 말한다. 그러나 꿈속 무엇인가는 분명히 실제였음에 틀림없다. 그렇지 않으면 그것은 존재할 수가 없었다. 죽음이 다가올 때 우리는 삶을 되돌아보고 그것이 단지 또 다른 꿈이 아니었을까 의심한다. 지금도 작년의 휴가 여행이나 어제의 인간 드라마를 되돌아보면 그것이 지난밤의 꿈과 매우 비슷하다는 것을 느낀다.

꿈이 있고, 그 꿈을 꾸는 자가 있다. 꿈은 형상들의 일시적인 놀이이다. 그것이 이 세계이다. 상대적으로는 실재하지만 절대적으로는 실재하는 것이 아니다. 그리고 거기 꿈꾸는 자, 절대적 실체가 있다. 그 안에서 형상들은 왔다가 간다. 꿈꾸는 자는 개인이 아니다. 개인도 꿈의 일부이다. 꿈을 꾸는 자는 그 안에서 꿈이 나타나고 꿈을 가능하게 하는 토대이다. 그것이 상대적인 것 배후의 절대적인 것, 시간 배후의 시간 없음, 형상의 내부와 배후에 있는 의식이다. 꿈꾸는 자는 의식 그 자체이다. 그것이 당신 자신이다.

꿈속에서 깨어나는 것, 그것이 지금 우리의 목적이다. 우리가 그 꿈 안에서 깨어나면 에고가 만들어 낸 지구상의 드라마는 끝이 나고, 더 평온하고 경이로운 꿈이 일어난다. 이것이 새로운 지구이다.

한계를 넘어

누구나의 삶에는 형상 차원에서의 성장과 확장을 추구하는 시기가 있다. 신체적인 허약함과 금전적인 부족 같은 한계를 극복하려고 노력하는 때이며, 새로운 기술과 지식을 획득하거나 창조적인 활동을 통해 자신을 위해서도 타인을 위해서도 삶의 질을 높이는 새로운 무엇인가를 이 세상에 가져오는 시기이다. 그것은 음악이나 미술 작품일 수도 있고, 책이 될 수도 있으며, 당신이 제공하는 서비스와 수행하는 기능, 세상에 결정적 기여를 하는 사업체나 조직이 될 수도 있다.

당신이 현재의 순간에 존재할 때, 당신의 관심이 충분히 '지금' 속에 있을 때, 그 현존이 당신이 하는 일 속으로 흘러들어 와 그 일을 변화시킨다. 그 안에 질적 수준과 힘이 있게 될 것이다. 당신이 하고 있는 일이 돈이든 명성이든 승리이든 어떤 목적을 위한 수단이 아니고 일의 실현 그 자체가 목적일 때, 자신이 하는 일 속에서 기쁨과 활력을 느낄 때, 당신은 현재의 순간에 존재한다. 물론 현재의 순간과 친구가 되지 않으면 현재의 순간에 존재하는 것은 불가능하다. 현재의 순간에 존재하는 것이 부정적 성향에 물들지 않은 효과적인 행동의 기초이다.

형상은 한계를 의미한다. 우리는 이곳에 한계를 경험하기 위해 있을 뿐 아니라, 한계를 뛰어넘음으로써 의식 속에서 성장하기 위해 이곳에 있다. 외부 차원에서 극복할 수 있는 한계도 있지만, 어떤 한계는 함께 사는 법을 배워야만 하는 것도 있다. 그러한 한계들은 오직 내적으로만 초월할 수 있다. 누구라도 조만간 그런 한계들에 맞닥뜨릴 것이다. 그런 한계들은 당신을 에고의 반응에 갇히게 한다. 이것은 심한 불행을 의미한다. 아니면 있는 그대로를 무조건 받아들임으로써 내적으로 그것들을 뛰어넘을 수도 있다. 그것을 가르치기 위해 그 한계들은 이곳에 있는 것이다. 현재 순간의 있는 그대로를 의식 속에서 받아들이면 삶의 수직축 차원, 깊이의 차원이 열린다. 그리고 그 수직축 차원으로부터 무엇인가가, 무한의 가치를 가진 무엇인가가, 그렇지 않으면 나타나지 않고 그대로 파묻혀 있었을 무엇인가가 이 세상 속으로 나온다. 혹독한 한계상황을 받아들인 사람들 중에는 영적 치료사나 영적 교사가 되는 사람들이 있다. 또한 인간의 고통을 줄이거나 이 세상에 창조적인 선물을 가져오기 위해 자신을 버리고 노력하는 사람들도 있다.

1970년대 후반, 나는 당시 공부하던 런던 캠브리지 대학의 대학원 건물에 있는 카페에서 매일같이 한두 명의 친구와 점심을 먹곤 했다. 가끔씩 근처 테이블에 휠체어에 탄 남성이 앉곤 했다. 그 남성은 항상 서너 명의 사람들과 함께였다. 한 번은 그가 바로 맞은편 테이블에 앉아 있을 때 그를 좀더 가까이서 바라보고 나는 매우 놀랐다. 그는 거의 전신이 마비된 듯했다. 몸에는 힘이 전혀 없었고, 머리도 영구적으로 앞으로 구부러진 상태였다. 함께 앉은 사람들 중 한 명이 조심스럽게 그의 입에 음식을 넣어 주고 있었는데, 그 대부분은 동석한 남성이 턱 아래에 받쳐 든 작은 접시에 그대로 떨어졌다. 휠체어에 앉은 남성이 때때로 이해할 수 없는 목쉰 소리 같은 것을 내면 누군가가 그 입가에 귀를 가까이 대고 놀랍게도 그가 말하려는 것을 다른 사람에게 전해 주었다.

나중에 나는 친구에게 휠체어에 탄 남성이 누구인지 알고 있느냐고 물었다. 친구는 대답했다.

"물론 알고 있지. 수학과 교수야. 함께 있던 사람들은 제자인 대학원생들이야. 신체의 모든 부분에 차례로 마비가 진행되는 운동 신경 질환에 걸렸어. 의사는 5년이라도 견딜 수 있다면 다행이라고 했대. 인간에게 그 이상 끔찍한 운명도 없지."

몇 주 뒤, 내가 그 카페 건물을 나서는데 마침 그가 안으로 들어오고 있었다. 그의 전동휠체어가 통과할 수 있도록 문을 잡아 주는 동안 나는 그와 눈이 마주쳤다. 그의 눈이 무척 맑다는 것에 나는 깜짝 놀랐다. 거기에는 불행의 흔적이 전혀 없었다. 나는 금방 알 수 있었다. 그가 저항을 완전히 포기했다는 것을. 그는 있는 그대로를 모두 받아들이고 있었다.

그로부터 여러 해가 지나 가판대에서 신문을 사다가 그 남성이 유명한 국제적인 시사 잡지의 표지에 실린 것을 보고 또 한 번 놀랐다. 그는 아직 살아 있을 뿐 아니라 세계에서 가장 유명한 이론 물리학자가 되어 있었다. 그의 이름은 스티븐 호킹이었다. 기사에는 몇 년 전에 그의 눈을 보고 내가 느꼈던 것을 입증하는 아름다운 문장이 있었다. 자신의 삶에 대해 질문을 받자, 그는 이제는 음성합성장치의 도움을 빌어 이렇게 대답했다.

"이 이상 무엇을 더 바라겠습니까?"

'있음'의 기쁨

불행과 부정적 성향은 이 행성 위의 병이다. 대기오염이 바깥 차원에 있는 것이라면 부정적 성향은 내면 차원에 있다. 그것은 가난한 장소뿐만이 아니라 사람이 충분 이상의 것을 가진 곳에서도 많이 눈에 띈다. 의외인가? 그렇지 않다. 풍족한 세상에서는 오히려 형상과의 동일화가 더 깊이 진행되고, 내용물 속에서 더 길을 잃고, 에고의 덫에 더 많이 갇힌다.

행복은 자신에게 일어나는 일들에 달려 있다고, 즉 행복은 형상에 의존한다고 사람들은 믿는다. 일어나는 일들이 우주에서 가장 불안정한 것임을 깨닫지 못한다. 일어나는 일들은 끊임없이 변화하는데도. 사람들은 현재의 순간을, 일어나면 안 되는데도 일어난 어떤 일, 혹은 일어나야 함에도 일어나지 않은 어떤 일 때문에 문제가 있는 것으로 바라본다. 그 때문에 삶 자체에 내재해 있는 깊은 완전성을 놓쳐 버린다. 언제나 이미 이곳에 있는 완전성, 일어나고 있거나 일어나지 않는 것 너머, 즉 형상 너머에 존재하는 완전성을. 현재의 순간을 받아들여, 어떤 형상보다도 깊고 시간에 의해 손상되는 일 없는 완전성을 발견해야만 한다.

유일하게 진정한 행복인 '순수한 있음'의 기쁨은 형상, 소유, 성취, 사람 또는 사건을 통해 오지 않는다. 일어나는 일들을 통해 얻어지지 않는다. 그 기쁨은 밖에서 '오는' 것이 결코 아니다. 그것은 당신 내면의 형상 없는 차원으로부터, 의식 그 자체로부터 발산되는 것이며, 따라서 본래의 당신 자신과 하나이다.

에고의 작아짐

에고는 늘 자신이 작아지지는 않는지 경계한다. 작아질 것 같다고 생각하면 자동적인 에고 복구 장치가 작동해 '나'라는 마음속 형상을 복구시킨다. 누군가에게 비난받거나 비판받으면 에고는 작아졌다고 생각하고 곧바로 자기 정당화, 방어, 맞비난에 나선다. 그렇게 함으로써 손상된 자아의식을 복구하려고 한다. 상대방이 옳은가 그른가는 상관하지 않는다. 에고의 관심은 진실보다도 자기 보존에 있다. '나'라는 마음속 형상 보존이 더 중요하다. 도로에서 다른 운전자에게 '멍청이'라는 말을 듣고서 되받아서 소리를 지르는 지극히 평범한 행동도 자동적이고 무의식적인 에고 복구 장치이다. 가장 흔한 에고 복구 장치 중 하나는 화내는 일로, 일시적이지만 강력한 에고 확대 효과가 있다. 모든 에고 복구 장치는 에고에게 완벽한 느낌을 주지만 실제로는 기능장애 행위이다. 이 기능장애 행위 중에서도 특히 극단적인 것은 물리적 폭력, 그리고 과대망상이라는 형태의 자기기만이다.

강력한 영적 실천 중 하나는 에고의 작아짐이 일어날 때 그것을 복구하려는 시도 없이 의식적으로 작아진 채 두는 것이다. 때때로 실행해 볼 것을 권한다. 예를 들어, 누군가에게 비판받거나 비난받거나 험담을 들었을 때 곧바로 반박과 자기방어를 시도하지 말고 아무것도 하지 않는 것이다. 자기 이미지가 축소되도록 놓아두고, 그때 자신 깊은 곳에서 느껴지는 것에 깨어 있으라. 몇초 동안은 자기 자신이 작아졌다는 불쾌감이 있을 것이다. 그러나 그때 생명력으로 가득한 넓은 공간을 감지하지는 않는가? 당신은 전혀 작아지지 않았다. 오히려 확장되었다. 그때 당신은 놀라운 깨달음을 얻을지도 모른다. 어떤 의미에서 자신이 작아진 것처럼 느껴져도, 그것에 대해 외부적으로만이 아니라 내면적으로도 전혀 반응하지 않고 있으면 실제로 어떤 것도 작아지지 않았고, 오히려 '작아짐'으로써 더 커졌음을 깨닫게 될 것이다. 자신을 방어하거나 자신의 형상을 강화하려고 하지 않으면 형상과의 동일화로부터, 즉 마음속 자기 이미지로부터 걸어 나올 수 있다. 에고의 관점에서 보면 '작아짐'으로써 당신은 역으로 더 넓어지며, '순수한 있음'이 앞으로 나올 여유 공간이 생긴다. 그때 진정한 힘이, 형상을 초월한 진정한 당신이, 분명히 약해진 형상을 통해 빛을 발한다. 예수가 "너 자신을 부정하라." 또는 "너의 다른 쪽 뺨을 내밀라."라고 말한 것은 이 의미이다.

물론 이것은 학대를 감수하거나 무의식적인 사람들의 희생자가 되라는 의미가 아니다. 상황에 따라서는 상대방에게 단호하게 "그만두라."라고 말할 필요가 있다. 에고의 자기방어가 없을 때 당신의 말에는 힘이 있다. 그것은 단순한 대응과는 다르다. 필요하다면 단호하고 분명하게 "아니오."라고 말해야 한다. 이것은 모든 부정적 성향으로부터 자유로운, '질적으로 수준 높은 거부'라고 내가 부르는 것이다.

자신이 특별히 아무 존재도 아님에 만족하고 앞으로 나서지 않는다면 당신은 우주의 힘에 맞춰져 있는 것이다. 에고에게 약함으로 보이는 것이 사실은 유일하게 진정한 힘이다. 이 영적 진리는 우리 시대의 문화적 가치관, 그리고 이 시대가 사람들에게 조건 지우는 행동과는 정반대의 위치에 있다.

산이 되기보다는 "천하의 깊은 골짜기가 되라."고 노자의 『도덕경』은 가르친다. 그러면 당신의 전체성을 회복할 수 있고, "모든 것이 너에게 흘러들어 올 것"이라고.

마찬가지로 예수는 비슷한 의미의 우화에서 이렇게 가르쳤다.

"초청을 받았을 때 차라리 가서 가장 끝자리에 앉으라. 그러면 너를 청한 자가 와서 너더러 벗이여 올라앉으라 할 것이다. 그때에야 함께 테이블에 앉은 모든 사람 앞에서 존경받을 것이다. 왜냐하면 자기를 높이는 자는 누구나 낮아지고 자기를 낮추는 자는 높아지기 때문이다."

이 실천의 다른 한 가지 방법은 자의식을 강화하기 위해 자신을 과시하거나, 돋보이려 하거나, 특별한 존재가 되려 하거나, 강한 인상을 주려고 하거나, 관심을 끌려고 하지 않는 것이다. 여기에는 모두가 의견을 내세울 때 자신의 의견을 말하는 것을 자제하고, 이때 그것이 어떤 느낌인가를 관찰하는 것도 포함된다.

겉에서도 안에서도

맑은 밤하늘을 올려다보면 단순하면서도 매우 심오한 진리 하나를 깨닫게 된다. 거기 보이는 것은 무엇인가? 달과 별, 빛나는 은하의 띠, 때로는 혜성과 2백 3십만 광년 떨어진 이웃 안드로메다 은하도 희미하게 보일 것이다. 그렇다. 하지만 좀더 단순화한다면 무엇이 보이는가? 우주 공간에 떠 있는 물체들이다. 그렇다면 우주는 무엇으로 이루어져 있는가? 물체들과 공간이다.

맑은 밤하늘의 우주 공간을 올려다보면서 경이감으로 할 말을 잃지 않는다면 당신은 실제로는 보고 있지 않은 것이고, 그곳에 있는 전체성을 알아차리지 못한 것이다. 아마도 물체만을 보고 그 이름을 찾고 있을 것이다. 우주 공간을 올려다보면서 두려운 느낌을 받고 그 불가사의한 신비 앞에서 깊은 경외감을 느꼈다면, 그것은 당신이 설명과 분류표를 붙이려는 욕망을 잠시 멈추고 그곳에 떠 있는 물체들만이 아니라 우주 공간 자체의 무한한 깊이를 알아차렸음을 의미한다. 그리고 그 헤아릴 수 없이 많은 세계가 존재하는 공간의 광대무변함을 알아차릴 수 있을 만큼 당신의 내면도 고요해졌을 것이다. 그 경외감은 그곳에 수십 억 개의 세계가 있다는 사실에서 오는 것이 아니라, 그 모두를 담고 있는 무한한 깊이로부터 온다.

물론 공간은 볼 수 없고, 들을 수도, 만질 수도, 맛볼 수도, 냄새 맡을 수도 없다. 그렇다면 어떻게 공간이 존재함을 알 수 있는가? 논리적으로 들리는 이 질문에는 이미 근본적인 오류가 포함되어 있다. 공간의 본질은 '아무것도 없는 것'이기 때문에 단어의 일반적인 의미로는 그것은 존재하지 않는다. 존재하는 것은 물체, 즉 형상뿐이다. 그러므로 '공간'이라고 부르는 것도 오해의 원인이다. 이름을 붙임으로써 그것을 하나의 물체로 만들기 때문이다.

그렇다면 이렇게 말해 보자. 당신 안에는 공간과 유사한 무엇인가가 있고, 그러므로 공간을 알아차릴 수 있다. 알아차린다? 이것도 완전한 진실이라고는 할 수 없다. 그곳에 알아차릴 것이 아무것도 없다면 어떻게 공간을 알아차릴 수 있겠는가?

대답은 단순하면서 심오하다. 당신이 공간을 알아차릴 때 당신은 실제로는 아무것도 알아차리지 않지만 알아차림 그 자체를, 즉 내면의 의식 공간을 알아차리는 것이다. 당신을 통해 우주는 그 자신을 알아차리는 것이다!

눈이 아무것도 볼 것이 없을 때, 그 '아무것도 없음'이 공간으로 지각된다. 귀가 아무것도 들을 것이 없을 때, 그 아무것도 없음이 고요로 인식된다. 형상을 인식하도록 만들어진 감각들이 형상의 부재를 만났을 때, 감각적 인식 뒤에서 모든 인식과 경험을 가능하게 하는 형상 없는 의식은 더 이상 형상에 의해 흐려지지 않는다. 깊이를 가늠할 수 없는 우주 공간을 명상 속에 응시하거나 태양이 떠오르기 직전 이른 새벽의 고요에 귀를 기울일 때, 당신 안에서 무엇인가가 서로를 알아본 것처럼 그것과 공명한다. 그러면 당신은 공간의 무한한 깊이를 자신의 깊이로 감지하고, 형상 없는 소중한 고요가 당신 삶의 내용물을 채우고 있는 그 어떤 사물이나 사건들보다 훨씬 자기 자신임을 알게 된다. 고대 인도의 경전 『우파니샤드』는 똑같은 진리를 이렇게 가리켜 보인다.

눈에는 보이지 않지만 눈이 보는 것을 가능하게 하는 것, 그것만이 우주 원리 브라흐마이고 인간들이 이 세상에서 숭배하고 있는 것은 그것이 아님을 알라. 귀로는 들을 수 없으나 귀가 듣는 것을 가능하게 하는 것, 그것만이 우주 원리 브라흐마이며 인간들이 이 세상에서 숭배하고 있는 것은 그것이 아님을 알라. 마음으로 생각할 수 없으나 마음으로 생각하는 것을 가능하게 하는 것, 그것만이 우주 원리 브라흐마이며 인간들이 이 세상에서 숭배하고 있는 것은 그것이 아님을 알라.

경전은 신은 형상 없는 의식이며 당신 자신의 본질이라고 말한다. 그 밖의 것은 모두 형상이며 '사람들이 이 세상에서 숭배하는 것'이다. 우주의 실체를 구성하는 두 부분, 즉 물체와 공간, '어떤 것임'과 '어떤 것이 아님'은 당신 자신의 실체를 구성하는 두 부분이다. 분별 있고, 균형 잡히고, 결실 있는 삶은 실체를 구성하는 이 두 차원인 형상과 공간 사이의 춤이다. 많은 사람들은 형상의 측면에, 감각 지각과 생각과 감정에 너무도 동일화되어 있기 때문에 중요한 숨은 절반은 그들의 삶에 누락되어 있다. 형상과의 동일화 때문에 에고 속에 계속 갇혀 있는 것이다.

당신이 보고 듣고 느끼고 만지고 생각하는 것은 실체의 절반에 지나지 않는다. 형상의 차원이다. 예수의 가르침 안에서 그것은 '이 세상'이라고 불리는 것으로, 다른 쪽 차원은 '하늘나라' 혹은 '영원한 생명'으로 불린다.

공간이 모든 사물의 존재를 가능하게 하듯이, 또한 고요 없이는 소리도 있을 수 없는 것처럼, 당신도 당신 존재의 중요한 본질인 형상 없는 차원 없이는 존재할 수 없다. 이 단어가 잘못 사용되어 오지만 않았어도 우리는 그 차원을 '신'이라고 부를 수도 있을 것이다. 나는 그것을 '순수한 있음'이라고 부르기를 좋아한다. '순수한 있음'은 사물의 존재에 앞선다. 사물의 존재는 형상이고 내용물이고 '일어나는 것'이다. 사물과 사건은 생명(삶)의 전면에 있고, '순수한 있음'은 이른바 생명(삶)의 배경에 있다.

인류의 집단적인 병은 사람들이 눈앞에서 일어나는 일에 사로잡히고 움직이는 형상의 세계에 최면당해 삶의 내용물에만 너무 열중한 나머지 내용물을 초월한, 형상을 초월한, 생각을 초월한 본질을 잊는 것이다. 또한 사람들은 시간에 사로잡혀 영원을 잊고 있다. 자신들이 온 곳이고 자신들의 집이며 자신들의 운명인 곳을. 영원은 진정한 당신의 살아 있는 실체이다.

몇 해 전, 중국을 여행할 때 나는 길림성 근처 산 정상에 있는 불탑을 참배했다. 탑에 금색 글자가 새겨져 있어서 뭐라고 쓰여 있는지 중국인 친구에게 물었다. 그는 그것이 '부처 불(佛)'자라고 말했다. "그런데 이 글자는 두 부분으로 이루어져 있군요. 왜 그런가요?" 하고 내가 묻자 그는 설명했다.

"하나는 '사람 인' 변으로 '인간'을 나타냅니다. 그리고 오른쪽 것은 '없음', 즉 부정을 의미하지요. 이 두 가지를 조합하면 '붓다'라는 의미가 됩니다."

나는 경이감을 느끼며 그곳에 서 있었다. 붓다를 나타내는 한자에는 이미 붓다의 모든 가르침이 담겨 있었다. 볼 줄 아는 눈을 가진 사람에게는 그것이 삶의 비밀이다. 여기 실체를 구성하는 두 가지 차원이 있다. '어떤 것임'과 '어떤 것이 아님', 형상과 형상의 부정이. 형상의 부정은 자신의 본질은 형상이 아니라는 알아차림이다.

내면 공간의 발견 — 이 세상의 것이 아닌 평화

행복을 위해서는, 행복해지는 데는,

얼마나 작은 것으로도 충분한가!

더할 나위 없이 작은 것,

가장 미미한 것, 가장 가벼운 것,

도마뱀의 바스락거림, 한 줄기 미풍,

찰나의 느낌, 순간의 눈빛······.

이 작은 것들이 최고의 행복에 이르게 해 준다.

고요하라.

고대 수피의 이야기에 따르면, 중동 지방의 어느 왕이 끊임없이 행복과 절망 사이를 오가며 살고 있었다. 사소한 일에도 흔들리면서 심한 반응을 보였고, 행복은 일순간 낙담과 좌절감으로 바뀌었다. 마침내 왕은 그런 자신과 삶에 몹시 지쳤고 어떻게 하면 벗어날 수 있을지 출구를 찾기 시작했다. 그는 신하를 보내, 깨달음을 얻은 것으로 소문난 한 현자를 불러오게 했다. 현자가 오자 왕은 말했다.

"나는 당신처럼 되고 싶소. 내 삶에 마음의 평정과 조화와 지혜를 가져다줄 무엇인가를 줄 수 있겠소? 만약 그렇게 해 준다면 원하는 대로 보상을 해 주겠소."

현자가 말했다.

"어쩌면 폐하를 도울 수 있을지 모르겠습니다. 하지만 이것은 값이 매우 비싸기 때문에 폐하의 왕국 전체로도 모자랄 것입니다. 따라서 만약 폐하가 그것을 마음에 들어 하신다면, 그냥 선물로 드리겠습니다."

왕은 그렇게 하겠다고 약속했고, 현자는 떠났다.

몇 주 뒤, 현자는 돌아와 왕에게 옥으로 조각을 새긴 아름다운 상자를 건넸다. 열어 보니 상자 안에는 단순한 금반지가 들어 있었고, 반지에는 글귀가 새겨져 있었다. 그 글귀는 이것이었다.

'이것 또한 지나가리라.'

왕이 물었다.

"무슨 의미오?"

현자가 대답했다.

"늘 이 반지를 끼고 계십시오. 그리고 무슨 일이 일어나면, 그것이 좋은 일인지 나쁜 일인지 결정 내리기 전에, 이 반지를 만지고 그곳에 새겨진 글귀를 읽으십시오. 그렇게 하면 언제나 평화로움 속에 있게 될 것입니다."

'이것 또한 지나가리라.' 이 단순한 말에 그토록 큰 힘이 있는 이유가 무엇일까? 표면적으로 보면 이 말은 어려운 시기에는 약간의 위로가 되지만 좋은 일이 생겼을 때는 오히려 삶의 기쁨을 반감시키는 것처럼 들린다. '너무 행복해하지 말라. 왜냐하면 오래가지 않을 테니까.' 하고 말하는 것처럼 들리기 때문이다.

이 글귀의 깊은 의미는 앞에 나온 두 이야기의 문맥 속에서 함께 읽을 때 더욱 분명해진다. 언제나 "그런가?" 하고 반응한 선사의 이야기는 일어나는 일들에 전혀 마음의 저항을 하지 않는, 그 일들과 하나가 되는 자세의 위대함을 보여 준다. 또한 항상 "아마도."라고 단순하게 반응한 남성의 이야기는 판단하지 않는 지혜를 말해 준다. 그리고 이 반지 이야기는 모든 것의 무상함을 알아차리면 집착하지 않고 살게 됨을 가리켜 보인다. 저항하지 않고(무저항), 판단하지 않고(무판단), 집착하지 않는 것(무집착)—이 세 가지는 진정한 자유와 깨달음의 세 가지 측면이다.

반지에 새겨진 글귀는 삶의 좋은 것들을 즐거워해서는 안 된다고 말하는 것이 아니다. 고통의 시기에 약간의 위안을 주려는 것도 아니다. 더 깊은 목적이 있다. 모든 상황의 덧없음을 자각하도록 하기 위함이다. 이 덧없음은 좋은 것이든 나쁜 것이든 모든 형상이 가진 무상함에 기인한다.

모든 형상이 무상함을 알아차리면 형상에 대한 집착도, 형상과의 동일화도 줄어든다. 집착하지 않는 것은 이 세상이 제공하는 좋은 것들을 즐기지 말라는 것이 아니다. 사실 더 많이 즐길 수 있다. 모든 것은 무상하고 변화가 불가피함을 알고 받아들인다면, 즐거운 것을 잃게 되지 않을까 두려워하거나 미래를 걱정하지 않고, 즐거움이 이어지는 동안 누릴 수 있다. 집착하지 않는 사람은 삶에 일어나는 일들에 갇히는 대신, 모든 것을 내려다보는 한 단계 높은 시점을 가질 수 있다. 광대한 우주 공간에 둘러싸인 지구 행성을 바라보며, "지구는 더할 나위 없이 소중하지만 동시에 하나의 행성에 지나지 않는다."라는 역설적인 진리를 깨닫는 우주비행사와 같은 것이다. '이것 또한 지나가리라.'는 앎은 무집착과 연결되고, 무집착에 의해 삶에 새로운 차원, 즉 '내적 공간'이 열린다. 집착하지 않고 판단하지 않고 내면의 저항을 멈춤으로써 그 차원에 접근할 수 있다.

형상과 더 이상 완전히 동일화되지 않을 때, 진정한 당신인 '의식'은 형상의 감옥으로부터 자유로워진다. 이 자유는 내적 공간의 등장이다. 설령 좋지 않은 일이 일어나는 것처럼 보일 때조차 이 공간은 내면 깊은 곳에 있는 하나의 고요, 알아차리기 힘든 평화로 다가온다. 겉으로 보기에 좋지 않은 상황에 처할 때조차도 그 고요와 평화가 그곳에 있다. '이것 또한 지나가리라.' 일어나는 사건들 주위에 갑자기 공간이 생겨난다. 또한 오르내리는 감정 주위에도, 심지어 고통 주위에도 공간이 생긴다. 무엇보다도 당신의 생각 주변에 공간이 생겨난다. 그 공간으로부터 '이 세상의 것'이 아닌 평화가 발산된다. 왜냐하면 이 세상은 형상이고, 그 평화는 공간이기 때문이다. 이것이 신의 평화이다.

이제 당신은 이 세상의 것들에 의미와 중요성을 주지 않고도 그 것들을 즐기고 음미할 수 있다. 그것들은 원래 의미와 중요성을 갖고 있지 않은 것들이었다. 당신은 창조의 춤에 참여할 수 있으며, 결과에 집착함 없이 행동할 수 있다. 세상에 대해 "나를 만족시켜 주고, 나를 행복하게 해 주고, 안전하다고 느끼게 해 주고, 내가 누구인지 말해 줘." 하고 불합리한 요구를 하지 않게 된다. 세상은 당신에게 그것들을 줄 수도 없으며, 그런 기대를 내려놓으면 자신이 만들어 내는 고통은 막을 내린다. 그런 모든 고통들은 형상의 과대평가와 내적 공간의 차원을 알아차리지 못하는 데서 오는 것이다. 당신 삶에 내적 공간의 차원이 생길 때, 감각의 즐거움 속에 실종되는 일도 집착함도 없이, 즉 이 세상에 중독되지 않으면서 그것들을 즐길 수 있다.

'이것 또한 지나가리라.'는 말은 실체를 가리키는 표지판이다. 모든 형상의 무상함을 가리킴으로써 영원을 암시해 보인다. 당신 내면의 영원성, 그것만이 무상함을 무상함으로 인식할 수 있다.

내적 공간의 차원을 잃어버리거나 잘 알지 못하면 세상 속의 일들이 절대적으로 중요하다고 생각하고, 그래서 실제로는 그렇지 않은 심각성과 무게가 얹혀진다. 형상을 초월한 관점에서 보지 않으면 이 세상은 위협적이고 결국 절망의 장소가 된다. "모든 만물이 피곤하다는 것을 말로는 다 표현할 수 없다."라고 말한 구약성서의 예언자도 그렇게 느꼈음에 틀림없다.

대상 의식과 공간 의식

대부분의 사람들의 삶은 물질적인 것과 해야 할 일들, 생각해야 할 것 등의 일들로 가득하다. 그러한 삶은 윈스턴 처칠이 "한 가지 망할 놈의 것 다음에 오는 또 다른 망할 놈의 것들."이라고 규정한 인류의 역사와 다를 바 없다. 사람들의 마음은 어지러운 생각으로 가득 차 있어서 한 생각이 지나가면 다음 생각이 연이어 밀려온다. 이것이 대상 의식의 차원이며, 많은 사람들에게 지배적인 현실이다. 인간의 삶이 그토록 불균형 상태인 이유가 거기에 있다. 우리의 행성을 제정신으로 되돌리고 인류가 소명을 완수하기 위해서는 대상 의식을 공간 의식으로 균형을 잡지 않으면 안 된다. 이 공간 의식의 등장이 인류 진화의 다음 단계이다.

공간 의식은 사물을 의식하는 것—언제나 감각 지각, 생각, 감정의 순서로 진행되는—과 동시에 그 밑바탕에 알아차림의 흐름이 존재하는 것이다. 이 알아차림은 사물, 즉 대상을 의식할 뿐 아니라 자신이 의식하고 있음을 의식하는 것이다. 전면에서 일이 일어나고 있는 동안 그 배경에 내면의 깨어 있는 고요를 감지할 수 있다면, 바로 그것이다. 이 차원은 누구에게나 있지만 대부분의 사람은 결코 자각하지 못한다. 나는 때로 그것을 가리켜 이런 식으로 말한다. "당신은 자신의 '현존'을 느낄 수 있는가?"

공간 의식은 에고로부터의 자유를 의미할 뿐 아니라, 이 세상의 일들, 물질주의와 물질성에 대한 의존으로부터의 자유이기도 하다. 그것만이 이 세상에 초월적이고 진정한 의미를 줄 수 있는 영적 차원이다.

어떤 사건과 사람과 상황 때문에 마음이 흔들릴 때 진정한 원인은 그 사건과 사람과 상황 자체가 아니다. 오직 공간만이 줄 수 있는 진정한 시각을 잃었기 때문이다. 그때 당신은 대상 의식에 갇혀 시간을 초월한 의식 그 자체인 내적 공간을 알아차리지 못한다. '이것 또한 지나가리라.'를 하나의 방향 표지판으로 사용하면 다시금 그 차원을 알아차릴 수 있다.

또 한 가지, 당신 안의 진리를 가리키는 표지판으로 다음의 문장이 있다.

"나는 자신의 생각 때문에 결코 동요되지 않는다."(『기적수업*A Course in Miracles*』 학습서)

생각 아래로의 추락, 생각 위로의 올라감

몹시 피곤할 때 평소보다 더 평화롭고 덜 긴장되는 경우가 있다. 이것은 피곤함으로 인해 생각이 줄어들어 마음이 만든 문제 많은 자아를 기억하지 않기 때문이다. 그때 당신은 잠을 향해 움직여 가고 있는 것이다. 고통체를 촉발시키는 계기가 되지 않는다면 술과 특정한 약으로도 긴장이 풀리고 근심이 없어지며, 잠시 동안은 평소보다 더 생기가 넘쳐 노래를 부르거나 춤을 출지 모른다. 노래와 춤은 오랜 옛날부터 삶의 기쁨의 표현들이었다. 마음이라는 짐이 덜 무거워지기 때문에 당신은 '순수한 있음'의 기쁨을 잠깐 경험할 수 있는 것이다. 알코올이 영어로 '스피릿(정기 또는 활기)'이라고 불리는 이유가 아마 그것일 것이다. 하지만 거기에는 무의식이라는 큰 대가가 따라온다. 생각들 위로 올라가는 것이 아니라 그 아래로 떨어지는 것이다. 몇 잔이 더 거듭되면 식물계 영역으로 퇴보할 것이다.

공간 의식은 이러한 '몽롱해지는' 상태와는 아무 관계가 없다. 공간 의식과 몽롱해지는 상태는 둘 다 생각을 초월한 상태이며, 이것이 그 둘의 공통점이다. 그러나 기본적인 차이는 전자가 생각들 위로 올라가는 데 반해 후자는 생각들 아래로 떨어진다는 것이다. 한쪽은 인간 의식 진화의 다음 단계이고, 다른 한쪽은 수억 년 전에 벗어난 단계로의 퇴보이다.

텔레비전과 의식

텔레비전 시청은 전 세계 수억 명이 가장 좋아하는 여가 활동, 아니 더 정확히 말하면 비활동이다. 60세가 될 때까지 평균적인 미국인들은 생애의 15년을 텔레비전 화면을 바라보며 보낸다. 다른 많은 나라에서도 그 수치는 비슷하다.

많은 사람들이 텔레비전 시청이 긴장을 풀어 준다는 사실을 발견한다. 자기 자신을 더 관찰해 보면, 텔레비전 화면에 관심을 집중하고 있는 시간이 길어질수록 사고 활동이 정지되며, 토크쇼와

게임 프로그램, 연속극뿐 아니라 광고까지 보는 시간에는 마음속에서 어떤 생각도 일어나지 않음을 알게 될 것이다. 더 이상 자신의 문제를 기억하지 않는 것은 물론 일시적으로는 자기 자신으로부터도 자유로워진다. 이보다 더 긴장이 풀리는 경우가 어디 있겠는가?

그렇다면 텔레비전 시청이 내적 공간을 가져다주는가? 그럼으로써 이 순간에 존재할 수 있는가? 불행하게도 그렇지 않다. 당신의 마음은 오랜 시간 어떤 생각도 만들어 내지 않을지 모르지만 그 대신 텔레비전 프로그램의 사고 활동과 연결되어 있다. 텔레비전 속의 집단 무의식과 연결되어 그 생각을 생각하고 있다. 생각을 만들어 내지 않는다는 의미에서만 마음이 활동을 정지하고 있을 뿐이지, 실제로는 텔레비전 화면으로부터 생각과 이미지를 끊임없이 흡수하고 있다. 이것은 최면 상태와 다르지 않게, 넋을 잃은 상태에서의 수동적인 깨어 있음이다. 그래서 텔레비전이 '여론' 조작에 이용되는 것이다. 광고업자뿐 아니라 정치인과 특별한 목적을 가진 단체들은 텔레비전이 사람을 멍청하게 하는 수동 상태를 만들 수 있음을 알고 있으며, 그 때문에 많은 돈을 지불하는 것이다. 그들은 자신들의 생각을 당신에게 심으려고 하며 대부분은 성공한다.

따라서 텔레비전을 보고 있을 때는 생각 위로 올라가지 않으며 생각 아래로 떨어지는 경향이 있다. 이 점에서 텔레비전은 술이나 마약과 같은 류이다. 어느 정도는 마음에서 해방시켜 주지만 의식의 상실이라는 비싼 대가를 치르지 않으면 안 된다. 게다가 마약처럼 강한 중독성이 있다. 텔레비전을 끄려고 리모컨에 손을 뻗지만 정신을 차리고 보면 이곳저곳 채널을 돌리고 있다. 30분 뒤에도 1시간 뒤에도 당신은 여전히 채널을 돌리고 있을 것이다. 당신의 손가락은 전원 끄는 버튼만은 누를 힘이 없는 것처럼 보인다. 대개 텔레비전을 계속 보는 것은 재미있기 때문이 아니라 오히려 흥미 있는 프로그램이 없기 때문이다. 일단 텔레비전에 중독되면 프로그램이 별 것 아니고 무의미한 내용일수록 점점 의존이 심해진다. 흥미롭고 생각을 자극하는 프로그램이라면 당신의 마음은 스스로 그 주제에 대해 생각을 시작할 것이다. 이것은 어느 정도의 의식을 요구하기 때문에 텔레비전이 야기하는 최면 상태보다는 더 나을 것이다. 당신의 주의력은 화면에 나타난 이미지들에 완전히 포로가 되지는 않기 때문이다.

어느 정도 깊이 있는 프로그램은 텔레비전 매체가 주는 최면과 마비 효과를 없애 준다. 사람들의 삶을 좋은 쪽으로 변화시키고 열린 마음과 깨인 의식을 심어 줌으로써 많은 사람들에게 도움이 되는 프로그램들도 있다. 특별한 내용 없는 코미디 프로그램조차 때로는 인간의 어리석은 행동과 에고를 풍자함으로써 애초의 의도와는 상관없이 영적 효과를 가져오는 경우도 있다. 그런 프로그램은 어떤 것도 너무 심각하게 받아들이지 말고 가볍게 삶에 접근하라고 가르쳐 주며, 무엇보다도 웃음을 선물한다. 웃음은 사람을 치유하고 자유롭게 하는 큰 힘을 가지고 있다. 그러나 대부분의 텔레비전 프로그램은 지금도 완전히 에고의 지배하에 있는 사람들이 조종하고 있기 때문에 시청자를 잠자게 하는 것, 즉 무의식 상태로 만들어 지배하는 것이 텔레비전의 숨은 목표이다. 그러나 텔레비전 매체에는 아직도 거의 탐구되지 않은 많은 가능성들이 존재한다.

2,3초마다 바뀌는 일련의 빠른 영상들로 공격해 오는 프로그램과 상업 광고를 보는 것을 중단해야 한다. 지나친 텔레비전 시청과 특히 그런 프로그램들은 지금 전 세계 아이들에게 나타나는 증가하는 주의력 결핍의 원인이다. 주의력의 지속 시간이 짧으면 모든 감각 지각과 관계가 얕고 불충분한 것이 된다. 그런 상태에서는 하는 일 모두 깊이가 없다. 깊이는 주의력을 필요로 하기 때문이다.

오랫동안 텔레비전을 보면 무의식적이 될 뿐 아니라 수동적이 되고 에너지가 고갈된다. 그러므로 무작위적으로 시청하는 대신 프로그램을 선택해야 한다. 때로는 텔레비전을 보면서 자기 몸 안의 생명력을 느끼는 것이 좋다. 혹은 때때로 자신의 호흡을 자각할 필요가 있다. 또한 시각이 완전히 텔레비전에 점령되지 않도록 때때로 텔레비전 화면에서 눈을 떼어야 한다. 청각이 압도되지 않도록 음량을 필요 이상으로 크게 하지 않는다. 상업 광고 시간에는 음을 소거한다. 또한 텔레비전을 끄자마자 잠들지 않는 것이 좋다. 켜 놓은 채 자는 것은 더 나쁘다.

내적 공간의 인식

생각과 생각 사이의 빈 공간이 이미 자신의 삶 속에서 드문드문 일어나는데도 당신은 그것을 알지도 못할 것이다. 경험에 최면 당하고, 형상에만 동일화되도록 조건 지어진 의식, 즉 대상 의식은 처음에는 그 공간을 알아차리는 것이 거의 불가능하다. 즉 언제나 다른 것에 관심을 빼앗기기 때문에 스스로에 대해서는 알아차리지 못한다. 늘 형상에 관심을 빼앗겨 있는 것이다. 스스로를 알아차리는 것처럼 보일 때도 자신을 하나의 물체로, 생각 형태로 보고 있기 때문에 당신이 알아차리는 대상은 그 생각이지 당신 자신이 아니다.

내적 공간에 대한 이야기를 들으면 당신은 그것을 찾기 시작할 것이다. 하지만 물건과 경험을 찾듯이 찾기 때문에 아무리 해도 발견할 수 없다. 이것은 영적 자각과 깨달음을 추구하는 모든 이들의 딜레마이다. 그러므로 예수는 말했다. "하느님의 나라는 눈에 보이는 징표를 따라 임하는 것이 아니요, 또 여기 있다 저기 있다고도 말할 수 있는 것도 아니니, 보라, 하느님의 나라는 너희 안에 있다."

만약 낮 동안의 삶을 불만, 불안, 걱정, 우울, 절망, 그 밖의 부정적인 상태로 보내지 않을 수 있다면, 만약 빗소리나 바람소리를 듣는 일 같은 단순한 일들을 즐길 수 있다면, 만약 하늘에 흘러가는 구름의 아름다움을 볼 수 있거나, 때로는 오락과 같은 정신적인 자극을 필요로 하지 않고도 외로움을 느끼지 않고 홀로 있을 수 있다면, 만약 완전히 낯선 사람을 아무것도 바라는 것 없이 마음에서 우러난 친절로 대할 수 있다면, 그때 평소 같으면 끊임없는 생각의 흐름에 점령당하고 있을 마음에 짧은 순간이긴 해도 순수 공간이 열린다. 비록 설명하기 힘든 미묘한 것일지라도 생생한 평화와 행복이 느껴진다. 그 평화와 행복의 느낌은, 거의 눈치채지 못할 만큼 작은 만족감에서부터 고대 인도의 현자들이 '아난다'라고 부른 존재의 지복 상태까지 다양할 것이다. 오직 형상에만 관심을 향하도록 조건 지어져 있으면 간접적으로밖에 그것을 느끼지 못한다. 아름다움을 이해하고, 단순한 것들의 가치를 알고, 혼자 있는 것을 즐거워하고, 애정을 가지고 친절하게 사람들을 대하는 능력 속에는 공통된 요소가 있다. 이 공통된 요소는 배후에서 이것들의 경험을 가능하게 하는 충만감, 평화, 그리고 생동감이다.

삶 속에서 아름다움과 친절과 단순한 것의 미덕을 발견할 때면 자기 내면에 그 경험의 배경인 무엇이 있는지 관찰하라. 하지만 무엇을 찾고 있는 것처럼 찾아서는 안 된다. 그것은 "아, 여기 있다."

라고 말할 수 있는 것도 아니고, 머리로 파악해 정의내릴 수 있는 것도 아니다. 그것은 마치 구름 한 점 없는 하늘과 같은 것이다. 그것은 형상이 없다. 그것은 공간이다. 고요이며, '순수한 있음'의 달콤함인 동시에 이런 언어들을 훨씬 뛰어넘는다. 언어는 다만 그것을 가리키는 표지판에 불과하다. 그것은 자신 안에서 직접 느낄 때 더욱 깊어진다. 그러므로 소리, 풍경, 감촉 같은 어떤 단순한 것의 가치를 알아볼 때, 아름다움을 볼 때, 다른 사람을 향한 사랑과 친절을 느낄 때, 그 경험의 원천이며 배경인 넓은 내적 공간을 감지해 보라.

여러 시대를 거쳐 많은 시인과 현자들은 진정한 행복—나는 그것을 '순수한 있음'의 기쁨이라고 부른다—이 단순하고 거의 눈에 띄지도 않는 것들 속에 있음을 관찰해 왔다. 대부분의 사람들은 무엇인가 자신들에게 중요한 일이 일어나기를 끊임없이 찾아다니느라 사소한 것들을 계속해서 놓친다. 실제로는 결코 사소한 것들이 아닐지도 모르는데. 철학자 니체는 깊은 고요의 드문 순간을 경험했을 때 이렇게 썼다.

"행복을 위해서는, 행복해지는 데는, 얼마나 작은 것으로도 충분한가! 더할 나위 없이 작은 것, 가장 미미한 것, 가장 가벼운 것, 도마뱀의 바스락거림, 한 줄기 미풍, 찰나의 느낌, 순간의 눈빛……. 이 작은 것들이 최고의 행복에 이르게 해 준다. 고요하라.'

(『짜라투스트라는 이렇게 말했다』 중에서)

왜 '더할 나위 없이 작은 것'이 '최고의 행복'에 이르게 해 주는 가? 왜냐하면 사실 진정한 행복은 사물이나 사건이 원인이 되어 일어나는 것이 아니기 때문이다. 비록 처음에는 그렇게 보일지라 도. 사물이나 사건이 지극히 미묘하고 지나치게 야단스럽지 않으 면, 그것들은 당신의 의식의 작은 부분밖에 차지하지 않는다. 그 래서 나머지는 내적 공간이, 즉 형상에 의해 가로막히지 않은 의 식 그 자체가 되는 것이다. 내면의 의식 공간과 당신의 본질은 하 나이며 같다.

바꿔 말하면, 작은 사물과 일들은 내적 공간에 여백을 남긴다. 그리고 이 내적 공간, 조건 지어지지 않은 의식 그 자체로부터 진 정한 행복, '순수한 있음'의 기쁨이 퍼져 나온다. 하지만 작고 조용 한 것을 알아차리기 위해서는 먼저 내면에서 조용해져야만 한다. 깊은 깨어 있음이 요구된다. 고요하라. 보라. 귀 기울이라. 현재의 순간에 존재하라.

여기, 내적 공간을 발견하는 또 다른 길이 있다. 자신의 의식을 의식하는 일이다. "나는 있다." 이 말 또는 이 생각 뒤에는 아무것 도 보태지 않는다. "나는 있다."의 뒤에 따라오는 고요를 알아차려 보라. 자신의 '현존'을, 아무것도 걸치지 않은, 아무것도 가리지 않 은, 아무 옷도 입지 않은 그 '순수한 있음'을 감지해 보라. 그것은 젊음과 늙음, 부유함과 가난함, 좋음과 나쁨, 그 어떤 속성에도 훼 손되지 않는다. 그것은 모든 창조, 모든 형상을 만들어 내는 드넓은 자궁과 같은 것이다.

개울물 소리가 들리는가

한 선승이 제자와 함께 침묵 속에서 산속 오솔길을 걷고 있었
다. 오래된 삼나무가 서 있는 곳에 이르렀을 때, 그들은 주먹밥과
채소로 간단한 식사를 하기 위해 나무 아래 앉았다. 식사를 마친
뒤, 아직 선의 신비로 들어가는 열쇠를 발견하지 못한 젊은 승려
인 제자가 침묵을 깨고 스승에게 물었다.

"스승님, 선에 들어가려면 어떻게 하는 것이 좋습니까?"

물론 제자는 선이라는 의식 상태에 들어가는 방법을 묻고 있었
다. 스승은 아무 말이 없었다. 침묵은 5분 가까이 계속되었고 제
자는 초조하게 대답을 기다렸다. 그가 다시 한 번 물으려는 찰나,
스승이 갑자기 말했다.

"저 개울물 소리가 들리는가?"

제자는 그때까지 어떤 개울물 소리도 알아차리지 못했었다. 선
의 의미를 생각하는 데 몰두해 있었던 것이다. 그런데 그 말을 듣
고 귀를 기울이자 시끄럽던 마음의 소음이 가라앉았다. 처음에는
아무 소리도 들리지 않았다. 그러다가 생각이 깨어 있는 의식에
자리를 내어 주자, 갑자기 먼 곳에서 흐르는, 거의 알아차리기 힘
든 개울물 소리가 어렴풋이 들려왔다.

제자가 대답했다.

"네, 이제 들립니다."

스승은 손가락을 들어 엄숙하면서도 부드러운 눈으로 제자를 바라보며 말했다.

"바로 그곳에서부터 선으로 들어가라."

제자는 놀라움으로 말을 잃었다. 그에게는 첫 번째 깨달음의 한 순간이었다. 그는 자신이 안 그것이 무엇인지 알지 못하면서 선이 무엇인지 알았다.

두 사람은 다시 침묵 속에 여행을 계속했다. 제자는 자기 주위의 세상에 있는 생생한 살아 있음에 놀랐다. 모든 것을 처음으로 경험하는 것 같은 기분이었다. 하지만 서서히 그는 다시 생각하기 시작했다. 깨어 있던 고요는 머릿속 소음으로 다시 가려지고, 오래 가지 않아 제자는 또 다른 질문을 떠올렸다.

"스승님, 이런 생각이 듭니다. 아까 제가 그 개울물 소리가 들리지 않는다고 대답했다면, 스승님께서는 뭐라 말씀하셨을까요?"

스승은 걸음을 멈추고 제자를 바라보더니 손가락을 들어 말했다.

"바로 그곳에서부터 선으로 들어가라."

올바른 행동

에고는 묻는다. 어떻게 하면 이 상황을 이용해서 내게 필요한 것을 성취할 수 있을까? 어떻게 하면 나의 욕구를 만족시켜 줄 다른 상황으로 바꿀 수 있을까?

'이 순간에 존재함'은 내면에 넓은 공간이 있는 상태이다. 현재의 순간에 존재할 때 당신은 이렇게 묻는다. 어떻게 하면 내가 이 상황이 요구하는 것, 이 순간의 요구에 반응할 수 있을까? 사실 그 물음을 던질 필요도 없다. 당신은 고요하고 의식이 깨어 있어서 있는 그대로의 지금에게 열려 있는 상태이다. 그때 당신은 그 상황에 새로운 차원을, 공간을 가져온다. 그리고 보고, 듣는다. 그렇게 해서 그 상황과 하나가 된다. 상황에 맞서 반응하는 것이 아니라, 상황에 녹아들어가 하나가 되면 해결책이 상황 자체로부터 나타난다. 실제로 보고 듣는 것은 당신, 즉 그 '개인'이 아니라 깨어 있는 고요 그 자체이다. 그때 만약 행동이 가능하거나 필요하면 당신은 행동을 취할 것이다. 더 정확히 말하면, 올바른 행동이 당신을 통해 일어날 것이다. 올바른 행동은 전체에게 적절한 행동이다. 행동이 완료되었을 때, 깨어 있는 넓은 고요는 변함없이 그대로 남는다. 승리의 동작을 취하며 "해냈다!" 하고 소리 지를 사람은 아무도 없다. "봐, 내가 이 일을 했어." 하고 말할 그 사람은 그곳에 없다.

모든 창조성은 넓은 내적 공간으로부터 나온다. 일단 창조 행위가 일어나고 무엇인가가 형상으로 나타나면, 거기에 '나' 또는 '나의 것'이라는 개념이 일어나지 않도록 방심하지 말아야 한다. 만약 자신이 성취한 것을 자신의 공으로 돌리려고 한다면, 에고가 되돌아온 것이고, 모처럼 얻은 넓은 내적 공간은 가려져 버린 것이다.

이름 붙이지 않고 인식하기

대부분의 사람들은 자신을 둘러싼 세상을 단지 지엽적으로만 자각한다. 주변 환경이 익숙한 것일 때는 특히 그렇다. 관심의 대부분은 머릿속 목소리에 흡수된다. 익숙하지 않은 장소나 외국을 여행할 때 더 살아 있는 느낌을 받는 사람이 있다. 그런 시간들에는 생각보다 감각기관을 통한 인식, 즉 경험이 의식의 큰 부분을 차지하기 때문이다. 그래서 더 많이 현재의 순간에 존재할 수 있다. 그런 시간조차도 머릿속 목소리에 완전히 소유당해 있는 사람들도 있다. 그런 사람들은 즉석의 판단들로 감각 지각과 경험을 왜곡시킨다. 그들은 실제로는 아무 데로도 가지 않은 것이다. 단지 그들의 몸만 여행하고 있으며, 그들 자신은 언제나 있어 온 곳에 그대로 머물러 있다. 자신의 머릿속이 바로 그곳이다.

거의 모든 사람들의 현실이 그러하다. 감각기관을 통해 어떤 것을 인식하자마자 그 즉시 환영의 자아인 에고가 거기에 이름을 만들어 분류표를 붙이고, 해석하고, 무엇인가와 비교하며, 좋아함과 싫어함, 좋고 나쁨을 결정한다. 생각 형태에, 대상 의식 속에 간혀 버리는 것이다.

이 강박적이고 무의식적인 분류표 붙이기를 멈추지 않는 한, 적어도 그 행위를 알아차리고 그것이 일어날 때 관찰할 수 있게 되지 않는 한, 당신은 영적으로 깨어난 것이 아니다. 에고가 관찰되지 않은 마음으로 자기 자리에 계속 머물러 있는 것은 이 끊임없는 분류표 붙이기를 통해서다. 분류표 붙이기를 중단할 때마다, 그리고 단지 그 행위를 알아차리는 것만으로도 내적 공간이 생기고, 당신은 더 이상 마음에 완전히 점령당하지는 않게 된다.

펜, 의자, 컵, 식물 등 가까이 있는 물건을 하나 선택해, 그것을 시각적으로 탐구해 보자. 즉, 호기심이라고 할 수 있을 만한 강한 관심을 가지고 살펴보는 것이다. 개인적으로 강한 관련이 있는, 이를테면 샀을 당시의 일이나 그것을 준 사람 등 과거를 상기시키는 물건은 피한다. 또한 책과 유리병처럼 글자가 적혀 있는 것들도 피한다. 그것들은 생각을 자극하기 때문이다. 긴장하지 말고, 편안하지만 깨어 있는 상태에서, 당신의 완전한 관심을 그 물건의 세부적인 부분들에 기울인다. 생각이 일어난다 해도 거기에 개입하지 않아야 한다. 당신이 관심을 갖는 것은 그 생각들이 아니라 지각행위 그 자체이다. 그 지각 행위에서 생각을 떼어 낼 수 있는가? 머릿속 논평 없이, 결론을 내리거나 비교하거나 무엇인가를 이해하려고 노력함 없이 다만 바라볼 수 있는가? 몇 분 정도 관찰했다면 이번에는 지금 있는 방이나 장소로 시선을 돌리고, 눈에 들어

오는 사물 하나하나에 깨어 있는 관심의 눈길을 던져 보라.

그런 다음 이번에는 지금 들리는 소리에 귀를 기울인다. 주위 사물을 보던 것과 같은 방식으로 소리를 듣는다. 물소리, 바람 소리, 새의 지저귐 같은 자연의 소리가 들릴 수도 있고 인간이 만든 소리가 들릴 수도 있다. 즐거운 소리도 있고 귀에 거슬리는 소리도 있을 것이다. 그러나 좋은 소리나 나쁜 소리라는 구분을 하지 말라. 어떤 해석도 없이, 각각의 소리를 있는 그대로 허용하라. 이때도 편안하지만 활짝 깨어 있는 관심이 열쇠이다.

이런 식으로 보고 들을 때, 처음에는 거의 알아차리기 힘든 미묘한 차분함이 생기는 것을 알아차릴 수 있을 것이다. 어떤 사람들은 그것을 배경에 있는 고요로 느끼기도 한다. 평화라고 부르는 사람들도 있다. 의식이 더 이상 생각에 완전히 흡수되지 않으면, 의식의 얼마큼은 형상 없고 조건 지어지지 않은 본래의 상태 그대로 남는다. 이것이 내적 공간이다.

'경험하는 자'는 누구인가

당신이 보고, 듣고, 맛보고, 만지고, 냄새 맡는 것은 물론 감각의 대상들이다. 그것들은 당신이 경험하는 것들이다. 그렇다면 그 주체, 그 '경험하는 자'는 누구인가? 예를 들어, 당신의 대답이 "물론 그건 나, 제인 스미스이지. 회사의 경리부장이고 마흔다섯 살이며, 이혼했고, 두 아이의 엄마인 미국인이 경험의 주체이지."라면 당신은 잘못 생각하고 있는 것이다. 제인 스미스도, 제인 스미스라는 정신적 개념과 동일화된 그 밖의 어떤 무엇도 경험의 대상들이지 경험하는 주체는 아니다.

모든 경험에는 세 가지 가능 구성 요소가 있다. 감각기관에 의한 인식, 생각 또는 정신적 이미지, 그리고 감정이다. 제인 스미스, 경리부장, 마흔다섯 살, 두 아이의 엄마, 이혼한 여자, 미국인—이것들은 전부 생각들이며, 따라서 그것들을 생각하는 순간 당신이 경험하는 일부이다. 이 중 어느 것도, 당신 자신에 대해 말하거나 생각하는 모든 것은 경험의 대상들이지 주체가 아니다. 그것들은 경험이지 '경험하는 자'가 아니다. 당신은 자신이 누구인가에 대해 천 가지가 넘는 더 많은 정의들, 즉 생각들을 추가할 수 있으며, 그렇게 함으로써 당신 자신도 경험의 복잡성이 증가할 것이다. 물론 정신분석의의 수입도 증가할 테고. 하지만 그런 식으로 한다고 해서 당신이 모든 경험에 우선하는 그 '경험하는 자', 그 사람 없이는 아무런 경험도 존재할 수 없는 그 주체가 되지는 않는다.

그렇다면 '경험하는 자'는 누구인가? 당신이다. 그럼 당신은 누구인가? 의식이다. 의식은 무엇인가? 이 질문은 대답이 불가능하다. 질문에 대답하는 순간, 대상을 왜곡한 것이고 그것을 또 다른 대상으로 만든 것이 된다. 전통적으로는 '영혼'이라 불리는 이 '의식'은 일반적인 의미의 언어로는 알 수 없다. 그렇게 하려고 하는 것 자체가 부질없는 짓이다. '안다'는 것은 모두 주체와 객체, 아는 자와 앎의 대상이 있는 이원성의 영역 안에서의 일이다. 주체인 나, 그 '아는 자' 없이는 어떤 것도 알 수 없고, 인식할 수 없으며, 생각할 수도 없으며, 느낄 수도 없지만 그 '아는 자'는 영원히 알 수 없는 것으로 남아 있어야만 한다. 왜냐하면 '나'에게는 형상이 없기 때문이다. 오직 형상만이 앎의 대상이 될 수 있지만, 이 형상 없는 차원 없이는 형상의 세계도 있을 수 없다. 형상 없는 차원은 형상들의 세계가 나타났다가 사라지는 빛나는 공간이다. 그 공간이 나의 '순수한 있음'의 삶이다. 그곳은 시간을 초월해 있다. 나의 '순수한 있음'도 시간을 초월해 있고 영원하다. 그 공간 안에서 일어나는 것들은 상대적이고 일시적이다. 쾌락과 고통, 얻음과 잃음, 탄생과 죽음이다.

내적 공간을 발견하는 데 가장 큰 방해물, 그 '경험하는 자'를 찾는 데 가장 큰 장애물은 경험에 너무도 마음이 사로잡힌 나머지 자기 자신을 잃어버리는 것이다. 이것은 의식이 자신이 꾸는 꿈속에서 실종됨을 의미한다. 모든 생각, 모든 감정, 모든 경험에 점령당해 마치 꿈속에 있는 것 같은 상태가 된다. 수천 년 동안이나 인간에게는 이것이 '정상적인' 상태였다.

당신이 의식을 알 수는 없지만, 자기 자신으로서 의식을 의식하는 일은 가능하다. 어느 상황에서도, 어느 장소에 있든 상관없이, 직접적으로 의식을 감지할 수 있다. 당신은 그 의식을 자신의 '현존'으로서, 예를 들어 이 페이지에 적힌 단어들이 인식되고 생각으로 바뀌는 그 내적 공간으로서 지금 여기에서 감지할 수 있다. 그것이 밑바탕에 있는 '나의 있음'이다. 당신이 지금 읽고 생각하는 단어들은 전면에 있고, 그 '나의 있음'은 바탕을 이루는 층, 즉 모든 경험과 생각과 느낌을 떠받치는 배경이다.

호흡

생각의 흐름에 틈을 만듦으로써 내적 공간을 발견하라. 그 틈이 없으면 당신의 생각은 어떤 창조적인 불꽃도 없는 반복적이고 활기 없는 것이 된다. 이 행성의 대부분의 사람들이 여전히 그런 상태이다. 그 틈의 시간적 길이는 신경 쓰지 않아도 된다. 몇 초만이라도 충분하다. 그 틈은 당신 쪽에서의 어떤 노력 없이도 저절로 점점 길어질 것이다. 시간적 길이보다 중요한 것은, 그 틈을 자주 가져와서 당신의 매일의 활동들과 생각 흐름의 여기저기에 그 틈이 있게 하는 것이다.

최근에 어떤 사람이 나에게 큰 영적 조직체의 1년 행사 안내표를 보여 주었다. 훑어보니, 흥미 있는 세미나와 명상 프로그램들이 꽤 다양하게 준비되어 있는 것이 인상적이었다. 가짓수가 다양해 온갖 음식들을 골라 먹을 수 있는 스칸디나비아식 뷔페 요리인 스뫼르고스 보르드가 연상되었다. 그 사람은 그중에서 한두 개의 과정을 추천해 줄 수 있는지 나에게 물었다.

나는 말했다.

"글쎄요, 잘 모르겠네요. 모두 다 흥미로워 보이는군요."

그리고 나는 덧붙였다.

"그런데 이것 하나만은 제가 압니다. 가능한 한 자주, 기억날 때마다 자신의 호흡을 자각하십시오. 이것을 1년 동안 계속하십시오. 그러면 여기에 적힌 모든 과정에 참가하는 것보다 훨씬 강력한 변화가 있을 것입니다. 게다가 숨쉬기는 무료입니다."

자신의 호흡을 자각하는 것은 생각으로부터 관심을 돌려 내적 공간을 만들어 준다. 그것이 의식을 탄생시키는 한 방법이다. 비록 의식은 나타나지 않은 채 온전하게 당신 안에 있지만, 우리는 의식을 이 차원 속으로 데려오기 위해 이곳에 있는 것이다.

자신의 호흡을 의식해 보라. 호흡의 감촉에 주목하라. 공기가 움직이면서 몸 안으로 들어오고 나가는 것을 느껴 보라. 들숨과 날숨과 더불어 가슴과 배가 조금 팽창했다가 수축하는 것을 느낄 수 있다. 한 번의 의식적인 호흡만으로도 그 전까지 생각에서 생각으로 방해받지 않은 연속적인 흐름이 이어지던 자리에 약간의 공간을 만들기에 충분하다. 한 번의 의식적인 호흡을, 두세 번이라면 더욱 좋지만, 하루에 가능한 한 여러 번 반복한다. 이것은 당신의 삶에 내적 공간을 만드는 훌륭한 방법이다. 설령 어떤 사람들이 하듯이 두 시간 이상씩 호흡 명상을 할지라도, 한 번의 호흡이 당신이 알아차릴 필요가 있는 전부이며, 당신이 진정으로 알아차릴 수 있는 전부이다. 나머지는 기억과 기대이다. 즉, 생각이다. 사실 호흡은 당신이 하는 것이라기보다는 자연스러운 일어남이고, 당신은 그것을 관찰할 뿐이다. 호흡은 저절로 일어난다. 몸 안의 지성이 그 일을 하고 있다. 당신이 해야만 하는 것은 그것이 일어나는 것을 지켜보는 일이다. 긴장도 노력도 개입하지 않는다. 또한 호흡 사이의 짧은 멈춤을 주목하라. 특히 숨을 다 내쉬고 난 뒤 다시 들이쉬기 전의 고요한 지점을.

많은 사람들은 호흡이 비정상적으로 얕다. 호흡을 자각하면 할수록 호흡은 자연스러운 깊이를 되찾는다.

호흡에는 형상이 없기 때문에 고대로부터 영혼, 즉 형상을 초월한 '한 생명'과 동등시되어 왔다. "하느님이 흙으로 사람을 지으시고 생명의 숨을 코에 불어넣으시니 사람이 살아 있는 생명체가 되었다." 숨을 뜻하는 독일어 '아트멘atmen'은 고대 인도의 산스크리트어 '아트만atman'에서 온 것이다. 아트만은 만물의 내부에 존재하는 신성한 영, 내재하는 신을 의미한다.

호흡에는 형상이 없다는 사실도 호흡 알아차림이 삶에 공간을 만들어 내는, 즉 의식을 발생시키는 더없이 효과적 방법인 몇 가지 이유 중 하나이다. 호흡은 물체가 아니며 형태도 형상도 없기 때문에 훌륭한 명상 대상이다. 또 한 가지, 호흡 알아차림이 효과적인 이유는 호흡이 가장 미묘하고 겉보기에 중요하지 않은 현상처럼 보이기 때문이다. 니체가 말한 '최고의 행복'을 구성하는 '더할 나위 없이 작은 것'이기 때문이다. 정식 명상법으로 호흡 알아차림을 수련할지 그렇지 않을지는 당신에게 달려 있다. 하지만 형식에 얽매인 명상은 나날의 삶 속으로 공간 의식을 가져오는 대안이 될 수 없다.

호흡의 자각은 당신을 현재의 순간으로 오게 한다. 이것이 모든 내적 변화의 열쇠이다. 호흡을 의식할 때마다 당신은 절대적으로 현재의 순간에 존재한다. 또한 생각하는 동시에 호흡을 알아차릴 수는 없음을 당신은 눈치챌지 모른다. 호흡에 의식을 집중하면 마음의 활동이 정지된다. 그러나 이것은 최면에 걸리거나 반쯤 조는 상태와는 매우 다르며, 당신은 완전히 깨어 있고 고도로 민감하다. 생각 아래로 떨어지는 것이 아니라 생각 위로 올라가는 것이다. 그리고 더 자세히 들여다본다면, 완전히 현재의 순간 속으로 들어오는 것과 의식의 잃음 없이 생각을 멈추는 이 두 가지가 사실은 하나이며 같다는 것을 발견하게 될 것이다. 공간 의식이 등장한 것이다.

중독

오랫동안 지속되는 강박적인 행동 패턴을 중독이라고 부를 수 있다. 중독은 하나의 실체에 준하는 존재, 하부적인 인격체, 주기적으로 당신을 완전히 차지해 버리는 에너지 장으로서 당신 내부에서 살아간다. 심지어 당신의 마음과 머릿속 목소리도 점령해 버린다. 그러면 그것들은 중독의 목소리가 된다. 그 목소리는 이런 식으로 말할 것이다. "넌 오늘 힘든 하루를 보냈어. 넌 좀 즐길 필요가 있어. 너의 삶에 남은 유일한 쾌락을 자제할 이유가 뭐야?" 그래서 만약 알아차림이 부족해 이 내면의 목소리와 동일화되면, 어느 새 냉장고를 열고 진한 초콜릿 케이크에 손을 뻗고 있는 자신을 발견하게 될 것이다. 경우에 따라서는 중독이 당신의 생각하는 마음을 완전히 앞질러서, 담배나 술병을 손에 들고 있는 자신을 어느 순간 발견할 것이다. "어떻게 이것이 내 손에 들려 있지?" 담뱃갑에서 담배를 꺼내 불을 붙이거나 술잔에 술을 붓는 행위들이 완전히 무의식 속에서 일어난 것이다.

당신에게 흡연, 과식, 음주, 과도한 텔레비전 시청, 인터넷 중독 같은 강박적인 행동 패턴이 있다면 다음과 같이 해 볼 수 있다. 강박적인 욕구가 일어나는 것이 느껴지면 잠깐 멈추고 의식적으로 세 번 호흡한다. 그렇게 하면 알아차림이 일어난다. 이때 잠시 동안 그 강박적인 충동 자체를 당신 내면의 하나의 에너지 장으로서 알아차린다. 어떤 물질을 신체적 또는 정신적으로 섭취하고 싶고 소비하고 싶은 그 욕구, 혹은 어떤 형태의 강박적인 행동을 실행에 옮기고 싶은 그 욕망을 의식적으로 느낀다. 그런 다음 다시 몇 번의 의식적인 호흡을 한다. 그러고 나면 그 강박적인 충동이 사라진 것을 발견하게 될지도 모른다. 비록 잠시 동안일지라도. 아니면 그 충동이 여전히 당신을 압도하고 있어서 다시 그 행위에 탐닉하거나 그렇게 할 수밖에 없을지도 모른다. 그 경우에도 그것을 문제라고 만들지 말아야 한다. 그 중독을 앞에서 설명한 방식대로 알아차림 수행의 일부로 만들라. 알아차림이 강해짐에 따라 중독적인 행동 패턴은 약해질 것이고, 마침내는 소멸될 것이다. 그러나 때로 교묘한 논리로 중독적인 행동을 정당화하려는 생각이 일어나면 곧바로 간파해야 한다. 스스로에게 물으라. 지금 그렇게 말하고 있는 자가 누구인가? 그러면 그 중독성이 말하고 있다는 것을 깨닫게 될 것이다. 당신이 그것을 알고 마음의 관찰자로서 현재의 순간에 존재하는 한, 그 중독성이 당신을 속여 원하는 것을 할 가능성은 높지 않다.

내부의 몸 알아차리기

삶 속에서 내적 공간을 발견하기 위한 또 하나의 간단하지만 매우 효과적인 방법도 호흡과 밀접하게 관련되어 있다. 몸속으로 들어오고 나가는 공기의 미세한 흐름과 함께 가슴과 배의 부풀어 오름과 줄어듦을 느낌으로써 당신 내부의 몸도 알아차릴 수 있다. 그때 당신의 관심은 그 호흡으로부터 당신 내부에서 느껴지는 살아 있음으로 옮겨 갈 수도 있다.

대부분의 사람들은 자신의 생각에 너무도 마음을 빼앗기고 머릿속 목소리와 너무도 동일화된 나머지, 자신 안의 살아 있음을 더 이상 느낄 수 없다. 물질적인 신체에 생기를 불어넣는 그 생명, 자기 자신인 그 생명을 느낄 수 없다는 것은 당신에게 일어날 수 있는 가장 큰 박탈이다. 그때 당신은 내부의 그 자연스러운 행복 상태를 대체할 다른 것을 찾기 시작한다. 뿐만 아니라 항상 그곳에 있는데도 놓치고 지나치는 살아 있음과 접촉하지 못할 때 느끼는 지속적인 불안감을 덮어 줄 무엇인가를 찾기 시작한다. 어떤 사람은 대체물을 찾아 약물에 취한 상태가 되고, 큰 소리로 음악을 들으며 감각을 지나치게 자극하거나, 위험천만한 행위, 과도한 성행위에 빠진다. 심지어 인간관계의 드라마도 진정으로 살아 있는 느낌의 대체물로 이용된다. 마음 밑바닥에 있는 지속적인 불안감을 가리기 위해 가장 많이 매달리는 것이 남녀 관계이다. '나를 행복하게 해 줄' 남자 혹은 여자이다. 당연히 그런 기대는 '실망'으로 변하는 것이 가장 빈번한 경험이다. 그 불안감이 다시 표면으로 떠오르면, 사람들은 대개 상대방에게 그 불안감의 책임을 묻는다.

두세 번 의식적인 호흡을 해 보라. 이제 내부의 몸 전체에 퍼져 있는 미묘한 생명감을 감지할 수 있는가? 말하자면, 내부로부터 자신의 몸을 느낄 수 있는가? 몸의 특정 부분들을 잠시 동안 감지해 보라. 손을 느끼고, 이어서 팔, 발, 다리를 느껴 보라. 배, 가슴, 목, 머리를 느낄 수 있는가? 입술은 어떠한가? 그곳에 생명력이 있는가? 그런 후에 다시 한 번 내부의 몸 전체를 자각해 보라. 처음에는 이 수행을 눈을 감고 하는 것이 더 쉬운 사람도 있을 것이다. 일단 자신의 몸을 느낄 수 있으면, 이제는 눈을 뜨고 주위를 바라보면서 동시에 계속해서 자신의 몸을 느껴 보라. 어떤 사람들은 눈을 감을 필요가 없다는 것을 발견할지도 모른다. 사실 그들은 지금 이 글을 읽으면서 자신의 내부의 몸을 느낄 수 있다.

내적 공간과 우주 공간

내부의 몸은 고체의 물질이 아니라 넓은 공간으로 이루어져 있다. 그것은 물리적인 형상이 아니라, 물리적인 형상을 움직이게 하는 생명이다. 육체를 창조하며 유지하는 동시에 인간의 머리로는 실로 일부분밖에 이해할 수 없는 복잡하고 엄청나게 많은 기능을 조종하는 지성이다. 당신이 그것의 존재에 대해 알아차릴 때 실제로는 그 지성 자체가 스스로를 알아차리는 것이다. 그것이 바로 아직까지 어떤 과학자도 발견하지 못한, 정의 내리기 힘든 '생명'이다. 왜냐하면 그것을 찾고 있는 의식이 바로 그 생명 자체이기 때문이다.

물리학자들이 밝혀냈듯이, 물질이 견고함을 가지고 있는 듯 보이는 것은 사실 인간의 감각이 만들어 낸 환상이다. 이 물질에는 육체도 포함된다. 우리는 육체를 하나의 형상으로 지각하고 형상으로 생각하지만, 그중 99.99퍼센트가 실제로 텅 빈 공간이다. 원자의 크기에 비하면 원자와 원자 사이의 공간이 얼마나 방대하며, 그 각각의 원자 안에도 또다시 넓은 공간이 있음을 알 수 있다. 육체는 진정한 자기 자신에 대한 오해에 지나지 않는다. 많은 점에 있어서 육체는 우주의 축소판인 소우주이다. 천체와 천체 사이의 공간이 어느 정도로 거대한지 알려면 다음을 생각해 보라. 초속 18만 6천 마일(약 30만 킬로미터)의 속도를 가진 빛은 달에서 지구까지 1초가 약간 넘게 걸린다. 태양으로부터의 빛은 약 8분 만에 지구에 도달한다. 우주에서 우리와 가장 가까운 이웃인 프록시마 켄타우리 별은 우리의 태양과 가장 가까운 다른 태양인데, 그 태양의 빛이 지구에 도달하는 데는 4.5년을 여행해야 한다. 이것이 우리를 둘러싼 공간의 크기이다. 그다음에 은하와 은하 사이의 공간이 있는데, 그 광대함은 더욱더 이해의 범위를 넘어선다. 우리 은하계와 가장 가까운 은하인 안드로메다은하의 빛이 우리에게 도달하는 데는 240만 년이 걸린다. 당신의 육체가 이 광대한 우주만큼이나 광활한 빈 공간으로 이루어져 있다는 것이 실로 놀랍지 않은가?

따라서 그 안으로 더 깊이 들어가 보면 형상인 당신의 육체는 본질적으로는 형상이 없다. 그것은 내적 공간으로 들어가는 문이다. 비록 내적 공간은 형상을 가지고 있지 않지만 강렬하게 살아 있다. 그 '텅 빈 공간'은 충만함으로 가득한 생명이며, 그곳에서부터 모든 것이 나타나는 숨은 원천이다. 전통적인 단어를 사용하면 그 원천이 바로 '신'이다.

생각과 단어는 형상의 세계에 속한다. 그것들은 형상 없음을 표현하는 것이 불가능하다. 따라서 '나는 나의 내부의 몸을 느낄 수 있다.'는 것은 생각이 만들어 낸 오해이다. 실제로 일어난 것은 육체로 나타난 의식, 즉 '나는 있다.'고 하는 의식이 그 자신을 의식하는 것이다. 진정한 자신과 일시적인 형상인 '나'를 혼동하지 않으면, 그 무한하고 영원한 것, 즉 신의 차원이 '나'를 통해 스스로를 표현할 수 있고 '나'를 인도할 수 있다. 또한 형상에 대한 의존으로부터 자유롭게 해 준다. 그러나 '나는 이 형상이 아니다.'라고 머리로만 인식하거나 믿는 것은 도움이 되지 않는다. 가장 중요한 질문은 이것이다. 지금 이 순간, 나는 내적 공간의 존재를 감지할 수 있는가? 이 말의 진정한 의미는 이것이다. 나는 나 자신의 '현존'을, 아니 더 정확히 말하면 '나의 있음'인 현존을 감지할 수 있는가?

아니면 다른 방향 화살표를 통해서도 이 진리에 다가갈 수 있다. 스스로에게 물어 보라. "나는 지금 이 순간 일어나고 있는 것뿐만 아니라 '지금' 그 자체를 알아차리는가? 그 안에서 모든 것이 일어나는, 시간을 초월한 살아 있는 내적 공간인 그것을?" 이 물음은 내부의 몸과는 어떤 관련이 없어 보이지만, '지금'의 공간을 알아차리게 되면 갑자기 자기 내면에서 더 강한 살아 있음을 느끼게 되는 것에 놀랄 것이다. 내부의 몸의 살아 있음을, '순수한 있음'의 기쁨이 고유하게 가진 그 살아 있음을 느끼는 것이다.

일상의 삶 속에서 가능한 한 자주 내부의 몸을 자각하고, 그럼으로써 공간을 창조하는 것이 좋다. 누군가를 기다릴 때, 누군가의 이야기를 듣고 있을 때, 잠시 멈추고 하늘과 나무와 꽃과 연인 또는 아이를 바라볼 때, 그것과 함께 자기 내면의 살아 있음을 느끼는 것이다. 이것은 관심 혹은 의식의 일부를 형상 없는 차원에 머물게 하고, 그 나머지는 외부의 형상 세계를 위해 사용하는 것을 의미한다. 이런 방식으로 자신의 몸속에 '거주할' 때마다, 그것은 '지금' 속에 존재하기 위한 하나의 닻 역할을 한다. 그것은 당신이 생각 속에서, 감정 속에서, 또는 외부 상황 속에서 자신을 잃어버리는 것을 막아 준다.

생각하고, 느끼고, 지각하고, 경험할 때 의식은 형상 속으로 태어난다. 하나의 생각, 하나의 느낌, 하나의 감각 지각, 하나의 경험으로 환생하는 것이다. 불교 신자들이 궁극적으로 벗어나고자 희망하는 윤회의 순환이 끊임없이 일어나고 있다. 그것에서부터 벗어날 수 있는 것은 오로지 지금 이 순간밖에, '지금'의 힘을 통하는 길밖에 없다. '지금'이 취하는 형상을 완전히 받아들임으로써 당신은 '지금'의 본질인 공간에 내적으로 맞춰진다. 받아들임을 통해 당신은 내적으로 공간이 넓어진다. 형상 대신 공간에 맞춰지는 것이다. 그것은 삶에 진정한 시각과 균형을 가져온다.

틈 알아차리기

하루 내내 당신이 보고 듣는 것들에는 끊임없이 바뀌는 연속이 있다. 무엇인가를 보거나 하나의 소리를 듣는 첫 순간 속에는, 보고 듣는 대상에 마음이 이름을 붙이거나 해석하기 전에, 대개 그 안에서 인식이 일어나는 깨어 있는 틈이 있다. 그 대상이 낯선 것일수록 더욱 그렇다. 그 틈이 내적 공간이다. 그 틈의 시간적 길이는 사람마다 다르다. 많은 사람들에게 그 공간은 대단히 짧기 때문에, 아마도 1초 또는 그보다 더 짧기 때문에 놓치기 쉽다.

그때 일어나는 일은 이것이다. 새로운 광경이나 소리가 일어난다. 그러면 그것을 지각하는 최초의 순간에 습관적인 생각의 흐름에 짧은 중단이 일어난다. 의식은 생각으로부터 벗어난다. 왜냐하면 감각 지각을 위해서는 의식이 필요하기 때문이다. 매우 일상적이지 않은 장면이나 소리는 당신을 '말을 잃은' 상태로 만든다. 나아가 내면에도 이를테면 좀 더 긴 틈을 가져온다.

그러한 공간들의 빈도와 지속 시간으로 삶을 즐기는 능력, 자연뿐 아니라 다른 사람들과의 내적 연결을 느끼는 능력이 결정된다. 또한 어느 정도 에고로부터 자유로울 수 있는지도 결정된다. 왜냐하면 에고는 공간 차원을 전혀 알아차리지 못하기 때문이다.

이 짧은 공간들이 자연스럽게 일어날 때 그것들을 의식할 수 있게 되면, 그 공간들은 더 확장될 것이다. 그리고 그렇게 확장될 때, 생각의 간섭이 거의, 혹은 전혀 없이 사물을 지각하는 기쁨을 점점 더 자주 맛볼 수 있다. 주위 세상이 새롭고 신선하며 생생하게 느껴진다. 삶을 추상화와 개념화라는 머릿속 화면을 통해 지각하면 할수록 주위 세상은 생명력을 잃고 단조로워진다.

자신을 발견하기 위해 자신을 버리기

내적 공간은 또한 자신의 형상 정체성을 강조하려는 필요성을 내려놓을 때마다 일어난다. 그 필요성은 에고의 필요성이다. 그것은 진정한 필요가 아니다. 여기에 대해서는 앞에서도 간단히 살펴보았다. 그러한 행동 패턴을 하나씩 버릴 때마다 내적 공간이 나타난다. 더 진정한 자기 자신이 되는 것이다. 에고에게는 그것이 마치 자신을 잃어버리는 것처럼 보이겠지만, 실제로는 그 반대이다. 이미 예수는 자기 자신을 발견하기 위해 자기 자신을 버려야 한다고 가르쳤다. 형상과의 동일화라는 행동 패턴을 하나씩 내려놓을 때마다, 형상 차원에 있는 자신을 덜 강조하게 되고, 형상 너머에 있는 자신은 더 충분히 나타난다. 적어짐으로써 더 많아질 수 있는 것이다.

사람들이 무의식적으로 자신들의 형상 정체성을 강조하려고 시도하는 몇 가지 방식들이 있다. 만약 당신이 충분히 깨어 있다면 이런 무의식적인 패턴들 중 몇 가지를 자신 안에서 탐지할 수 있을 것이다.

자신이 한 것에 대해 인정을 요구하고, 인정받지 못하면 화가 나거나 마음이 상하는 것.

자신의 문제나 병에 대해 말하거나 소란을 피움으로써 관심을 끌려고 하는 것.

아무도 묻지 않았고 상황에 변화를 일으키지도 못하는데 굳이 자신의 의견을 말하는 것.

다른 사람 자체보다도 그 사람이 자신을 어떻게 보는가를 더 신경 쓰는 것. 즉, 다른 사람을 자기 에고의 반영이나 에고 강화의 목적으로 이용하는 것.

소유물, 지식, 외모, 지위, 신체적 힘 등을 통해 사람들에게 자신에 대한 인상을 심으려고 노력하는 것.

무엇인가 혹은 누군가에 대한 분노에 찬 반응을 통해 에고를 일시적으로 부풀리는 것.

일들을 개인적으로 해석해 감정이 상하는 것.

마음속에서 혹은 입 밖으로 도움이 안 되는 불평을 늘어놓음으로써 자신은 옳고 상대방은 틀린 것으로 만드는 것.

주목받기를 원하고 중요한 사람으로 보이기를 원하는 것.

일단 이러한 행동 패턴을 자신 안에서 탐지했다면 한 가지 실험을 해 볼 것을 제안한다. 그 패턴을 버리면 어떤 느낌이 들며 무슨 일이 일어날지 관찰하는 것이다. 단지 그 패턴을 중단하고 무슨 일이 일어나는지 보라.

형상 차원에서 자신이 누구인가를 덜 강조하는 것은 의식을 생겨나게 하는 또 하나의 방법이다. 자신의 형상 정체성을 강조하는 것을 중단할 때, 얼마나 큰 힘이 당신을 통해 세상 속으로 흘러들어 가는지 발견할 수 있다.

고요

"고요는 신이 말하는 언어이다. 그리고 다른 모든 것은 나쁜 번역이다."라는 말이 있어 왔다. 고요는 실제로 공간을 가리키는 다른 말이다. 삶 속에서 고요와 마주칠 때마다 그 고요를 알아차리면 자기 내면의 형상도 없고 시간도 없는 차원, 생각 너머와 에고 너머에 있는 차원과 연결될 수 있다. 그것은 자연의 세계에 널리 스며들어 있는 고요일 수도 있고, 이른 아침 방 안에 깃든 고요일 수도 있고, 소리와 소리 사이에 놓인 조용한 틈일 수도 있다.

고요는 형태가 없다. 그렇기 때문에 생각을 통해서는 고요를 알아차릴 수 없다. 생각은 형태이다. 고요를 알아차린다는 것은 고요하게 멈추는 것이다. 고요하게 멈춘다는 것은 생각의 방해 없이 의식이 깨어 있다는 것이다. 고요하게 멈출 때보다 더 본질적으로, 더 깊이, 자기 자신일 때는 없다.

고요하게 멈출 때 당신은 개인이라는 육체적, 정신적 형상을 일시적으로 취하기 전의 그 당신이다. 또한 그 형상이 소멸했을 때에도 있게 될 그 당신이다. 고요하게 멈출 때 당신은 일시적인 존재 너머에 있는 당신이다. 조건에 물들지 않고, 형상이 없는, 영원 그 자체인 의식이다.

삶의 목적에 깨어나기 — 무엇을 하는가가 아니라 누구인가

당신의 삶 전체의 여행이 궁극적으로는

이 순간에 내딛는 발걸음으로 이루어져 있다.

언제나 이 한 걸음만이 존재하며,

이 한 걸음이 가장 중요하다.

당신이 목적지에 도착했을 때

무엇을 만나는가는

이 한 걸음의 성질에 달려 있다.

미래가 당신을 위해 보관하고 있는 것은

당신의 지금의 의식 상태에 달려 있다.

단순한 생존의 문제를 넘어서자마자, 의미와 목적에 대한 의문이 당신의 삶에서 가장 큰 중요성을 갖는다. 많은 사람들은 삶에서 의미를 빼앗아 버리는 나날의 일상에 갇혀 있다고 느낀다. 삶이 어느덧 자신을 지나쳐 가고 있거나 이미 지나가 버렸다고 믿는 사람들도 있다. 직업이 요구하는 일들을 하고 가족을 부양하느라 너무 바쁘기 때문에, 혹은 경제적 문제와 삶의 조건에 꼼짝없이 묶여 있다고 느끼는 사람도 있다. 어떤 사람들은 극심한 스트레스로, 또 어떤 사람들은 극심한 권태로 소진되어 간다. 정신없이 바쁜 생활 속에서 자신을 잃어버리는 사람도 있고, 침체의 늪에 빠진 사람도 있다. 많은 사람들이 부가 약속해 주는 자유와 더 넓은 삶을 원한다. 부가 제공하는 상대적인 자유를 이미 누리고 있지만 그것만으로는 의미 있는 삶이 될 수 없음을 발견하는 사람들도 있다. 삶의 진정한 목적을 찾는 것을 대체할 만한 것은 없다. 그러나 삶의 진정한, 혹은 주된 목적은 외부 차원에서는 찾을 수 없다. 그것은 당신이 무엇을 하는가가 아니라 당신이 누구인가와 관계가 있다. 다시 말해, 당신의 의식 상태와 관계가 있다.

따라서 중요한 것은 이것을 깨닫는 일이다. 당신의 삶에는 내면적인 목적과 외부적인 목적이 있다는 것이다. 내면적인 목적은 '순수한 있음'과 관계된 것이다. 이것이 주된 목적이다. 외부적인 목적은 당신의 행동과 관계가 있다. 이것은 이차적인 목적이다. 이 책은 주로 당신의 내면적인 목적에 대해 말하고 있지만, 이 장과 다음 장에서는 삶의 외부적인 목적과 내면적인 목적을 어떻게 잘 조화시킬 것인가의 문제를 다룰 것이다. 그러나 내면적인 것과 외부적인 것은 밀접하게 얽혀 있기 때문에 한쪽을 언급하지 않고 다른 한쪽에 대해서만 말하는 것은 거의 불가능하다.

당신 내면의 목적은 깨어나는 것이다. 그처럼 단순하다. 당신은 그 목적을 이 행성 위의 다른 모든 사람들과 공유하고 있다. 그것이 인류의 목적이기 때문이다. 당신 내면의 목적은 전체의 목적, 우주의 목적, 그리고 우주 지성의 목적의 매우 중요한 일부분이다. 당신의 외부적인 목적은 시간과 함께 변화하며, 사람에 따라서도 크게 다르다. 내면적인 목적을 발견해 그것과 조화를 이루며 살아가는 것이 외부적인 목적을 이루는 토대이다. 그것이 진정한 성공의 기초이다. 그런 조화 없이도 노력과 투쟁, 굳은 결의, 고단한 시도와 영리함을 통해 어떤 것을 성취할 수는 있을 것이다. 그러나 그런 노력 속에는 기쁨이 없고, 결국엔 어떤 형태의 고통으로 끝을 맺는다.

깨어남

깨어남은 그 안에서 생각과 알아차림이 분리되는, 의식 속의 전환이다. 대부분의 사람들에게 그것은 하나의 사건이 아니라 겪어가는 과정이다. 갑작스럽고, 극적이고, 거꾸로 돌아갈 수 없을 것처럼 보이는 깨어남을 경험하는 사람도 드물게 있다. 그런 사람조차도 사실은 새로운 의식 상태가 서서히 흘러들어 와 그가 하는 모든 행동이 변화하고, 그 의식 상태가 그의 삶과 완전히 하나가 되는 과정을 겪는다.

깨어나면 생각 속에서 자신을 잃어버리는 일이 없어진다. 그 대신 생각 뒤에 있는 알아차림이 자신임을 안다. 그렇게 되면 생각은 당신에 대한 소유권을 쥐고 당신의 삶을 운영하는 이기적이고 자동적인 활동이 아니게 된다. 생각 대신 알아차림이 주도권을 잡는다. 생각은 당신의 삶에 주역이 되는 대신 알아차림을 위해 봉사하게 된다. 알아차림은 우주 지성과의 의식적인 연결이다. 알아차림을 다른 말로 표현하면 '현존', 즉 사념 없는 의식이다.

깨어남의 과정으로 들어가는 것은 신의 은총과 같다. 당신은 그것이 일어나도록 만들 수도 없고, 그것을 위해 자신을 준비시키거나 그것을 위해 공적을 쌓을 수도 없다. 비록 마음은 깨어남으로 인도하는 잘 짜인 일련의 논리적 단계를 매우 선호하겠지만, 깨어나기에 적합한 인간이 먼저 되어야만 하는 것도 아니다. 반드시 그런 건 아니지만, 깨어남의 과정은 성자보다 먼저 죄인에게 찾아갈 수 있다. 그래서 예수는 존경받을 만한 사람들뿐 아니라 온갖 종류의 사람들과 어울렸다. 깨어남에 대해서 당신이 할 수 있는 것은 아무것도 없다. 무엇인가를 하려고 해도 그것은 깨어남이나 깨달음을 가치 있는 소유물로 추가함으로써 자신을 좀 더 중요하고 크게 보이려는 에고의 시도가 될 것이다. 깨어남 대신 깨어남이라는 '개념'을 마음에 덧붙이거나, 깨어 있는 사람이나 깨달은 사람은 이럴 것이라는 정신적 이미지를 추가하고서, 그 이미지대로 살려고 노력한다. 당신이 자신에 대해 가지고 있는, 혹은 다른 사람들이 당신에 대해 가지고 있는 이미지에 맞추어 살아가는 것은 진정한 삶이 아니다. 그것은 에고가 연기하는 또 하나의 무의식적인 역할에 지나지 않는다.

만약 깨어나기 위해 스스로 할 수 있는 것이 아무것도 없다면, 그리고 만약 그것이 이미 일어났거나 아직 일어나지 않았다면, 어떻게 그것이 삶의 주된 목적이 될 수 있는가? 목적이라는 것은 당신이 그것에 대해 무엇인가를 할 수 있다는 의미가 아닌가?

첫 번째의 깨어남, 사념이 사라진 의식을 짧은 순간 경험하는 것은 당신 쪽에서의 어떤 행동 없이 신의 은총에 의해서만 일어난다. 만약 이 책의 내용이 이해할 수 없거나 무의미하게 여겨진다면 그 경험은 아직 당신에게 일어나지 않은 것이다. 그러나 만약 당신 안에서 무엇인가가 이 책의 내용에 반응한다면, 만약 이 안에서 어떤 진리를 알아본다면, 깨어남의 과정이 이미 시작되었음을 의미한다. 일단 그 과정이 시작되면, 에고의 방해를 받아 지연되는 일은 있어도 되돌릴 수는 없다. 어떤 사람에게는 이 책을 읽는 것으로 깨어남의 과정이 시작될 것이다. 또 어떤 사람에게는 이 책의 역할이, 자신이 이미 깨어나기 시작했음을 알도록 돕고 그 과정이 더 강렬해지고 가속화되도록 돕는 데 있다. 이 책의 또 다른 역할은 사람들이 자기 내면에 있는 에고를 알아보고, 그 에고가 자신을 다시 지배하려 하고 알아차림을 흐려지게 할 때마다 그것을 알도록 돕는 일이다.

사람에 따라서는 자신의 습관적인 생각, 특히 전 생애 동안 동일화되어 온 끊임없는 부정적인 생각들을 갑자기 알아차림으로써 깨어남이 일어나기도 한다. 생각을 알아차리지만 그 생각의 일부가 아닌 알아차림이 갑자기 일어나는 것이다.

알아차림과 생각은 무슨 관계인가? 알아차림은 공간이며, 그 공간이 스스로를 의식할 때 그 공간에 생각이 존재하는 것을 안다.

알아차림 혹은 '현존'을 짧게라도 경험한 적이 있는 사람에게는 그것이 직접적인 앎으로 일어난다. 이제 그것은 더 이상 마음속에 있는 하나의 개념이 아니다. 이제 당신은 무의미한 생각들에 빠지기보다는 지금 이 순간에 존재하기로 의식적인 선택을 할 수 있다. '이 순간에 존재함'을 삶 속으로 초대할 수 있다. 다시 말해, 공간을 만들 수 있다. 깨어남의 은총에는 책임이 따른다. 마치 아무 일도 없었던 것처럼 계속 살아가려고 할 수도 있지만, 알아차림의 중요성을 알고 그것이 자신의 삶에 '일어날' 수 있는 가장 중요한 사건임을 인식할 수도 있다. 그렇게 될 때, 그 등장하는 의식에 자신을 열고 그 빛을 이 세상에 가져오는 것이 삶의 주된 목적이 될 것이다.

아인슈타인은 말했다. "나는 신의 마음을 알고 싶다. 나머지는 작고 세부적인 것들이다." 신의 마음은 무엇인가? 의식이다. 신의 마음을 안다는 것은 무엇인가? 알아차리는 것이다. 그리고 작고 세부적인 것들이란 무엇인가? 당신의 외부적인 목적, 바깥 세계에서 일어나는 모든 일들이다.

따라서 당신은 어쩌면 자신의 삶에 무엇인가 의미 있는 일이 일어나기를 기다리고 있을지도 모르지만, 인간에게 일어날 수 있는 가장 의미 있는 일이 이미 자신의 내면에서 일어나 왔음을 모르고 있을 수도 있다. 생각과 알아차림의 분리 과정이 이미 시작되었음을.

깨어남의 초기 단계를 통과하고 있는 많은 사람들은 자신의 외부적인 목적이 무엇인지 더 이상 확신할 수가 없게 된다. 세상을 몰아가는 것은 더 이상 그들을 몰아가지 않는다. 현대 문명의 정신이상이 분명하게 보이고, 자기 주위의 문화로부터 다소 소외감을 느낄지도 모른다. 두 세계 사이의 무인 지대에 살고 있는 것 같은 기분이 드는 사람도 있을 것이다. 이들은 더 이상 에고에 조종되지 않지만, 알아차림이 아직 자신의 삶과 완전한 하나가 되지 않았다. 내면적인 목적과 외부적인 목적이 아직 하나로 합쳐지지 않은 것이다.

내면의 목적에 관한 대화

다음의 대화는 진정한 삶의 목적을 찾는 사람들과 내가 나눈 많은 대화들을 압축한 내용이다. 이 대화들과 당신의 내면 깊은 곳의 존재가 공명하고 그 존재를 표현한다면, 당신의 내면적인 목적과 일치한다면, 그것은 진실한 것이다. 내가 사람들의 관심을 먼저 그들의 내면적인 목적, 가장 주된 목적으로 이끄는 이유가 그것이다.

정확히 그것이 무엇인지는 모르겠지만 내 삶에 어떤 변화가 있기를 나는 원합니다. 삶의 확장을 원합니다. 무엇인가 의미 있는 일을 하고 싶고, 그렇습니다. 풍요와 그것이 가져다주는 자유도 원합니다. 무엇인가 중요한 일, 무엇인가 세상을 변화시키는 일을 하고 싶습니다. 그런데 정확히 무엇을 원하는가 묻는다면, 잘 모르겠다고 말할 수밖에 없습니다. 내가 삶의 목적을 발견하도록 도와줄 수 있습니까?

지금 당신의 목적은 이곳에 앉아 나와 대화를 나누는 것입니다. 왜냐하면 지금 당신은 '이곳'에 있고, 그것이 바로 당신이 지금 하고 있는 일이기 때문입니다. 당신이 자리에서 일어나 다른 일을 하기 전까지는 말입니다. 그때는 그 다른 일이 당신의 목적이 됩니다.

그렇다면 나의 목적은 지금부터 은퇴하거나 해고당할 때까지 앞으로 30년 동안 사무실에 계속 앉아 있는 것이라는 말인가요?

당신은 지금 사무실에 있지 않습니다. 따라서 그것은 당신의 목적이 아닙니다. 당신이 사무실에 앉아서 무엇인가를 하고 있다면, 그 일이 무엇이든 그것이 당신의 목적입니다. 앞으로 30년 동안이 아니라 '지금'의 목적입니다.

내 생각에는 약간의 오해가 있는 것 같습니다. 당신이 말하는 목적이란 자신이 지금 하고 있는 일인 것 같습니다. 내가 말하는 목적은 삶 전체의 목적, 내가 하는 일들을 가치 있는 것으로 만들어 주는 크고 의미 있는 목표, 인생에 차이를 가져다주는 어떤 것입니다. 그것은 사무실에서 서류를 만지

작거리는 것이 아닙니다. 나는 그것만은 알고 있습니다.

당신이 '순수한 있음'을 알아차리지 못하는 한, 당신은 오직 행위와 미래의 차원에서만, 즉 시간의 차원에서만 의미를 계속 추구할 것입니다. 그곳에서 의미와 만족을 발견한다 해도 그런 것들은 언젠가는 소멸되거나 속임수였음이 드러납니다. 예외 없이 그것들은 시간과 함께 파괴되기 때문입니다. 시간 차원에서 우리가 발견하는 의미들은 어떤 것이든 단지 상대적이고 일시적으로만 진실입니다.

예를 들어, 아이를 키우는 것이 당신의 삶에 의미를 준다고 가정해 봅시다. 그런데 아이가 더 이상 당신을 필요로 하지 않거나 혹은 당신 말에 더 이상 귀 기울지 않는다면 그 의미에 무슨 일이 일어날까요? 만약 다른 이들을 돕는 것이 당신의 삶에 의미를 준다면, 당신의 삶이 계속 의미 있는 것이 되고 스스로에 대해 좋은 느낌을 갖기 위해서는 당신보다 상황이 나빠지는 사람들에게 의존하게 될 것입니다. 만약 어떤 일에 뛰어나거나 승리하거나 성공하려는 욕망이 당신에게 의미를 준다면, 결코 승리하지 못하거나 어느 날 연속적인 성공이 막을 내린다면 어떻게 됩니까? 언젠가는 분명히 그렇게 될 것입니다. 그렇게 되면 당신은 상상이나 기억에 의존해 살아갈 수밖에 없습니다. 그곳은 당신의 삶에 무미건조한 의미만을 가져다주는 매우 불만족스러운 장소입니다. 어떤 분야에서든 '성공'이 의미가 있는 것은 다른 수백 수천만 명이 실패하기 때문일 것입니다. 따라서 당신의 삶이 의미를 갖기 위해서는 다른 사람들의 '실패'가 필요하게 됩니다.

타인을 돕는 것, 아이를 키우는 것, 어떤 분야에서든 뛰어나려고 노력하는 것이 가치 없다고 말하는 것은 아닙니다. 많은 사람들의 경우, 그러한 일들은 그들의 중요한 외부적인 목적입니다. 하지만 외부적인 목적만으로는 언제나 상대적이고, 불안정하며, 일시적입니다. 그러한 활동들에 개입하지 말라는 것이 아닙니다. 그러한 활동들을 내면의 주된 목적과 연결시켜야 한다는 것입니다. 그래서 당신이 하고 있는 일에 더 깊은 의미가 흘러들어 갈 수 있도록 해야 한다는 것입니다.

당신의 주된 목적과 일치된 삶을 살아가지 않는다면 어떤 목적을 찾아낸다 해도, 설령 그것이 지상에 낙원을 건설하는 일이라 할지라도, 모두가 에고의 일이 되거나 아니면 시간과 함께 파괴될 것입니다. 머지않아 그것은 당신을 고통으로 인도할 것입니다. 만약 당신이 내면의 목적을 무시한다면, 당신이 무슨 일을 하든, 설령 영적으로 보이는 일을 한다고 해도, 당신이 그 일을 하는 방식 속으로 에고가 몰래 숨어들 것이기 때문에 결국은 수단이 목적을 타락시킬 것입니다. "지옥으로 가는 길은 좋은 의도들로 포장되어 있다."라는 격언은 이 진리를 가리킵니다. 바꿔 말해, 목적이나 행위가 먼저가 아니라, 그것들이 나오는 곳인 의식 상태가 먼저입니다. 당신의 주된 목적을 성취하는 것은 새로운 현실, 새로운 지구를 건설하기 위한 토대를 놓습니다. 일단 그 토대가 놓이면, 당신의 외부적인 목적은 영적인 힘으로 가득하게 될 것입니다. 당신의 목적과 의도들이 우주의 진화 충동과 조화를 이룰 것이기 때문입니다.

생각과 알아차림의 분리, 그것이 당신의 주된 목적의 핵심이며, 그것은 시간의 무효화를 통해 일어납니다. 물론 우리가 여기서 말하는 것은 약속을 정하거나 여행 계획을 세우는 것 같은 실질적인 목적을 위한 시간 사용에 대한 것이 아닙니다. 시계의 시간이 아니라 심리적인 시간을 말하고 있는 것입니다. 심리적인 시간이란, 삶의 충만함을, 발견할 수도 없는 미래에서 찾으려 하고, 그것에 접속하는 유일한 지점인 현재의 순간을 무시하는 마음속 깊이 뿌리내린 습관입니다.

지금 당신이 하고 있는 일, 지금 당신이 있는 곳을 삶의 주된 목적으로 바라볼 때, 당신은 시간을 무효화시키는 것입니다. 이것은 크나큰 힘을 불어넣습니다. 자신이 하는 일 속에서 시간을 무효화시킬 때, 당신의 내면적인 목적과 외부적인 목적이, 존재와 행위가 연결됩니다. 시간을 무효화시킬 때, 당신은 에고를 무효화시키게 됩니다. 무엇을 하든 당신은 특별히 잘하게 될 것입니다. 행위 그 자체에 온 관심의 초점이 모아지기 때문입니다. 그때 당신의 행위는 의식이 이 세상으로 들어오는 통로가 됩니다. 이것은 무엇일까요? 이것은 전화번호부를 넘기거나 방 안을 걷는 일처럼 가장 단순한 행위일지라도 당신이 하는 일 속에 깊이가 있음을 의미합니다. 전화번호부를 넘기는 주된 목적은 전화번호부를 넘기는 일입니다. 이차적인 목적이 전화번호를 찾는 것입니다. 방 안을 걷는 주된 목적은 방 안을 걷는 일입니다. 이차적인 목적은 방 반대편에서 책 한 권을 꺼내 드는 일입니다. 그리고 당신이 그 책을 집어 드는 순간, 그것이 당신의 주된 목적이 됩니다.

앞에서 말한 시간의 역설을 기억할 것입니다. 당신이 무엇을 하든 시간이 걸리지만, 그것은 언제나 '지금'입니다. 그러므로 당신의 내면적인 목적이 시간을 무효화시키는 반면에, 외부적인 목적은 반드시 미래를 필요로 하며 시간 없이는 외부적인 목적은 존재할 수 없습니다. 하지만 그것은 언제나 이차적입니다. 당신이 불안과 스트레스를 느끼는 것은 이미 외부적인 목적이 지배적이 되어 내면적인 목적을 시야에서 놓쳐 버린 것입니다. 자신의 의식 상태가 주된 것이며, 다른 모든 것은 이차적인 것임을 잊어버린 것입니다.

이런 식으로 사는 것은 무엇인가 중요한 일을 성취하려는 것을 막아 버리는 것이 아닐까요? 나의 두려움은, 내가 앞으로도 아무 의미도 없는 사소한 일에 붙잡혀 평생을 살아야 하는 게 아닌가 하는 것입니다. 이 진부한 삶을 결코 떨치고 일어나지 못할까 봐 두렵습니다. 무엇 하나 큰일도 시도하지 못하고 자신의 잠재력을 꽃피우지도 못한 채.

큰 것은 작은 것을 존중하고 소중히 여기는 데서 나옵니다. 저마다의 삶은 실제로 작은 일들로 이루어져 있습니다. '큰 것'은 머리의 추상적 개념이고, 에고가 가장 좋아하는 환상입니다. 그러나 큰 것의 기초는 큰 것을 추구하는 대신 현재 순간의 작은 것들을 존중하는 것입니다. 역설적입니다. 현재의 순간은 언제나 단순하고 그런 의미에서는 언제나 작습니다. 하지만 그 안에는 가장 큰 힘이 숨겨져 있습니다. 원자처럼 그것은 가장 작은 것이지만 무한한 힘을 내포하고 있습니다. 오직 자신을 현재의 순간에 맞출 때만 당신은 그 힘에 다가갈 수 있습니다. 아니 더 정확히 말해, 그때 그 힘이 당신에게 다가오고 당신을 통해 이 세상에 다가옵니다. 예수는 이 힘에 대해 이렇게 말했습니다. "내가 하는 것이 아니라 아버지께서 내 안에 계셔서 그의 일을 하는 것이다." 그리고 "나는 아무것도 스스로 할 수 없다."라고 했습니다. 불안과 스트레스, 부정적 성향은 그 힘으로부터 당신을 단절시킬 것입니다. 우주를 운영하는 그 힘으로부터 자신이 분리되어 있다는 망상이 되돌아옵니다. 당신은 이런저런 것들을 이루기 위해 노력하고 무엇인가에 맞서 싸우면서 자신이 다시금 혼자라고 느낍니다. 하지만 왜 불안, 스트레스, 부정적 성향이 일어날까요? 당신이 현재의 순간으로부터 등을 돌렸기 때문입니다. 그러면 왜 현재의 순간으로부터 등을 돌릴까요? 다른 무엇인가가 더 중요하다고 생각했기 때문입니다. 자신의 주된 목적을 잊은 것입니다. 한 가지 작은 실수, 한 가지 잘못된 인식이 고통스러운 세상을 창조합니다.

현재의 순간을 통해서만 당신은 생명 그 자체의 힘에 다가갈 수 있습니다. 우리는 그것을 전통적으로 '신'이라고 불러 왔습니다. 당신이 현재 순간으로부터 등을 돌리는 순간, '신'은 당신의 삶에서 더 이상 실체가 아니게 되고, '신'이라는 머릿속 개념일 뿐입니다. 어떤 사람들은 그 개념을 믿고 어떤 사람들은 부정합니다. 그러나 신에 대한 믿음조차도 삶의 모든 순간에 나타나는 신의 살아 있는 실체에 비하면 실로 보잘것없는 대용품에 지나지 않습니다.

현재의 순간과 완벽하게 조화를 이루는 것은 모든 행위의 중단을 의미하는 것은 아닌가요? 어떤 목표를 갖는다는 것은 현재의 순간과의 조화가 일시적으로 깨어지고, 그 목표가 이루어지면 더 높고 복잡한 차원에서 그 조화가 회복되는 것은 아닌가요? 흙을 밀치고 나온 싹이 현재의 순간과 완전한 조화를 이루고 있다고 말할 수는 없을 것입니다. 싹에게는 큰 나무가 되고 싶다는 목표가 있기 때문입니다. 아마도 큰 나무가 되고 나면 현재의 순간과 조화를 이루며 살 것입니다.

어린싹은 어떤 것도 원하지 않습니다. 왜냐하면 싹은 전체와 하나이며, 그 전체성이 어린싹을 통해 활동하고 있기 때문입니다. 예수는 말했습니다. "들의 백합화가 어떻게 자라는가 보라. 수고도 아니하고 길쌈도 아니한다. 하지만 솔로몬의 모든 영광으로도 입은 것이 이 꽃만 같지 못하였다." 전체성, 즉 '큰 생명'은 그 싹이 나무가 되기를 원한다고 말할 수 있지만, 싹은 자신과 생명을 별개의 것으로 보지 않으므로 그 자신은 아무것도 원하지 않습니다. '큰 생명'이 원하는 것과 하나입니다. 그러므로 걱정도 없고 스트레스도 없습니다. 만약 영원히 죽어야 한다면 그 싹은 편안하게 죽을 것입니다. 삶에 몸을 내맡기듯이 죽음에 몸을 내맡기는 것입니다. 아무리 흐릿하다 해도 어린싹은 자신이 '순수한 있음'에, 즉 형상 없는 영원한 '한 생명'에 뿌리내리고 있음을 감지하는 것입니다.

고대 중국 도교의 현자들처럼 예수는 우리의 관심을 자연으로 이끄는 것을 좋아합니다. 그는 하나의 힘이 자연 속에서 움직이고 있음을 보기 때문입니다. 인간은 그 힘과의 접촉이 끊어졌습니다. 그 힘은 우주의 창조적인 힘입니다. 예수는 계속해서 말합니다. 만약 하느님이 단순한 꽃들에게 그토록 아름다운 옷을 입혀 준다면 당신에게는 얼마나 더 좋은 옷을 입혀 주겠는가. 자연이 우주의 진화 충동의 아름다운 표현인 반면에, 인간은 우주 진화 속의 지성과 연결될 때 더 높고 경이로운 차원에서 그 똑같은 충동을 표현할 것이라는 의미입니다.

그러므로 내면적인 목적에 진실함으로써 삶에 진실해야 합니다. 당신이 현재의 순간에 존재하고, 그것을 통해 당신이 하는 일들 속에 온전히 존재할 때, 당신의 행위에는 영적인 힘이 충만해집니다. 처음에는 당신이 하는 일 자체에 눈에 띄는 변화가 없을지도 모릅니다. 오직 '어떻게 하는가'만 변할 것입니다. 당신의 주된 목적은 이제 당신의 일 속으로 의식이 흘러들게 하는 것입니다. 이차적인 목적은 그 행위를 통해 달성하려고 하는 무엇입니다. 전에는 목적의 개념이 언제나 미래와 관계있었던 것에 비해 이제는 더 심오한 목적을 현재의 순간에서, 시간을 무효화시킨 현재의 순간에서만 발견할 수 있습니다.

일터에서나 어디에서든 사람들과 만날 때 상대방에게 모든 관심을 기울이십시오. 당신은 개인으로서 그곳에 있는 것이 아니라 알아차림의 장으로서, 깨어 있는 '현존'으로서 그곳에 있는 것입니다. 다른 사람들과 상호작용하는 애초의 이유, 즉 물건 사고팔기와 정보 교류 등은 이차적인 것이 됩니다. 두 사람 사이에 일어나는 알아차림의 장, 그것이 만남과 교류의 첫째 목적이 됩니다. 그 알아차림의 공간이 당신들이 나누는 대화보다 더 중요하고, 물질적인 대상이나 생각의 대상보다 더 중요합니다. 인간이라는 '존재'가 이 세상의 일들보다 더 중요해집니다. 그것은 실질적인 차원에서 당신이 할 필요가 있는 일들을 무시해도 된다는 의미가 아닙니다. 사실 '순수한 있음'의 차원을 알고 그것이 주된 것이 되었을 때, 행동은 더 쉬워지고 더 강력해집니다. 새로운 지구에서는 인간 존재들 사이에 그 알아차림의 통일장이 나타나는 것이 관계에 있어서 가장 핵심적인 요소입니다.

성공이라는 개념은 에고의 환상에 불과한가요? 진정한 성공인가 아닌가를 어떻게 판단할 수 있나요?

세상은 당신에게 성공이란 당신이 하려고 마음먹은 일을 이루는 것이라고 말할 것입니다. 성공은 승리이며, 인정받고 풍요를 획득하는 것이 모든 성공의 첫째 요소라고 세상은 말할 것입니다. 이 모든 것들은, 혹은 그 일부는 성공의 부산물이지 성공 그 자체가 아닙니다. 세상에서 일반적으로 말하는 성공에 대한 개념은 당신이 하는 일의 결과와 관계가 있습니다. 어떤 이들은 성공은 힘든 노력과 행운, 굳은 의지와 재능, 또는 적절한 때에 적절한 장소에 있는 것이 합쳐진 결과물이라고 말합니다. 이 모든 것들이 성공을 결정하는 요소일 수는 있지만 성공의 본질은 아닙니다. 세상이 가르쳐 주지 않는 것은, 당신이 미래에 성공한 사람이 될 수는 없다는 사실입니다. 가르쳐 주지 않는 이유는 그것을 알지 못하기 때문입니다. 유일하게 가능한 것은 지금 성공하는 것, 오직 그것뿐입니다. 성공은 현재 순간의 성공밖에 없습니다. 그렇지 않다고 말하는 세상의 미친 말들에 귀 기울이지 말기 바랍니다. 그렇다면 현재 순간의 성공이란 무엇인가요? 당신이 하는 일 속에, 그것이 아무리 단순한 행위일지라도, 하나의 깊이가 있는 것입니다. 깊이가 있다는 것은 조심성과 주의력, 즉 알아차림이 있다는 것입니다. 깊이를 가지려면 '이 순간에 존재함'이 필요합니다.

당신이 사업가라고 합시다. 2년 동안 스트레스와 긴장을 힘들게 견뎌 내어 마침내 잘 팔리는 상품이나 일의 결과를 갖게 되고 돈도 벌게 됩니다. 이것은 성공인가요? 세상에서 일반적으로 하는 말로는 성공입니다. 그러나 당신은 2년 동안 자신의 몸뿐 아니라 지구도 부정적인 에너지로 오염시켰습니다. 자기 자신과 주변 사람들을 힘들게 했으며, 만난 적도 없는 많은 사람들에게 영향을 미쳤습니다. 그런 행동 배후에 있는 무의식적인 가정은, 성공은 미래의 일이고 목적이 수단을 정당화한다는 것입니다. 하지만 목적과 수단은 하나입니다. 그리고 만약 수단이 인간의 행복에 기여하지 않는다면 목적도 마찬가지입니다. 결과는 거기에 도달하는 행동과 분리될 수 없기 때문에, 그것이 행동에 의해 이미 오염되었다면 미래의 더 많은 불행을 만들어 낼 것입니다. 이것은 업을 쌓는 행위로, 불행을 무의식적으로 지속시킵니다.

　　당신이 이미 알듯이, 당신의 이차적인 목적 또는 외부적인 목적은 시간의 차원에 놓여 있는 반면에 당신의 주된 목적은 '지금'과 분리할 수 없으며, 따라서 시간의 무효화를 필요로 합니다. 이 두 가지를 어떻게 하면 일치시킬 수 있을까요? 당신의 삶 전체의 여행이 궁극적으로는 지금 이 순간에 내딛는 발걸음으로 이루어짐을 깨닫는 일입니다. 언제나 이 한 걸음만이 존재하며, 따라서 당신은 그것에 완전한 관심을 기울입니다. 이것은 당신이 어디로 가고 있는지 모른다는 뜻이 아닙니다. 단지 이 한 걸음이 가장 중요하며, 목적지는 이차적인 것이라는 의미입니다. 그리고 당신이 목적지에 도착했을 때 무엇을 만나는가는 이 한 걸음의 성질에 달려 있습니다. 다른 식으로 표현하면, 미래가 당신을 위해 보관하고 있는 것은 당신의 지금의 의식 상태에 달려 있습니다.

행위에 시간을 초월한 '순수한 있음'의 깊이가 스며들 때, 그것이 바로 성공입니다. '순수한 있음'이 행위 속으로 흘러들어 가지 않는 한, 당신이 현재의 순간에 있지 않는 한, 당신은 무엇을 하든 그 일 속에서 자기 자신을 잃을 것입니다. 또한 외부에서 일어나는 일에 대한 대응뿐 아니라 생각 속에서도 자신을 잃어버릴 것입니다.

'자신을 잃어버린다.'라는 것은 정확히 무엇을 의미하나요?

당신의 본질은 의식입니다. 의식, 즉 당신이 생각과 완전히 동일화되어 그 본질과 본성을 망각할 때 의식은 생각 속에 자신을 잃어버리는 것입니다. 에고의 주된 동기인 욕망이나 두려움 같은 정신적, 감정적 구조물과 자신을 동일시하면, 그 구조물 속에서 자신을 잃어버립니다. 또한 행위와 사건에 대한 반응과 자신을 동일시하면 그곳에서도 자신을 잃어버립니다. 그렇게 되면 모든 생각, 모든 욕망이나 두려움, 모든 행위와 대응이 허구의 자아의식을 갖게 됩니다. 이 허구의 자아는 '순수한 있음'의 단순한 기쁨을 감지하는 것이 불가능하며, 그 대용품으로 쾌락과 때로는 고통까지 추구하려 합니다. 이것은 '순수한 있음'을 망각하고 살아가는 것입니다. 자신의 본래 존재를 잃은 상태에서는 어떤 성공도 지나가는 망상에 지나지 않습니다. 무엇을 성취하든 당신은 곧 다시 불행해질 것이고, 아니면 새로운 문제나 딜레마가 생겨 당신의 관심을 모두 사로잡을 것입니다.

나의 내면적인 목적을 깨달았을 때 어떻게 하면 외부 차원에서 자신이 무엇을 해야 하는가로 나아갈 수 있나요?

외부적인 목적은 사람에 따라 매우 다양하며, 어떤 외부적인 목적도 영원히 지속되지 않습니다. 시간과 함께 변화하며, 그러다가 다른 목적으로 대체됩니다. 깨어남이라는 내면적인 목적에 충실하는 것이나 삶의 외적 환경을 변화시키는 것 또한 사람마다 크게 다릅니다. 사람에 따라서는 자신의 과거와 갑작스럽게 혹은 서서히 결별할 것입니다. 일, 생활환경, 관계, 모든 것이 심오한 변화를 겪습니다. 그중에는 자연스럽게 일어나는 변화도 있습니다. 고뇌스러운 결정의 과정을 통해서가 아니라 갑작스러운 깨달음과 자각을 통해 오는 것입니다. '나는 이렇게 해야만 해.' 하고 말입니다. 그 결정은 말하자면 이미 정해진 상태로 다가옵니다. 그것은 생각을 통해서가 아니라 알아차림을 통해서 옵니다. 어느 날 아침 눈을 떴을 때, 자신이 무엇을 해야 하는가를 알게 되는 것입니다. 정신병원 같은 작업 환경이나 삶의 환경으로부터 걸어 나오는 사람도 있습니다. 그러므로 외부 차원에서 무엇을 해야 하는가를 찾아보기 전에, 무슨 일을 해야 하고 어떤 것이 깨어 있는 의식에 어울리는 일일까 발견하기 전에, 무엇이 옳지 않은지, 무엇이 더 이상 잘되지 않는지, 무엇이 당신의 내면적인 목적과 어울리지 않는지 발견해야 하는지도 모릅니다.

또 다른 종류의 변화들은 외부로부터 갑자기 찾아올 수도 있습니다. 우연한 만남이 당신의 삶에 새로운 기회와 확장을 가져다줍니다. 오랫동안 가로막고 있던 장애물이나 갈등이 사라집니다. 친구들은 당신과 함께 이 내적 변화를 경험하거나, 아니면 당신의 삶으로부터 떨어져 나갈지도 모릅니다. 어떤 관계들은 끝나고, 또 어떤 관계는 깊어집니다. 하던 일을 그만둘 수도 있고, 자신의 일터에 긍정적인 변화를 일으키는 원동력이 될 수도 있습니다. 배우자가 당신을 떠나거나, 새로운 차원의 관계에 도달할 수도 있습니다. 어떤 변화들은 표면에서는 부정적으로 보일지도 모르지만, 자신의 삶에 새로운 무엇인가가 나타날 공간이 만들어졌음을 당신은 곧 깨닫게 될 것입니다.

불안하고 불확실한 기간도 있을 것입니다. 나는 무엇을 해야만 하지? 삶을 움직이는 것이 에고가 아니게 되면서 외부적인 안정에 대한 심리적 욕구도 줄어듭니다. 외부적인 안정이라는 것도 결국에는 환상에 지나지 않지만……. 당신은 그 불확실성과 함께 살 수 있고, 그것을 즐기기까지 할 수 있습니다. 불확실성과 편안해지면 삶에 무한한 가능성이 열립니다. 이것은 더 이상 두려움이 당신이 하는 일의 지배적인 요소가 아니게 되고, 변화를 시작하기 위한 행동이 그것에 더 이상 방해받지 않음을 의미합니다. 로마의 철학자 타키투스는 "안정을 위한 욕망은 모든 위대하고 고귀한 진취적인 일에 저항한다."라고 말했습니다. 불확실성을 받아들이지 않으면 그것은 두려움으로 변합니다. 그러나 완전히 받아들이면 그것은 더욱 커진 살아 있음, 깨어 있음, 그리고 창조적인 힘으로 바뀝니다.

여러 해 전, 나는 강한 내적 충동에 이끌려 세상이 '전도유망한' 자리라고 부르는 학자로서의 경력을 중단하고 완전히 불확실한 길로 걸어 들어갔습니다. 그리고 몇 해 뒤 영적 교사로서 새로운 삶이 시작되었습니다. 다시 태어난 것입니다. 그리고 그로부터 몇 해 뒤 똑같은 일이 또다시 일어났습니다. 갑작스러운 충동에 이끌려 나는 영국을 떠나 미국 서부로 옮겨 갔습니다. 이유는 알 수 없었지만 나는 그 충동을 따랐습니다. 이 불확실성 속으로의 이동으로부터 『지금 이 순간을 살아라』(톨레를 새로운 영적 교사의 반열에 오르게 한 책)가 탄생했습니다. 그 책 대부분을 캘리포니아와 캐나다 브리티시컬럼비아에서 썼습니다. 그 당시 나는 마땅한 거처도 없었습니다. 물론 실질적으로 아무런 수입도 없었고 저축한 돈에 의존해서 살았지만 그것마저 금방 동이 났습니다. 그러나 사실은 모든 것이 불가사의할 정도로 잘 들어맞았습니다. 책을 다 썼을 무렵 때마침 가지고 있던 돈도 바닥났지만, 우연히 산 복권으로 1천 달러에 당첨되었습니다. 그것으로 또 한 달을 살 수 있었습니다.

그러나 모든 사람이 반드시 외부 환경의 큰 변화를 통과해야 하는 것은 아닙니다. 정확히 자신이 있는 자리에 머물면서, 자신이 하는 일이 무엇이든 그 일을 계속하는 사람들도 있습니다. 그들에게는 '무엇'을 하는가는 똑같고 '어떻게' 하는가만 변화합니다. 그것은 두려움 때문도 타성 때문도 아닙니다. 그들이 하고 있는 일들은 의식을 이 세상으로 가져오기 위한 완벽한 수단이며, 그래서 다른 것은 필요하지 않습니다. 그들 역시 새로운 지구가 등장하는 데 역할을 하고 있습니다.

이것이 모든 사람에게 해당될 수 있는 것은 아니지 않은가요? 내면적인 목적이 현재의 순간과 하나가 되는 것이라면, 왜 어떤 사람은 현재의 일이나 생활환경으로부터 떠나야 할 필요성을 느낄까요?

있는 그대로의 것과 하나가 되는 것은 더 이상 변화를 시작하지 않고 행동을 취할 능력이 없어지는 것을 의미하지는 않습니다. 행동의 동기가 에고의 바람이나 두려움이 아니라 더 깊은 차원에서 나오는 것입니다. 현재의 순간과의 연결은 의식을 열어 주어, 그 의식을 전체와 연결시킵니다. 현재의 순간은 전체의 매우 중요한 일부이기 때문입니다. 그때 그 전체가, 즉 생명(삶) 전부가 당신을 통해 행동합니다.

그 전체란 무엇인가요?

한편으로 전체는 존재하는 모든 것을 포함합니다. 그것은 세상 또는 우주라고 불러도 좋습니다. 하지만 존재하는 모든 것은 미생물에서 인간, 은하에 이르기까지 실제로는 개별적으로 분리된 물체들이나 독립된 존재들이 아니라, 서로 연결된 다차원적인 그물망의 일부입니다.

우리가 이 단일성을 보지 못하고 모든 사물을 서로 분리된 개별적인 존재로 보는 데는 두 가지 이유가 있습니다. 한 가지는 감각 지각입니다. 감각 지각은 실체를 우리의 감각으로 접근할 수 있는 작은 범위로 축소시킵니다. 보고, 듣고, 냄새 맡고, 맛보고, 만질 수 있는 세계입니다. 하지만 해석하거나 머릿속 분류표를 붙이지 않고 다만 지각하면, 즉 지각에 생각을 추가시키지 않으면, 겉보기에 분리되어 보이는 존재들 밑바탕에 있는 더 깊은 연결을 실제로 감지할 수 있습니다.

분리라는 환상이 생기는 또 다른 더 심각한 이유는 강박적인 생각입니다. 멈추지 않는 강박적인 생각의 흐름에 붙잡혀 있을 때, 우주는 실제로 우리 앞에서 조각들로 분해되며, 우리는 존재하는 모든 것들의 상호연결성을 감지하는 능력을 잃게 됩니다. 생각은 실체를 생명 없는 조각들로 자릅니다. 실체에 대한 그러한 조각난 시각으로부터 지극히 비지성적이고 파괴적인 행동이 일어납니다.

그러나 이 전체성에는 존재하는 모든 것의 상호연결성보다도 더 깊은 차원이 있습니다. 더 깊은 그 차원에서는 모든 존재가 하나입니다. 그것이 '원천'이며, 형상으로 나타나지 않은 '한 생명'입니다. 그것은 시간을 초월한 지성으로, 그것이 시간 속에서 펼쳐지는 우주라는 형상으로 나타납니다.

전체는 사물의 존재와 '순수한 있음'으로 이루어져 있습니다. 형상으로 나타난 것과 나타나지 않은 것, 세상과 신으로. 그러므로 전체와 연결될 때, 당신은 깨어 있는 의식을 가지고 전체의 상호연결성의 일부가 되고, 전체의 목적의 일부가 됩니다. 전체의 목적은 의식을 이 세상에 등장시키는 일입니다. 그 연결의 결과로, 자발적인 도움을 주는 경우들, 기회를 제공하는 만남들, 우연들, 동시에 일어나는 다발적인 일들이 훨씬 더 자주 일어나게 됩니다. 칼 융은 이 동시성을 '비인과적 연결 원리'라고 불렀습니다. 우리의 현실이라는 표면 차원에서는 동시에 일어나는 사건에 인과관계가 보이지 않는다는 의미입니다. 그것은 표면의 세계 밑바탕에 존재하는 지성이 외부로 나타난 것으로, 마음의 이해를 뛰어넘는 깊은 연결입니다. 그러나 우리는 그 지성이 펼쳐지는 데, 즉 의식이 피어나는 데 의식적으로 참가할 수는 있습니다.

자연은 무의식중에 전체와 하나가 된 상태로 존재합니다. 예를 들어 2004년 쓰나미 재난(30만 명의 사망자를 낳은 동남아시아의 지진 해일)에서도 야생동물에게는 사실상 피해가 없었던 이유가 그것입니다. 인간들보다도 전체성과 더 많이 접촉하고 있기 때문에 동물들은 보거나 듣기 훨씬 전에 쓰나미의 접근을 감지할 수 있었고 더 높은 지역으로 대피할 시간이 있었습니다. 어쩌면 이것까지도 인간의 관점에서 본 것일지도 모릅니다. 동물들은 어쩌면 그냥 더 높은 지역으로 이동했을 뿐인지도 모릅니다. 이러이러한 이유로 이러저러하게 행동한다는 것은 마음이 실체를 분해하는 방식입니다. 반면에 자연은 전체와의 무의식적인 하나됨 속에서 살아갑니다. 전체와 의식적으로 하나가 되고, 우주의 지성과 의식적인 일치를 이룸으로써 이 세상 속으로 새로운 차원을 가져오는 것, 그것이 인간의 목적이자 운명입니다.

그 전체라는 것은 그것의 목적과 일치하는 일을 창조하거나 상황을 불러일으키기 위해 인간의 마음을 이용하는 일이 가능한가요?

그렇습니다. '영 속에in spirit'라고 풀이되는 '영감inspiration'과

'신 안에in God'라는 의미인 '열정enthusiasm'이 있을 때마다, 단순히 한 개인이 할 수 있는 것을 훨씬 뛰어넘는 창조적 힘이 주어집니다.

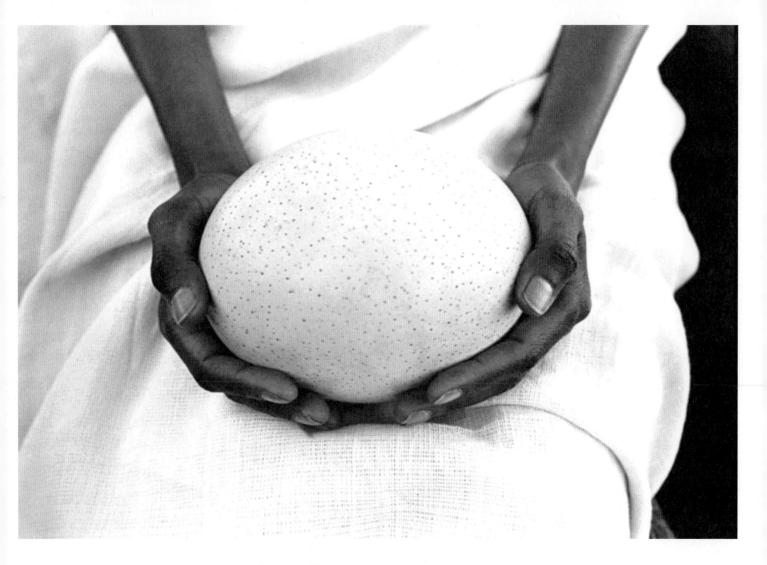

10 　　　　　새로운 지구 — 행성의 미래를 상상하는 사람들에게

무엇을 하는가가 아니라
어떻게 하는가가
당신의 운명을 실현하는가 아닌가를 결정한다.
그리고 당신이 하는 일을 어떻게 하는가는
당신의 의식 상태에 의해 결정된다.
자신의 의식 상태에 책임을 지지 않는 것은
삶에 책임을 지지 않는 것이다.

천문학자들은 우주가 150억 년 전 거대한 폭발에 의해 탄생했으며 그 이후로 지금까지 계속해서 팽창해 왔음을 나타내는 증거들을 발견해 왔다. 우주는 팽창하고 있을 뿐 아니라 복잡성도 증가하고 있고 더 다양해져 가고 있다. 과학자들 중에는 이 단일성으로부터 다양성으로의 움직임이 결국에는 역전될 것이라고 가정하는 사람들이 있다. 그렇게 되면 우주는 팽창을 멈추고 다시 수축하기 시작할 것이며, 마침내는 형상이 없는 상상 불가능한 무로, 나타나지 않은 상태로 돌아갈 것이다. 그리고 아마도 그런 식으로 탄생, 팽창, 수축, 그리고 죽음이라는 순환을 몇 번이나 반복할 것이다. 그런데 그렇게 하는 목적이 무엇인가? "왜 우주는 존재하기 위해 그런 성가신 일을 겪는가?" 물리학자 스티븐 호킹은 어떤 수학적인 모델로도 그 해답을 제공할 수 없다는 것을 깨달음과 동시에 그렇게 물었다.

이러한 외부 세계만이 아니라 내면으로 눈을 돌린다면 당신은 자신에게 내면적인 목적과 외부적인 목적이 있음을 발견할 것이다. 그리고 자신은 대우주를 반영하는 소우주임을, 우주에도 그것과 분리할 수 없는 내면적인 목적과 외부적인 목적이 있음을 깨닫게 될 것이다. 우주의 외부적인 목적은 형상을 창조하고 형상들의 상호작용을 경험하는 일이다. 그것을 놀이, 꿈, 연극, 아니면 당신이 무엇이라 부르든 상관없다. 우주의 내면적인 목적은 그 형상들을 초월한 본질에 깨어나는 것이다. 그때 외부적인 목적과 내면적인 목적의 조화가 일어난다. 그 본질, 즉 의식을 형상의 세상 속으로 가져오고, 그럼으로써 세상을 변화시키는 것이다. 이 변화의 궁극적인 목적은 인간 마음의 상상과 이해를 뛰어넘는다. 그리고 지금 이 시점 이 행성에서는 그 변화가 우리에게 주어진 임무이다. 그것은 외부적인 목적과 내면적인 목적의 조화, 세상과 신의 조화이다.

우주의 팽창과 수축이 자신의 삶과 무슨 관계가 있는가를 살펴보기 전에, 한 가지를 마음속에 새겨 둘 필요가 있다. 여기서 우리가 우주의 본질에 대해 말하는 것을 절대적인 진리로 받아들여서는 안 된다는 것이다. 어떤 개념으로도 수학 공식으로도 무한을 설명하는 것은 불가능하다. 어떤 생각도 전체의 무변광대함을 몇 마디로 요약할 수 없다. 실체는 통일된 전체이지만 생각은 그것을 조각들로 잘라 놓는다. 이것이 근본적인 오해를 불러일으킨다. 이를테면, 개별적으로 분리된 사물들과 사건이 있다거나 이것이 저것의 원인이라고 믿는 것이다. 모든 생각은 어떤 시각을 담고 있으며, 모든 시각은 그 본질상 한계를 담고 있다. 한계를 담고 있다는 것은 궁극적으로 그것이 진리가 아님을, 적어도 절대적인 진리는 아님을 의미한다. 오직 전체만이 진리이지만 그 전체는 말해질 수도 생각되어질 수도 없다. 전체는 생각의 한계를 넘어서고, 따라서 인간의 마음으로는 불가해한 것이다. 모든 것은 '지금' 일어나고 있다. 지금까지 있어 온 모든 것, 그리고 앞으로 있을 모든 것은 '지금'이다. '지금'은 시간 밖에 존재한다. 시간은 인간의 마음이 만들어 낸 심리적인 구조물에 불과하다.

상대적인 진리와 절대적인 진리의 예로서 일출과 일몰을 생각해 볼 수 있다. 우리가 아침에 태양이 떠오르고 저녁에 태양이 진다고 말할 때 그것은 진리이지만 오직 상대적으로만 진리이다. 절대적인 관점에서는 틀린 말이다. 땅 위나 지표면에 가까운 장소에서 관찰하는 사람의 제한된 시야에서는 태양은 떠오르거나 진다. 그러나 우주로 나가면 태양은 뜨는 것도 지는 것도 아니고 항상 빛나고 있을 것이다. 그러나 그것을 안다고 해도, 그것이 절대적인 진리가 아니라 상대적인 진리임을 알고 있어도, 우리는 일출이라고 말하고 일몰이라고 말하며, 여전히 그 아름다움에 감동하고 그림을 그리고 시를 쓸 수 있다.

또 다른 상대적인 진리에 대해 말해 보자. 우주가 형상이 되어 탄생하고, 이윽고 형상 없는 곳으로 돌아가는 것도 마찬가지이다. 이것은 제한된 시간의 관점을 의미한다. 이것이 당신 자신의 삶과 어떤 관계가 있는가? '나 자신의 삶'이라는 것도 생각에 의해 만들어진 제한된 관점이고, 또 하나의 상대적인 진리이다. 궁극적으로 '당신의' 삶이란 것은 없다. 당신과 삶은 둘이 아니라 하나이기 때문이다.

당신 삶의 간단한 역사

세상 속으로 나타났다가 다시 나타나지 않은 상태로 회귀하는 것, 즉 확장과 수축은 우주의 보편적인 두 가지 운동이다. 우리는 그것을 밖으로 나감과 집으로 돌아옴으로 부를 수 있다. 이 두 가지 운동은 심장의 끊임없는 팽창과 수축, 호흡의 들숨과 날숨처럼 우주 전체에 다양한 방식으로 반영되고 있다. 그 운동은 잠과 깨어남의 순환 속에서도 반영된다. 매일 밤 꿈도 꾸지 않는 깊은 잠의 상태로 들어갈 때 당신은 알지 못하는 사이에 나타나지 않은 모든 생명의 원천으로 되돌아가며, 그런 후에 아침이 되면 기운을 보충해 다시 나타난다.

밖으로 나감과 안으로 돌아옴이라는 이 두 가지 운동은 개인 삶의 주기에도 반영된다. 말하자면, 무에서부터 갑자기 '당신'은

이 세상 속에 모습을 나타낸다. 탄생에 이어 확장이 뒤따른다. 육체적인 성장뿐 아니라 지식, 활동, 소유물, 경험의 성장도 있다. 영향을 미치는 범위도 확대되고 삶은 점점 더 복잡해진다. 이 시기는 주로 외부적인 목적을 찾거나 추구하는 것에 관심을 갖는 때이다. 보통은 거기에 상응해 에고도 성장한다. 에고의 성장은 무엇보다도 앞에서 말한 모든 것들과의 동일화이며, 따라서 형상과의 동일화가 점점 뚜렷해진다. 또한 이 시기는 외부적인 목적—성장—의 지배권을 에고가 쥐고 있는 시기이다. 자연과 달리 에고는 자신의 확장 추구를 언제 멈추어야 하는지 알지 못하고 탐욕스럽게 계속해서 '더 많이' 요구한다.

당신이 무엇인가를 해냈다고 여기고 자신이 이곳에 속해 있다고 생각할 때쯤, 돌아가는 운동이 시작된다. 아마도 가까운 사람, 당신 세계의 일부였던 사람들이 먼저 죽기 시작할 것이다. 이어서 당신 자신의 육체적 형상도 약해지고 영향력의 범위도 줄어든다. '더 많이'가 되어 가는 대신 이제는 '더 적게'가 되어 가며, 이것에 대해 에고는 나날이 커져 가는 불안과 우울증으로 반응한다. 당신의 세상은 수축하기 시작하고 자신은 이제 통제력을 잃었다는 것을 알게 될지도 모른다. 삶에 영향력을 미치는 대신 삶이 당신에게 영향력을 미치고 천천히 당신의 세상을 축소시킨다. 형상과 동일화되었던 의식은 이제 일몰을, 형상의 소멸을 경험하고 있다. 그러다가 어느 날 당신도 사라진다. 당신의 안락의자는 여전히 그곳에 있다. 하지만 그 안에 앉아 있던 당신 대신 빈 공간만이 그곳에 있을 뿐이다. 당신은 수십 년 전 떠나왔던 곳으로 다시 돌아갔다.

각 개인의 삶—실제로는 모든 생명 형태—은 우주가 그 자신을 경험하는 독특한 방식인 하나의 세계이다. 당신의 형상이 소멸될 때 셀 수 없이 많은 세계 중 하나인 세계도 종말을 맞이한다.

깨어남과 회귀 운동

한 개인의 삶에서 회귀 운동이 일어날 때는, 즉 늙음과 질병, 심신의 장애, 상실, 개인적인 비극 등을 통해 형상이 약해지고 소멸될 때는 영적인 깨어남의 기회가 찾아온다. 의식이 형상과의 동일화에서 벗어날 기회이다. 우리의 현대 문화에는 영적인 진리가 거의 없기 때문에 이것을 기회로 알아보는 사람도 많지 않다. 그러므로 그들 자신이나 가까운 사람에게 형상의 붕괴가 오면 사람들은 무엇인가 지독하게 잘못된, 일어나지 말아야 하는 일이 일어났다고 생각한다.

우리의 문명은 인간이 놓인 조건에 대해 매우 무지하다. 영적으로 무지할수록 고통은 더 크다. 특히 서양의 많은 사람들에게 죽음은 단지 추상적인 개념에 불과하며, 인간 육체가 소멸하는 시기가 가까이 왔을 때 무엇이 일어나는지 전혀 알지 못한다. 노쇠하고 늙은 사람들은 대부분 요양원에 격리된다. 오래된 문화들에서는 모든 사람에게 공개되는 시신이 소위 문명국가들에서는 감추어진다. 아주 가까운 가족 구성원이 아니면 고인의 시신을 보려고 하는 것은 실제로 불법이다. 장례식에서는 시신의 얼굴에 화장까지 한다. 볼 수 있도록 허락되는 것은 위생적으로 처리된 죽음뿐이다.

죽음은 단지 추상적인 개념에 지나지 않기 때문에 대부분의 사람들은 자신을 기다리고 있는 형상의 소멸에 전혀 준비가 되어 있지 않다. 죽음이 가까이 왔을 때는 충격을 받고 이해할 수 없으며 절망하고 큰 두려움에 사로잡힌다. 이제 모든 것이 의미가 없어진다. 그동안 삶이 그들을 위해 가지고 있던 모든 의미와 목적은 축적, 성공, 세움, 보호, 그리고 감각적인 만족과 관련된 것이었기 때문이다. 모든 것이 외부적인 운동이고 형상과의 동일화, 즉 에고와 관계된 것이다. 대부분의 사람들은 그들의 삶과 그들의 세계가 무너지고 있을 때 그것으로부터 어떤 의미도 발견하지 못한다. 그렇지만 여기에는 외부적인 운동보다도 더 깊은 의미가 잠재되어 있다.

지금까지는 개인의 삶 속으로 영적 차원이 들어오는 것은 대개 늙음과 상실과 개인적인 비극을 통해서였다. 말하자면 내면적인 목적이 나타나는 것은 외부적인 목적이 무너지고 에고의 껍질에 금이 가서 열리기 시작할 때뿐이다. 그러한 사건들은 형상의 소멸을 향한 회귀 운동이 시작되었음을 의미한다. 대부분의 고대 문명들에서는 이 과정에 대한 직관적인 이해가 있었음이 분명하다. 그래서 노인은 존경받고 존중받았다. 노인은 지혜의 저장고였으며 깊이의 차원을 제공했다. 그 차원이 없었으면 어떤 문명도 오래 생존하지 못했을 것이다.

그러나 현대 문명은 외부의 것과 완전히 동일화되어 내면의 영적 차원에 무지하기 때문에 '늙음'이라는 단어는 주로 부정적인 의미를 담고 있다. 늙음은 쓸모없음의 동의어이며 우리는 늙었다는 말을 거의 모욕으로 받아들인다. 이 단어를 피하기 위해 어르신이나 연장자와 같은 완곡한 단어를 사용한다. 최초국가(First Nation. 북아메리카 원주민들이 자신들의 나라를 부르는 용어)에서 '할머니'는 위대한 존엄성의 상징이지만, 오늘날의 '할머니'는 기껏해야 귀여운 존재에 불과하다. 왜 노인은 쓸모없는 존재로 여겨지는가? 늙은 나이가 되면 '행위'보다 '있음'이 강조되는데, 우리의 문명은 '행위'에 몰두해 순수한 '있음'에 대해서는 아무것도 모르기 때문이다. 현대 문명은 묻는다. 순수한 '있음'이라고? 그것으로 무엇을 할 수 있지?

사람에 따라서는 너무 일러 보이는 회귀 운동, 즉 형상의 소멸에 의해 외부로 향하는 성장과 확장의 운동이 심하게 방해받는 경우가 있다. 그 방해는 일시적인 경우도 있지만 영구적인 경우도 있다. 우리는 어린아이는 죽음과 대면하지 말아야 한다고 믿지만 실제로는 병과 사고로 인해 부모와 사별하는 아이도 있고, 자기 자신의 죽음과 마주해야만 하는 경우도 있다. 또한 삶의 자연스러운 확장이 심하게 제한당하는 장애를 가지고 태어나는 아이도 있다. 아니면 비교적 어린 나이에 심각한 한계가 한 개인의 삶에 찾아오는 경우도 있다.

'일어나서는 안 되는' 시점에 외부로 향하는 운동이 방해받으면 그것이 잠재적으로 더 일찍 영적인 깨어남을 가져올 수도 있다. 궁극적으로, 일어나지 말아야 하는데도 일어나는 일은 없다. 말하자면 더 큰 전체의 일부가 아닌 것, 그 목적의 일부가 아닌 것은 절대로 일어나지 않는다. 그러므로 외부적인 목적의 파괴와 중단은 내면적인 목적의 발견으로 이어지며, 그 후에 내면적인 목적에 일치하는 더 심오한 외부적인 목적의 나타남으로 이어질 수 있다. 큰 고통을 경험한 아이들은 종종 나이보다 훨씬 성숙한 젊은이로 성장한다.

형상 차원에서의 잃음은 본질 차원에서의 얻음이다. 고대 문명과 전설에 등장하는 '눈 먼 예언자'와 '상처 입은 치료사' 같은 전통적인 인물을 보면 형상 차원에서의 크나큰 상실이나 장애가 영적 차원으로의 문이 되었음을 알 수 있다. 모든 형상의 불안정한 본성을 직접 경험하면 다시는 형상을 과대평가하지 않게 되고, 맹목적으로 형상을 추구하거나 형상에 집착해 자신을 잃어버리는 일은 하지 않게 된다.

형상의 소멸, 그중에서도 특히 늙음으로써 나타나는 깨달음의 기회는 현대 문명에서는 이제 막 인식되기 시작하고 있다. 슬프게도 대부분의 사람들은 그 기회를 놓친다. 에고가 바깥을 향하는 확장과 자신을 동일시했듯이 수축 회귀 운동과도 자신을 동일시하기 때문이다. 그 결과 에고의 껍질이 점점 더 단단해진다. 열림보다는 수축이 일어난다. 왜소해진 에고는 자신에게 남은 나날을 투덜거림과 불평으로 보내고, 두려움과 분노, 자기 연민, 죄책감, 비난, 그 밖의 부정적인 심리적 감정적 상태에 사로잡힌다. 혹은 추억에 집착하고, 과거의 일만을 생각하고 이야기하는 회피 전략을 택한다.

한 개인의 삶에서 에고가 회귀 운동과 자신을 더 이상 동일시하지 않으면 늙음이나 다가오는 죽음은 본래의 의미를 되찾는다. 영적 차원으로의 문이 되는 것이다. 나는 이 과정을 실현하며 살아가는 노인들을 만나 보았다. 그들은 늙어 가면서도 빛이 나고 있었다. 그들의 쇠약해져 가는 형상들은 투명해져서 의식의 빛이 비쳐 나오고 있었다.

새로운 지구에서는 늙음이 인간 개인의 의식이 꽃피어나는 높은 가치를 지닌 시기로 인식될 것이다. 그 시기는 아직 삶의 외부적인 환경들 속에 자신을 잃어버린 사람들에게는 늦은 귀향의 시기이고, 자신의 내면적인 목적에 눈을 뜨는 시기이다. 그 밖의 많은 사람들에게 늙음의 시기는 깨어남의 과정이 강렬해져서 마침내 정점에 이르는 시기가 될 것이다.

깨어남과 외부로 향하는 운동

외부로 향하는 운동과 함께 찾아오는 삶의 자연스러운 확장은 지금까지는 에고에 지배되고 에고 자신의 확장에 이용되어 왔다. 자기 신체의 힘과 능력이 커진 것을 발견한 아이들은 다른 아이들에게 곧잘 이렇게 말한다. "난 이렇게 할 수 있지만, 넌 이렇게 못해." 이것은 에고가 외부로 향하는 운동과 '너보다 많다'는 개념을 통해 자기를 높이고 남을 축소시킴으로써 자신을 강화하려는 최초의 시도 중 하나이다. 물론 이것은 에고의 많은 착각의 시작에 불과하다.

알아차림이 깊어지고 에고에 삶을 지배당하지 않게 되면 늙음이나 개인적인 비극에 의해 자신의 세계가 축소되거나 붕괴되지 않아도 자신의 내면적인 목적에 눈뜰 수 있다. 이 행성에 새로운 의식이 나타나기 시작하는 지금, 충격받지 않아도 깨어나는 사람들이 늘어나고 있다. 그 사람들은 아직 바깥을 향한 성장과 확장의 주기에 있을 때도 자발적으로 깨어남의 과정을 밟는다. 성장과 확장의 주기 때 에고를 추방하면 외부로 향하는 운동, 즉 생각과 말과 행동과 창조를 통해서도 강력한 영적 차원이 이 세상에 열린다. 고요, 순수한 있음, 형상의 소멸과 같은 회귀 운동을 통하는 것과 마찬가지로.

우주 지성의 작은 측면인 인간 지성은 지금까지 에고에 의해 왜곡되고 잘못 사용되어 왔다. 나는 이것을 '광기에 봉사하는 지성'이라고 부른다. 원자를 쪼개기 위해서는 커다란 지성이 필요하다. 그 지성을 원자폭탄 제조와 비축에 사용하는 것은 정신이상이고, 좋게 말해야 극도로 비이성적인 행동이다. 어리석음은 비교적 피해가 없지만 지적인 어리석음은 고도로 위험하다. 이 지적인 어리석음의 예는 헤아릴 수 없이 많다. 이 지적인 어리석음이 지금 인간이라는 종의 생존 자체를 위협하고 있다.

에고의 기능장애로 인해 손상되지만 않는다면 우리의 지성은 우주 지성의 외부 팽창 주기와 완벽하게 조화를 이루어 그 창조의 추진력을 자신의 것으로 만들 수 있다. 우리는 형상의 창조에 의식적인 참여자가 된다. 창조하고 있는 것은 우리가 아니다. 우리를 통해 우주의 지성이 창조하는 것이다. 우리는 우리가 창조한 것과 자신을 동일시하지 않으며, 따라서 행위 속에 자신을 잃어버리지도 않는다. 창조 행위는 고도의 집중력이 따라야 하지만 그것은 '힘든 노동'도 아니고 스트레스도 아님을 배우게 된다. 곧 알게 되겠지만 스트레스와 고도의 집중력의 차이를 이해해야 한다. 싸움이나 스트레스는 에고가 돌아왔다는 신호이다. 장애물과 맞닥뜨렸을 때 부정적인 반응이 일어나는 것처럼.

에고의 욕망 밑바닥에 있는 힘은 '적'을 만들어 낸다. 즉 똑같은 강도의 반대되는 힘을 낳는다. 에고가 강할수록 사람들이 각각 별개의 존재라는 의식도 강해진다. 반발력을 일으키지 않는 유일한 행위는 모두의 선을 목표로 한 것들이다. 그런 행동은 배타적이지 않고 모든 것을 포용한다. 분리시키지 않고 합친다. '나의' 나라를 위해서가 아니라 인류 전체를 위해, '나의' 종교를 위해서가 아니라 모든 인간 존재 속 의식의 등장을 위해, '나의' 종족을 위해서가 아니라 생명 가진 모든 존재와 자연 전체를 위한 것이다.

우리는 또한 행위에 대해서도 배우고 있다. 행위는 필요하지만 우리의 외부 현실을 나타나게 하는 데는 이차적인 요소에 지나지 않는다는 것을. 창조의 일차적인 요소는 의식이다. 아무리 활동적이고 아무리 많이 노력해도 우리의 세상을 창조하는 것은 우리의 의식 상태이다. 내부 차원에서 변화가 없으면 아무리 행동해도 차이가 일어나지 않는다. 단지 형태만 다른 똑같은 세상을, 에고가 밖으로 투영된 또 하나의 세계를 몇 번씩 재창조하는 것으로 끝날 것이다.

의식

의식은 이미 자신을 의식하고 있다. 그것은 나타나지 않은 것, 영원한 것이다. 그러나 우주는 서서히 의식이 깨어날 뿐이다. 의식 그 자체는 시간을 초월해 있으며 진화하지 않는다. 태어나지도 않고 죽지도 않는다. 의식이 우주라는 현상계로 나타나면 그것은 시간에 종속되고 진화 과정을 겪는 것처럼 보인다. 어떤 인간의 마음도 이 과정의 이유를 완전히 이해하지 못한다. 하지만 자기 자신 안에서 그것을 잠깐 들여다보고 그 속에 의식적인 참여자가 될 수는 있다.

의식은 형상의 일어남 뒤에 있는 지성, 즉 조직화 원리이다. 의식은 형상들을 통해 자신을 표현하기 위해 수백만 년 동안 그 형상들을 준비해 왔다. 형상으로 나타나지 않은 의식의 영역은 다른 차원으로 여겨질 수도 있지만, 실제로는 우주라는 형상의 차원과 분리되어 있지 않다. 형상의 세계와 형상 없는 세계는 서로 스며들어 있다. 형상으로 나타나지 않은 것은 알아차림, 내적 공간, '현존'으로서 이 차원 속으로 흘러들어 온다. 어떻게 그렇게 하는가? 의식이 깨어 있는, 그럼으로써 자신의 운명을 완성하는 인간 형상을 통해서이다. 이 높은 목적을 위해 인간이라는 형상이 창조되었으며, 수백만의 다른 형상들이 그것을 위한 토대를 준비해 왔다.

의식은 외부로 나타난 차원 속으로 환생한다. 즉 형상이 된다. 그렇게 할 때 의식은 꿈꾸는 것과 같은 상태로 들어간다. 지성은 그대로 남아 있지만, 의식은 자기 자신에 대해 무의식적이 된다. 형상 속에 자신을 잃어버리고 형상과 동일화되는 것이다. 신이 물질 속으로 내려오는 것이라고 묘사할 수 있다. 우주 진화의 이 단계에서는 외부로 향하는 모든 운동이 이 꿈의 상태에서 진행된다. 깨어남의 짧은 경험이 찾아오는 것은 개개의 형상이 소멸될 때, 결국 죽음의 순간에만 일어난다. 그 뒤는 그다음 환생이 시작되고, 그다음 형상과의 동일화가 일어나며, 집단적인 꿈의 일부인 그다음 개별적인 꿈이 다시 시작된다. 사자가 얼룩말의 몸을 찢어 놓을 때, 얼룩말의 형상으로 육체화되었던 의식은 그 소멸하는 형상으로부터 분리되며 일순간 자신의 본질인 불멸의 의식에 깨어난다. 그러다가 금방 잠 속으로 다시 떨어져 또 다른 형상 속으로 환생한다. 사자가 늙어 더 이상 사냥할 수 없게 되고 최후의 숨을 내쉴 때, 여기서도 또다시 짧은 깨어남이 있고, 또 다른 형상의 꿈이 뒤를 잇는다.

우리의 행성에서 인간의 에고는 의식이 형상과 동일화되는 우주적인 잠의 마지막 단계를 나타낸다. 이것은 의식의 진화에 꼭 필요했던 단계이다.

인간의 뇌는 고도로 차별화된 형상이며, 이 형상을 통해 의식이 이 세상의 차원으로 들어온다. 인간의 뇌에는 뉴런이라 불리는 약 천억 개의 신경 세포가 있다. 이것은 우주의 뇌라고 볼 수 있는 은하계에 있는 별들의 숫자와 같다. 뇌가 의식을 만들어 내는 것이 아니다. 의식이 그 자신을 표현하기 위해 지구에서 가장 복잡한 물질 형태인 뇌를 만들어 낸 것이다. 뇌가 손상되었다고 해서 의식을 잃는 것을 의미하지 않는다. 의식이 이 형상 차원으로 들어오기 위해 그 뇌를 사용할 수 없게 되었을 뿐이다. 당신은 의식을 잃어버릴 수는 없다. 왜냐하면 의식은 본질적으로 당신 자신이기 때문이다. 당신은 오직 자신이 소유한 것만을 잃을 수 있을 뿐이며, 당신 자신인 것을 잃을 수는 없다.

깨어 있는 행동

깨어 있는 행동은 우리 행성에서 일어나는 의식 진화의 다음 단계의 외부적 측면이다. 우리가 현 진화 단계의 끝으로 다가갈수록 에고의 기능장애는 더욱 커진다. 애벌레가 나비로 탈바꿈하기 직전에 기능장애 상태에 빠지는 것과 같다. 새로운 의식은 오래된 것이 소멸되는 곳에서부터 일어난다.

우리는 지금 인간 의식의 진화에 있어서 기념비적인 전환점의 한복판에 있다. 하지만 오늘 밤 뉴스는 그것에 대해 말하지 않을 것이다. 우리의 행성에서, 그리고 어쩌면 우리 은하계와 그 너머의 많은 장소에서 동시에 의식이 '형상의 꿈'에서 깨어나고 있다. 이것은 모든 형상—세상—이 소멸할 것이라는 의미가 아니다. 비록 소멸되는 형상들도 분명히 많이 있겠지만. 그것은 이제 의식이 스스로를 형상 속에서 잃어버리지 않고 형상을 창조하기 시작할 수 있음을 의미한다. 형상을 창조하고 경험하면서도 의식은 자신을 의식하는 상태로 남아 있을 수 있다. 왜 의식은 계속해서 형상을 창조하고 경험하는가? 그것이 즐겁기 때문이다. 의식은 어떻게 그것을 경험하는가? 깨어 있는 인간을 통해서, 깨어 있는 행동의 의미를 배운 인간을 통해서이다.

깨어 있는 행동은 외부적인 목적—무엇을 하는가—과 내면적인 목적—깨어남과 그 깨어 있음을 유지하는 것—이 조화를 이룬 행동이다. 깨어 있는 행동을 통해 당신은 외부로 향한 우주의 목적과 조화를 이룬다. 당신을 통해 의식이 이 세상 속으로 흘러들어온다. 의식은 당신의 생각 속으로 흘러들어 와 생각들에 영감을 불어넣는다. 당신이 하는 일 속으로 흘러들어 가 행동을 안내하고 힘을 부여한다.

무엇을 하는가가 아니라 어떻게 하는가가 당신의 운명을 실현하는가 아닌가를 결정한다. 그리고 당신이 하는 일을 어떻게 하는가는 당신의 의식 상태에 의해 결정된다.

당신이 하는 일의 주된 목적이 일 그 자체가 될 때, 더 정확히 말해 당신이 하는 일 속으로 깨어 있는 의식이 들어오는 것이 주요 목적이 될 때, 우선순위가 뒤바뀐다. 의식의 흐름이 일의 질적 수준을 결정한다. 그것을 다른 식으로 표현하면 이렇다. 어떤 상황에서 무엇을 하든 가장 중요한 요소는 당신의 의식 상태이다. 그 상황, 그리고 당신이 하는 일은 이차적인 요소에 지나지 않는다. '미래'의 성공은 행동이 일어나는 의식에 달려 있으며, 그 의식과 분리될 수 없다. 행동은 에고의 대응하는 힘일 수도 있고, 깨어난 의식의 깨어 있는 관찰과 관심일 수도 있다. 진정으로 성공한 모든 행동은 에고나 조건 지어진 무의식 상태의 생각에서 나오는 것이 아니라, 깨어 있는 관찰과 관심의 장으로부터 나온다.

깨어 있는 행동의 세 가지 방식

의식이 당신이 하는 일 속으로 흘러들어 올 수 있는, 그렇게 해서 당신을 통해 이 세상 속으로 흘러들어 올 수 있는 세 가지 길이 있다. 당신이 삶을 우주의 창조적 힘과 연결시키는 세 가지 방식이다. 여기서 방식이란 당신이 하는 일 속으로 흘러들어 와 당신의 행동을 깨어 있는 의식과 연결하는 밑바탕의 에너지 주파수를 의미한다. 이 세 가지 방식 중 어느 하나로부터 일어나지 않는다면 당신이 하는 일은 기능장애적이고 에고에서 나오는 것이다. 또한 이 방식은 하루 중에도 변할 수 있지만, 삶의 특정 단계에서는 그것들 중 어느 한 가지가 지배적일 것이다. 각각의 방식은 특정한 상황에 적당하다.

깨어 있는 행동의 세 가지 방식은 받아들임, 즐거움, 열정이다. 각각은 의식의 특정한 진동 주파수를 대표한다. 가장 단순한 일부터 매우 복잡한 일까지 당신이 어떤 행동을 할 때마다 그 셋 중하나가 작동하도록 특별히 깨어 있어야 한다. 만일 당신이 받아들임, 즐거움, 열정의 어느 상태에도 있지 않다면, 자세히 살펴보면 당신은 자기 자신과 다른 사람들에게 고통을 안겨 주고 있음을 발견할 것이다.

받아들임

즐겁게 할 수 없는 일일지라도, 최소한 그것이 하지 않으면 안 되는 일임을 받아들일 수는 있다. 받아들임이란 지금 이 상황, 이 순간이 나에게 그 일을 하라고 요구하므로 기꺼이 그 일을 하겠다는 것이다. 지금 일어나고 있는 일을 마음속에서 받아들이는 것의 중요성에 대해서는 이미 자세히 말했다. 자신이 하지 않으면 안 되는 일을 받아들이는 것도 그것의 또 다른 측면이다. 예를 들어, 깊은 밤 낯선 장소에서 폭우 속에 펑크 난 타이어를 갈아 끼워야 한다면 열정적이긴커녕 즐겁게 하기도 어려울 것이다. 하지만 그 일을 받아들일 수는 있다. 받아들임의 상태에서 행동한다는 것은 그 일을 하는 동안 당신이 평화롭다는 것을 의미한다. 그 평화로움은 미묘한 에너지 파동으로 당신이 하는 일 속에 흘러든다. 곁에서 볼 때 받아들임은 수동적인 상태처럼 보일 수 있다. 하지만 실제로는 적극적이고 창조적이다. 왜냐하면 이 세상에 완전히 새로운 무엇인가를 가져오기 때문이다. 그 평화, 그 미묘한 에너지 파동이 의식이며, 그 의식이 이 세상 속으로 흘러들어 오는 방식 중 하나가 저항하지 않고 항복하는 것이다. 항복은 받아들임의 한 측면이다.

만약 자신이 하는 일을 즐길 수도 없고 받아들일 수도 없다면 중단하는 것이 좋다. 그렇지 않으면 자신이 정말로 책임져야 할 유일한 것, 또한 진정으로 중요한 유일한 것에 책임을 지지 않고 있는 것이다. 그것은 바로 당신의 의식 상태이다. 자신의 의식 상태에 책임을 지지 않는 것은 삶에 책임을 지지 않는 것이다.

즐거움

당신이 하는 일을 실제로 즐겁게 할 때, 저항하지 않고 항복함으로써 오는 평화는 살아 있음의 느낌으로 바뀐다. 즐거움은 깨어 있는 행동의 두 번째 방식이다. 새로운 지구에서는 배후에서 사람들의 행동에 동기를 부여하는 힘으로서 즐거움이 결핍감을 대체할 것이다. 결핍감은 자신이 모든 창조의 배후에 있는 힘으로부터 단절되고 분리된 조각이라는 에고의 망상으로부터 일어난다. 즐거움을 통해 당신은 우주의 그 창조적인 힘과 연결된다.

과거나 미래 대신 현재의 순간을 삶의 중심점으로 삼을 때, 자신이 하는 일을 즐겁게 하는 능력은 극대화된다. 그리고 그것과 함께 삶의 질도 높아진다. 즐거움은 '순수한 있음'의 역동적인 측면이다. 우주의 창조적 힘이 자신을 의식할 때, 그것은 기쁨으로 나타난다. 자신의 일을 마침내 즐겁게 할 수 있게 되기 위해 무엇인가 '의미 있는' 일이 당신의 삶 속으로 들어오기를 기다려야만 하는 것은 아니다. 기쁨 속에는 당신이 필요로 하는 것 이상의 많은 의미가 있다. '삶을 시작하기 위해 기다리기' 증후군은 무의식 상태의 가장 공통된 망상 중 하나이다. 하는 일을 즐겁게 하기 위해 어떤 변화가 일어나기를 기다리는 대신 자신의 일을 이미 즐겁게 하고 있을 때, 외부 차원에서의 확장과 긍정적인 변화가 당신 삶 속에 일어날 가능성이 훨씬 크다. 자신이 하는 일을 즐겁게 할 수 있게 해 달라고 자신의 마음에게 허락을 구하지 말라. 즐기면 안 되는 이유를 산더미처럼 얻게 될 것이다. "지금은 안 돼." 하고 마음은 말할 것이다. "내가 바쁜 게 안 보여? 그럴 시간이 없어. 아마도 내일이면 즐기기 시작할 수 있을지도 몰라⋯⋯." 그러나 자신이 하고 있는 일을 지금 즐거워하지 않으면 그 내일은 결코 오지 않을 것이다.

"나는 이것 또는 저것을 하는 것을 즐거워한다."라고 말하는 것은 사실 잘못된 이해이다. 그 말은 기쁨이 당신이 하는 일로부터 나오는 것처럼 보이게 하지만, 실제로는 그렇지 않다. 기쁨은 당신이 하는 일로부터 오지 않는다. 기쁨은 당신의 내면 깊은 곳으로부터 당신이 하는 일 속으로 흘러들어 가며, 그렇게 해서 이 세상 속으로 흘러들어 온다. 기쁨이 자신이 하는 일로부터 온다는 오해는 정상적이지만 위험하다. 왜냐하면 이 오해에서부터 기쁨이 어떤 행위나 사물 같은 것으로부터 오는 것이라는 믿음을 만들어 내기 때문이다. 그때 당신은 세상이 당신에게 기쁨과 행복을 가져다주기를 기대한다. 하지만 세상은 그렇게 할 수 없다. 많은 사람들이 끝없는 좌절 속에서 살아가는 이유가 거기에 있다. 그들이 필요하다고 생각하는 것을 세상이 그들에게 주지 않는 것이다.

그렇다면 당신이 하는 일과 기쁨의 상태는 무슨 관계인가? 당신이 현재의 순간에 온전히 존재하면서 그 행위를 할 때, 그리고 그 행위가 단지 목적을 위한 수단이 아닐 때, 그것이 어떤 일이든 즐거울 것이다. 사실 즐거움은 당신이 행하는 행위가 아니라 그 행위 속으로 흘러들어 가는 강한 살아 있음의 느낌이다. 그 살아 있음은 당신 자신과 하나이다. 그러므로 당신이 하는 일을 즐겁게 하는 것은 실제로는 '순수한 있음'의 기쁨을 역동적인 측면에서 경험하는 것이다. 따라서 즐겁게 하는 모든 일은 당신을 모든 창조의 배후에 있는 힘과 연결해 준다.

여기 당신의 삶 속에 힘과 창조적 확장을 가져올 영적인 실천 방법이 있다. 당신이 매일 반복하는 일상생활의 목록을 만들어 보라. 당신이 재미를 느끼지 못하고, 지루하고, 따분하고, 짜증 나고, 스트레스 받는 일들을 포함시키라. 그러나 몹시 싫거나 혐오하는 일들은 포함시키지 말라. 목록에는 일터로 가고 오는 것, 시장 보기, 빨래하기, 또는 매일의 일과 중에서 당신이 지루해하거나 스트레스 받는다고 느끼는 일들을 포함할 수도 있다. 그런 다음 목록에 있는 일들을 하게 될 때마다 그것을 깨어 있음의 도구로 삼는다. 당신이 하는 일 속에 온전히 존재하고, 그 활동들 배후에 있는 당신의 내면의 깨어 있음, 살아 있는 고요를 감지해 보라. 이렇게 하나하나의 행동을 자각하면서 하면, 그런 상태에서 하는 것은 스트레스가 되지 않고 지루하지도 짜증스럽지도 않으며 실제로 즐거워할 만한 일이 된다는 것을 곧 알게 될 것이다. 더 정확히 말하면, 당신이 즐거워하고 있는 것은 실제로는 외부적인 행위가 아니라, 그 행위 속으로 흘러들어 오는 내면의 의식 차원이다. 이것은 당신이 행하고 있는 일 속에서 순수한 '있음'의 기쁨을 발견하는 일이다. 만약 당신의 삶에 의미가 빠져 있다고 느끼거나, 스트레스가 너무 많거나 지루하다고 느낀다면, 그것은 당신이 그 의식 차원을 아직 당신의 삶 속으로 가져오지 않았기 때문이다. 깨어 있는 의식으로 무엇인가를 하는 것이 아직 당신 삶의 주된 목표가 아닌 것이다.

삶의 주된 목적은 의식의 빛을 이 세상 속으로 가지고 오는 것임을 깨닫고, 자신이 하는 모든 일을 의식을 위한 매개체로 삼는 사람들이 많아지면 새로운 지구가 탄생한다.

'순수한 있음'의 기쁨은 의식이 깨어 있는 기쁨이다. 그때 깨어 있는 의식은 에고로부터 권한을 넘겨받아 당신 삶을 운영하기 시작한다. 그때 당신은 지금까지 오랫동안 해 온 행동에 의식의 힘이 실려 자연스럽게 더 큰 무엇인가로 확장됨을 발견할 것이다.

창조적인 행위를 통해 많은 이들의 삶을 풍요롭게 하는 사람들은 그 행위을 통해 무엇인가를 달성하거나 무엇인가 되려는 바람 없이 단순히 자신들이 가장 즐겁게 하는 일을 할 뿐이다. 그들은 음악가, 화가, 작가, 과학자, 교사, 건축가일 수도 있고, 새로운 사회 구조와 사업체—개인 의식을 가진 사업체—를 만들어 내려는 사람들일 수도 있다. 이들이 영향을 미치는 범위는 몇 년 동안은 미미할지 모르지만, 갑자기 혹은 서서히 강력한 창조적인 힘의 물결이 그들이 하는 일 속으로 흘러들어 마침내는 그들이 상상할 수 있었던 것 이상으로 넓어지고, 무수히 많은 사람들에 가닿을 것이다. 그때 그들이 하는 일에는 즐거움에 강렬함이 더해져서 일반 사람이 성취할 수 있는 것을 훨씬 뛰어넘는 창조성이 따라온다.

그러나 자만해서는 안 된다. 거기 어딘가에 에고의 잔재가 숨어 있을지 모르기 때문이다. 당신은 여전히 한 사람의 평범한 인간이다. 당신을 통해 이 세상 속으로 흘러들어 오는 그것이 특별한 것이다. 그 본질을 당신은 모든 존재들과 공유하고 있다. 14세기 페르시아의 시인이며 수피의 스승인 하피즈는 이 진리를 이렇게 아름답게 표현했다. "나는 신의 숨이 통과해 흐르는 피리의 한 구멍이다. 그대여, 이 음악을 들으라."

열정

깨어남이라는 내면적인 목적에 변함없이 충실한 사람들에게 찾아올 수 있는 창조적 표현의 또 다른 방식이 있다. 어느 날 갑자기 그들은 자신의 외부적인 목적이 무엇인지 알게 된다. 위대한 비전과 목표를 가지고, 그때부터 그 목표를 이루기 위해 일해 나간다. 그 목표와 비전은 대개 그들이 지금까지 작은 규모로 즐겁게 해 온 것과 어떤 식으론가 연결되어 있다. 이곳이 깨어 있는 행동의 세 번째 방식인 열정이 일어나는 곳이다.

열정은 자신이 하고 있는 일에 깊은 즐거움을 느낌과 동시에 목표와 비전의 요소가 더해지는 것을 의미한다. 하는 일의 즐거움에 목표가 더해지면 에너지 장 또는 진동 주파수가 변화한다. 즐거움에 우리가 구조적 긴장이라고 부를 수도 있는 것이 어느 정도 더해져서 열정으로 바뀐다. 열정에 의해 연료를 공급받은 창조적인 활동이 절정에 이르렀을 때는 엄청난 강도와 에너지가 동반될 것이다. 당신은 과녁을 향해 날아가는 화살처럼, 그리고 그 여행을 즐기는 화살처럼 느낄 것이다.

곁에서 보는 사람의 눈에는 당신이 스트레스에 눌려 있는 것처럼 보일지 모른다. 하지만 열정의 강렬함은 스트레스와는 아무 관계가 없다. '지금 하는 일을 하고 싶어 하는 것'보다 '목표에 도달하는 것'을 더 많이 원할 때, 당신은 스트레스를 받는다. 즐거움과 구조적 긴장의 균형이 깨지고 뒤의 것이 압도하기 때문이다. 보통 스트레스는 에고가 돌아와 당신을 우주의 창조적 힘으로부터 단절시키고 있다는 신호이다. 우주의 창조적 힘 대신 에고의 욕망이 주는 압박감과 긴장감만 있으며, 따라서 그것을 해 내기 위해 힘들게 나아가고 '열심히 일하지' 않으면 안 된다. 스트레스를 느끼면서 하는 일은 반드시 질과 효율성이 떨어진다. 또한 스트레스와 불안과 분노 같은 부정적인 감정에는 강한 상관관계가 있다. 그것은 신체에 독이 되고, 암과 심장병 등 모든 퇴행성 질환의 주된 원인으로 인식되기 시작하고 있다.

스트레스와 달리 열정은 에너지 진동 주파수가 높기 때문에 우주의 창조적 힘과 공명한다. 랄프 왈도 에머슨이 "열정 없이는 어떤 위대한 것도 이루어지지 않았다."라고 말한 이유이다. 열정 enthusiasm이라는 단어는 고대 희랍어의 '안'을 뜻하는 '엔en'과 '신'을 의미하는 '테오스theos'에서 유래한 말이다('내재하는 신a God within', 즉 '내 안에 신을 둔다'). 그리고 그것과 관련된 단어 엔토우시아제인enthousiazein(신적 영감 상태)은 '신에 사로잡힌'의 의미이다. 열정에 불타고 있을 때는 자기 혼자서 모든 것을 해야만 할 필요가 없음을 발견하게 된다. 사실 자기 혼자 할 수 있는 것은 아무 의미도 없다. 열정은 창조적 에너지의 물결을 불러들이기 때문에 당신은 다만 그 '물결에 올라타기'만 하면 된다.

열정은 당신이 하는 일 속으로 엄청난 힘을 가져다준다. 그 힘에 접속해 본 적이 없는 사람들은 '당신이' 이룬 것을 경이와 찬탄의 눈으로 바라볼 것이고, 그 업적을 당신과 동등시할 것이다. 그러나 당신은 "나 자신의 힘만으로는 나는 아무것도 할 수 없다."라는 예수의 말이 가리키는 진리를 안다.

똑같은 강도로 반발하는 힘을 만들어 내는 에고의 욕망과는 달리 열정에는 대립이 없다. 열정은 대결하지 않는다. 열정에 따른 행위에는 승자도 패자도 없다. 기본적으로 배타적이지 않고 다른 사람들을 포용한다. 열정은 사람들을 이용하거나 조종할 필요가 없다. 왜냐하면 열정 자체가 창조적 힘이기 때문에 이차적인 에너지 원천에서 힘을 얻을 필요가 없다. 에고의 욕망은 늘 무엇인가로부터, 또는 누군가에게서 빼앗으려고 시도한다. 반면에 열정은 자신의 풍요로부터 나누어 준다. 열정은 적대적 상황이나 사람들의 비협조 등의 형태로 나타나는 장애에 부딪쳐도 결코 공격하지 않고 그들을 우회하거나 상대방을 포용하거나 양보하며, 그럼으로써 그 대립하는 에너지를 도움이 되는 것으로, 적을 친구로 바꿔 놓는다.

열정과 에고는 공존할 수 없다. 한쪽은 다른 한쪽의 부재를 의미한다. 열정은 자신이 어느 곳으로 가고 있는지 알지만, 동시에 자신의 살아 있음, 기쁨, 힘의 원천인 현재의 순간과 깊이 하나가 되어 있다. 열정은 아무것도 '원하지' 않는다. 왜냐하면 아무것도 부족하지 않기 때문이다. 열정은 삶(생명)과 하나이며, 열정에 의해 움직이는 행동이 아무리 역동적이어도 당신은 그 행동 속에서 자신을 잃지 않는다. 회전하는 바퀴의 중심에는 늘 고요하면서 강렬하게 살아 있는 공간이 있다. 모든 활동 한가운데에 평화로운 중심부가 있다. 그것은 모든 것의 원천인 동시에 그 어떤 것에도 영향받지 않는다.

열정을 통해 당신은 외부로 향하는 우주의 창조 원리와 완전하게 연결되지만, 그 창조 행위와 자신을 동일시하지는 않는다. 다시 말해, 그곳에 에고는 없다. 동일화가 없다면 고통의 큰 근원 중 하나인 집착도 없다.

창조적 에너지의 물결이 지나가면 구조적 긴장은 다시 줄어들고, 자신이 하는 일에서 느끼는 기쁨은 남는다. 누구도 열정 속에서만 일생을 보낼 수는 없다. 하나의 물결이 지나간 뒤, 나중에 또다시 새로운 창조적 에너지의 물결이 찾아와 새로워진 열정으로 인도할 것이다.

형상의 소멸을 향해 돌아가는 운동이 시작되면, 열정은 더 이상 당신에게 봉사하지 않는다. 열정은 외부로 향하는 삶의 주기에 속한다. 오직 받아들이는 항복을 통해서만 돌아가는 운동, 즉 집으로 가는 여행과 자신을 맞출 수 있다.

정리하면 이렇다. 지금 하고 있는 일을 즐겁게 하고, 그것이 목표와 비전과 결합하면 열정이 생겨난다. 목표가 있다 해도 관심의 초점은 현재 순간에 하고 있는 일에 머물러야 한다. 그렇지 않으면 우주적 목적과의 연결에서 이탈하게 된다. 비전이나 목표가 영화배우나 유명 작가나 부유한 사업가가 되는 것처럼 자기 자신의 부풀린 이미지, 즉 숨은 에고의 형태는 아닌지 확인해야 한다. 또한 목표가 바닷가의 대저택, 개인 소유의 회사, 천만 달러의 은행 예금 등 이것저것을 소유하는 것에 초점이 맞춰져 있지 않은지도 점검해야 한다. 부풀린 자기 이미지와 이것저것을 소유한 자신에 대한 비전은 모두 정적인 목표이며, 따라서 당신에게 힘을 주지 않는다.

그 대신, 목표는 반드시 역동적이어야 한다. 자신이 참여하고 있는 활동을 통해 다른 인간 존재들뿐 아니라 전체와 연결될 수 있는 일에 초점을 향해야 한다. 유명한 배우나 작가 같은 모습으로 자신을 보는 대신, 자신의 작품을 통해 무수히 많은 사람들에게 영감을 주고 그들의 삶을 풍요롭게 하는 모습으로 자신을 보아야 한다. 그 활동이 자기 자신뿐 아니라 수많은 사람들의 삶을 얼마나 풍요롭게 하고 깊어지게 하는가를 느껴야 한다. 자신은 하나의 문이며, 형상으로 나타나지 않은 모든 생명의 원천에서 나온 에너지가 그 문을 통해 모두를 위해 흘러가는 것을 느끼는 것이다.

그러기 위해서는 목표와 비전이 자기 자신 안에서, 즉 마음과 느낌 차원에서 이미 현실이 되어 있을 필요가 있다. 열정은 마음 속 청사진을 물질 차원으로 옮기는 힘이다. 이것이야말로 마음을 창조적으로 사용하는 방법이며, 그렇기 때문에 여기에는 아무 결핍감도 욕망도 개입하고 있지 않다. 당신은 자신이 원하는 것을 나타나게 할 수 없다. 이미 가지고 있는 것만을 나타나게 할 수 있을 뿐이다. 힘든 노동과 스트레스를 통해 원하는 것을 얻을 수도 있지만, 그것은 새로운 지구의 방식이 아니다.

마음을 창조적으로 사용하고 의식을 통해 형상을 나타나게 하는 열쇠를 예수는 다음과 같은 말로 우리에게 주었다.

"무엇이든지 기도하고 구하는 것은 받은 줄로 믿으라. 그리하면 너희에게 그대로 되리라."

새로운 의식의 담당자

형상과 외부를 향한 운동은 모든 사람에게 똑같은 강도로 표현되지는 않는다. 만들고, 창조하고, 참여하고, 성취하고, 세상에 영향을 주고자 하는 강한 충동을 느끼는 사람들도 있다. 만약 그 사람들이 무의식적이라면 당연히 에고가 지배해, 외부로 향하는 순환주기의 에너지를 이기적인 목적으로 사용할 것이다. 그러나 그때 그들이 사용하는 창조적 에너지의 흐름은 크게 작아지고 그들은 자신이 원하는 것을 얻기 위해 '노력'에 더 의존하게 된다. 반대로 만약 그들의 의식이 깨어 있다면, 외부로 향하는 운동이 강한 사람들은 매우 창조적이 될 것이다. 한편 육체적인 성장과 함께 자연스러운 확장이 그 과정을 끝내면 겉에서 보기엔 별로 주목할 것이 없는, 수동적이고 비교적 큰 사건 없이 조용한 삶을 보내는 사람들도 있다.

그들은 천성적으로 더 내향적이며, 형상을 향한 외부로의 운동은 최소한으로 유지된다. 그들은 밖으로 나가기보다는 집으로 돌아온다. 세상일에 강하게 개입하거나 세상을 바꾸려는 욕망은 조금도 없다. 어떤 욕심이 있다 해도 대개는 독립해 살아갈 만큼의 어떤 일을 찾는 것 이상을 넘지 않는다. 이 세상에 자신을 맞추는 것이 어렵다고 느끼는 사람들도 있다. 정기적인 수입이 있는 일자리를 잡거나 작은 사업을 함으로써 운 좋게도 자신을 보호하는 작은 은신처를 발견해 비교적 세상의 풍파로부터 격리된 삶을 살아가는 사람들도 있다. 영적 공동체나 수행처의 삶에 느낌이 끌리는 사람도 있다. 세상에서 떨어져 나가 사회의 변두리에서 살아가며 그 사회와 공유하는 것이 아무것도 없다고 느끼는 사람도 있다. 이 세상에서 사는 것이 너무나 고통스러워서 약물에 의존하는 사람도 있다. 마침내 치료사나 영적 교사, 즉 '순수한 있음'을 가르치는 사람도 있다.

과거 시대라면 이들은 아마도 명상가, 묵상가로 불렸을 것이다. 우리의 현대 문명 속에는 이 사람들을 위한 자리가 없는 듯하다. 그러나 앞으로 등장할 새로운 지구에서는 그들의 역할이 창조자, 활동가, 개혁가만큼 중요하다. 그들의 일은 이 행성에 새로운 의식의 주파수가 닻을 내리게 하는 것이다. 그러므로 나는 그들을 '주파수 보유자'라고 부른다. 그들은 '단지 존재하는 것'만이 아니라 나날의 삶의 활동을 통해서, 그리고 다른 사람들과의 상호작용을 통해서 깨어 있는 의식을 일으키기 위해 이곳에 있는 것이다.

이런 방식으로 그들은 겉보기에 무의미해 보이는 것에 심오한 의미를 부여한다. 그들이 무엇을 하든 그들은 온전히 지금 이 순간에 존재함으로써 넓은 고요를 이 세상에 가져온다. 그것이 그들의 임무이다. 그들의 하는 일은 아무리 단순한 것일지라도 의식으로 가득 차 있고, 따라서 질적 수준이 높다. 그들의 목적은 모든 일과 행동을 성스러운 방식으로 하는 것이다. 각각의 인간은 인류의 집단의식과 불가분의 관계이므로, 그들은 그들 삶의 표면에서 보이는 것보다 훨씬 더 깊이 세상에 영향을 미친다.

새로운 지구는 이상향이 아니다

새로운 지구는 단지 또 다르게 각색된 또 하나의 이상향인가? 결코 그렇지 않다. 모든 이상향의 그림들에는 하나의 공통점이 있다. 모든 것이 좋아지고, 우리가 구원받고, 평화와 조화가 실현되고, 우리의 문제가 모두 해결되는 '미래'에 대한 마음의 투영이다. 그런 유토피아의 비전은 많이 있어 왔다. 일부는 실망으로 끝났고, 일부는 큰 재앙으로 이어졌다.

모든 이상향의 그림들 핵심에는 낡은 의식의 구조적 기능장애가 한 가지 있다. 구원을 미래에서 찾는 것이다. 미래는 다만 당신 마음속에 생각 형태로만 존재할 뿐이다. 따라서 구원을 위해 미래를 바라볼 때, 당신은 무의식중에 자신의 생각 속에서 구원을 찾게 된다. 즉 형상 속에 갇히게 된다. 그것이 에고이다.

"그리고 나는 새로운 하늘과 새로운 땅을 보았다."라고 성서의 예언자는 쓰고 있다. 새로운 땅의 토대는 새로운 하늘, 즉 깨어난 의식이다. 땅, 즉 외부 현실은 그 깨어난 의식이 외부로 반영된 것일 뿐이다. 새로운 하늘이 생기고 새로운 땅이 나타나는 것은 우리를 자유롭게 해 줄 미래의 사건이 아니다. 어떤 것도 '미래에' 우리를 자유롭게 할 수 없다. 왜냐하면 오직 현재의 순간만이 우리를 자유롭게 할 수 있기 때문이다. 그것을 깨닫는 것이 바로 깨어남이다.

미래의 사건으로서의 깨어남은 아무 의미가 없다. 깨어남은 '현존'의 실현이기 때문이다. 따라서 새로운 하늘, 즉 깨어난 의식은 미래에 성취해야 할 상태가 아니다. 새로운 하늘과 새로운 땅은 지금 이 순간 당신의 내면에서 일어나고 있다. 지금 이 순간에 일어나고 있지 않다면 그것은 당신의 머릿속에 있는 하나의 생각에 지나지 않으며, 따라서 결코 일어나지 않는다. 예수는 제자들에게 뭐라고 말했는가? "하느님의 나라는 지금 여기 너희 안에 있다."

예수는 산상수훈에서 예언했지만 오늘날까지 그 예언을 이해한 사람은 극히 드물었다. 예수는 말했다. "온유한 자는 복이 있나니, 그들이 땅을 물려받을 것이다." 오늘날의 성서는 '온유'를 '겸손'의 의미로 해석한다. 온유한 사람, 겸손한 사람은 누구인가? 그리고 그가 땅을 물려받는다는 것은 무슨 의미인가?

온유한 사람은 에고가 사라진 사람이다. 자신의 본질인 '의식'에 깨어난 사람이며, 그 본질을 모든 '다른' 사람들, 모든 생명 형태들 속에서 알아본 사람이다. 그는 '전체'와 '원천'과 일체감을 느끼며, 그것에 순응하는 상태 속에서 살아간다. 그는 자연을 포함해 이 행성의 삶(생명)의 모든 측면을 변화시키는 깨어난 의식 그 자체이다. 왜냐하면 지구 위의 생명은 그 생명을 인식하고 생명과 상호 작용하는 인간 의식과 떼어놓을 수 없는 관계이기 때문이다. 그것이 온유한 자가 이 땅을 물려받으리라는 의미이다.

이 행성에 인류의 새로운 종이 생겨나고 있다. 그것은 지금 일어나고 있으며, 당신이 바로 그중 한 사람이다.

류시화

오쇼, 크리슈나무르티, 바바 하리 다스와 같은 영적 스승들의 가르침을 소개함으로써 30년 동안 명상 서적 번역의 선구적 역할을 해 왔다. 『삶의 길 흰구름의 길』 『성자가 된 청소부』 『티벳 사자의 서』 『달라이 라마의 행복론』 『조화로운 삶』 『마음을 열어주는 101가지 이야기』 『영혼을 위한 닭고기 수프』 『인생수업』 『술 취한 코끼리 길들이기』 『나는 나』 등을 번역했으며, 잠언 시집 『지금 알고 있는 걸 그때도 알았더라면』 『사랑하라 한번도 상처받지 않은 것처럼』 『마음챙김의 시』와 하이쿠 모음집 『한 줄도 너무 길다』 『백만 광년의 고독 속에서 한 줄의 시를 읽다』 『바쇼 하이쿠 선집』을 엮었다. 인도 여행기 『하늘 호수로 떠난 여행』 『지구별 여행자』와 인디언 연설문집 『나는 왜 너가 아니고 나인가』를 썼으며, 우화집 『인생 우화』 『신이 쉼표를 넣은 곳에 마침표를 찍지 말라』를 썼다. 삶을 신비주의적 차원에서 바라보며 이 세계에 사는 것의 불가사의함을 섬세한 언어로 그려 낸 시집 『그대가 곁에 있어도 나는 그대가 그립다』 『외눈박이 물고기의 사랑』 『나의 상처는 돌 너의 상처는 꽃』 『꽃샘바람에 흔들린다면 너는 꽃』을 발표했다. 산문집으로는 『새는 날아가면서 뒤돌아보지 않는다』 『좋은지 나쁜지 누가 아는가』 『내가 생각한 인생이 아니야』가 있다.

삶으로 다시 떠오르기

지은이_에크하르트 톨레
옮긴이_류시화

photograph © Caroline Halley des Fontaines
Illustration © Yeonleeji

2013년 8월 15일 1판 1쇄 발행
2024년 10월 1일 1판 45쇄 발행

펴낸이_황재성 · 허혜순
책임편집_오하라 · 한나비
디자인_무소의뿔

펴낸곳_도서출판연금술사
(08505) 서울시 금천구 가산디지털2로 101 B동 1602호
신고번호 제2012-000255호   신고일자 2012년 3월 20일
전화 02-2101-0662   팩스 02-2101-0663
이메일 alchemistbooks@naver.com
페이스북 · 인스타그램 @alchemistbooks
ISBN 979-11-950261-2-8   03840